Love Celebrate! Silver

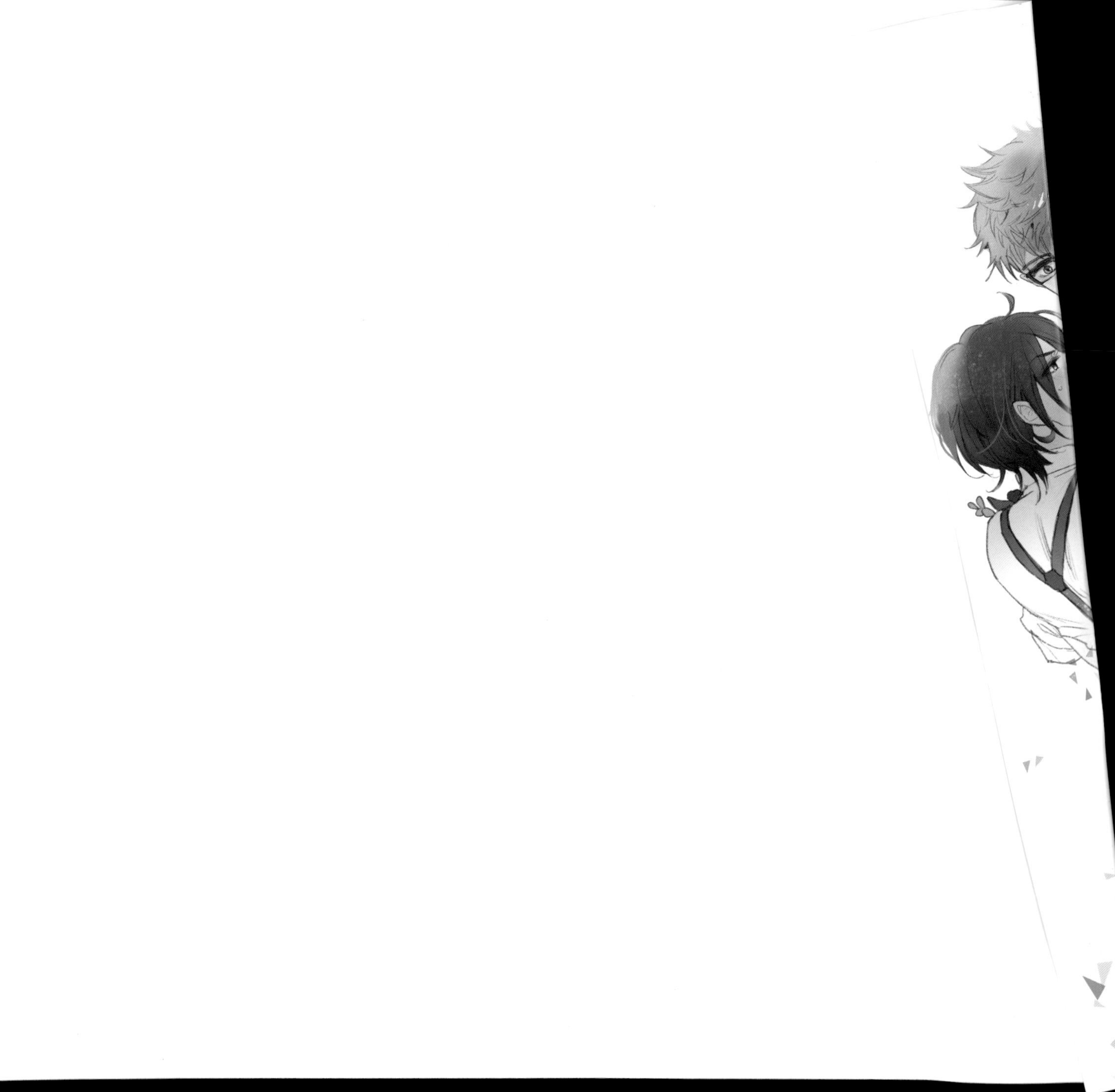

Love Celebrate!
Love Celebrate!
{Silver}
ムシシリーズ
10th
Anniversary
樋口美沙緒
イラスト
街子マドカ

数千年前、生態系の危機に瀕した人類は、
強い生命力を持つ節足動物門と意図的に融合をはかった。
今の人類は、ムシの特性を受け継ぎ、
弱肉強食の『強』に立つハイクラスと、
『弱』に立つロウクラスとの二種類に分かれている。

これは、フェロモンで相手の階級と
起源種を見分けることができる、
新しい人類が生きる世界の物語——。

Contents

イラスト

街子マドカ

愛の罠にはまれ！
EXTRA

罠にはまったカブトムシ
（初出：2014年　購入者特典ペーパー）

愛の罠からはぬけられない
（初出：2014年　コミコミスタジオ特典小冊子）

兜甲作の憂うつ
（初出：2014年　紀伊國屋書店新宿店サイン会記念お土産冊子）

罠にかかって四苦八苦
（初出：2016年　ドラマＣＤ「愛の罠にはまれ！」コミコミスタジオ特典小冊子）

愛の罠には気付かない
（初出：2017年　同人誌「Love trap! & Instinct! extra」）

どうぞ末永く、お幸せに
（初出：2016年　同人誌「LOVE TRAP！GRANDE」）

あっちゃん、えっちしよ
（初出：2018年　同人誌「Love! Insect!　2018spring」）

うちの先生はちょっとおかしい
（初出：2015年　ムシシリーズ・愛の小冊子）

うちの夫はちょっとおかしい
（初出：2016年　同人誌「LOVE TRAP！GRANDE」）

うちの親はちょっとおかしい
（初出：2016年　同人誌「LOVE TRAP！GRANDE」）

十年後の愛の罠にはまれ！
（書き下ろし）

罠にはまったカブトムシ

兜甲作(かぶとこうさく)は悩んでいる。近年稀(まれ)に見る苦悩……いや、もしかしたら生まれてこの方、これほどままならない思いをしているのは今が初めてかもしれない。

水曜日の午後、兜は議事堂近くの七雲(なぐも)病院にいた。たまたま予定されていた委員会が延期になり、時間が空いたのだ。

そうして今兜は、昼休憩中の澄也(すみや)を捕まえ、七雲病院の食堂でうんうんと唸(うな)っていた。

「困った。どうしたらいいと思う？　ねえ答えてよ、澄也クン。同じ穴のムジナでしょ」

頼んだコーヒーにも手をつけず言うと、澄也には、

「なにが同じ穴のムジナだ」

と、嫌な顔をされた。けれど兜からすれば、澄也だけが頼りなのだ。

なにしろ兜と澄也はある点で、ものすごく境遇が似ている。

ハイクラスの最上位層に位置する生まれ。それぞれが名家出身。代々の家業を継いで、澄也は医者で兜は政治家だ。

そしてなにより男を妻にしていて、しかもその相手が出産している——兜の場合はもうすぐ、だが——。

こんな一致は、そうめったにあることではない。

兜は先日の金曜日、男である蜂須賀篤郎(はちすがあつろう)と、ようやく籍を入れた。

秋も深まる十一月半ばのことだった。

篤郎のお腹(なか)には既に兜の子が宿っており、年が明ければ生まれてくる予定なので、式などは特に挙げていない。

ただ身内だけでひっそりと食事会を開き、入籍の報告をした。それでも、誰もが兜と篤郎の結婚を祝福してくれた、温かな一日だった。

篤郎の父とはそのときが二度目の対面だった。篤郎は父親とはいまだにぎくしゃくしている。だが、篤郎の父からはできるだけ息子の幸せを祝いたいという前向きな気持ちが見てとれたし、孫の話になると笑みを

見せてくれた。

案外子どもが生まれたら、一番喜ぶのは篤郎の父親なのではないか。

なんとなく、兜にはそんな気さえする。

そんなわけで今、篤郎は兜が用意した新しい家に引っ越してきていた。

実は篤郎に最初のプロポーズをした夏のころから、なんの相談もなしに兜はこっそりと家を建てていた。

結婚してもらえるかどうかも分からないのによくもまあ家など建てたものだと、後から分かったときには、幼なじみの真耶には呆れられた。

場所は篤郎の実家にも歩いて行けるところにし、子どもが生まれた後でも、篤郎が継母の手を借りやすいようにした。

家具を揃え、子ども部屋の準備も終わった温かなわが家で、篤郎は夕飯を用意して兜の帰りを待っていてくれる。

兜が買ってあげたたっぷりしたセーターの下で、お腹も少しずつ目立ち始めた。

そんな篤郎が朝になると兜を起こしてくれ、朝食を出してくれ、ちゃんと玄関まで見送ってもくれるのだ。

兜は今、絵に描いたような幸せを味わっていた。

そう、幸せなはずなのに。

「あっちゃんがこのうえなく、今までどおりなんだけど……!?」

と、澄也に泣きついてしまう。

「普通新婚って、もっとラブラブ甘々になるもんじゃないの!? あっちゃん、めちゃくちゃ冷静なんだけど! オレの愛情表現、なにか問題あるの!?」

青い顔で訴える兜を、澄也は半分呆れた眼で見ていた。けれど兜は真剣だった。

真剣も真剣、大マジに悩んでいるのだ。

つまり、兜篤郎となった愛しい妻が、相変わらずツンとしていて淡々としていて、そのうえ兜が自分を本気で愛しているなど——微塵も思っていなさそうなことに兜は悩んでいるのだった。

「……微塵も思ってないってことはないだろ。篤郎さんから好きって言われたって、お前結婚前にはしゃいでたじゃないか」

一応話を合わせ、澄也が言ってくれる。

たしかにそうだ。少し前、山で遭難しかけた兜は、その後入院中に篤郎から好きだと言われていたし、そのときには天にも昇る気持ちだった。

篤郎はきれいな顔をうっすら赤く染め、「ちゃんと……お前のこと、好きだよ」と言ってくれた。その奥ゆかしさときたら。

「あのときのあっちゃんの可愛さ、ヤバかったよ。昔はどうだか知らないけど、あっちゃんが好きなんて本気で口にしたのはオレが初めてだと思うな～っ。今でも、ちょっと抱きしめたりすると、すぐ頬赤らめて、あのきれいなお目々うるうるさせて」

思い出してのろける兜に、澄也は「じゃあなんの問題がある」と、眉根を寄せる。しかし兜からすれば問題大ありなのだった。

「あっちゃんはさ、自分がオレを好きっていうことには素直だし、表現もしてくれるんだけど、オレがあっちゃんを好きっていうことそのものには、『ふうん』っていうテンションなんだよ……」

兜は落ち込み、肩を落とした。

そう、そうなのだ。篤郎は、兜を好きだとは言ってくれたし、今も毎日——毎日！——兜は、篤郎に、

「オレを好き？」

と確認している。そのときの篤郎は頬を赤らめ、ムッと怒った表情になり、

「好きだから結婚したんだろ……」

と実に可愛い反応をしてくれる。

それなのに兜が朝起きたときや出かけるとき、休み時間中の電話やメール、帰宅時や眠る前に言う「好きだよ」「愛してるよ」には淡々とした顔で「はいはい」と返してくる。もちろん強引なスキンシップを挟めば、可愛い篤郎は赤くなるが、ただ、

「あっちゃん、オレ、あっちゃんが大好きだからね」

と言っても、それには「ああ、そう」と、実に白けている。

その表情ときたら、雨が降ってきたと聞いたときより無関心そうなのだ。愛情表現が足りないかと、毎日花束を買っていけば「家を植物園にすんのか」と怒らせ、言葉より手紙かと、忙しい時間の合間を縫って、便せん十枚にわたる力作のラブ・レターを渡せば「お

前、仕事してんのかっ?」と怒らせ……。

挙げ句、ニュースで芸能人の離婚騒動が報道されているのを眼にすると、

「お前も、遠慮すんなよ」

と、言われる始末。

「なにがっ？　なにが遠慮なの!?　オレの愛情表現のなにに問題があるの？　あの子、ネガティブすぎないっ?」

篤郎の、『兜が自分を好きなのは本気ではない』を前提とした反応に、兜は日々落ち込まされている。好き好き大好き愛してる、と何度も伝えているのに伝わらない。

「どうやったら、愛情って伝わるか、同じ強姦仲間の澄也クンなら分かるかと思って」

「強姦仲間……」

澄也はあからさまに嫌な顔をした。が、やがてため息をつき、ぽつりと言う。

「……こないだ診察に来たとき、篤郎さんに訊いたけどな。篤郎さんは、お前の愛情を疑ってるんじゃなくて——たくさんの人間を、同じように愛せるお前が、好きなんだって言ってたぞ」

だから自分への気持ちがどうかは、もう、問題にしてないだけじゃないかと、澄也が言う。

「あの人はあの人でこう、頑固なほうだから。いいだろ、お前のことは本気で好きでいてくれてるんだから、徐々に分かってもらえば」

言われた兜は一瞬固まる。兜は篤郎の愛が、深くて狭いところが好きだ。

篤郎が愛する少ないものの一つに、どうしてもどうしても入りたかった。篤郎の愛は、一度愛せば痛いほど深く、すべてを注いでくれる愛だと兜は知っていたから。

そんなふうに愛される人が羨ましい。いつもそう思っていた。

そうして篤郎は逆に、広く浅く愛する兜が好きなのだと言う——。

変わらなくていいだろ、そのままで。と、澄也が残りのコーヒーを飲みきる。これ以上与太話に付き合いたくない、という顔だ。そうだねと兜は呟いた。

そう、篤郎は惜しみなく愛してくれている。そして

兜も同じように愛している。

だからなにも問題ない。澄也が言うとおり、変わらなくていいのかもしれない。

しれないが。

顔をあげた兜は、あのさ、と切り出した。

「ボルバキア症って、何人まで産んでいいの？　今の子が生まれたら、二人めって作っていいかな？」

身を乗り出し、真剣な声で訊いた兜に、澄也が眉をつり上げた。

それから、呆れ半分、怒り半分の声で言った。

「お前、俺の話聞いてたか？」

「もっと子どもがほしいくらい、オレ、あっちゃんのこと好きだよって……愛情表現になるよね？」

体の奥底で二人が交わった証を、兜が篤郎に責任を持たねばならなくなる理由を、もっともっと作って――そうすれば篤郎は、兜のことを信じ……いや、信じなくても、兜が自分から離れていかないと安心してくれるだろうか？

「……お前ちょっと危なくないか」

ややひいた様子で澄也が言うが、なにを言う、と兜は思う。翼と付き合い始めたころの澄也も、大概おかしかった。だから直すつもりはない。それよりも目下、篤郎の信頼を得るほうがずっと重要で悩ましいのだ――。

愛の罠にはまった兜の苦悩は、まだまだ続きそうだった。

愛の罠からはぬけられない

兜甲作には気に入らないことがある。

生まれてこの方、人生とは楽しきものかな、というのが兜の生き方だった。

恵まれた家に生まれ、恵まれた体格と能力を受け継ぎ、なにも苦労したことがないだろうと人から言われると、まあたしかにしたことがないかもね、と答えてきた。

政治家一家に生まれた者の宿命として、身内が散々報道に晒され、時には犯罪者のような扱いを受けることはあったし、そのせいで周りにいた人間が離れていくこともあったが、兜はそれさえどこか他人事のように楽しむことができた。

持てない者が騒ぐのは当たり前。

持てる自分は持てる者の義務として、それを静かにやり過ごすだけ。

いつの間にかそんなふうに考えていたし、自分の中に弱いところがあるなんて、考えたこともない。感傷に浸るより状況を俯瞰して分析し、楽しむほうが性に合う。

なのでたとえなにかに怒りを覚えたとしても、それはほとんどが自分のためではなく、弱者が傷つけられているのを目の当たりにして湧き起こる正義感からだった。

だからただただ、自分のためだけにイライラしているのは、二十八年生きてきて、たぶんこれが初めてのことかもしれなかった。

「なんのこと？　なんで僕がきみのプライバシーを侵害したことになってるの？」

「プライバシーじゃないよ、権利だよ、権利。何度も言うけど、マヤマヤは関係ないんだからさあ、あんまりこっちの生活に口出ししないでほしいわけ」

うららかな陽の射す、秋の午後。

真耶の屋敷で、真耶と真向かいに座りながら、兜はひくひくと頬を引き攣らせていた。

十一月半ばの先日、兜は篤郎と念願の入籍を果たした。

来年には子どもが生まれてくるので、式は挙げなかったが、東京の都下に戸建ても用意した。篤郎の実家にほど近い場所で、特に篤郎の継母から深く感謝され、喜ばれた。そうやってスタートした二人の新婚生活はというとラブラブ――になるはずが、蓋を開けてみれば篤郎の口からは毎日毎日、「真耶さんが」「真耶さんと」「真耶さんがね」と、真耶のことばかり飛び出してくるのだ。

たとえば、新居に移りたてのころ。

衆議院議員で忙しい兜は、家具などは篤郎の好みのものを、外商のカタログから選んでそろえてくれてもいいと言った。するとはじめは、

「できれば一緒に選びたいから、お前の次の休みまで待つよ」

と、可愛い可愛い可愛いことを言っていたくせに――いつも思うのだが、篤郎は自分が可愛いことにどれくらい自覚があるのだろう。自分が美形であることくらいはさすがに分かっているようだが、その体から放たれているフェロモンの甘さや、つい触れてみたくなる桜色の唇、いつも濡れたような瞳の色気には気付いていない様子だ。

そのうえ、一見ツンとして見えるくせに、さらっと健気なことを言ってしまう、どこか十代のままのような心を内包した、アンバランスな性格ときたら……これほど兜を惹きつけるものはない。

一緒に選びたいなんて、なんて可愛いんだと、その時もぎゅっと抱き締めて食べてしまいたくなるほどの愛しさに襲われたものだ――。

それなのに三日後、篤郎は新品の家具をずらっと取りそろえており、

「お前の休みまで待ってたら不便だろって、真耶さんが選んでくれたんだ」

と、言われた。ちなみに外商は、頼めばその日のうちに注文商品を一式持ってきてくれてしまう。なにせ兜は破格の金持ちなので仕方がない。

それから、子ども部屋の準備にしたってそうだ。

ベビーベッドの種類。位置。取り付けるメリーをど

れにするかまで、篤郎は「真耶さんが、これがいいんじゃないかって言ってた」という理由で選んでしまう。

はては、いくつかに絞ってある子どもの名前の候補についても、真耶に意見を聞くと言いだし、兜はとうとうヘソを曲げていた。

――なんでマヤマヤなの⁉　なんで⁉　オレでしょ⁉　普通オレじゃないの⁉　パパはオレだよ⁉　オレのこと愛してないのっ⁉

それまでは「夫の余裕」で我慢していた兜も、ついに限界がきて今朝見送ってくれた篤郎に、そう言ってしまった。

子どもができたと分かってから数ヶ月――なんとかして篤郎の信頼を勝ち取ろうと、悪戦苦闘してきた兜は、真耶への嫉妬をなるべく押さえてきた。しかし子どもの名前にまで、真耶に入ってこられては困る。

一方、怒鳴られた篤郎は眉をしかめ、心底理解できないというような顔だった。

「なんで真耶さんに相談したら、お前を愛してないことになるんだ？　真耶さんは俺にとって恩人で、なんでも相談できる大事な人で……俺は子どもに、真耶さんみたいに育ってほしいの」

――真耶さんみたいになってほしい？

オ、オレみたいじゃなくて？

ひ、ひどくないあっちゃん⁉

それって浮気だよ、心の浮気だよ⁉

一瞬のうちに兜の頭の中にはそんな言葉が駆け抜けたが、ムッと眉根を寄せて篤郎を見下ろしていると、睨（にら）まれた篤郎は、きれいな黒眼（くろめ）に悲しげな色をにじませた。

そうされると、兜はめちゃくちゃ弱いのだ。ものすごく弱い。篤郎に泣かれるのではと思うと、泣いているあっちゃんも可愛いなと思うのと同時に、かわいそうでたまらなくなる。泣かせるのはセックスのときだけでいい。普段はとにかく、めろめろに甘やかしてあげたい。

甘やかすのは得意なはずなのに、それをここまで難しく感じるようになったのは、篤郎が初めてだった。

――人を愛するのは、ままならない。

兜は篤郎が傷ついていると思うのが、世界で一番苦しかった。だから言ってしまったのだ。

「分かった、いいよ。マヤマヤの意見聞いてきても。あ、あっちゃんの、だ、だだだ、大事な人だもんね……」

悔しさで声が震えてしまい、今朝は急いで家を出てきた。

しかし車に乗って議事堂に向かっている間中、くそったれ、むかつく、と思ってしまったのは仕方がない——。

あっちゃん、きみは一体全体オレとマヤマヤ、どっちが好きなの⁉　と、訊きたくなるのだ。

「なにバカなことを。結婚までしておいて。篤郎くんがプロポーズ受けたんだから、きみが好かれてるのは決まってるだろう。信じられないけどね。本当に、信じたくないけど」

たまたま今日は教育法案の件で真耶と会うことになっていて、今はその打ち合わせの最中だった。

行政が法案作成のために作っているいくつかの研究会の幹部には、民間からも識者を招いている。次に新しく作る研究会には、是非雀（すずめ）真耶も参加してほしい、と与党から声があがっていて、その調整役を兜が担っている。真耶は昨今の教育について、現場からの率直な意見をまとめて、何度となく専門誌に掲載されている。その論文は評価され、教育者の中ではかなり有名な立ち位置にあった。

ともあれ仕事の話が一段落し、さてお茶を一杯飲んだら帰るか、という段になって、兜はとうとう朝からの鬱憤（うっぷん）を真耶にぶつけてしまった。

もちろん真耶はまるで動じた様子もなく、むしろ絶対零度の冷たい眼で、兜をじろっと睨みつけた。

「大体ねえ、我慢してるのはこっちだよ。分かる？　きみと篤郎くんの結婚、僕は全然賛成してないし」

「マヤマヤに賛成してもらう筋合いはないんだけど？」

「赤ちゃんが生まれたら、僕だってお世話に行きたかったのに、あの場所じゃちょっと行きにくいんだけど。まあ篤郎くんの実家が近いのはいいけど、勝手に先走って戸建て建てるなんて、きみって本当、思った以上に気持ち悪かったんだね」

「世話しに来てなんて言ってないよ⁉　むしろ来ない

でください。これ以上あっちゃんがきみになびいたらオレの立場がないんだよね！」

「強姦魔がどの口でそんなこと言えるの？　あの子がどれほど傷ついてたか、僕は一生忘れないからね、このクソカブト」

　きれいな顔をして、真耶はとんでもない毒舌だ。

　兜はもはや笑顔を浮かべる余裕もなくし、腹を立てていた。

　真耶のことは幼なじみとしては好きだ。つっついてからかったときの反応も、面白くて気に入っている。

　しかし真耶には、弱いところがほとんどない。公平で公正で忠実で、味方のうちはこれほど頼もしい人間もいないが、敵に回せばこれほど厄介な相手もない。なにしろ、ハチのくせにヘビのように執念深く、一度覚えた恨み言はぐちぐちといつまでも言われる。まるでうるさい小姑のようだった。

（同じスズメバチなのに、あっちゃんを見習ってほしいよ）

　と、思う。真耶と比べたら篤郎は弱みだらけで、兜には実に可愛く見える。そしてそんな篤郎だから、この強く優しく清らかな真耶へ、絶大な信頼を寄せているのだろう。

　篤郎の愛は対象が狭いが、その中に一度入れたら、それはもう深く深く、純度百の愛情でもって愛してもらえる――ただでさえ狭いその場所に、兜がやっと入ったときには、もう真耶がいた。それが兜には気に入らない。

「……ま、正直、子どもの名前には口出しするつもりないよ。二人で決めたほうがいいと思うし」

「当たり前だよ」

　紅茶を口に含みながら言う真耶に、兜は即座に、釘（くぎ）を刺す。

「大体……子どもの名前どころじゃないよ。オレの名前さえ、あっちゃんはまだ呼んでくれてないのに」

　思わずいじけた言葉を続けてしまった。顔をあげた真耶が、眼をしばたたく。兜はサイドテーブルに頬杖（ほおづえ）をつき、ため息をついた。

「同じ名字になったからさあ……兜って呼ぶわけにいかないのに、名前で呼ぶの恥ずかしいみたいで、いつも『おい』とか『あのさ』だよ？　ウブで可愛いけど……」

オレちゃんと愛されてんのかなあ、と兜はぼやいた。

いや実際は、篤郎が兜を好きでいてくれていることはよく分かる。篤郎は兜のために、毎日美味しい食事を作ってくれるし、夜も体に障らない程度なら、きちんと待っていてくれる。昔と違って、メールには必ず返信がくる。夜眠るときには、「お前明日、なに食べたい？」と必ず訊いてくれる。仕事のことも心配してくれたり、励ましてくれる。

いつも淡々としていて静かで、あまりベタベタしてこないのが篤郎だが、控えめなその愛情表現すべてに心がこもっている。

それでもまだ名前は呼んでくれないのだ。恥ずかしいのもあるようだが、それだけとは言えない様子だ。一人物思いに沈んでいると、真耶が呆れた顔になった。

「……あのねえ兜。もうちょっと篤郎くんのこと、理解したほうがいいよ」

「は？　マヤマヤより理解してるし」

子どもっぽい意地を張ってみせても、真耶には相手にされなかった。

「家具を一緒に選んだとき、篤郎くん、こう言ってたよ。これで兜の負担にならずにすむって。あの子は、もともと一人で子どもを育てるつもりだったんだから――心のどこかに、ずっと負い目があるんだよ」

……負い目？

兜は眉を寄せ、思わずまじまじと、真耶の整った顔を見つめた。

一体篤郎が兜に、なんの負い目があるというのだろう。

「きみから、普通の結婚をして、普通の幸せを手に入れる機会を奪ってしまったっていうね。自分が子どもを産むせいで、きみを縛ってしまったみたいに思ってるんじゃないかな。悪いのはきみなのにね」

だから、きみの負担にならないようにしようって、いつもしちゃうの。

それくらい分かってあげなよ、と真耶が言う。

――普通の幸せを手に入れる機会を奪ってしまった。

篤郎が兜に、そんなことを思っている？

聞いた兜はぎょっとして、凍りついた。

それからじわじわと、やるせない気持ちになる。

「……それってオレの愛情は、伝わってないってこと？」

「伝わってないっていうか。信じきれてないんじゃない。それでいいって割り切ってるみたいだけど。ほんと、悪いのはきみなのにね」

オレ、愛情表現してるよ、と兜が言うと、真耶は深々とため息をついた。

「悪いのはきみなのに」

「……マヤマヤ、三回も同じこと言わないでいいんだけど」


その日、兜は早めに仕事を切り上げて、家に帰った。帰りに篤郎の好きそうな、ハチミツがけの甘いケーキを買っていく。帰宅すると、家のダイニングからは夕餉のいい匂いがし、篤郎がキッチンのほうから出てきた。

「早かったな。お帰り」

いつ見ても可愛いなあと思いながら、兜は篤郎のエプロン姿を眺めた。

お尻まで隠すゆったりしたカーディガンの下で、お腹は少し膨れている。ケーキを渡すと、あまりしゃべらない篤郎の瞳が、そこだけ雄弁に喜びを語って輝く。

「今日はロールキャベツだから、食事のあとに一緒に食べよう」

と言って、うっすら頬を染め、冷蔵庫に向かう篤郎の細い体を、兜は後ろから腕を回して抱き寄せた。

「な、なに？」

とたん、篤郎の顔が赤らむ。篤郎は結婚した今になってもまだ、こうして抱き寄せると頬を染める。過去がどうあれ、篤郎の心はものすごく純粋なままだ。

「……あっちゃん、愛してるからね。大好きだよ」

耳元で囁いても、篤郎は俺も、なんて甘ったるい返事はしてくれないが、

「ああ、うん。甲作……さん」

と、呟いた。驚いて、思わず腕を緩めると、振り向

いた篤郎が言い訳するように小さな声で言う。

「そ、そろそろ名前で呼べって、ま、真耶さんから電話、あって」

子どもが生まれても、「お前」や「おい」では情操教育によくないと叱られたと、篤郎が言った。

ああ、なんだ。またマヤマヤか。

と、一瞬だけガッカリもしたが――頬を染めて照れながら、

「い、嫌か？　こんな呼ばれ方、気持ち悪い？」

と訊いてくる篤郎を見ると、そんな不満もどこへやら吹き飛んでしまう。

かわいそうで、可愛いあっちゃん。どうしてそんなこと訊くの。

まだオレがあっちゃんを大好きだって、信じてないね――。

そういえば篤郎は、幸せになるのが苦手な子なのだ。そうしてそんなところを、兜は愛している。

そう思い出したから、言いたいことは飲み込み、ニッコリと笑った。

「ううん。嬉しいよ」

ホッとしたように微笑み、再び冷蔵庫へ向かう篤郎について、ダイニングの椅子に脱いだ背広をかけながら、兜はこっそりため息をつく。自分の愛情表現はするくせに、兜の愛情表現は素直に受け取れない篤郎に、兜は結婚をしていても、手に入っていない感じさえ受ける。

あーあ、どうしたらオレだけのものにできるんだろう。

頭の隅で考える。

どんな愛の罠を張り巡らせれば、篤郎は兜の愛を、心から信じてくれるのだろう。

そうして篤郎の深い愛を、兜にだけ特別たくさん、注いでくれるのだろう。

もうあと一人か二人子どもがいたら、いいのかな。

（オレが愛してる証に……たくさん子どもがいたら……）

危ない考えだ。

子どもにも失礼かもしれない。いや、子どものことは心から愛する自信はあるが、それと篤郎は別問題なのだ。

今度医者の澄也(すみや)に相談してみようと思いながら、兜は篤郎が器に夕飯をよそってくれるその姿を、愛しさをこめて見つめていた。

兜甲作の憂うつ

あっちゃんは、自分の魅力を一体どの程度理解しているのだろう？

どうやら低すぎる自己評価のせいか、かなり過小評価しているのではないか――。

つい最近になり、兜（かぶと）はそう考えるようになった。

そして無自覚の篤郎（あつろう）が心配すぎて、四六時中、心は不安でいっぱいだ。けれどそれをそのまま篤郎にぶつけるわけにもいかない。

なにしろ自分は一度、こっぴどく篤郎を傷つけて、失敗している。

篤郎は、

「お前は頭がいいんだから、俺の気持ちくらい、ちょっと考えたら分かるだろ」

と、言う。

それはたしかにその通りで、兜は並外れた客観性と観察眼で大抵のことは分かるし、予想がつくし、篤郎の性格も思考回路も本人以上に理解している……しているが、それでも分からなくなるのが愛というもの、恋というものなのだった。

◆

「だからさ、マヤマヤからちょっと言ってよ。子どもが生まれたら特に、あんまり家の外に出ないようにって」

十二月某日。

仕事で真耶が理事を務める星北学園（せいほくがくえん）に来ていた兜は、幼なじみである真耶（まや）の部屋を訪れると、真剣な顔でそう切り出した。

真耶はというと胡乱（うろん）な眼で、必死な兜を睨んでいる。

「……兜。きみは本当にクソッたれだね。ちょっとは改心したと思ったのに、また、篤郎くんを監禁するつもりなの？」

「監禁じゃないよ。大体あの家にはセキュリティはついてるけど、外から鍵かけられないし」

「……」

「マヤマヤが言ってくれないなら、もうSPをつけるしかない。あー……そうしようかな。あっちゃんの見えないところで監視してもらえば……いや、だめだ。SPがあっちゃんに惚れてしまったら……っ」

一人頭を抱える兜に、真耶は呆れた顔をしていた。真耶の机の上には、兜が持ってきた温泉まんじゅうがのっかっている。

これはつい先日、兜が篤郎と行ってきた旅行の土産だった。

十一月、兜は年明けに出産を控えた篤郎と、念願の入籍を果たし、夏のころからこっそり（勝手に！）用意していた新築の戸建てへ引っ越して幸せな新婚生活が始まった――。

式こそ挙げなかったものの、互いの両親にも認められたし、忙しい仕事をなるべく早く切り上げて帰ると毎日篤郎が待っていてくれる。

それはもう、兜にとっては蕩けるように幸せな日々だった。

なにしろ篤郎のことが、兜は好きでたまらない。可愛くて愛しくて、自分でもちょっと驚くくらい惚れ込んでいる。

「……あっちゃんて、控えめなんだけどすごく愛情表現してくれるっていうか」

真耶の向かいに腰掛けて、兜はうっとりとため息をついた。

そうですか、でもべつにそんなこと聞いてないんだけどという真耶の言葉は無視し、兜は勝手に続ける。

「オレの好きなもの覚えててくれて、メールで今日疲れたとか送ったら、必ず作ってくれてるし、寝る前にさりげなく疲れてないか？　って訊いてくれるんだよね」

その訊き方はとても静かで、見ようによっては素っ気ないが、黒い美しい瞳には兜を気遣う色が満ちている。

兜は誰かに、あんなふうに心配されたことなどかつてない。そうされると疲れもなにも吹っ飛び、うきうきしてきて、

「え、なにがなにが？　あっちゃん、心配してくれて

るの？」

と、訊く。すると篤郎は少し怒って頬を赤らめ、

「大丈夫ならいい」と拗ねるのだ。それがまた、たまらなく可愛い。あんまり可愛いから、兜は身重の篤郎の負担にならないようゆっくり押し倒してキスをする。

「大丈夫だよ。あっちゃんて、優しいね」

優しいね、可愛いね、大好き。

甘い睦言(むつごと)を際限なく繰り返すと、篤郎の眼は潤み、長い睫毛(まつげ)が震えるのだ。

言葉や態度は無愛想でも、篤郎の心はとても素直で感じやすい。兜の甘言に、すぐ絆(ほだ)されてしまう。甘やかされて嬉しいという色が、その眼には浮かぶ。

あー、可愛い。

胸の奥がぎゅっとなり、たまらなくなるこの感じは、

「萌(も)えってやつじゃないかな。どう思う？」

訊いた兜に、真耶が、

「知らないよ」

と、心底どうでもよさそうに言った。

「まあ篤郎くんが可愛いのは認めるけど」

「やっぱりマヤマヤもあっちゃんのこと、好きなの!?」

思わず言うと、真耶はイライラした様子だった。

「あーもう、ばかばかしい。とにかく、ＳＰまでつけたりするのはやりすぎだよ。篤郎くんだって大人だし、それにあの子は、そりゃオオスズメバチとしては未成熟だけど、れっきとしたハイクラスなんだから……」

「マヤマヤは分かってない！」

あんまり過保護にするなと言われて、兜は思わず叫んでしまった。

そう。兜だって、無闇に過保護にしたいわけじゃないのだ。したいわけじゃないが、そうしたくなるのにはちゃんとした理由がある――。

それはつい先日の、温泉旅行のことだった。

真耶にまんじゅうを買ってきた旅行である。

式は挙げられなかったが、子どもが生まれたら当分余裕はないだろうからと、近場の温泉に二泊三日で行ってきたのが先週のことだった。

兜としてはお粗末な気がしたが、一応の新婚旅行になる。

宿だけは奮発し、部屋付の温泉がある老舗の高級旅館を選んで泊まった。

身重の篤郎をあちこち連れ回すのは忍びなかったので、観光は宿の近辺にある温泉街を回るだけにしたが、賑やかな場所で出店も多く、土産物屋を見て回るだけでも楽しめた。

たっぷりしたセーターに、お尻まですっぽり隠れるカジュアルなコートを着た篤郎は、ぱっと見お腹がふくれているようには見えなかった。

このムシ社会では、男同士のカップルもそう珍しくない。もちろん多少の偏見は残っているが、兜はどこでもいちゃいちゃしたいので恥ずかしがる篤郎の手を、

「こけると危ないでしょ」

と理由をつけて握り、べったりとくっついて歩いた――。

「歩いてるだけで、何人の男があっちゃんのこと振り向いたと思う？　途中から数えただけでも十五人はいたよ」

篤郎とのいちゃいちゃを楽しんでいたはずなのに、兜はあまりに篤郎が男の視線を集めるので、途中からモヤモヤしてしまった。

温泉街は高級宿しかない地域なので、ハイクラスがほとんどだった。

そりゃあたしかに、篤郎はハイクラスの中でもとりわけ美人なほうだ。

派手なタイプではないが、さらさらの黒髪も、前髪の下の濡れたような瞳も長い睫毛も、ぽってりと甘やかに輝く唇もそれはきれいで、正直言うと美形など見慣れた――それこそ篤郎並に美人の真耶が、幼いころから横にいたし――兜でさえ初対面のときからきれいな子だなあ……と驚いたほどだった。

もっとも容姿だけなら、兜はさほど惹かれなかっただろう。篤郎の美しさは、中身の可愛らしさを伴ってこその魅力だと今では思っている。

そうして一度好きになってしまうと、篤郎の容姿がものすごく好きになってしまった。なにをしていても可愛い。たとえばテレビのリモコンを探しているとき

さえ可愛い。だからまあ、篤郎を振り返る男が十五人もいた、というのは考えてみれば当然だとは思う。

「……さっきから、きみ、気持ち悪いんだけど」

「問題はそれだけじゃない」

兜は真耶の言葉を受け流して続けた。

「土産物屋の店頭で、温泉まんじゅうの試食会やってたんだよ。あっちゃんがそれもらって。ねえ、可愛くない？　おまんじゅう食べるあっちゃん。あの色白のあっちゃんがさ、白いおまんじゅうをだよ……」

「いいから話を先に進めて」

なぜだ。まんじゅうを頬張る篤郎なんて、可愛い以外にないのに、詳しく聞きたくないのかと兜は思ったが、促されたので仕方なく進んだ。

「店の中でほうじ茶もらえますって言うし、あっちゃんに飲みたい？　って訊いたら飲みたいって言うから、外の休憩所で待っててもらって、ほうじ茶もらいにいったんだよ。で、もらって出て行ったらさ……ねえ、信じられる？　あっちゃん、三人もの男に囲まれてたんだよ!?」

見つけたときは愕然とした。

ハイクラスらしい若者三人が、篤郎を囲んでなにやら話しかけていた。

篤郎は篤郎で、普段兜にはあまり見せない笑顔を安売りし――あっちゃん、そんなやつらに見せるくらいならオレに笑って！　もっとオレに！　――優しい顔で受け答えしていた。

そうあの兜以外には見せる、柔らかく優しい顔だ。

篤郎の中身は、きれいすぎて冷たく見える外見とは裏腹に柔らかく優しく静かだ。

あの優しさでもっと触れてもらいたい。

あっちゃんに愛されたい。

兜は篤郎を好きになってから、もうずっとそんなふうに焦がれている。

篤郎を囲む三人も、その篤郎の魅力に気づいたのか頬を染めたり眼を輝かせていて、下心が丸見えだった。

兜は足早にその場に近づき、

「オレのパートナーになにか？」

と、三人を牽制した。

「道を聞かれただけだよ。兜分かる？」

篤郎が慌てて言ったけれど、兜にはそうとは思えなかった。どう見ても観光客の篤郎にわざわざ道を訊ねるくらいなら、店の店員に訊けばいいのだ。

じろりと睨みつけると、ハイクラス男の三人はあたふたしはじめた。兜が最上位種だと気づいたのだろう。

「あ、いや、どちらにお泊まりかと気になって」

「道は他の人に聞いてみます」

といって、すたこらさっさと逃げていったが、二泊三日の旅行中、こういうことが山のように起きた。

「山のようにというか、正確には七回だよ。七回！　オレがいなくなると、次にあっちゃん見つけたときには必ず男と話してるんだ！」

もはや兜にとっては、呪われているとしか思えない。

世の中の男どもは全員蛾なんじゃないかという気がしてきた。光り輝くオレのあっちゃんに、フラフラと吸い寄せられているのでは、と……。

「……仕方ないよ。篤郎くんて、見た目もなんの種か分かりづらくなってるうえに、ボルバキアのせいですごく甘い匂いだからね。あれはハイクラスの男なら一体なんの種だろう、って思っちゃうんじゃない。べつに下心なくたって」

冷静に分析する真耶の意見はたぶん、当たっている。

兜も篤郎と再会したとき、まずその容姿の不思議な魅力に惹かれた。

篤郎のそれはオオスズメバチが未成熟なままで成長を止めてしまったという危うさゆえに生まれた魅力なわけだが、もっとも惹かれたのはその匂いだった。いかにも男を誘い込む、甘くて無防備な香り――。体に子どもを宿してからは落ち着いているが、それでもその香りは、兜がマーキングしてもマーキングしても、篤郎から消えない。産後半年もすれば、また元の通り、強い香りに戻るだろうと澄也からも言われている。そしてものすごく悪いことに、当の篤郎には、その匂いがよく分からないらしいのだ――。

無自覚なまま蠱惑的な香りを放つ篤郎が無防備すぎて、兜は心配でたまらない。

「まあボルバキアからしてみたら、父親はべつに、兜じゃなくたっていいしね」

真耶のツッコミに、兜はぐっと声を詰まらせた。

そうなのだ。

篤郎の心はさておき、篤郎の体――もとい、そこに巣くったウィルスは、兜の遺伝子でなければならない、というわけではない。

兜にしてみたら、気の休まる暇がない。

「……今住んでる地域はハイクラスも多いし、お散歩行くだけでもあっちゃん、誰かに手込めにされるんじゃって……」

「手込めにした人間がよく言う」

「手込めにしたから心配してるんだ！」

ドン、と机を叩いた兜に真耶は白けた顔だった。

温泉地ではあまりに男に無防備な篤郎と、そのことでちょっとケンカになった。

「あっちゃんね、ちょっと自覚して？　男はみんなきみのことどうにかしたいって思って近づいてきてるから。きみ、のこのこついていきそうで怖いよ」

「俺がそんな節操なしに、まだ見えるのかよ」

まあ当然のように、篤郎は怒り、そして最終的には眼に涙を浮かべた。

「お前以外とはもうしないって言ってるのに……」

ああ――。

げに愛しきあっちゃんよ。

そんな顔をされて、そんなふうに涙を浮かべられたら……。

（オレが怒れるわけないじゃない。もうあっちゃんの涙は、嬉し涙しか見たくない……）

いやいや、セックスの時に気持ちよすぎて泣くのは別として。

兜は深々とため息をつき、どうしよう、と呟いた。

「あっちゃんを傷つけずに、あっちゃんを怒らせずに……男どもを焼き払う方法ってないのかな」

篤郎のあの体に、自分以外の男に触れてほしくない。

たとえ髪の毛一本でさえ惜しい。

本当は声も聞かせたくないし、同じ空気を吸わせるのも嫌だ。気分が悪い。

「……それって、きみ、いつごろから思ってたの」

ふと真耶に訊かれ、兜は篤郎セキュリティ計画で頭を悩ませながら、「んー？　再会して三日後くらいかな……」と返した。

　もう冷めたお茶をすすり、真耶が「病気だね」と呟く。

「恋煩いとはよく言ったもんだね。……きみはきっとこの先何年も、何十年も、篤郎くんに恋して苦しむんだろうね」

　ふん、と冷たく言われ、兜は思わず顔をあげた。

「……何十年も片想いしてろってこと？」

「まー、心するといいよ。その何十年後かには、きみなんかと結婚したい相手はいないだろうけど、たぶん篤郎くんとどうにかなりたい人は、山のようにいるだろうから」

　真耶はニッコリ笑い、一生不安なくらいがきみにはちょうどいいよ、と付け足して立ち上がった。

　そうして、

「そろそろ邪魔だから、帰ってくれる？」

　と、それは美しい顔で、笑ったのだった。

罠にかかって四苦八苦

ひどい渋滞だなあと兜甲作（かぶとこうさく）は思い、ため息をついた。

夕方の首都高は雨天のせいもあってかひどく混んでおり、さっきからじりじりとしか車が動かない。下の道を通ればよかったかな、と思う傍らで今日は秘書を断り、一人で運転して帰ることにして正解だったとも思った。

（こんな顔、見せられないよね――）

ミラーに映る自分の顔は不機嫌そうなしかめ面。

いつも笑顔でニッコリマークの兜甲作議員が、これではとても示しがつかない。幸い雨のおかげで隣の車線の運転手の顔もよく見えない。車内は完全なる個人空間だから、たまには不機嫌になってもいいだろう。

もっとも兜の不機嫌の理由など、たかが知れている。

（ああ～っ、これじゃ目当てのケーキ屋、閉まっちゃうよ……）

腕時計を見ると、時刻は五時過ぎ。行こうと思っていたケーキ屋は、このご時世に閉店時間が五時半と強気な姿勢……。これはもう間に合わないな、と兜は諦め、整えていた頭をガシガシとかいた。

（あーあ。あっちゃんを喜ばせたかったのに……また、またしても、またまたまたまた……マヤマヤに負けてしまった……）

「……」

ハンドルに寄りかかり、忙（せわ）しなく動くワイパーを見つめていると、なにやら言葉にならないモヤモヤが胸の奥からじわじわとこみあげてくる。

「くそう……」

気がつくと、小さな声が漏れていた。

行き場のない敗北感。こんなものをついぞ、兜は知らなかった。そう、篤郎（あつろう）を愛するまでは。

「あー……」

大きな声を出すとともにハンドルに突っ伏すと、ウィンドウに打ち付ける雨音がやけに耳についた。

◆

兜が大好きで大好きで死ぬほど好きな蜂須賀篤郎と結婚したのは、去年の十一月のことだった。それはもうまさに、奇跡だった。

なにしろ兜は初め、篤郎のことはさほど好きではなかったのだ——。

大昔はただのクズだと思っていたし、再会したころも本質は変わっていないと決めつけていた。ところがどうも違う。蜂須賀篤郎という人間は、実に危うく愛情深く、そして癒えることのない罪悪感と自己嫌悪に苦しみながら誰の手も頼ろうとしない、かわいそうな人であることを知ってしまった。そしてそれが分かると、どんどん気になり、どんどん気に入り、とうとう深く深く愛してしまった。

(愛の罠ってこんなものか……オレには縁がなかったのになあ)

もし篤郎と出会わなければ、兜には一生、縁がないままだったろう。

いつだったか篤郎に言われたとおり、それなりに愛し、それなりに愛されて暮らしていっただろうと思う。それはそれで幸せだっただろうが、しかし。

(退屈だったろうなあ。……なんて、こんなこと思ってるの知られたら、マヤマヤからまた、罵倒されるんだろうね)

いわく、きみの楽しみのために篤郎くんはいるわけじゃないんだけど。図々しい思考回路だよ、兜。

長い付き合いなのですぐに真耶の言いそうなことは思い浮かぶ。よくよくものが分かっている真耶は、いつでも正論を言う。そしてその真耶に、兜の可愛い奥さんの篤郎は心酔しきっているのだ。

結婚してから、兜はすぐに篤郎を勝手に建てておいた戸建てに連れて行った。

——お前いつからこの家、用意してたの?

真新しい注文住宅を見て、篤郎は若干ひいていた。

——あれっ、喜ぶところじゃないの? あっちゃんの実家にもここ近いし、子育てしやすいでしょ? 夏ごろから注文して建ててたんだけど。

——いやいやいや……夏ごろって。俺、お前と結婚するなんて一言も言ってなかったろ？　なのになんで建ててんだよ。

——だって生まれる前に建てとかないと不便じゃない。

——……そういう問題じゃねーだろ。

篤郎は青い顔でため息をついたが、一応その家に住んでくれた。やったーウキウキ新婚ライフだねなんて思っていた兜だったが、思わぬ邪魔者がいた。

それが真耶だ。

篤郎はめちゃくちゃ真耶に懐いていて、尊敬している。愛情深い篤郎なので、一度愛した相手のことはとことん大事にする。真耶のほうも、人を大切にする性分だ。そんなわけで、議員になったばかりで忙しい兜が時間がとれずにバタバタしているうちに、新居の家具のほとんどを、篤郎は真耶と選んで決めてしまった。

家具だけではない。数ヶ月前に生まれた子どものベッドやおくるみやベビーカーまで、篤郎は真耶の助言に従ったし、真耶はしょっちゅう篤郎のもとへ訪れていて、つい昨日も、帰ったらリビングのテーブルに、最近話題のケーキ屋の包みがあった。

——あっちゃん、これなに？

訊くと、赤ん坊を抱っこした篤郎は——その姿は死ぬほど可愛かった——真耶さんが買ってきてくれたんだ、と嬉しそうに微笑んだ。

——雑誌で見かけて、食べてみたいなって思ってたんだ。でもなかなか買いにも行けないし。我慢してたら、真耶さんが一緒に食べようって持ってきてくれて。あ、お前のもとってあるよ。

なんだその可愛い笑顔は。

兜は愕然として、ショックを受けてしまった。篤郎はそもそもがものすごくシャイだ。

兜のことを愛してくれているのは伝わるが、愛情表現はとても控えめだ。子育てしながらも毎日夕飯を用意してくれるとか、心配かけないよう愚痴を言わないとか、仕事の話を聞いてくれるとか篤郎の愛情表現はそんな方法で、大好きなどと言って抱き締めてくるような、ストレートなタイプではない。だからこそ、兜はいつも素直に愛情を表している。

（……だけど、大好きだよ～なんて言っても、ああ、

うん。って言うだけだもんなあ。あの子）

しれっとうなずくだけで、笑顔も見せない。

（それが……それが……）

——えっ、ケーキもらったくらいでそんなに可愛く笑えちゃうの⁉　お、オレにはいつも、冷たいのに！

気がつくと、つい兜はそう口走っていた。篤郎が悲しそうな怒った顔をしたときにはしまった、と思ったが遅かった。

——悪かったな。冷たくて。

ぷいっと顔を背けた篤郎は、傷ついているように見えた。

それは声からもすぐに分かり、兜は慌てた。篤郎の泣き顔は可愛いが、セックス以外では見たくない。兜は心底篤郎を愛していて、可愛がりたいし甘やかしたいと思っている。

——いやいやいや、あっちゃん。ごめんごめん、言葉のアヤだよ。あっちゃんケーキ大好きだもんね。ハチだから！　甘いの好きだもんね。気付かなくてごめんね。あー愛してるよあっちゃん。ホントにホント。

あわあわと言葉を接いだが、篤郎は無言だった。

——いやでもほら、オレはさあ、夫としてさ、こんなに愛してますって毎日言ってるのに、あっちゃんなんて、ふーんって顔じゃない。なのにマヤマヤがケーキ買ってくるだけでさあ、そんな可愛く笑ってさ。いやー羨ましいな、お手軽で……って思っちゃうじゃない。ねえ。

——お前って本当……。もう、ちょっとは黙れよ。

ぽつりと呟かれ、兜は引きつってしまった。篤郎はじろっと兜を睨むと、「なにがお手軽だよ」と言った。

——お前と真耶さんじゃ、そもそも全然違うだろ。

その言葉につい、カチンときた。

（……え。えええ～？　オレとマヤマヤじゃそもそも違うってどういう意味～？　すっごい見下されてる？　お前なんか真耶様の足元にも及ばないとかそういう意味⁉）

頭の隅に、篤郎以外にはけっして浮かばない卑屈な感情が湧いてしまい、するとつい理性より先に口が動いた。

——いやー、ちょっと待ってよ。マヤマヤと比べないでよ。あっちは他人。オレは夫でその子のパパでしょ。大体あっちゃんって、結婚してからオレに一度でも、愛してるって言ってくれたことあったっけ⁉　オレのこと、大事にしてくれてないんじゃない⁉

眼を見開き、ショックを受けたような篤郎の顔。

そのタイミングで、子どもがふええと泣きだした。篤郎は慌てて「よしよし、どした？」と子どもを揺りはじめた。その視線ときたら、兜が一度でもこんなに優しい眼を向けられたことがあっただろうか……と思うほど優しくて、内心では少しだけ、子どもに嫉妬した。

――あっちゃん。

思わず声をかけると、篤郎は「もうお前、黙ってろよ」と顔を背けた。

――愛してるって言えば、なんでも言っていいのかよ。

悔しげにそっぽを向き、篤郎は子どもを抱いて奥の部屋へ行ってしまった。

（あーあ……）

思い出した兜は、まだハンドルに突っ伏したまま、自己嫌悪に陥っていた。

（オレってバカ。あっちゃんて……やる優しさよりやらない優しさの子なのに。分かってるのにあんな言い方……最低だったな）

篤郎の愛情表現は分かりづらい。

兜はなんでもしゃしゃり出て、口に出し表現するのが愛だと思ってしまうが、篤郎は相手にひどいことを「言わない」とか、負担を「かけない」とか、ワガママを「言わない」とか、ようはそういう「やらないでおく」愛なのだ。

だから議員の仕事で忙しい兜が子育てになかなか協力できなくても、文句ひとつ「言わない」。食べたいケーキがあっても、買ってきてなんてメールしたり「しない」。

さりげなくて、分かりにくく、忍耐のいること。

そんな篤郎の静かな愛情が、兜は心から愛しいのに。

（こんなだからマヤマヤに負けちゃうんだよね。……あっちゃん、もう、オレのこと嫌いになってたらどうしよう）

大体子どもが夜泣いても、篤郎は一人で起きて世話している。兜が手伝おうかと申し出ても、明日仕事だろ、寝ないと響くぞ、なんて言う。

（あー……。あっちゃん）

その健気な背中を思い出すと、なんだかじわじわと涙がこみあげてきた。

だから今日は、オープンしたばかりのケーキ屋に寄って、なにか美味しいものを買っていってあげようと思っていた。ちょっと前、テレビをつけたらたまたま特集していた番組に、今日行きたかった店が映っていて、篤郎が「へー……美味しそう……」と呟いていたのを、兜は覚えていたのだ。

忙しい仕事をなんとか切り上げ、予定を一つ明日に回して、ようやく議事堂を出てきた。それなのに渋滞につかまって、結局店には間に合いそうにない。


「ただいまー……」

兜はしょんぼりした声を出して、家の中に入った。手には小さなビニール袋。ところが家の中はシンとしていて、人の気配がなかった。


「あっちゃん？　寝てるの？」

子どもが寝ていると、篤郎も疲れてよく一緒に眠ってしまっている。もしかしてと思って寝室を覗いたが、ベビーベッドも大人のベッドも空だった。リビングにも人影はなく、キッチンは切りかけの人参とタマネギが転がっていた。

（え……っ、どういうこと……）

兜はさーっと血の気がひいていくのを感じた。結婚して一年足らずだが、篤郎が兜の帰りを待っていなかったことはない。

あんなに蠱惑的で色っぽいのに、篤郎はものすごく控えめで、いつも兜の帰宅をじっと待ち、帰れば玄関まで出迎えてくれるような性格だ。それなのに、その篤郎がいない。しかもこんな雨の日だ。赤ん坊を連れてどこかへ行くなんて考えられない――。

「まさか……い、家出」

兜は思わず呟いていた。ありうると思う。昨日あれだけぐちゃぐちゃとダダをこねたのだ。とうとう愛想を尽かされたかもしれない。

「あ、あっちゃん！」

慌てて携帯電話を取りだしてみたが、電源が落ちていた。そういえば今日は会議がたてつづけにあり、途中で充電するのを忘れていた。私用の電話もだが、仕事用の携帯電話も同じありさまだった。

「うわ、オレとしたことが……とりあえず充電……」

リビングにとって返そうと急ぎ足になったそのとき、玄関のドアがバン！　と開く音がした。なんだ、と思って見ると、抱っこひもに子どもを抱いた篤郎が、畳んだばかりで水のしたたる傘を持って、玄関からこちらへ飛び込んできたところだった。

走ったのか、あちこち濡れ、ぜいぜいと息を乱している。

「あ、あっちゃん⁉　ど、どうしたの⁉　あれ、もしかしてお義母さんとこ行ってた？　走って帰ってきたの？」

きれいな髪を振り乱し、どこか鬼気迫る顔をしている篤郎に、兜は一瞬呆気にとられた。

次の瞬間、篤郎は「お前……っ」と搾り出すような声で、靴を脱ぎ、駆け寄ってきた。そうしてぶつかるように兜の胸に飛び込んでくると、すすり泣きはじめた。

「え、な、なに。ど、どしたの――」

「バカッ、心配かけやがって……、バカ！」

「え？　え？　心配って？　な、なに？　いやあ、なんか嬉しいけど……」

篤郎から抱きついてもらえて嬉しいが、話が見えない。

「なんかあったの？」

訊くと、「はあっ？」と篤郎は声をあげ、兜から離れて、まじまじと見上げてくる。

「……なんかって。お前、電話どうした？　なんにも知らねーの？　テレビ見ろよ！」

「電話は充電が切れて……って、テレビ？　なに？」

戸惑いつつもテレビの電源を入れると、ちょうどニュースが流れていた。首都高で大規模な火災が起きて、死傷者が出ている――という報道だ。ぎょっとして篤郎を振り返ると、「秘書の芦田さんから、連絡があって」と、篤郎が鼻をすすって言う。

「お前が珍しくもう帰って……ちょうど首都高にのってるころだけど、電話が繋がらないって。災害時に議員のお前から、なんの連絡もないなんて、お前の性格からしたら考えがたいし、ひょっとしたら巻き込まれたんじゃって言うから……俺……俺……っ、もしかしたら、また……っ」

　そこまで言うと、篤郎はぐすぐすと泣きだした。滑らかな頬を、大粒の涙がぼろぼろとこぼれていく。

「また……」

　もう一度篤郎は呟き、声を詰まらせた。兜はふと、結婚する少し前、自分が山で遭難しかけたことを思い出した。きっと篤郎は、あのときのことを思い浮かべているのだろう。

「真耶さんならなにか知ってるかもって、電話したけど知らないって言うし。と、とにかく現場にと思って……タクシー呼んだけど、いつものとこは、さすがに災害場所には連れていけないって……だから、流しの車を拾おうと思って……雨の中待ったけど、来なくて」

　それで一度家に戻ったら、車庫に兜の車があった。慌てて家に入ってきたら本人がいたので、ホッとするやら今さら怖くなるやらで、動転しているらしく、篤郎は泣いている。兜はしばらくポカンとした。

　なんてことだ。首都高の渋滞は火災のせいだったか。それに気付かないなんて、よっぽど自分は間が抜けている。

「……ご、ごめん。オレ、あっちゃんのことばっかり考えてて、電話が切れてるのも、火災にも全然気付かなくて……」

　そっと、篤郎の細い肩に手をあてると、そこは小さく震えていた。抱き寄せると、篤郎の体は冷たかった。

「雨の中……ずっとタクシー待ってたの？　すごく冷えてる」

「お、俺より子どもが……ひ、冷やしちゃったかも。風邪ひかせたら、俺、親失格だ――」

　篤郎はわっと泣き、兜は胸がいっぱいになった。抱っこひものなかで、とうの子どもはぐうぐう寝ていて、手足を確かめたが温かい。

「大丈夫だよ、よく寝てる。あっちゃんの体温のおかげで、冷えてない。……親失格なんて、そんなわけないじゃない」

「でも、この子のことより、お前のこと……考えてた――」

「あっちゃん……」

ああ、なんて自分は愚かなのだろう。兜は改めて、深く深く、後悔した。篤郎が愛情深いことなんて、よく知っている。ケーキを買っていこうがいくまいが、その笑顔を簡単に見れようが見れまいが、そんなことは関係ない。篤郎は自分の人生のすべてを、兜に渡してくれたのだ。

（そういう子だった……そのくらいの覚悟じゃなければ、結婚なんてしない子なの、分かってたのに）

「ごめんね。……ごめん」

抱き寄せて言うと、やっと少し安心したのか、篤郎が兜を見上げ「電話の電源、切れたこと？」と訊いてくる。兜は微笑み「それもだけど……」と、呟いた。

「昨日、ひどいこと言って。あっちゃんはこんなに、オレを大事にしてくれてるのにね」

そのとき、ガサガサとビニールの音が鳴った。ようやく落ち着いた篤郎が、そちらへ眼を向ける。兜は持っていた袋に気付き、苦笑した。

「……これね、あー。行きたかったお店が閉まってて、そこのコンビニで買ったんだけど」

食べる？　と言って、兜は安っぽいシュークリームを二つ、取り出して見せた。とたんに篤郎の顔に笑みが浮かんだ。おかしそうに笑い、篤郎は「食べる」と言った。

「お茶淹れてくる。……でもまずは、お前は電話の電源入れて。芦田さんに連絡して。災害時なんだから、仕事しなきゃいけないだろ」

本当によくできた奥さんだ――。

兜はなんだか少し悲しいような、誇らしいような気持ちで眼を細め、そうだねと言った。

「でもその前に、一回キスしていい？　あと、愛してるって言っても」

篤郎はニッコリし、どうぞ、と言ってくれた。それから少し恥ずかしそうに、

「……あのな。俺もだからな。その、愛してるのは」

とても小さな声で、言いにくそうに付け加えてくれた。なかなか言えなくてごめんと、追いかける声はもう消えそうだった。

それでもこの貴重な言葉とわずかな笑顔で、数年は乗り切れそうだと思うほど、兜は幸福になった。

——ううん。そんなあっちゃんが、愛しいんだよ。

そう言葉にはしなかったが。

ただ微笑んで、兜はもう一度、篤郎の細い腰を引き寄せた。

愛の罠には気付かない

「ねえ、それでいつ、うちに引っ越してこれるの？」

　訪ねてきた兜にそう訊かれた。もう何回目だか覚えていない。

　俺は返事に困って、そうして何度も何度も言っているのに、ちっとも学習しない兜に、こいつどこに耳ついてんだろう？　と思った。

　季節は十月下旬。

　秋もようよう深まりゆく日々。やっと暑さを抜けた季節だ。

　俺、蜂須賀篤郎のお腹には兜甲作の子どもがいて、俺は男だけど妊娠していた。

　ボルバキア症という病気のせいだ。俺は長らくお世話になっている雀真耶さんのお宅にまだ居候させてもらっている。

　兜からは告白され、結婚しようと言われた。最初はふざけるなよと思って断っていたけど、いろいろあって結局のところ俺も兜が好きだし、お腹の子どもは間違いなく兜が父親だし、ならまあ……いいか。しょうもない俺なんかのこと好きになってくれるというのだから、結婚してもいいか。

　そう思って、俺は兜の申し出を受け入れた。

　それからというもの、兜は毎日のように真耶さんの家にやって来て――前から来てたけど――俺に訊いてくる。

　いつ入籍する？　いつ挙式する？　いつ引っ越してくる？

　いい加減しつこい。

　俺は身重だし、両家の挨拶もまだすんでいないので、入籍はもろもろ片付いてから。

　挙式はなし。男同士の結婚式なんて、誰が見たいと思うんだよ。親族だけで食事会が妥当だろう。

　引っ越しなんて、ただでさえ男の体で身ごもっているので、お腹の子どもになにかあったらと心配で今は無理だ。

　真耶さんの家には郁や母さんも来てくれるし、澄也先生にも産んで落ち着くまで世話になるよう言われている。

でも俺が何度繰り返し説明しても、兜は「でもさあ」と反論してくる。

「入籍は絶対、早いほうがいいって！　両家の挨拶って言ったって、俺もう、あっちゃんの親御さんとは会ってるし。うちの親もあっちゃん知ってるし、問題ないよ。子どもが生まれる前に、ちゃちゃっと籍入れちゃおうよ。俺、なんなら婚姻届代筆しようか？」

婚姻届を代筆？

大体籍って、ちゃちゃっと入れるものかよ。

なに言ってるんだこいつは。でもやりかねない。怖すぎる……と思っているうちにも、兜はべらべらとまくしたてる。

「男同士の式だって今は増えてるじゃない。それにあっちゃんすごいきれいだから、みんな喜ぶと思うな～、俺、盛大に開きたいんだよね。だってこれから先、あっちゃんがどこのどいつと顔を合わせるか分かんないから、俺のものですって見せておきたいわけ。俺たちが深く激しく愛し合ってるってとこ、みんなに見せておかなきゃ」

……深く激しく愛し合って……？

そうだっけ。と思う。ていうか結局それってお前の大好きな牽制じゃねーか。

カブトムシの習性なのか、兜はたぶん縄張り意識が強いほうだ。

だから自分のものに手を出されるのを嫌う。俺がボルバキア症で、誰を誘惑するか分からないと、兜はいまだに思っているのだから腹が立つ。

俺がムッと押し黙ったのにも気付かずに、兜はまだ続けている。

「それにさあ、引っ越しのなにが悪いの？　俺、せっかく家、買ったのに」

とうとう一番怖いことを兜が言ったので、俺は思わず青ざめてしまった――。

本当に心から不思議なのだ。兜の頭の中って、どうなっているのだろう？

家を買っておいたから。あっちゃんはいつでも、俺にお嫁入りできるよ。

頭湧いてんのか？　みたいなことを平気で兜が口に

したのは、俺が結婚を承諾し――ちょうどそのときは、兜が山で遭難したあとだった――もろもろ片付いて落ち着いてすぐのことだった。兜は退院して元気になると、早速そう言ってきたのだ。

イエヲカッテオイタ？

俺は初め意味が分からなかった。単語と単語がつながらず、ばかみたいにぼけーっとしていると、兜がウフフ、と上機嫌で言った。

――あっちゃんも気に入ると思うよ。建て売りじゃなくて注文住宅にしたからね。あっちゃん好みの間取りになってるはずだし、庭も宅配ボックスもついてるし。家から一歩も出ないでも、ちゃんと生活できるよ。どんな家かは、サプライズね。

なにがサプライズだ――。

注文住宅だって？

俺はそのとき久しぶりに、兜に対してゾッとした。一体いつからその家を建てていたか訊いたら、俺が妊娠してると分かった直後には、もう建築事務所に駆け込んでいたらしい。

おいおい、そのとき俺お前と険悪だったはずなんだけど？

なんで？　なんでそのタイミングで、家建てた？

俺が訊いたら、兜は本気できょとんとして――このきょとん顔がまためちゃくちゃ腹が立つ――、

「え、だって。子どもができたんだから、建てるでしょ」

と、のたまった。

……兜ってなに考えて生きてるんだろう。

正確には、なにを考えてたらこんな生き方になるんだろう。

俺は兜を愛しているつもりだし、たぶんちゃんと愛している。

だけど、時々ついていけないというか価値観のずれというか、とにかくこいつって宇宙人なのかな？　と思うのだ。

ドラッグやってた俺が言えることじゃないけど、相当やばいときがある。ラリってるんじゃと疑うレベルでずれている。

しかし兜にしてみれば、コーヒーを一杯買うのと、家を一軒建てるのとでそれほどの差もないのだと思

う。だって、

「あっちゃんが実際住んでみて気に入らなかったら、新しいの建てよう」

とか、さらっと言うやつだから。

べつに兜はバカというわけじゃない。それどころか人並み外れて頭はいいはずなのに、こういう言葉を聞いてしまうと、こいつってもしかしてバカでは？　と思ってしまうのもしょうがないと思う。

でもこんなとんでもない男なのに、俺は兜を愛して て、家を買ったと聞いてドンビキしているのと同じくらい、まあ、住んでもいいかな……と思っているのだから救えない。

でもドンビキしている感性は大事にしたい。

じゃないと、フウフそろって頭がおかしくなってしまう。

とにかく、夏に兜が勝手に竣工させた注文住宅は、あっという間にできあがり、主人が住むのを待っている。金に糸目をつけないと、家は一ヶ月で建つのだなあと俺は初めて知った。

俺自身は実家は金持ちだけど、いろいろあってからは貧しく暮らしていたし、育ての母親も贅沢をしない人だったので、金持ちの金銭感覚には今現在アレルギーがある。

昔は父親のカードを使って派手に暮らしていたが、今ではそれを恥ずかしい過去だと思っているから余計だ。

それはいいとして、問題の家だ。

まだ俺は見たことがないけれど、兜は再三そこに引っ越して一緒に住もうと言ってくるのだった。

「あっちゃんのために、出産までは一階にベッド置くし、それにあっちゃんの実家にも近いよ？　どこもかしこも使いやすくしてあるし、俺だって家に帰ってあっちゃんの顔が見れる」

実際兜は俺の実家の近くに、家を建ててくれていた。

近く。そう、なんと徒歩圏内だった。それを聞いたときも若干ヒいたのだが、でももしそこで暮らしていくなら、育ての母には来てもらいたいので助かるとは思う。

だけどそれにしたって、やっぱり素直に入籍、挙式、引っ越しをすませる心境になれないのは、どうしてなのだろう？

黙っていると、部屋の扉が開き「兜、まだいたの？」と、冷たい声が聞こえた。

扉口に立っていたのは、俺に部屋を貸してくれている雀真耶さん――ヒメスズメバチ出身の、兜の幼なじみだった。

「なあに、マヤマヤ。ふうふ水入らずを邪魔しないでよ」

「まだ籍も入れてないくせに、もう旦那気取り？　目障りなんだけど」

真耶さんは兜のことをあまり良くは思っておらず、だからか、いつでもブリザードのような眼をしている。俺と話すときには春の陽射し（ひざし）のように柔らかいのに。

「籍ならこれから入れるんだよ、今もあっちゃんとその話してたとこなんだから」

「ふうん。どうでもいいけど、もう仕事の時間じゃないの？　怠慢でクビになる気？　議員さま」

言われて、兜よりも俺のほうがハッとなり、焦った。時計を見ると、兜の午後の会議が始まる少し前だった。

「兜、早く行かないと。資料ちゃんと読み込んだのか？」

兜は若手の国会議員で、とても大事な立場にいる。慌てて言うと、兜は「読まなくても頭に入ってる」と、さすがは起源種がヘラクレスオオカブトのやつは違うなと思わせるようなことを言いながら、

「あ～十分しかいられなかった」

と、残念そうに立ち上がった。

議員はとにかく忙しい。俺は自分のことのように焦り「いいから早く行け」と、座った位置から兜の腰を叩いた。

と、扉口まで行った兜が、俺を振り返り、メガネの奥からじとっとねめつけてきた。

なんだよ、早く行け、と言おうとしたら、恨みがましくこう言われた。

「あっちゃんさあ。本当に俺のこと、好き？　好きなら、俺の言うこと一つくらい、きいてよね――」

びっくりしているうちに、俺より先に真耶さんが口

を開いた。

「なに寝ぼけたこと言ってんの？　篤郎くんが兜のことなんて好きなわけないだろ」

結婚してもいいと言ってくれるだけ、ありがたく思え！

真耶さんは「とっとと行け」とばかりに、兜を追いたててしまった。

なに言ってるんだか。

とは、俺も思ったし、兜の問いにちょっと腹も立った。

……好きって言ったし、だから結婚もするつもりなのに。お腹にいるのはお前の子どもなのに。

なんで、気持ちを疑われるんだろう？

代筆しようという婚姻届や盛大な挙式や、怖すぎる秘密の注文住宅を、俺が受け入れようとしないから？

いやでも、普通に考えて兜の提案はちょっと飲み込みづらいだろう。

そう思う一方で、でも……と、自分でも考えてしまった。

——俺、兜のこと好きだけど。

愛してるって、思うけど。でも愛してるって訊かれると、どこを愛してるんだろう？　なんで、あいつと結婚しようと思ったんだろう？　子どもがいるから？

じゃあ、いなかったらどうだったんだろう……？

と思って、なんだか分からなくなってしまった。

だって俺、兜といる間ほぼ八割、あいつの言動と行動にドンビキしているし。幸せだなあとか、愛しいなあとかそういう穏やかな感情、あんまり持っていないような気がする。

もしかして——俺っていい加減なんだろうか。ちゃんと愛しているつもりで、実はそれほどきちんと兜のことを、想えてないんだろうか。

妙な不安がざわざわと胸に浮かんできて、俺はしばらくの間黙りこんでしまった。


「篤郎さん、まあーお腹大きくなった？　もう蹴る？」

翌々日の午後、真耶さんの家を訪ねてくれたのは、兜のお母さんだった。

弁護士をしているお母さんはとても忙しいが、俺と兜が婚約してから、月に二回ほど、連絡をくれたり会いに来てくれたりする。

上品で賢そうな女性だけど、孫ができると聞いてからは、俺のお腹を見る目尻が優しく下がるようになった。

その日はちょうどテラスにいて、ついでに郁も遊びに来てくれていた。

前にも紹介したことがあるので、二人は和やかに挨拶した。

お母さんは「郁さんと真耶さんにもと思ってね」と、差し入れのケーキを持ってきてくれていた。真耶さんは仕事でいないので、ケーキは手伝いの人に頼んで、冷蔵庫に入れておいてもらう。

「お父さんと話してるのよ。いつ、篤郎さんのご両親のところへ、ご挨拶に伺えばいいかって」

こちらはお詫びもしないとでしょ、と、兜のお母さんは気を使って言ってくれた。

「甲作に聞いても、なんだか要領を得ないの。入籍して引っ越してからでいいなんて言って。それじゃ順番が違うし、失礼じゃないのって言っても聞いてないものだから。篤郎さんの考えを大事にしたいから、あなたはどうしたいとか、あるかしらって……」

兜と違い、お母さんはとてもまともな人だなあと思う。

お母さんは頬に手をあてて、ふーっとため息をついた。

「甲作は……悪い子じゃないけれど、昔から頭が良すぎてねえ。私よりよっぽどできたものだから、いまだに私、あの子にうまく意見ができないのよ」

できすぎても困りものだわと、お母さんは小さく愚痴をこぼした。

聞いていた郁は苦笑して、俺に目配せを送ってきた。

『俺から、お母さんとお父さんに、きいてみようか？』

大事なこの兄の唇を、俺は小さなころから読みとれる。

郁は声が出せなくなって久しいけれど、俺と郁の間では手話は不要だった。お母さんがなにに、という顔をしていたので俺は微笑んで、

「郁から両親に訊いてくれるそうです。俺も、入籍と

かは全部、一度顔合わせしてからと思っていたので」

「そうよねえ。郁さん、そうしてくださる？　助かるわ」

お母さんはホッとしたように息をついた。

「それよりも……なんだかすいません。兜……甲作さんが、家を……建ててくださったみたいで……」

ものすごい大金を、ぽんと払っているのだ。いくら自立した大人とはいえ、俺が母親だったら卒倒する。

思わず謝ると、「篤郎さんは悪くないわよ」と、お母さんは呆れ顔だった。

「甲作が勝手にやったんでしょう。あの子、この前式場を押さえようとしていたのよ。私、慌てて止めたの」

それを聞いてびっくり仰天だったが、やりかねない……とも思った。

「今はお腹の子を無事に産まなきゃいけないのに、あなたと結婚できると思って、あの子ったら有頂天なのね。驚いたわ。甲作は昔から……なんていうか、機嫌は人一倍いいけど、なんにも熱中しない子だったのに」

執着が薄かったの、と、飲んでいた紅茶のティーカップをテーブルに置き、お母さんはため息をついた。

なんでもできて当たり前。なにをやっても人よりできる。

兜はそんなだったから、勉強もスポーツも、趣味も仕事ももちろん恋愛にも、あまり熱のない子だったと、お母さんからは何度か聞いていた。

「本気の恋愛なんてできないんだろうと諦めていたわ。そうやって生きていく子なんだって。……だから篤郎さんには感謝しているのよ。でも、同じくらい、申し訳なくも思ってるの」

郁が眼をしばたたき、俺のほうを見る。

俺もちょっと驚いて、「申し訳なく？」と訊ねると、お母さんは「だってね」と、言葉を接いだ。

「正直、私があなただったら甲作を好きになれたか自信がないのよ。自分の息子だから可愛いけど、あなたにしたことはひどいことだし」

俺もひどいことなら散々やったのに、お母さんはそれを善意からかさっぴいてくれている。

時々思うの、とお母さんは続けた。

「篤郎さんがうちの子のどこを好きなのか、さっぱり分からないって」

実の息子を捕まえてひどい言い草だが、お母さんは真剣だった。郁は気を使い、手元のノートに、「でも兜さんは、かっこいいし、お仕事もできますし」と書いたが、お母さんは「それくらい他にもいるわあ」と、なかなか手厳しい。

「ましてや篤郎さんほどの美人なら、イケメンなんてよりどりみどりよ。そうでしょう」

同意しづらいことを声高に主張しながら、ふとお母さんは、手元のスマートフォンが、点滅しているのに気がついた。「あら、ごめんなさいね」と言いながら、メールらしき画面を確認する。それから——みるみるうちに、真っ青になった。

「まあっ、まあまあ、まあ！」

わなわなと震えながら、お母さんは郁にその画面を見せた。郁も顔を青ざめさせる。俺はなんだろうと思って覗きこみ、それから、固まった。

それはお母さんの秘書から送られてきたメール画面だ。

『先生……、残念なおしらせです。息子さんのブログ、削除させなくて大丈夫ですか？』

そんな文面の下に、画面をキャプチャーしたような画像が貼られており、それは兜のブログだった。ついさっき、更新されたもののようだ。

タイトルは「結婚」。本文にはこんなことが書かれている。

「婚約相手に入籍と挙式と引っ越しをお願いしたんだけど、いまだに断られ続けてる。笑笑

あっちゃん、ほんとにオレのこと好きなのかなあ？

笑笑

もちろんオレは、大大大好き。」

おいおいこれは、議員のブログか？

と疑うような、ポエムブログに俺は目眩がした。眼の前でお母さんが、ガラケーを取り出し、即刻兜に電話をしている。

「甲作っ、なんなのあれは！　恥ずかしい！　消しな

さいっ」

電話の向こうでは、兜がケラケラと笑っている声がする。お母さんは顔をまっ赤にしている。

「なにが議員も親しみの時代ですかっ、支持者の皆さまに申し訳ないと思わないのっ、篤郎さんにもご迷惑がかかるでしょっ」

——でももう、テレビ放映されちゃってるんだから、一緒でしょ？

電話の向こうで兜がそう言っていた。

実は俺の存在は、世間にはすっかり認知されているのだ。兜が山で遭難したときに、テレビカメラの前で盛大にプロポーズの返事をしてしまったので……。あのあとは、しばらく俺と兜の話題がワイドショーを賑わせたが、雀家のセキュリティと権力のおかげで、俺は囲み取材に遭うこともなく気がついたら騒動が終わっていた。

——そんなことより、あっちゃんどう？　俺の公開愛の告白、喜んでるぽい？

「おっ、お前って子は……っ！」

うきうきした兜の声に、お母さんはまっ赤になって震えていた。怒りで言葉も出ない、という感じだ。その気持ち、分かる……と思いながら、俺はこの電話のあと、お母さんをどう慰めようかと考えていた。


本当に本当に、あんな子、篤郎さんは好きっ？　愛せるっ？　私なら無理だわ！

と、お母さんはわめきたてて、すっかり腹を立て、最後には私の育て方が悪かったのよ……と泣いて、離婚訴訟のときはあなたの味方になるからね、とまで宣言して、帰っていった。

『兜さん、ほんとに篤郎のことになると、見境ないねえ』

優しい郁でさえ、呆れていたほどだ。ブログの記事は結局削除されず、ネットのニュースに取りあげられ、『イケメン人気代議士、〝美人すぎる〟男婚約者との間に、波風⁉』という煽り文句つきで騒がれてしまった。

俺のプライバシーってどうなっているんだろう。まあもう、兜のご家族とうちの家族に迷惑がかからないなら、いいけどさ。

ちなみに、怒ったのは真耶さんもで、早々に帰ってきて家の使用人たちに「兜甲作出入り禁止令」を敷き、兜は三日間、家に入れてもらえなかった。

真耶さんのところには毎日兜から電話がかかり、二人は電話口でケンカしていた。

「篤郎くんねっ、もう結婚しなくていい！　シングルマザーでいい！　僕が一生養ってあげるから！」

真耶さんはものすごく男前なことを言ってくれたけど、まさかそういうわけにもいかない。

俺は真耶さんに頭を下げて、兜の出禁を解いてもらい、ブログ騒動から四日後、ようやく兜は雀家の敷居をまたぐことができた。

そんなことをしながら——俺はなんていうか、ずっと考えていた。

兜のどこが、俺は結婚してもいいと思うほど、好きなのかなあって。

「お前、ほんとバカだろ。なにやってんの」

久々にやって来た兜は、さすがに三日の出禁がこたえたのか、ちょっとやつれ、ちょっと困った顔で、ハ……と笑っていた。

「顔写真も出してなかったのに、あんなに怒られると思ってなかったんだよ」

「ネットニュースになったら、昔の画像が出回っちゃうことくらい、分かるだろ」

俺は呆れた。その昔テレビでがっつり、俺は映されていたのだから、今でも兜がニュースになると、そのときの画像が使われるのだ。見たら落ち着いていられそうにないからきちんと見たことはないが、ネットニュースで俺の画像が出ると、大抵「これ、男っ？」「美人すぎる……」「男でもこれはアリ」とかいう、下世話な褒め言葉と一緒に、やっぱりいろんな、心ない批判も殺到している。

真耶さんが怒るのは、そのせいなのだ。

「あっちゃんは怒ってないの？」

兜は俺の隣に腰掛けながら、お土産らしき袋を差し出してきた。自然に受け取りながら、俺はため息まじりに「もう慣れた」と言った。実際、もう慣れている。兜の奇抜な行動に驚いていたら、心臓がもたない。

お土産は、前に俺が食べて美味しいと言った、洋菓子店のものだった。

「いやー……三日会えないのはこたえたよ……。ブログなんて、あっちゃんへのラブレターのつもりで書いただけだったのに」

「……全然ラブレターになってなかったんだけど」

「でも世間には、あっちゃんが俺のものだよってアピールできたかな。挙式できないかわりにはなったよね」

「なに言ってんの、お前。怖っ」

思わずゾッとして突っ込むと、兜は気の抜けた顔で、あはは、と笑った。柔らかな、素のままの兜が垣間見えて、俺は久しぶりに、胸がドキリと鳴るのを感じた。

「……オレねー、あっちゃんのそういうとこが好きなんだよね……」

兜は意味の分からないことを言っている。どういうとこだ？　俺が首を傾げると、「オレのこと、特別扱いしないとこ」と言う。

「今まで付き合った子に同じことやっても、たぶんさ、喜ばれちゃうんだよね。怖いとか、変だとか、言わないの。補正かかっちゃうのかな」

恋は盲目というやつだろうか。

「なんだそれ、自慢か？」

思わず言うと、「違う違う」と兜は答える。

「オレはさあ、自分がちょっと変なことくらい、知ってるから。変だって言ってくれるあっちゃんがいてくれて、ホッとすんの」

よく分からなかったけれど、ふうんと俺は頷いた。

俺は……俺は、どうなんだろう。

「俺はお前のその変なとこと、自信過剰なところと、宇宙人なのかってくらい、人の意見をきかないところ……」

「ひどっ！」

「ヤバいやつ……とは思うけど、嫌いではないよ」

うん。そうだ。嫌いではない。ドンビキするけど、なんだかそこに、笑顔の仮面の下の、兜の不器用さとか、本音とか、生きにくさみたいなものが初めて見えている気がするから。

なんでもできて、完璧なのに。俺がめろめろになるように、隙のない彼氏や婚約者を演じることだってできるくせにそうしない。俺にありのままの、愛情や独占欲、ちょっとヤバめの執着を見せてくれている。それがあるから、俺はこいつに愛されてると思えるのかもしれない。

「必死なお前は、わりと可愛いって……思ってる……よ」

言う声がつい小さくなり、兜が「えっ、えっ、なに？　もう一回。次は録音するから」などと言い、ちゃっかりボイスレコーダーを取り出している。俺は顔がまっ赤になるのを感じながら、やめろバカ、と言った。ぺし、とその頬を叩くと、兜はメガネの下で、嬉しそうに眼を細めていた。

あ、今、ちょっと幸せだなあと思った。こうやって一緒にいるのが、すごく自然に思えるとき。俺は幸せを感じてるみたいだ。

「……仕方ないから、来月引っ越すよ」

俺はそう言っていた。

兜が俺の愛情を得ようと、必死になってあれこれするのが、これ以上過激になってはいけない。そう思って言ったけれど、なんだか、周りのみんなが「あれのどこが好きなんだ」と言うような、そんな兜のことがちょっとかわいそうで、ちょっと……得意だったのもあった。

みんなには分からない兜のいいところを、俺は愛してるんだなと思えて。

本当は入籍も挙式も引っ越しも、口でいうほど嫌ではないのだ。そうしたいというよりも、兜がそれで満足ならいいか……という気持ちはある。

怖っ、と思っても、しばらく経つと慣れてしまう。まあいいか。こいつがそうしたいなら。と思える。そうしてあげたいなと思ってしまう。

こういうのも、愛なんだろうか？

「あっちゃん。あっちゃんだけが、大好きだよ」

甘ったるい声で言いながら、兜は俺の唇に、キスを落としてくる。俺は眼を閉じて、そのキスを受け入れていた。

どうぞ末永く、お幸せに

（なんだって僕がまた、こいつのノロケを聞かされてるんだろう――）

真耶（まや）はイライラしながら、眼の前の幼なじみの顔を、胡乱な眼で見やった。

「ねー、頼むよ。マヤマヤからあっちゃんに言ってやって。あっちゃん、きみの言うことならなんでも素直にきくんだからさぁ」

七月某日。

梅雨も明け、連日汗ばむ陽気が続くなか、眼の前の男――兜甲作（かぶとこうさく）は一応仕事で、真耶のもとを訪れていた。

兜は政治家で、教育関係の法整備に力を入れている。一方名門校の理事を務める真耶は教育分野で様々な論文を発表しており、若手教育者として注目を浴びている。

真耶は兜が結成した法案チームに、民間識者の一人として参加しており、今日も兜は、真耶の勤める星北（せいほく）学園（がくえん）の理事室へ打ち合わせにやって来ていた。

政治家としての兜甲作。

これはほぼ百パーセント信用に値する、と真耶は思っている。

兜は口がうまく、人心を摑むのもコネを作るのも根回しするのも得意だが、有権者に対して絶対に嘘は言わない。確証のないことは口にしないし、自分で確かめてきたことだけを真実として伝える。気さくで親切。そしてなにより今の自分よりよく見られようという見栄（みえ）がないし、儲（もう）けてやろうという欲もない。

ただただ真面目に、弱きものを助けるためだけに奔走できる。無欲で正直者ほど政治家として怖い存在はない。保身がないので思い切ったことができるのだ。

そしてそんな兜は、当然国民から人気があった。

なにより華やかで、イケメンなのがいい――という女性の声もよく耳にする。

しかして、それは兜の実にわずかな上澄みにすぎない……。と、真耶は知っている。

プライベートの兜甲作は、めちゃくちゃ面倒くさく、うっとうしい男なのである——。

なんといっても、彼の愛妻（といっても男だ）、蜂須賀篤郎、もとい兜篤郎を前にすると。

真耶は篤郎とは、兜が彼と結婚する少し前に知り合った。

もともと知り合いの蜂須賀郁の弟だというのは聞いていた。

彼が郁になにをしたかも知っていた。

なので真耶は内心、「薬ヅケのクソヤロー」程度にしか篤郎を認識していなかった。教育者としてはいかがな意見かと思うが、プライベートとなると容赦しないのが真耶である。

けれど実際に会ってみると篤郎は素直で、気持ちの優しい青年だった。優しすぎるので兜にまでつけこまれてしまったというようにしか、見えないときもある。

愛情深いのはたしかだが、篤郎は不器用であまりはっきり愛情表現をするほうではない。といってもそれは相手が兜の場合であって——それは、結婚までにいろいろとあったのだから当然だろうと真耶は思っている——、今年の一月に生まれた息子には、それはもうとろけるほどの愛情を注いでいる。

（……そもそもやっぱり、男であっても産めるところがなんていうか……）

男でありながら、根っこのところに、柔らかな部分自分より他者を優先する部分があったから、篤郎は子どもを産めたのだろう——と、真耶は考える。

たとえボルバキア症になったとしても、自分なら産めたかどうか。

いやいや、産めるわけがない。だって男として生まれてきたのに、そんなこと考えられるかな？

というのが、真耶の正直な感想だ。

なのでまあなんというか。尊敬しているのである。篤郎だけではなく、真耶が知る限り男の身の上で子どもを産んだ友人たちを。

「母は強しってやつだよねぇ、最終的には篤郎くん、きみなんかいてもいなくても生きてけるだろうね」

気がつくと素直な感想が口をついて出た。

とたんに、兜がムッと眉根を寄せる。

「なんでオレが相談してるときに、そういうこと言うのさ。マヤマヤ。やっぱりきみも、あっちゃんの夫の座を狙ってるんじゃないだろうねっ？」

「きみは前からバカなところがあったけど、篤郎くんと結婚してからはクソバカになったね、兜」

呆れまじりに言ったが、内心ではいい気味だと思ってもいる。篤郎は真耶に大変懐いており、真耶だってそれが少し得意なのだった。

理性ある自分にはさすがにブレーキをかける余裕はあるが——しかし、篤郎はハイクラスの男から見ると妙な魅力に溢れている。あれが魔性というのだろう。もとから美形だが、顔のよしあしだけではないもっと別の、不思議な引力が篤郎には備わっていて、端的に言えば、

「そそられる」

のである。

「……あっちゃんは自分の魅力をいまいち分かってない。とにかくオレは絶対離婚するつもりないから、とりあえず式をあげたい」

今日の兜の相談事。

それがこれだった。篤郎と結婚式をあげ披露宴を開きたい、というのである。真耶の眼の前には、兜がかき集めてきたらしい式場のパンフレットや、分厚い結婚情報誌が並んでいる。

ご丁寧にいくつも付箋が貼られたそれらを見て、真耶はすぐに、

(気持ち悪っ)

と思ったのだが、兜は真剣な面持ちだった。

「……あのねえ。篤郎くんは嫌だって言ったんでしょ。だったら諦めたら。結婚式は一人じゃできないんだし」

「分かってるよ。だからマヤマヤに頼んでるんじゃないか。あっちゃんを説得してって」

「篤郎くんはなんて言ってるのさ」

「男同士で式なんて、挙げたくないって。見世物みたいになるのも嫌だって」

ひどくない!?

と、兜は身を乗り出した。

「べつにいいじゃない、男同士でも！　最近は珍しくないんだし。澄也クンとこも郁ちゃんとこも男同士

じゃない！　マヤマヤもどうせそうなるんでしょ？」

「はあ？　なに勝手に決めてんの」

「この年まで彼女がいないんだから、彼氏くらいしかもらってくれる人いないよ」

　真耶はムッとしたが、自分の恋愛談義など兜としたくなかったので無視することにした。

「そうはいっても、翼(つばさ)くんのところも郁くんのところも、べつに式は挙げてないだろ」

「だからさあ、三家合同でやろうよって話したの。盛大に」

「盛大に？」

「盛大に」

　こくり、と兜が頷(うなず)く。

「……マヤマヤね。気付いてる？　あっちゃんさ……最近、匂いが戻りつつあるんだよ」

　うつむいた兜のメガネが、わずかに光る。真耶はいや、知らないけど……と言いたくなるのを押さえた。

「子ども産んでしばらくは落ち着いてたんだ。それが……それが、半年経って、またあのエロい匂いがしてきちゃったんだ！　す、澄也クンが言うには、ボルバキアウィルスは母体が若いうちに産ませようとするから、もうあと二ヶ月もするとオレが出会ったころくらいになってるって！」

　自分で言っておいて、兜はギャーーーーッと叫び声をあげ、頭を抱え込んだ。

「……地獄だよ。オレはあっちゃんしか抱きたくないのに、あっちゃんは他の男でもいいなんて……」

　うなだれる兜に、真耶はさすがに引き気味になる。

「いや、篤郎くんがそう思ってるわけじゃなくて、ボルバキアウィルスがそうさせてるだけだから。でも仕方ないだろ、実際べつにきみである必要なんてないじゃない。篤郎くんくらいきれいな子なら引く手あまただし」

「やっぱりマヤマヤも敵か！」

「事実を述べただけだよ、面倒くさいな」

　つまりあれか、と真耶はため息まじりにまとめた。

「周囲に篤郎くんは自分のものですって言うために、挙式したいってこと？　クズだね」

「悪い？」

　兜はまったく可愛げなく、フンとふんぞり返った。

「必死なんだよこっちは。あっちゃんに捨てられたら生きていけない。早く次の子を仕込まないと……」

　完全にクズだな、と真耶は思い、しかしもう言う気も失せて半眼で睨むだけにした。

「せいぜい、嫌われないようにするんだね。……挙式よりももっと、素直な気持ちを話し合うところから始めたら？」

　そう言うと、そんなこととっくにやってるよ、と兜は唇を尖らせた。

「オレが毎日愛してるって言っても、あっちゃんは、ほとんど反応しないんだよ……」

　しらっとした篤郎の顔が瞼に浮かぶようだ。

そうだろうなと真耶は思った。

「きみには信用がないからね」

　真耶が言えば違う反応がくるだろうことは分かっている。

　ほんの一瞬だが、真耶は篤郎に愛してると言い——兜を捨てて自分のところへ来ないか、と提案することを想像してみた。

　しばらく悩んだあと、篤郎が頬を染め、「そうします」と言うかもしれない……。

　その可能性を考えるほどには、篤郎は兜より、真耶を信頼している。

　そこまで考えて、さすがに真耶は兜がかわいそうになった。同時に一応友人の、幼なじみの愛すべきパートナーを奪う想像をしたことに、ちょっぴりの罪悪感も。


　兜がしょぼくれて帰っていったあと、真耶は自分のもとへ残された結婚情報誌をしばらく眺めていた。

　篤郎に断固拒否されたというそれらは、気持ち悪いくらいの付箋で埋めつくされ、「男同士挙式実例あり」とか「同性婚歓迎」とかと律儀にメモまでされている。

（でもあの篤郎くんが、ウェディングドレスや白無垢なんて着るはずはないし……似合いそうだけど）

　両方タキシードで浮かれて登場、というのも、篤郎のキャラではない。そもそも結婚式とは、他者への牽制のために挙げるようなものではない。

これから先の人生を、この人と歩いてゆく。

どうかそれを見守ってください。

本来は、そんな気持ちを親しい人や愛する人たちに伝える行事だ。

（うーん）

しばらく迷って、それから真耶は結局執務机の片隅に置いてある、携帯電話を手に取った。

名前を呼び出し、コールする。

数回のコール音のあと、相手は電話に出てくれた。

『真耶さん？　どうされました？』

聞こえてきたのは、ちゃんと男の声なのにどこか繊細な篤郎の声だった。

「あ……いや、大した用事じゃないんだけど。今大丈夫？　甲一（こういち）くんは？」

六ヶ月になる彼の息子のことをきくと、弾んだ優しい声で、篤郎が「お昼寝してます」と答えた。

その声音だけで、篤郎が息子を溺愛しているのが分かる。

『今日うちのが、真耶さんと会うって言ってましたけど……』

篤郎は恥ずかしいらしく、兜のことをあまり名前で呼ばずに、うちのが、と言うことが多い。一応頑張って、なるべく甲作さんとか、甲作、と呼んではいるようだが。

「ああ、そう。それでね、実は……相談されたんだよね。結婚式の」

『……』

ああ、やっぱり嫌なのだな――と、無言になった篤郎に真耶は察しつつ、頭の隅っこに、さっきの想像がかすめていった。兜を捨てて僕のところへ来ない？

もちろん甲一くんも一緒でいいよ。篤郎は薄紅色に頬を染めて、行きます、と小さく言う――。

ちくちくとした罪悪感とともに、兜も悪気はないんだよ、と真耶は言葉を繋げた。

「篤郎くんが他の人にとられないか心配で……自分のものだって言いたいみたいだね。クソバカだとは思うけど、もともとクソバカだからどうしようもないっていうか……」

自分らしくない、煮え切らない言い方になってしまうのは、たぶん妙な想像のせいだと真耶は分かっている。

それにしても篤郎は、本当の本当のところ、本当に兜でいいのだろうか？

甲一くんのために、無理して一緒にいないよね？

喉まで出かかった言葉を、真耶はさすがに飲み込んだ。

しばらくして篤郎が『やっぱり不安にさせてるんですよね』と呟いた。

『……俺は、どこにも行かないのに。甲作と結婚したことは、後悔してないのに……どう言ったら、信じてくれるのか分からなくて』

あいつ俺の気持ちを、信じないいんです、と篤郎は悲しげに言った。

『誰でもいいと思ってる。……式を挙げたら、そうじゃないって信じてもらえるんでしょうか……？』

そう思わせている自分が情けない。篤郎はやがてそう続けた。大事な家族を不安にさせているのは悲しいと。

「……」

真耶がなかなか返事をしないので、篤郎は不思議に思ったらしく、『真耶さん？』と言う。真耶はハッと我に返り、「今の気持ち、そのまま話したら？」と続けた。

「僕からも、兜には言っとくよ。篤郎くんはどこにも行かないし……牽制のためにやる式なんて意味がないって」

電話口で、篤郎はホッと息をついたようだ。ありがとうございます、お世話をかけて……と言われて、いやいや、いいんだよ。じゃあまた近いうちに会いに行くねと言って、真耶は電話を切った。

夏の午後、携帯電話を机の上に戻すと、窓の外からはセミの声がするのに気がついた。

――白昼夢でも見たかな。頭が沸いていたのか。なんだってあんな想像したのだろう？

真耶は少しだけ、自分の思い上がりを恥じた。

僕のところへおいでと言ったくらいでは、篤郎は兜と別れそうもない。どうやら篤郎も、兜のことを深く愛しているようだ。

――そんなことは知っていたのだが。

再三不安がる兜につられて、つい忘れていたらし

「どうぞ末永く、お幸せに……」

真耶は小さく呟いた。


い。

恋愛沙汰など遠いはずの自分さえ、篤郎には妙な想像をしてしまうのだから、兜が不安になるのも理解できる。

まあそれも、ちょっとだけいい気味だ。そう思い、真耶は唇の端だけで笑った。


『あっちゃんはオレと別れないって。だから結婚式じゃなくて、身内だけのパーティを開くことにしたよ。あ、マヤマヤも来てよね』

兜から浮かれたメールが入ったのはその夜だ。

自宅のベッドでそれを確かめた真耶は、既読マークがついているだろうことは分かりながら、一晩だけ無視することにした。ちょっとだけ羨ましく、妬ましい。

愛するもののために一喜一憂し、ころころ態度を変えている兜が。

ちゃんと父親やれてるのか？

と、わずかに不安も覚えつつ、

あっちゃん、えっちしよ

「あっちゃん。えっちしよ」

「は？　今できるわけないだろ」

　昨夜も交わされたやりとり。ここ数ヶ月ずっと同じことを、オレ、兜甲作は、結婚相手のあっちゃん、篤郎に言っては、断られていた。


　あーっ、この世で一番大大大好きなあっちゃんとえっちできないなんて、オレってなんてかわいそう！　オレよりかわいそうな人、この世にいる!?

　そうわめいたら、秘書の芦田くんに白い眼で見られた。

　――先生、奥様のこともっと大事にしてください。

　だってさ。うるさいなあ、なんで芦田くんにあっちゃんのことで怒られなきゃいけないのさ、あっちゃんはオレのものだぞ、ぷんぷん。

　まあ冗談はさておき。

　オレこと兜甲作は、起源種がヘラクレスオオカブト。二十八であっちゃんに出会うまで、人生は順風満帆。あまりに思い通りにことが進むから、寄り道してかわいそうな子を見つけては手助けする、趣味のボランティアを恋愛活動にしてた。

　でもついに、本気になっちゃったんだよね。あっちゃんこと兜篤郎（いい名前だなあ）、出会ったときは蜂須賀篤郎って名前だったけどね。

　この子がまあ、とにかく、好みど真ん中！

　オレのために生まれたんじゃないの？　いや実際オレのために生まれたよねって子だった。

　まず、生い立ちが不幸。

　考え方も不幸。

　なのに誰にも頼れない。

　見た目に反して家庭的。すっごく活動範囲が狭くて、閉じてて、そりゃもうかわいそうなの。

　なのに外見はすごい美人なんだよ、しかも超色っぽいし。

ハイクラスの男なら大体イチコロだね、匂いがやばい。まあそれは、ボルバキア症っていう病気のせいでもあったんだけど、未成熟なオオスズメバチっていう、本来ならハイクラス最上位種の子が、男になりきる手前でできそこなった結果、他種の男に守ってもらわないと生きていけないから、出してる匂いっていうの？ 本人には差別になるから言わないけど。ただもう、そういう奇跡が重なって、あっちゃんは魔性だった。

しかもロウクラスばっかりの土地で生活してたから、それに気付いてなかったわけ。

いやあ、もう、これは、こんな手つかずの花見つけたら、摘むよね。摘んじゃうよね～♪

って感じで、オレは手を出しました。

結果もう、メロメロです。セックスってこんないいものだったのっ？

って、初めてあっちゃんを抱いたときに思った。

ほんとそれまで、セックスはおまけ～って感じでしか、付き合ったことなかったから。大体前戯とか結構面倒くさいじゃない。さっさとイカせてさっとイってハイおわり～ってえっちしかしたくなかったんだけど、あっちゃん相手だともう、自分のスキル、総動員って感じ。

前戯中のあっちゃんの蕩けた顔もずっと見てたいし、入れてからあんあん言わせるのも最高。

中に出したあとの、あっちゃんのイく顔なんて、あれだけでオナニー百回できるね。

とにかくオレは初めてセックス気持ちいいー！ ってなって、バカみたいにやりまくって、子どもができた。

いやはや。オレの人生、本当に恵まれてる。もし子どもができなかったら、あっちゃんがオレと結婚してくれたとは思えないなあ。

おかげさまで晴れて、オレたちは籍を入れ、子どもも無事に生まれてきた。あっちゃんは子どもが好きだし、もとから結構家庭的なタイプだったので、思ったとおりいいお母さんをやっている。いろいろ苦労もあるみたいだけど、オレがあっちゃんの実家の徒歩圏に家を建てたから、お義母さんも毎日昼間来てくれてるし、オレの母親も行ってるし、産後しばらくはシッターさんも雇った。

金はあるからね。なんてことないんだ。

でさ、そうこうしてるうちに子どもも七ヶ月になった。オレはそろそろえっちがしたい。

だから毎晩誘うんだけど、まだ夜に子どもにミルクあげたりしなきゃいけないあっちゃんは、できるわけないだろって言う。

なんでよ。したいよ。オレもう一人で抜いてるの飽きちゃったよ。

なんとかならないものか。めちゃくちゃ思案しました。

で、とりあえずあっちゃんの優先順位を変えるしかないと思ったわけ。

あっちゃんて、さっきも言ったけど家庭的な子なわけ。だから、赤ちゃんが家にいたら、一番が赤ちゃん、二番がオレ、最後に自分の人なわけ。あー、こういう性格も、なんかかわいそう……ってオレは思って、萌えるんだよね。なんでナチュラルに自分が一番下なんだろって。オレだったら、一番がオレ、二番があっちゃん、三番が赤ちゃんだな。でもまあオレの力があれば、全員幸せにするけどさ。

話がずれたけど、つまり一時的に、家から赤ちゃんがいない状態にするしか、ないんだよね。

まあ、簡単だよ。オレはお義母さんに頼んだ。

フウフ二人の時間がほしいので、一日赤ん坊を預かってほしいって。

あっちゃんはしんどくても、そこまで頼りきりにできない性格なので、オレからお願いしますって。

お義母さんって、あっちゃんと似てすっごく優しい人なんだよね。だから二つ返事でオッケー。それどころか、気が利かなくて悪かったわ、とか恐縮して、篤郎の体を休ませてやりたいって言って、朝から赤ちゃんを預かってくれた。

夜泣きに付き合ってたあっちゃんは気付かずにベッドで寝てたから、問題なし。

それでオレは、あっちゃんの寝込みを襲いました。


「あっ、あっ、あん、あ、ばかぁ……っ」

ああー可愛い。

オレは腰を揺らしながら、下で喘いでいるあっちゃんの姿を見て、満足していた。

寝室で寝込みを襲ったので、キングサイズのベッドの、シーツの波間にあっちゃんが埋もれていた。ちなみに襲ってすぐ、仕事が休みなことと、家に子どもがいないことは打ち明けた。

あっちゃんはそれでも抵抗したけど、無理やりキスして、愛撫して突っ込んだら、さすがに感じて諦めたみたい。

はたして今、カーテンを開けた窓からは朝日が差し込み、白い光があっちゃんのいやらしい姿を照らし出している。

あっちゃんの顔は涙でぐしゃぐしゃ。キスしたときに唇の端からこぼれた唾液で、口の周りは濡れている。寝間着は下だけ全部脱がして、上はボタンを外しておっぱい――と呼べるほどの大きさはないけど、男なのに、子どもを産んだのであっちゃんはほんのちょっとだけ、気持ちぶん、胸がある――だけ見えるようにして、オレは正常位で、あっちゃんの後ろに性器をハメて、中をがつがつ突いていた。

久しぶりに味わうあっちゃんの中は、うねうねと蠢いてオレのものに吸い付いてくる。いいところを擦ると、ぎゅーっと絞ってきて、精液を欲しがる。なんてえっちな穴なんだ……。

「あっちゃん、やっぱり二人目、ほしいんだね……こぎゅうぎゅう締め付けてくるよ」

「あ、あ、ばか、うるさい……」

あっちゃんは怒ってるけど、その性器はすっかり勃起してて、先端からえっちなおつゆをたらたらこぼしている。オレが中を突くたび揺れて、先っぽから白い液がこぼれて、すっごくエロい。後孔もぐっしょり濡れてるし、ピンク色の乳首はつきたって震えている。

オレは乳首を両手の指で挟み、ぎゅーっと引っ張ってあげた。

「あああああん……っ」

あっちゃんが気持ち良さそうに仰け反る。とたんに、オレのペニスはあっちゃんの媚肉にぎゅーっと絞られて、ぱん、と音が立つほど激しく突き入れたとたん、耐えきれずに中で精がはじけ飛んだ。

「いや、あっ、あっ、あっ、あっ、あーっ」

あっちゃんがぶるぶる震えて、泣きながらイった。足はがくがくだし、お腹は波打ってる。あっちゃんは中出しされて感じている。長い間溜めていたので、吐精も長く、オレの精液はびゅるびゅるとまだ出続けている。

「あんっ、あんっ、ああっ、あ、また、ああっ、またいっちゃう……っ」

　一度ドライでイったのに、あっちゃんはオレの精が長く出ているので、その間に二度目の絶頂を極めたようだ。後ろがきつく締まり、あっちゃんは可愛いお尻をびくびく揺らした。

「いいよ、イって。こっち触っててあげる」

　オレはそう言って、あっちゃんの乳首をころころと指先で転がし、もう片方を舐めしゃぶり、ついでに空いた手で、あっちゃんの性器の先をぐりぐりと揉んであげた。

「だめ、やめろ、甲作……あ、あ、あ……」

　抵抗する声にも、もう甘さしかない。オレには全部、語尾にハートがついて聞こえる。

　腰を揺すって精を中に出しきり、愛撫も強めると、あっちゃんは、

「ああああんっ」

　とすごい声で鳴いて、性器から潮を吹かせた。

「うわー、あっちゃんも、溜まってたんだねえ……」

　透明な液体が飛び散って、あっちゃんの寝間着を濡らす。いや、いや、とあっちゃんは涙ぐんで首を振っている。寝間着が濡れて気持ち悪いだろうなと思ったけど、濡れた布から透けて見えるあっちゃんの素肌はすごくやらしいし、オレに出されたあとのあっちゃんはものすごい甘い匂いをさせているので、脱がさずに腕をとり、ぐいっと引っ張り上げた。

「や、あああっ」

　あっちゃんが悲鳴をあげる。オレのペニスはまた元気になっていて、あっちゃんの中にずっぽりと、深く入っていた。対面座位の体勢から、よいしょとあっちゃんを持ち上げて、抱っこするようにして立ち上がる。と、あっちゃんの顔に「?」のマークが浮かんだように見えた。

　なにするの？　どうするの？

　と、いう顔だ。

オレはにこっとして、「だってこの家に来てから、まだ一回もえっちしてなかったから」と、言った。

「全部の部屋で一回ずつはやりたかったんだ。とりあえずこのまま隣の部屋、いこっか」

「や、や、やだああっ」

あっちゃんは暴れようとしたけど、一回腰を入れながら揺すったら、ビクビク背を反らして、おとなしくなった。動くたびに「あん」「あ」「ああん」と喘いでいるのが可愛い。もちろんオレも、締め付けられてめちゃくちゃ気持ちいいし、あっちゃんを虐めているのが楽しくて興奮する。

抱っこして隣の部屋に行くと、そこはあまり使っていない洋室だった。普段は立ち入らず、使っていない家電などが置かれただけなので、どうしようかなと考えて、

「よし、じゃああっちゃん、こっち向いて」

オレは一回あっちゃんから抜いて（抜くときもあっちゃんは、「ああんっ」って震えてた。可愛い）、あっちゃんをくるりと後ろ向かせて、立たせた。あっちゃんは朦朧（もうろう）とした顔でよく分かってなかったけど、突然正気を取り戻し、

「甲作……っ、ここ、窓……っ」

と、振り向こうとした。でもオレがあっちゃんのお尻に一気に挿入したので、とたんに腰砕けになり、

「あっ、ああ……っ」と足を震わせて、眼の前の窓にすがりついた。

「いや、だ、見えちゃう……っ」

あっちゃんは窓硝子（がらす）に手をついて、オレにお尻を突きだしていた。感じて歪（ゆが）んだ顔が窓にうっすら映ってて、オレはものすごく燃えた。

「大丈夫だよ、下は庭だから。宅配便の人が来たら、見えちゃうかもだけど、ね……っ」

そう言って激しく突くと、あっちゃんのお尻は前後に揺れて、あっちゃんはあんあん叫びながら達した。今度は精液をまき散らしてイッたので、ガラスにびっしょり汚れがつく。

「あっちゃんてば、さっきは空イキできたのに……こんなときに射精しちゃうなんて……」

オレはわざと意地悪を言い、あっちゃんの手首をとると、つりあげるようにした。あっちゃんの足は宙に

浮き、その乳首と性器がガラスにぴたりと押しつけられる。

「ああ、あん、あっ、だめえ……っ」

オレは下からゆるゆる突きながら、「今誰か来たら、あっちゃん、窓オナしてる子みたいだね」と言った。あっちゃんはぼろぼろ泣きながら、また達した。今度も射精だ。かわいそうに。いやだと思うことほどしちゃうんだな、あっちゃんは。

「あ、あん、あああ、ああああー……」

もう半分頭が飛んでるのか、あっちゃんは喘ぎ声が止まらなくなっている。あっちゃんの勃起した性器と乳首を窓にぐっと押しつけて、オレは腰を回し、あっちゃんの中をえぐった。媚肉がオレのものを絞りあげ、それに従うように中へ出す。あっちゃんは太ももを痙攣させて、

「あっ、ああーっ、あーっ」

と叫んで、今度は空イキした。これで空イキ三回目、射精は二回。

ぐったりともたれかかってくる体から、ものを抜き、お姫さま抱っこした。

オレのペニスはすぐに元気になったので、横抱きにしたあっちゃんの背中に、先端をぬるぬると擦りつけながら、次の部屋へ向かう。早く入れたくて性器が脈打つのが分かる。

隣はオレの書斎だ。

オレは書斎の椅子に座ってあっちゃんを膝に乗せ、再び対面座位で交わった。勃起した性器はあっちゃんの中に入り、嬉しくて膨らむ。書斎の椅子は動くたびにギシギシ音をたてた。

「あ、あんっ、あっ」

椅子のスプリングを利用して、上下に揺さぶるだけであっちゃんは飛びはね、何度も喉を仰け反らせて震えた。あっちゃんのアナルはオレの出したものでもうぬるぬるだ。お尻が俺の上に落ちてくるたび、肌と肌のぶつかる音に、水音がいやらしく交わる。

「あっ、いや、や、せーえき、ぬりこまないで……」

中でペニスを回すと、あっちゃんがそう言って震える。オレは眼の前の乳首をぱくりと口にくわえて、

「精液好きでしょ?」と喋った。乳首に息がかかるだけで、あっちゃんは感じるらしく、お尻がゆさゆさ

と揺らめいた。

　あっちゃんの前立腺のあたりを狙って、中の精液を塗るように動くと、い、いやあ、とあっちゃんは泣いた。

「だめ、こどもできちゃう……」

「いいじゃない。二人目作ろうよ」

　しくしく泣いているあっちゃんは、申し訳ないけどすごく可愛い。最高。泣いているのに乳首もおちんちんもビンビンにしちゃって、腰ははしたなく前後に揺れて、前立腺を擦られるたび穴がひくついて、いやらしい。

「あっ、あ、あん、あん、あん、も、もうだめ……」

　あっちゃんはオレの頭をぎゅーっと抱いて、ぶるぶると達した。空イキだったので、そのタイミングで乳首を噛(か)んだら、またイッた。

「あー……っ」

　書斎机に押し倒して、足を広げさせる。

「あっちゃん、自分で足持って。ちゃんと種付けされたいでしょ?」

　普段こんなことを言ったら汚物を見るような眼をされるけど、ほとんど意識が飛んじゃってるあっちゃんは、もうオレの言いなりだ。足を持って、大きく開いてくれる。結合部がはっきり見えて、すごくえっち。

　オレはそこでもあっちゃんに中出しし、あっちゃんは体を仰け反らせて、何度もイキまくった。もう回数は分からない。

　一階に下りて、奥の部屋から一つずつ入って、そこでもあっちゃんとセックスした。

　客室二つではベッドと、それから大きな鏡の前で。えっちなあっちゃんを映してやるのは楽しかった。風呂場では浴槽に手をつかせ、後ろから突きながらあっちゃんの性器をこすって、潮を吹かせてそれを浴槽に溜めてみた。

　我ながら変態だけど、どんな量なのかなーって思うじゃない。

　ダイニングではシンクに片足をあげさせて、横から突いた。あっちゃんは張り詰めた前の性器がシンクの縁に擦れて、気持ち良くて何度も射精してた。おかげでシンクはびしょびしょ。最後のほうはもう、透明な精液だった。ダイニングではテーブルに寝かせて中出し。最後のリビングでは、庭が見える窓の前で、バックから突いたあと、持ち上げて背面座位に持ち込んだ。窓の向こうにはまだお昼の庭が広がっていて、窓ガラスに俺たちの交わった姿がぼんやり映っていた。

あっちゃんは足を開き、イキすぎた性器は少し勃起しているだけ。乳首は硬くなっていて、顔はとろんと蕩けきっている。

「ああ……こういう普段、生活してるところでのえっちって、すごくいいよね。……明日から、オレとのセックス、どこででも思い出してね……」

うっとりと囁きながら、オレは腰を揺らした。

「あ、あん……あんんっ」

ちょっと動かすだけで、あっちゃんはびくびく震えてイってしまう。突くたびイっているのだ。

「あっちゃん、可愛いよ、あっちゃん」

乳首をくりくりとこね回し、顔にキスをふらしながら腰の動きを早くする。

「あっ、あ、あああああ、あー……、あー……っ」

あっちゃんの手首を摑み、ぐいっと押し倒して、また後ろから突いた。あっちゃんはあんあん喘いで、泣きじゃくりながら、

「いく、いっちゃう、いっちゃう……死んじゃうよぉ……っ」

と繰り返した。

「オレの精液ほしい？」

訊くと、うんうん、と素直に頷く。とうとう理性が完全に消えたらしい。

「出して、出して……っ」

「いいよ、いっぱいあげるからね……」

オレは腹に力を込めた。ペニスがいっそう膨れあがるのが分かる。中でどくんと脈打ち、オレは果てた。すごい量の精液が、あっちゃんの中に出ていく。

「あっ、ああああんっ、あーっ」

あっちゃんは叫んで、がくがくとお尻を揺らして、その場に崩れてしまった。見ると完全に気を失っていた。

「あっちゃん……気絶しちゃったか……気持ち良かったもんね……？」

あっちゃんの体をそっと横たえて、オレはあっちゃんの中から出た。打ち付けすぎて赤くなったお尻は、

オレのもので汚れている。深い満足感が、オレをいっぱいにした。

さて、あっちゃんが眼を覚ましたら大変だ。たぶんめちゃくちゃ怒られる。

オレはあっちゃんにブランケットをかけると、急いで部屋中きれいにした。精液で汚れた場所を拭き、風呂を沸かし、あっちゃんを清潔に拭いて、着替えさせ、新しいシーツを敷いたベッドに寝かせて、夕飯をデリバリーする。もちろん、お義母さんに連絡も忘れない。

これで死ぬほど怒られて、しばらく口をきいてもらえなくても構わないくらい、今日のセックス最高だったー！

片付けのついでに、各所に設置しておいた隠しカメラも回収。あとでこっそりあっちゃんとのプレイ動画を編集し、おかずにするつもりだが、今はバレたらまずい。

そこまでやり終えたところで、お義母さんが赤ん坊を連れて帰ってきた。気持ち良さそうに寝ている息子は、良い子にしていたらしい。

息子よ、悪かったな。でもお前も愛する人ができたらお父さんの気持ちが分かるはずだ。

お義母さんが帰り、デリバリーが届いて数分後、顔をまっ赤にしたあっちゃんが、二階からリビングに下りてきた。

「……」

無言で睨まれる。

「あっちゃん……おはよー……」

たじろぎながらも、にっこり、微笑む。

「甲一（こういち）は？」

開口一番、息子！　さすがあっちゃん。ぶれない。セックスの感想はなし？

「子ども部屋で寝かせてるよー、良い子にしてたって」

それを聞いて、あっちゃんがホッとした顔になる。リビングの隣の、簡易子ども部屋に入り、息子の様子を確認してから、あっちゃんが戻ってくる。ちなみに全室でやりたかったけど、子ども部屋でやったら、あっちゃんが絶対許してくれないと思っていたのでそこだけは我慢した。

「あ、お夕飯頼んでおいたよ。どうぞどうぞ、お風呂も沸いてるからね」

いそいそと夕飯を出しはじめたオレを、あっちゃんは冷たい眼で見ていたが。

やがて、はあ……とため息をついた。

「……甲作、お前溜めるとあんなになるんだな」

いつもの数倍、濃かった。と、あっちゃんは疲れたように呟いて、ダイニングテーブルに座った。

「もうあんなのは勘弁だから、これからは定期的に……その、するから、ああいう……濃すぎるのは……頼むからやめてくれ」

俺、死んじゃうかと思った。

ぽつりと呟くあっちゃんの顔を思わず見ると、その顔はみるまに赤くなった。

定期的にするって言った？　今。

「あああああっちゃん、いいのおお」

オレが感動して声をあげるのと同時に、あっちゃんが「ごはん」と呟き、オレは下僕のように、急いであっちゃんの食卓を整えた。


ちなみにこのえっちで二人目ができたのだが、それはまたべつの話。

オレのあっちゃん、可愛いよね。

うちの先生はちょっとおかしい

東海林という名前はわりと仰々しく、覚えやすいから政治家向きかもしれないよ、と言ったのは、東海林昭夫が秘書を務める政治家先生、兜甲作だった。

　いかに東海林が覚えやすい名前でも、政治家に向くかと言われれば向いていないと自分では思う。兜甲作という名前もそうだが、性格からしていかにも政治家という男の前では、そう思わざるをえなかった。

◆

「うちの先生はちょっとおかしいけど、まあ、ついていって損はないよ」

　と笑ったのは、兜の第一秘書、芦田だった。

　芦田の起源種はアシダカグモ、東海林の起源種はショウリョウバッタである。

日本最大種のバッタが起源種なのだから、体だけは大きい。しかし大きいだけで気は小さい。

　頑丈すぎる故に天敵がほぼおらず、他の種に襲われる心配もなく悠々と蜜をむさぼる兜の起源種、カブトムシほど、政治家向きの人間もいないだろう。

　大学の法学部を卒業し、さて法科大学院に進もうかどうしようか、と進路を迷っていたとき、父親から「ある人の秘書をやってくれないか」と頼まれた。

　将来政治家になる予定はないが、政治の世界には興味があった。父親が長い間、政界の重鎮の秘書をやっていたからだ。

　弁護士にも検察官にも向いていないし、大学でのんびり研究をするのにもさほど魅力を感じなかったので、東海林はアルバイト感覚で、「じゃあしばらく、やってみます」と返事をした。

　そうして若干二十二歳にして、東海林は兜甲作の第二秘書になったのだ——。

　兜は、東海林の父が長年秘書を務めていた兜甲造の息子だった。兜家は代々続く政治家の家系で、いうなれば政治家のサラブレッド。

父親が政界を引退することになり、その地盤を受け継ぐ形で、三十歳を前に衆議院議員に着任して六年。兜甲作は、今では若手政治家の筆頭として揺るぎない地位を築いていた。

東海林もその功績は知っていた。ただ単純に目立つ法案にからむだけではなく、庶民の視点にたった、票にはつながらない良策もいくつも立案し、巧みな根回しで通過させる。その手腕には、ベテラン政治家たちも舌を巻いているらしい。

兜の実績を調べれば調べるほど、

――もしやこの人は、正義の政治家では？

と、思えた。

派手で目立つことをやりたがる政治屋は多いが、地味な良案をこつこつ通す人間はそういない。兜は見た目も派手で目立ち、テレビにもよく映り、そのうちには幹事長も総理も経験するだろうと目されていたが、一方で地味な法案もおろそかにしない。

法律にも明るく勉強家で努力家で、かつ社交家でもあった。こんな人がいるのか、と東海林は感心させられた。どちらかというとおとなしい性格で、表舞台に立つなんてとんでもないが、ヒーローに憧れる夢見がちなところもある東海林にとって、兜甲作は完璧な人間に思えたのだ――。

ところがその兜を捕まえて、第一秘書の芦田は笑いながら「うちの先生はちょっとおかしい」と言う。

どう、なにがおかしいのだ。

と思っていたら、ちょうど議員会館の、兜の事務室を同じ与党の先輩議員が訪れた。

「お、新しい秘書か。たしか東海林さんとこの三男坊だっけな」

五十路をすぎた、働き盛りという感じの議員には見覚えがあった。世間に名前の知られた衆議院議員で、東海林ももちろん知っていたので慌てて挨拶をした。長年政治家秘書をやっていた父のおかげで、東海林はどこへいっても「東海林さんとこの三男坊」と言われる。

兜は初日にそれを見て、「俺も、着任当時は兜さんとこのお坊ちゃんって言われてたよ」と笑っていた。

「お手柔らかにお願いしますよ、桑野先生」

兜が言い「俺は若い子が好きだから、いじめたりしないよ」と桑野は肩を竦めた。

「東海林くん、まあ頑張って。きみんとこの先生はちょっとおかしいけどな」

桑野はそう言い、わははと笑うと、太り気味の体を揺すりながら部屋を出ていった。

また、「先生はおかしい」と言われた。

一体どういうことだろう？

首を傾げていると、出て行ったばかりの桑野が、ひょいと戻ってきて顔だけ部屋に覗かせた。

「あ、そうだ。兜くん。来てたよ、きみの奥さん。書類忘れたんだって？」

にやにやして、桑野が首を引っ込める。

とたん、兜の顔色が変わった。それまでは人のいい笑顔でにこにこしていたのに、ハッとしたように眼を見開き、バッと芦田を見た。見られた芦田は慌てたように立ち上がった。

「じゃあ書類をいただいてきますね」

「はっ？　あっちゃんが来てるの？　きみが呼んだの？　なんで俺に言わないの⁉」

あっちゃん？

誰だそれは、と東海林は思った。

だが訊くより先に芦田が眉を寄せ「ち、違いますよ」と半分怒った声を出した。

「奥様からお電話があって、書類を忘れてらっしゃると……取りに行きますと言ったら、お出かけのついでに持って行くとあちらから……先生、奥様と話したら一時間は戻ってこないじゃないですか。もうすぐ委員会なんですよ」

「よく言うよ、きみだってこないだ、あっちゃんと三十分は話し込んでただろう！」

「あれは先生のことで、奥様にいろいろ相談があったんです！」

東海林は眼を丸くして、兜と芦田のやりとりを眺めていた。芦田は兜より二つ年上だ。六年一緒にやってきているからか、普段はまさにツーカーという感じだ。

政治家と秘書というより、厳しい戦場でともに闘っている戦友という雰囲気――いつか俺も先生とこんなふうに……と、東海林はほのかに憧れていたのだが、その二人が今、「あっちゃん」という謎の存在のために言い争っている。

「大体先生は、ツイッターにもブログにも、奥様のことを書きすぎなんです！　だから俺が奥様に相談するハメになるんじゃないですか」

「八割は我慢してるよ、どうしても我慢できない二割だけを書いてるんだ。大体、家族のことを書くのは政治家にもプラスイメージだって言ったのは芦田くんだろ?」

「限度があります！　あれが二割だなんて、驚きですよ。奥様もほとほと困ってらっしゃいました！　ちょっとは奥様のお気持ちも考えてください」

「はああ?　なんできみに、あっちゃんの気持ちを考えろとか言われなきゃいけないの?　あっちゃんの旦那様はオレ。このオレ。兜甲作なんだよ！」

「結婚してるほうが、愛が深いと思わないでくださいよ！」

芦田が言い、東海林は青ざめてしまった。

(な、なんだか知らないが、これは修羅場というものでは?)

一般的に性に奔放な人種の多いハイクラスの一員として生まれたが、ショウリョウバッタの気質ゆえに、東海林は昔から恋愛とは縁がないまま育ってきた。

女性には草食系とバカにされ、男性には真面目だとか乙女だとか言われるが、それでも大きな図体(ずうたい)で少女マンガのような恋愛を夢見ているのだ。

兜が結婚をしていて、子どもが既に四人もいることは知っている。五歳の男の子、四歳の男の子に、三歳の男女の双子。ツイッターやブログには、さすがに顔写真は出ないが、たしかによく家族のことが書かれている。芦田が記事をあげるときは政治についてや講演のお知らせ、兜があげるときには家族のこと……なのも、なんとなく知っていたし、そのときは、実は家庭的な人なのだというくらいにしか思わなかった。思わなかったが……。

「……芦田くん。どんなにどんなに想(おも)っても、残念ながらあっちゃんはオレの奥さんで、オレは絶対、離婚しないから」

兜は鬼気迫る表情で、芦田に言う。芦田はうっと言葉に詰まる。

「でも奥様は、俺を信頼してくださってます。先生の困った行動を、制止できるのは俺だけだと」

「それって結局、あっちゃんはオレを心配してるんでしょ⁉ 残念だったね、あっちゃんはオレを愛してるんだよ！」

「篤郎さんは先生との間に子どもがいるから別れられないんです！ 愛してるのは先生じゃなくてお子さんだと思いますね！」

二人の間には火花が散っている。

東海林はまっ青になりながら、一体全体、この二人にこうまで争われる、あっちゃんこと奥様こと篤郎さんとはどういう人なのだろう、と思った。

結局その日は、兜が議員会館の外で待っているという篤郎のもとへ行き、書類を受け取ってきた。戻ってくるまで、たっぷり一時間はかかっただろうか。その間、芦田は見るからにいらいらしていた。

「分かったろ？ うちの先生はちょっとおかしいんだ。奥様が好きすぎて、奥様が関わると正常な判断ができなくなるんだよ。ツイッターやブログも、都度都度チェックして、まずいものはこの俺が全部直してるんだから」

政治家だってイメージ商売だからね、と芦田は言い、東海林は「な、なるほど」とうなずきながら、芦田だってだいぶんおかしくなっている、と思った。

（芦田さんて、先生の奥様のことが……い、いや、さすがにそんなディープなことは聞けない）

東海林は弱ってしまった。

兜篤郎。

名前は男だが、子どもはいる。そのへんの事情については、兜はオープンにしているので東海林も知っている。篤郎はボルバキア症なのだそうだ。

男でも子どもが産める、というより産まないと治らない病気だ。

ボルバキア症に悩む男性は、ものすごく多いわけではないが全国的にいる。

なのでそういう相手と兜が結婚し、子どもを育てていることはわりと評判がいいらしい。特に女性には、圧倒的に支持されている。

よりどりみどり、引く手あまたのイケメン政治家が、不運な美青年を救った――という筋書きで世間には認知されている。なので兜の家族ネタはブログにしろツイッターにしろ、イメージアップにはうってつけのはずだった。

それが芦田に、こうも腹を立てさせているなんて……。


（篤郎さんて奥様は、もしかして魔性の相手……？）

思わず、考えてしまった。

東海林の想像力では、魔性の相手というと、絶世の美青年、流し目で相手を誘う悪女のような顔しか浮かばなかった。

しかし一時間後、戻ってきた兜は手に重箱をたずさえていた。

「これ、芦田くんと東海林くんと食べてって」

と、言って兜が差し出した重箱の中には手作りのいなり寿司が詰まっていた。

甘酸っぱいいいなり寿司は、おふくろの味というか、懐かしく美味しかった。

（これが悪女の作った味……？）

東海林にはますます、篤郎という人間が想像つかなくなったが、兜と芦田は、どちらが一つ多く食べたとか食べてないとかで、またケンカしていた。

◆

「兜先生の奥様って、桑野先生はよくご存知なんですか？」

内輪で東海林の歓迎会としての飲み会があったとき、東海林は参加してくれた桑野に思い切って聞いてみた。ちょうど近くに芦田も兜もいなかったし、桑野は酔っていて話してくれそうだった。

「ああ、あの美人の奥さん」

訊ねると、桑野は酒に酔った赤ら顔でニヤッと笑った。

ふむ、どうも美人なのは確定だ、と東海林は思う。そうでなければ、兜と芦田が争いあうとも思えない。

「なんか……芦田さんが横恋慕しているのではないかと……」

こわごわ言うと、桑野はゲラゲラと笑った。

「あれは、あれはなあ、仕方ないぞ、東海林くん。あの奥さんはちょっと普通じゃない。俺もあと二十、若かったら、どうにかなってたなあ」

――桑野先生まで⁉

東海林はぎょっとしてしまった。やはり兜の奥様とやらは、相当に魔性なのか。

「あの奥さんは、こう、あわよくばというかな。兜くんと別れたら、こっちにもチャンスがありそうな……そういう気をもたせるというかな。ははは、きみも会えば分かるよ」

ぽんぽん、と肩をたたかれ、「二十二の若者には、刺激が強すぎるかもしれんが」と付け足され、東海林はますます困惑した。

刺激が強すぎる、男に気をもたせる兜篤郎。

きっとカルメンのような、魔性の人物に違いない。

東海林にはそうとしか思えなくなった。

その兜篤郎と、東海林が初めて会う機会を得たのは、秘書として働き始めてから二ヶ月が経った、とある休日のことだった。

「うちの奥さんが、今度の休みに東海林くんと芦田くんを呼んでってさ」

と、兜が言ってきたのだ。芦田は頬を紅潮させ、

「あ、篤郎さんが」と言ったが、兜はすかさず、

「東海林くんの歓迎会だよ。そろそろ慣れたころだろうし、政治家と秘書は家族ぐるみになるから、一度顔を合わせたいって。あっちゃんはオレのためを思って開いてくれるだけだからね」

とオレのため、を強調した。

なんと子どもっぽいのだろう……と、東海林はつい思ってしまった。とにかく、芦田もそうだが、兜はことさら、篤郎がからむと子どもっぽくなる。

「四人も子ども作っておいて余裕のない……」

「四人も生まれるくらい愛し合ってるんだよ」

また二人の言い合いが始まり、東海林はもう慣れていたので上の空で聞きながら、とうとう噂の魔性の奥さんに会えるぞ……と、考えていた。

「兜がお世話になっております。末永くよろしくお願いします」

手みやげを持って兜宅を訪れた日曜日、東海林は初

めて、兜篤郎と会うことができた。

篤郎は東海林と顔をあわせると、まず最初にそう言って、深々と頭を下げた。

政治家のパートナーとして、よくできた対応だった。

「あ……東海林昭夫です。そのお、ショウリョウバッタで……よろしく、お願いします」

玄関先で、東海林は既にあがってしまっていた。

すぐに奥からばたばたと足音がし、「おかーさーん」と声がした。見ると利発そうな、兜によく似たメガネの男の子が一人駆けてきて、篤郎の足に抱きつく。

「あっ、この人が新しい秘書!?」

男の子が言うと、篤郎が眉根を寄せた。

「こら、甲一(こういち)。先に挨拶だろ。すみません」

謝られ、いえいえ、と東海林は首を横に振った。篤郎は長男らしき男の子の頭を撫(な)でてそっと前に向け、挨拶を促している。男の子はぺこっと頭を下げて、兜甲一です、五歳ですと元気よく挨拶し、早くきて、父さんが芦田さんとケンカするから、と篤郎の手をぐいぐい引っ張った。奥からは気がつくともう二人の男の子と、一人の女の子が顔を出し、それぞれがおかあさん、おかあさんと呼んでいる。

「すみません、東海林さん。あとで全員紹介しますね。庭でバーベキューなんですけど、お肉はお好きですか？」

訊かれて、東海林は「あっ、はい大丈夫です！」と答えた。答えると、篤郎はそっと笑った。笑うと、やや硬質に見える顔が、柔らかくなった。

「よかった。こっちです、どうぞ」

案内しながら、篤郎はごく自然に甲一という男の子の手をとり、少し体を屈(かが)めてその眼をのぞき込んだ。

「お父さん、ケンカしてるの？」

「してるよ」

子どもたちに合流すると、篤郎は小さい双子を抱き上げて、東海林を庭へ案内した。

広いリビングを抜けて緑の美しい庭にでると、バーベキューのセットが置かれ、兜と芦田が肉の焼き加減について口論しているところだった。

……思っていたより普通じゃないか。

と、東海林は結論づけた。四時からバーベキューを始めて二時間。肉をたらふく食べ、大人はビールも飲んだ。

篤郎はというと、その間ずっといいお母さん、いい奥さん、という感じだった。寡黙なほうらしいが、そのぶん兜がしゃべるので気にならない。子どもたちの世話に腐心しながらも、ときどき東海林の飲み物を気にしたり、話題を振ってくれたりする。

たしかに容姿は、ドキッとするくらいにはきれいな人だ。どう見ても男なのだが、ボルバキア症のせいか、子どもがいるせいか、どこか中性的で不思議な雰囲気があり、切れ長の濡れたような瞳も、薄い桃色の唇も艶めかしく色っぽかった。なにより、匂いが不思議だった。起源種はオオスズメバチだと聞いたが、そんな攻撃的な香りはしない。もっと甘く、もっとふくよかで誘うような香りを、篤郎は放っている。けれどそれだけだ。魔性とはいえない。

（普通にいい人だ……なんだって先生と芦田さんは、あんなになっちゃったんだ？）

トイレを借りて一人になった東海林は、うーんと首を傾げていた。

ビールを三杯飲んで既にほろ酔い気味の、いい気分だった。

トイレを出るとすぐ洗面所になっている。広い家なのでその洗面所もゆったりとして、造りが贅沢だ。掃除も行き届き、鏡はぴかぴかだった。

洗面所を出て庭のほうへ戻ろうとして、ふと、東海林は廊下に貼ってあるものに眼をとめた。

家族の写真や、子供たちが作ったらしい制作物や絵が、きれいに並べて飾ってあった。

（家庭的な奥さんなんだろうな……）

なんとなくそう思う。以前にもらったいなり寿司もおいしかった。

「東海林さん」

と、そのとき声をかけられて、東海林はギクッとした。見ると篤郎が近くに立っていて、東海林を見上げている。オオスズメバチにしては小柄な篤郎は、眼があうと「あのう」と続けた。

「袖のボタン、おつけしましょうか」

「えっ」

東海林は思わず、声をあげていた。

春先で、東海林はチェックのボタンダウンシャツを着ていた。言われて見ると、袖のボタンがとれかかっている。安物なわけではないのだが、これでは一気に見劣りするだろう。思わず頬を赤らめると、篤郎は微笑み、「ここにこんなものが」と言って、針と糸を取り出した。なんだか子供をあやすような口調だった。

いえいえそんな、お手を煩わせては。

と、東海林は一応言ったが、「すぐつけられますから」と、篤郎は東海林の腕をとり、自分の胸のほうへ引き寄せた。

黒い髪が揺れ、甘い匂いが立ちのぼると、東海林はどきどきしてきて、動けなくなった。

篤郎は優しく丁寧な手つきで、東海林の袖のボタンをつけた。

こんなことは、女性にもされたことがない。ハイクラスの人間は金持ち揃いで、ボタンがとれればそのシャツは捨てればいいというのが普通だった。家庭科の授業など、中学にさえなかった。

けれどそういえばずっと昔、子供のころ、母親にこうしてとれたボタンをつけてもらったような記憶がある。

体は大きいのに、あんたは鈍くさいところがあるからと母は言いながら、友達と遊んでいてつまずいてこけ、とれてしまったボタンをつけなおしてくれたのだった。

「東海林さんはおひとり暮らしですか？」

ふと訊かれ、東海林はハッと、思い出の淵から我に返った。はいと言うと、篤郎はそれは大変ですね、と呟いた。

「秘書さんは時間も不規則でしょう。うちのと一緒にいらっしゃるなら、夕飯くらいは出しますから、いつでもどうぞ」

親切に言われて、そんな、いやいや、と東海林は慌てて空いている方の手を振る。ボタンがきれいにつき、不意に篤郎が動く。小さな頭が東海林の袖口に近づき、髪がさらさらと手首に落ちてきた。心臓がドキンとはねて、息を詰める。篤郎は糸を噛み切り、

「はい、できた」

と、にっこり、東海林の袖口をたたいた。それからあっさり頭を離す。庭のほうから子どもの泣く声がし、篤郎は慌てた様子で針と糸を持っていた小さなポーチに仕舞った。

「どうしたんだろ、先に行きますね」

篤郎はばたばたとリビングのほうへ走っていったが、東海林はしばらく、その場から動けなかった。ついさっき触れてきた篤郎の髪の感触が、忘れられなかった。

「……あっちゃんをオレから奪おうなんて思わないでね？」

そのとき不意に低い声がして、東海林は青ざめてしまった。声のしたほうをおそるおそる振り向くと、すぐ背後にいつの間にか兜が立っていて、メガネの奥から恨めしそうに東海林を見ていた。

「あっちゃんにドキッとしたでしょ？　ちょっといいなって思ったでしょ⁉」

ずかずかと詰め寄られ、東海林は一瞬言葉をなくした。しかし、二十二歳。まだ若い。

「……お、思っちゃいました」

つい本音が漏れる。とたん、兜はチッと舌打ちした。

「いっつもそうなんだよ。みんなあっちゃんを好きになっちゃうんだ」

「い、いい匂いがして……」

「そうだよ！　四人も子ども生ませて、やっとあれだけ落ち着かせたの！　前はもっとやばかった！」

頭を抱え、兜はうなった。

そういえば、ボルバキア症の男性は、四人くらい生むと症状が落ち着くと、どこかで聞いたことがある。

「……ま、まさか先生。浮気されないように、子ども作ったんですか⁉」

だとしたら相当やばい、と思って訊くと、

「浮気防止とあっちゃんが可愛いのと子どもが可愛いからだよ」

と、しれっと兜は言い放った。

いやあんた、どう見ても、全部あっちゃん中心で動いてるだろ。と、東海林は思った。もちろん言えないが。

兜は深々とため息をつき、「あっちゃんは渡せないから、きみは諦めて他の相手を探すように」と言った。

しかし純粋に疑問だ。

「……そんなに言うのに、先生はどうして芦田さんや俺を雇い続けるんです?」

普通に考えてとられたくないなら、解雇すればいいだけのことだ。自分はまだしも、芦田は結構篤郎に本気のようだから、わりと危ないのではないか。

けれどそれを言うと、兜はむっと眉を寄せていじけたように言った。

「そんなことしたら、あっちゃんが悲しむじゃないか。心配もさせるでしょ。オレはそういうこと、しないの」

なんだそれは。と、思ったが、さもありなんと納得もした。

「ほら、戻るよ。あんまり戻らないと、あっちゃんが心配するからね」

とぷんぷんしながら、兜が庭へ向かう。

それについていきながら、東海林はようやく理解した。

うちの先生は、たしかにちょっとおかしい。

けれどおかしくさせているのは、あの無防備で魅力的な篤郎のほうらしいと。

うちの夫はちょっとおかしい

兜がヘソを曲げている。

招いていた客人が帰り、後片付けして四人の子どもを風呂に入れ、寝かしつけている間に、篤郎（あつろう）はうすうすそのことに気付いていた。

篤郎のパートナー、兜甲作（かぶとこうさく）はたびたびヘソを曲げる。その理由も言い分も分かっている。分かっているが、だからこそ、篤郎はうんざりし子どもたちがぐっすり寝てから寝室を出ると、思わずため息をこぼしてしまった。

「……で。なんなんだよ」

それでもなんでも無視をするわけにはいかない――。

なぜなら自分たちは結婚していて、これから先も何十年、死ぬまで連れ添うと決めたパートナーだからだ。

赤の他人ではない。家族だ。

面倒くさくてもうっとうしくても腹が立っても、相手に不満があるのが分かったら、見過ごすわけにはいかない。なので仕方なく、壁にもたれかかって、メガネの奥からじとっとこちらを見ている兜に、篤郎は振り向いて訊いた。

「なんか言いたいことあるんだろ？」

バーベキューの途中から、おかしかったもんな、お前。

ため息まじりに篤郎が言うと、「分かってるんじゃないか」と兜はいじけた声をだした。

今日は兜の、秘書二人を招いての、家族水入らずのバーベキューをした日だった。

結婚して六年。篤郎は男の身だが、ボルバキア症という特殊な病のために二人の間には既に四人の子どもがいる。

篤郎は子どもたちの世話に明け暮れる毎日だが、兜は兜で、父から票を継ぐ形で政治家として働いている。頭が良く、政界随一の出世株と有望視されている兜だが、まだまだ若手議員。秘書の支えは大事だ。一人だけでは手が回らないと、第二秘書が新しくきてくれたので、篤郎は兜をしっかりサポートしてもらえるよう、新人秘書の歓迎会のつもりで今日のホストを務めていた。

が。

「……東海林くんが、あっちゃん見てすっかりときめいちゃってたよ。あっちゃんね。分かっててああいうことしてるならホントにタチ悪いからね？」

きたよまただよ、と篤郎は思い、ムッとした。

「なにがだよ。なんもしてないだろ。普通にもてなしただけだ」

それどころか肉は兜が焼いたし、篤郎は四人の子守でろくにお酌もできなかった。

なのにまた、この言いがかりだ――。

兜は家に誰かを招いたり、篤郎が職場に行ったり、パーティーなどに同伴したり、とにかく人目につくところへ出るたび――それこそ家族で日曜、デパートに行っただけでも――言うのだ。

――あっちゃんがまた、男を誘惑した！

と。

勘弁してほしい、と思う。篤郎にはそんな気はまったくないのに、些細なことを見とがめてぐちぐちと言ってくるのだから。

「いやいやいや、あっちゃん。誘惑してたよ？　してたから。無意識なのは分かってるけど！　東海林くんの袖のボタン、つけてあげてたでしょ!?　あんなこともてなしじゃないから！」

言われてようやく、篤郎は兜がおかしくなった（といってもいつも大体こんな感じだが）理由に思い至った。

新しく秘書になってくれた東海林の、シャツの袖のボタンがとれかけていた。

一人暮らしで行き届かないのだろう。篤郎には三人男の子がいるので、二十歳をちょっと出ただけの東海林はなんだか息子と変わらなく見えて、つい世話を焼いてしまった。

けれどそれが、どうしたというのだ。

「……べつに、ボタンを縫い留めるくらい、誘惑じゃないだろ」

ムッとしたまま言うと、兜が愕然とした顔になった。

「あのねえ、あっちゃんそろそろ自覚して⁉　あっちゃんてね、ホントに死ぬほど魅力的だから。世界一可愛いしきれいだし、いい匂いしてるんだよ。男できみにくらくらこないやつは多分インポだね」

「……」

バカじゃないのか、と、声には出さなかったが、表情には思いっきり出して、篤郎は兜を見た。思わずため息が出る。

なんで疲れてるときに、こんなくだらないやりとりをしなければならないのだろう、と思う。

「大体きみね、縫い終えた糸を切るために、東海林くんの袖に口を近づけたでしょ⁉　あのときの東海林くん、鼻の下が二メートルくらい伸びてたよ！」

「……ハサミがなかったんだよ。あのくらい、大したことないだろ」

「ダメダメ！　あっちゃんは五メートル以内に男を入れちゃだめ！　全員きみのこと抱きたくなるんだよ、間違いないから。オレが夫じゃなかったら、大変だったよ！」

「お前が夫だから大変なんだろ」

分かってない、分かってないなあ、あっちゃん、と兜は地団駄を踏んだ。

「五メートル以内に近づけちゃダメだとか言われたら、宅配便も受け取れないだろ。バカバカしい」

「だからご不在ポスト設置してるでしょ？　そこに入れさせとけばいいんだよ」

「お前ふざけんなよ、ああいうのは基本、不在時に使うものなの。受け取りに行ったほうがドライバーさんが安心だろ」

「なんでドライバーさんに使える思いやりを、夫のオレには使えないの⁉」

「俺がお前を思いやってないって言うのかよ！」

ああもう、本当に腹が立つ。

今日のバーベキューだってなんだって、全部お前のためじゃないか。

――新人秘書に親切にするのだって、全部全部、兜のためなのに……。

情けなさが募り、思わず声を荒げてから篤郎は子どもが起きるのでは、とハッと口元に手を当てた。

廊下では聞こえると思い、「もうこの話、終わり」

と断言してダイニングに向かうと、納得していない兜が後ろからぴたりとついてくる。

「あっちゃん。あっちゃんね。本当に危ないんだよ、分かってる？　きみが他の男に触られるだけでも、オレは嫌なんだから……」

「触られてないだろ。四人も子ども作っておいて、なんで今さら他の相手だよ」

篤郎は本気でむかついてきた。

誘惑しているとか、他の男が抱きたがるとか、こんなものは全部言いがかりで、結局のところ兜は自分を信頼していないのだと思うと悲しかった。

子どもたちはみんな可愛い。大事な大事な、篤郎の宝物だ。兜のことだって、篤郎はちゃんと愛している。もう他に、誰かを愛することなんてできないくらい、自分のすべてを捧(ささ)げているのだ。それなのに……。

「それはこっちのセリフだよ。むしろ四人も子どもいて、なんできみ、そんなに蠱惑的なままなの⁉　四人産んだら落ち着くんじゃなかったの⁉」

「知らねーよ！　あと、子どもを物みたいに言うな！」

「いやいや愛してるよ⁉　めちゃくちゃ愛してますけども！　でもあっちゃん、可愛いままなんだもん……」

絶望したように兜が頭を抱え込む。

ちょうどダイニングに着いたので、篤郎はイライラした気持ちを静めるために、とりあえず熱いコーヒーでも淹れようと考えた。

けれどキッチンに入るより先に兜の腕が伸びてきて、大きな手に肩を摑(つか)まれ引き寄せられた。

「よし、こうなったらもう一人……」

メガネの奥で、据わった眼をして呟いた兜に、篤郎はとうとう我慢の緒が切れた。気がつくと、脳天に手刀を入れていた。

「バカか！　澄也(すみや)先生に四人までって言われてるだろ！」

「最後の一組は双子だったし、カウント一でまだ三だよね？」

「子どもを物みたいに言うなっ」

「愛してるよ！　愛してるけどそれとこれとは別でしょ⁉」

なにがどう別なのだ――。

いや、分かっている。分かっているのだ。

兜には百パーセント悪気はない。嘘（うそ）もない。本気で子どもを愛しているし、それとはべつに、篤郎のことになると周りが見えなくなって、最低発言をぶちかますクズと化すだけだということは――。

とうとうダイニングテーブルに押し倒され、着ていたシャツをめくられて、篤郎はびくっと震えた。本気でここで抱く気かと思うと、どうしようもない気持ちになった。

「……なんで俺とお前、いっつもこうなんだよ」

ぽろりとこぼれた声は震えていた。

六年。六年も一緒に暮らして、篤郎なりに精一杯、兜を愛しているのに。

兜のようにあけすけではないかもしれないが、他の相手に眼をくれたことなど一度もない。

できるだけ役に立とうとしてきたし、だからこそ、苦手な人付き合いもこなそうと、「政治家の妻らしく」パーティーのホストもやったりしている。

好きで人前に出ているわけではない。それでもこの家が、「政治家の兜甲作」のものだとご近所の人はみんな知っている。見られているのに、居留守を使って宅配便を受け取らないなんてできるはずがないのだ。

（他のみんなは、うまくできてるのに……）

普段親しくしている、七雲（なぐも）澄也と翼（つばさ）、陶也（とうや）と郁（いく）の二組は、互いに信頼しあい、穏やかな愛情を育んでいるように見える。それなのに篤郎と兜ときたら……。

「……俺がいけないのか？」

信頼されるに足らないから。

じわじわと目尻に涙が浮かび、唇を震わせると、覆（おお）い被（かぶ）さっていた兜がさあっと青ざめていくのが分かった。

「ち、違う違う違う。まさか。あっちゃんは悪くないよ。あっちゃんは悪くない！」

慌てて体を起こし、兜はぶんぶんと首を横に振った。

「悪いのはオレだね！　バカだから！　バカだから！　あっちゃんバカだから！　強いて言えばあっちゃんが可愛くてきれいで魅力的なのが悪いけど、それはもう仕方ないよね、仕様だし！」

「……」

仕様ってなんだよと思ったが、篤郎は言わなかった。

ぐすっと鼻をすする篤郎を、兜はしばらく困ったように見つめていたが、やがて小さな声で「ごめん……」と謝ってくれた。

それから篤郎の体を、そっと、優しく抱き起こすと、逞しい腕の中に抱き締めてくれた。

「ごめん。ごめんね。泣かないで、あっちゃん。泣いてるのも可愛いけど。……違うんだよ、東海林くんがあっちゃんに恋してるの見たら妬けちゃって、ついバカなことを」

「恋なんかされてねーよ」

「いやいや。してると思うな、あれは……」

はあ、とため息をつき、兜は篤郎の肩に頬を擦り寄せてくる。まるで大型の猫のような仕草だ。

「……オレはあっちゃんじゃなきゃダメだけど、あっちゃんはオレじゃなくてもいいでしょ？　だからつい、不安になっちゃうんだよ」

「そういうこと言うのがむかつく」

また涙がこみあげてきて、篤郎は兜の背中をぽかっと叩いた。ヘラクレスオオカブトが起源種の兜は痛みに強くて、これくらいはなにも感じない。

「ごめんね。今日は頑張ってくれたのに。先にありがとうって言うべきだったね。あっちゃんは世界一のパートナーだよ」

頭を撫でて、子どもを褒めるように言う兜の言葉は嘘っぽいが、本気なのを篤郎は知っていた。少し体を離すと、ようやく正気を取り戻し、曲げたヘソをまっすぐにしたらしい兜が、微笑んで、こつんと篤郎の額に額を寄せてくる。

「あっちゃんと結婚できて、オレ、幸せだよ」

俺だって。

お前みたいに面倒くさいうっとうしい、理不尽な旦那。腹が立つけれど。

（ちゃんと愛してくれてるからなのは、分かってる……）

もうちょっと、独占欲を引っ込めて、落ち着いてくれとは思うものの、そんな愛し方しか知らない兜を、愛しくも思っている。

篤郎は上手く、その言葉を言えなかったけれど。兜は言わせたりはしなかった。

そう、溢れるほどの欠点のなかで、兜の美点はここにある。無意識の誘惑を疑うことはあっても、篤郎の兜への愛を、言葉にしなくても分かってくれていると ころ。上手に言葉に出せない、篤郎の不器用さも愛してくれている。

「……もうバカなこと言わねえ？」

上目遣いにじっと見つめて訊くと、兜は苦笑した。

「ごめんてば……。東海林くんのことは、もう、いいよ。諦めた」

「諦めたってなんだよ」

まだ東海林が篤郎に恋してると言い張るのかと呆れたが、無邪気な兜の顔に、篤郎は力が抜けてため息をついていた。

「……いいよ。じゃあ許す」

ぽつりと言うと、兜はただニッコリ微笑んで、

「じゃあ、仲直りのキスしよ」

篤郎の唇に、優しく口づけた。

うちの親はちょっとおかしい

うちの親はちょっと、いやかなりおかしい。

「にーちゃん！　にーちゃん！　こうちゃんがゴンした！」

平日の朝、一番早く家を出るお父さんがいなくなるころ、うちはいつも騒がしい。

ダイニングで朝ご飯を食べていたら、さっそくうちの一番下のお姫さまが、わあわあと泣きながらおれの足にしがみついてきた。

こうちゃんというのはおれの一つ下の弟、甲二のことだ。おれの名前も甲一だけど、長男なのでみんなな「おにいちゃん」と呼ぶ。

やれやれ、お兄ちゃんも大変だよな。

そう思いながら、末っ子の郁子は可愛いし、兄弟の中では一人だけスズメバチ種で、体もちょっと小さいし、おれは甲二より郁子を贔屓してる。

「こーじ、いくこのことぶったらダメだろ」

まだぐずぐずとご飯を食べていない甲二を見ると、甲二はサッカーボールを両手に抱えて「だっていくこが、こうじのこれ、盗ったからだよ」とぶすくれている。

甲二は四歳で、おれより一つ下。なのにおれよりすごく子どもっぽくて、赤ちゃんみたいだ。

まあ仕方ないか。

おれは幼稚園でも、よく「頭が良い」と言われる。じっさい、来年あがる小学校の問題集は、もう三年生のをやっていて、お母さんが「あんまり頑張りすぎなくていいからな」って心配するほどだ。

お母さんはお父さんと違って、「えりーとしこう」じゃないので、おれが天才すぎるのを見てハラハラしてるみたい。

でもべつに頑張ってるわけじゃなく、勉強は面白いと思う。

算数も国語も英語も謎解きみたいで楽しいから、気がついたらそこまで進んでいただけで、本当はもっと難しいものもやれるのが分かってる。

おれが初めて三年生の算数ドリルを一冊解き終えた時、お父さんにこっそり呼ばれて言われた。

――お前はお父さんくらい、できるみたいだ。他人と自分は違うし、兄弟も違う。みんなのスピードを、大事にしてあげないといけないぞ。

お父さんもおれくらいのとき、たくさん勉強して、やりすぎて、お友だちがいなくなっちゃったんだって。

人よりも早くいろいろできるのは、神さまがたまたまくれた贈り物で、大事にしないと他のものをなくしちゃうって話だった。

でもね、お父さん。心配ないよ、とおれはそのとき話した。

だっておれ、いろいろできるお父さんより、なんでも頑張ってるお母さんのほうが好きだもん。

お父さんがそのとき、フクザツそーな顔をしていたのを覚えている。

お父さんは「オトナゲ」がないから、息子のおれにまで、お母さんのことでヤキモチ妬くんだ。

まあ仕方ないか。うちの兄弟は全員、おれも、甲二も、郁子と甲三（読み方がおじいちゃんと一緒なんだ。郁子と甲三は双子で、おじいちゃんは名前が一緒なのが気に入って、甲三をすごく可愛がってる。ちなみに二人は三歳）も、みんなそろって、お母さんが好きだ。

お父さんも好きだけど、お父さんもたぶん、世界で一番お母さんが好きかもしれない。まあ、お前たちのためなら死ねるって、お父さんよく言ってるし、本気だと思うけど、お母さんのためだったら、死ねるどころか死んで生き返るくらいしそうだなって思う。

まあ……お父さんが、お母さんを残して死ぬとは思えない。

だってそんなことになったら、お母さんはきっとすぐ誰かにもらわれちゃいそうだもん。

当のお母さん自身は、ぜんぜんそんなこと考えてなさそうなんだけどね。

「甲二、お迎えのバス来ちゃうだろ。早くご飯食べなさい。いくこ、お兄ちゃんのものは『かして』だよ。ちゃんと言った？」

キッチンの奥から、お母さんがバタバタと飛び出してくる。同じ幼稚園に通ってる、他のお母さんと違って、うちのお母さんはいつも普通の服を着ている。

おれの幼稚園は「金持ちセレブの幼稚園」らしいので、お母さんたちは家に家政婦さんがいて、家事もあまりしないで、いつもきれいに髪を結んで、真っ白なワンピースなんて着てるんだけど、うちのお母さんはTシャツにジーンズとか、そんなんばっかりだ。

だけどおれは知ってる。

どんなにきれいにお化粧しても、うちのお母さんより美人はいない。お母さんはなんていうか、なんにもしなくても、すごくきれいな人なんだ。

今日もお母さんはTシャツにジーンズにエプロンをひっかけているだけだけど、髪もただ梳(と)かしただけだけど、おれの知るなかではいちばんきれいな「お母さん」だった。

まあでも、うちのお母さんは大分変わってて、すごく変わってて、おれたちを産んでくれたけど、女の人じゃなく男なのだ。

注意された郁子がわーっと泣いて、甲二は知らんぷりで朝ご飯を食べだす。お母さんが郁子を抱っこすると、テレビの前で遊んでいた甲三が駆けてきて、お母さんの背中に笑いながら負(お)ぶさった。

お母さんは、今それどころじゃないんだけどなあ、という顔を一瞬し、でも、郁子を膝に抱き上げ、背中の甲三を揺さぶった。

お母さん、まだ朝の仕事がいくつもあるんじゃないかなあ。

おれはごちそうさまっ、と手をあわせて言うと、食器をカウンターにのせ、自分のぶんと、甲二のぶんの荷物をチェックした。

甲二の水筒がまだ、幼稚園のリュックに入っていない。

トタトタ走って台所へ回ると、キッチンシンクに水筒があったので、手を伸ばしてとった。最近はキャタツがなくても手が届くようになった。

中身を見たらちゃんとお茶がいっぱい入っていた。甲二のリュックにそれを入れると、お母さんが「甲一、ありがとう」と言ってくれる。

おれは「どういたしましてっ」と元気よく返し、するとお母さんは、パッと花が綻(ほころ)ぶみたいに笑った。

お迎えバスの来る時間になり、おれは甲二を急かして靴をはかせた。玄関を出る前に、お母さんはおれと甲二をぎゅうっと抱き締めてくれる。

お母さんからはいつも、すごく甘い優しい匂いがする。これ、「キケン」な匂いなんだって。前にお父さんの秘書の、芦田さんが独り言で呟いてたのを、聞いたことがある。

芦田さんてよくうちに来るんだけど、たぶん、お母さんのことが好きみたいなんだよな。お母さんは気付いてないけど。

幼稚園バスは家の前まで来てくれる。

甲二と二人かけっこしながら出て行くと、お母さんは郁子と甲三を連れて見送ってくれた。

「お母さん、おれ、今日、さんすう教室」

おれはバスに乗り込む前にそう言った。毎週水曜日は算数教室に通っている。お母さんは「うん」と頷いて「頑張ってこれる？」と訊いてきた。おれはうん、と約束した。

算数教室の送り迎えは、手伝いの石田さんがしてくれる。甲二は通ってないからバスで家に帰るけど。

ちょっとだけ、お母さんと会えない時間が長いな。

そう思いながらバスに乗って、見送りのお母さんと郁子と甲三に手をふった。

「こうじもにーちゃんと、きょうしついこうかな」

一緒に座った甲二が言ったけど、お前にはまだ無理だよっておれは思った。同じヘラクレスオオカブトだけど、甲二のスピードは普通みたい。

「来年になったら行けるかもな」

「らいねんていつ？」

ほら、甲二はあんまり分かってない。

「五歳になったらかな」

そういったら、やっと分かったらしく頷いていた。

「らいねんて、五歳になったらか」

普通の甲二は気楽でいいなあとおれはちょっとだけ思った。普通の甲二は自分が普通で、なのにおれや、うちの親が普通じゃないなんて、ぜんぜんまだ知らないし、きっと知るのはおれより何年もあとだろうな。

思わずため息が出る。園のバスはゆっくり道を進み、先生がお歌なんて歌い出す。

おれは早く幼稚園が終わって、算数教室に行きたいなって考えていた。

　でもその日、嬉しいことがあった。

　算数教室に行くために、いつも石田さんが待っている門のところへ行ったら、お母さんがいたのだ。

「お母さんっ」

　おれが呼ぶと、お母さんはいつもどおり、普通の服でニコニコしていた。お迎えに来ていた、きれいな服のお母さんたちが、どよどよと振り向く。

　まあ、あの方が兜さんの……？

　本当に男の方なのね……。

　噂する声におれはちょっとムッとしたけど、お母さんは微笑んで頭を下げ、おれの手をとって歩き出した。

　うちはお父さんが政治家だから、お母さんは外の人にはいつでも笑顔で、親切にしてるんだって。前にお父さんが言っていた。

「お母さん、今日どうしたの？　石田さんは？」

　訊くと、「かわってもらったんだ」とお母さんが言った。

「家で郁子と甲三をみてくれてる。最近、甲一と二人で話してないなあって思って」

　おれは「ふーん」って言ったけど、嬉しかった。お母さんと今日あったことを話して歩いていたら、ぽろっと、

「幼稚園は、つまんないや。分かることばっかりやるから」

って言ってしまって、おれはしまった、と思った。

　お母さんは心配そうな眼をして黙りこみ、おれは
「でもきらいじゃないよ」と、あわててつけ足した。

「運動のときは面白いよ。でも競争は、すぐ勝っちゃうのが嫌だけど……みんなでやる遊びは楽しい」

「……そっか」

　うん、そうだよ。そう。ごめんね、変なこと言って。

　なんとなくうつむくと、お母さんがおれの手をぎゅっと強く、握ってくれた。

「お父さんも、甲一とおんなじで、つまらないときもあったみたいだけど……仲のいい友だちができて、楽

しくなったって言ってたよ」

「お父さんも？」

顔をあげると、お母さんが頷いた。真耶(まや)さんと澄也(すみや)先生だよ、と話してくれた。お父さんの親友二人。

「甲一にも楽しいことばっかりの日が、きっと来るよ。甲一は優しいから」

お父さんに似て、とお母さんはつけたしたけど、そうかなあ。お父さんて優しいのかな？　よく分からないけど。おれとお父さんが似てるなら……。

「おれ、お母さんみたいなひとと、けっこんできる？」

訊くと、お母さんはおかしそうに笑い、もっと素敵な人が見つかるかもよ、と言った。でもおれは、お母さんがいいな。

その日は算数教室が終わったあとも、お母さんが迎えに来てくれた。今度は甲二も一緒だったけど。兄ちゃんばっかりずるいだって。お前の水筒、おれが用意してやったんだぞ、と思ったけど、子どもっぽい気がして言わなかった。

「今度のお休みに、お父さんの新しい秘書さんを呼んで、庭でバーベキューするよ」

帰りの車の中でお母さんはそう言った。甲二はわーいって喜んでたけど、おれはまた、頭痛の種かあ……なんて、思ってしまった。

その日の夜、お父さんが珍しく早めに帰ってきたから、夕飯は家族そろって食べた。

一緒にお風呂に入ったとき、おれは「日曜日、あたらしい秘書さんが来るらしいね」と言ってみた。甲二と郁子と甲三は、お子様だからおれがこんなことを言う意味に気付くわけもなくて、広い浴槽のなかでお父さんの背中をよじのぼったり、オモチャでお湯をかけあったりしてうるさく遊んでいた。

おれが言うと、お父さんは急に顔を険(けわ)しくして、

「甲一、お前だけが頼りだ。お母さんになにもないようちゃんと見張っておくんだぞ」

なんて言った。

だからそういうこと言うのが、普通じゃないんだってば。

と、おれはちょっとヒいちゃった。でもな。まあな。仕方ないか、って思ってしまう。

「お父さんてちょっとヘン……」

呟くと、愛妻家なだけだ、とお父さんはいばっていた。

おれとお父さんがそんな話をしていたなんて、お母さんはまるで知らず、日曜日になった。朝から野菜を切り、肉を用意し、お酒を冷やしてとお母さんはいつにも増して大忙しだった。

で、やってきた新しい秘書さんは、大きいけど気は小さそうだった。でもなんかずっと、ずーっと、お母さんのことを見ている。ときどき頬を赤くしたりしている。お父さんもだけど、なぜだか一緒にきたもう一人の秘書、芦田（あしだ）さんまで、それにイライラしてるみたいだった。

「あっちゃんをオレから奪おうなんて思わないでね？」

それで、その日。お母さんと新人秘書さんと、お父さんがトイレに行ったまま戻らないので、おれは心配になって廊下を覗いたんだ。するとちょうど、お母さんはいなくて、お父さんが新人秘書さんにそんなことを言っていた。

わー、またやってる。さいていだー。

オトナゲがない。

過去にも、お父さんが芦田さんやいろんな男の人にお母さんに近づくなって言ってるのを見たことがあるから、おれは驚かなかった。

やっぱりうちのお父さん、ちょっとおかしいよな。

ため息をつきながら庭へ戻ると、お母さんが泣いていた郁子を抱っこしながら、おれのところへやって来た。

「甲一、お父さん知らない？」

そこにいたよ、と言おうか迷ったけど、おれは知らない、と言って。

それから訊いてみた。

「お母さんはさあ、どうしてお父さんと結婚したの？」

トートツな質問に、お母さんは眼を丸くして、それからうーんと考えてくれた。

「甲一のパパだったからかな」

どういう意味だろう、と眼をぱちくりさせると、お母さんは笑った。

「一緒にいるのが、普通な気がしたんだよ」

ふうん？

お母さんもやっぱりちょっと、おかしい。

「お父さんが戻らないなら、お肉全部食べちゃおっか」

でも悪戯っぽく言うお母さんは幸せそうだし。

口の周りをソースだらけにして食べている甲三もまるっきり赤ちゃんだけど可愛いし。郁子はお母さんに抱っこされて、「にーちゃんもいこ」なんて言う。それも可愛いし。ずるいぞ、にーちゃんって駆けてきて、お母さんの足に抱きつく甲二も、いてくれなきゃ困るし。

あと、普通じゃないおれのこと、一番分かってくれてるのは、お父さんだしね。

おかしいかもしれないけど、うちは結構幸せだよなって、おれは考えてた。

十年後の愛の罠にはまれ！

「お父さんさあ、いい加減にしないとお母さんに愛想尽かされちゃうよ」

それは結婚十年目を迎えようとしていたある朝、長男の甲一から言われた衝撃の一言だった。

兜甲作は言われたとたんに、「ええっ、なんで甲一くんにそんなこと言われなきゃならないのかなあっ？」と大声で反応してしまったが、小さいときから大人のようだった甲一は九歳になった今や父親のそんな態度にもまったくひるむことなく、

「どう見たって、いつも、なんでも、全部、やりすぎなの！」

と、叱ってきた。

そのとき兜は、来る結婚十周年に向けて、世界一周旅行のパンフレット、数億するダイヤの指輪、高級外車のカタログと、ありとあらゆるものを並べていた。

そしてそれらを書斎で眺めていたら、「おとーさん、ちょっとさあ、学校の書類があって……」と入ってきた長男に見つかってしまったというわけだった。

「甲一、さてはお前、嫉妬してるな？　世界一周旅行にお前たちを連れていかないからって……」

「まさかもう、申し込んだりしてないよね？　してるならキャンセルしたほうがいいよ。お母さんは絶対行かないから。ダイヤも車もお母さん喜ばないよ。なんで分かんないかなあ、お父さんって実はバカなんじゃない？」

呆れた顔で言う長男に、兜はうっと言葉に詰まった。

甲一は九歳。次男の甲二は八歳、双子の郁子と甲三は七歳。全員が、やっと小学校に入った。

これでようやくフウフ二人で旅行もできようもの。

――なのに、その言い草はなんだと思った。

だが甲一は、すべてのカタログの一番下に置いておいた、『ボルバキア男性の幸せ出産マニュアル』という本を目ざとく発見して「あー！」と声を荒げた。

「お母さんにこれ以上赤ちゃんはダメだって言われて

るでしょ⁉　澄也先生に言いつけるからな！」

兜は慌てて、「これはたまたま」と言い訳した。

「いいか甲一、最近じゃ、同性婚カップルの救済として、あえてボルバキアウィルスに感染して子どもをもうけるという手段が増えていてだなあ、法整備も必要だから、つまりこれは仕事の資料で」

「見え透いた嘘つくなよ！　どうせお母さんが他の男の人にとられないか不安で、また赤ちゃん作ろうとしてるだけだろっ、絶対絶対許さないからね、今日澄也先生と真耶ちゃんに報告してやる！」

甲一は怒鳴って部屋を出て行き、「あっ、甲一、真耶には言わないで……」と兜は追いかけたが、長男は廊下を信じられない速さで走っていってしまった。

仕方なく、兜は例のマニュアルをゴミ箱に捨てようとし――いや、ここだと愛する伴侶、篤郎に見つかってしまうと仕事用の鞄に入れた。ついでにカタログも全部片付けた。

くそ、甲一のやつ、知ったかぶりしやがって。あっちゃんの夫はこのオレだぞ、と思う。思うが、たしかに篤郎は喜ばないかもしれない。それより、本当に澄也と真耶に告げ口されたらどうしよう。澄也は呆れるだけだろうが、真耶は乗り込んできて最悪殺されてしまう。

怖いので兜は思わず携帯電話を取り出し、真耶の番号を着信拒否にしてしまった。


「それは甲一くんの言うとおりですよ。先生、お子さんたちが大きくなったら、たぶん篤郎さんに熟年離婚されますね」

仕事に出勤して、今朝あった出来事を愚痴ったら、第一秘書の芦田にはそんなことを言われた。おかげで兜は余計に腹が立った。

「はあ～？　なんでオレがあっちゃんと離婚なんてするのさ。芦田くん、それはきみの願望でしょ」

芦田が篤郎に淡い恋心というか、憧れを抱いているのは知っている。といっても、それは仕方がないのだ――篤郎はものすごく魅力的な人なので、大抵の男は篤郎を「いいな」と思うようになっている、と兜は思っているし、そうだとしても関係ない。あっちゃんはオレのだもんね～、と思って生きているから、誰がどう懸想しようと無駄無駄、と笑っていられる。

ただそれとはべつに、無差別にフェロモンを振りまく篤郎のことは心配ではあり――いつか宅配便のお兄さんに、奥さん実は前からいやらしい眼で見てました……っ、などと言って襲われるんじゃないかとか、そういう妄想が尽きない。

子どもができれば妊娠期間中、篤郎のフェロモンは薄れるので、兜はもう一人ほしい……と思うのだが、篤郎の出産は四人まで、と昔から澄也に言われている。ただ、三回目が双子だったのだから、実質あと一回チャンスがあるのではという誘惑が、兜をたびたび襲う。ただ、澄也はできないことはないだろうが、篤郎くんの体には負担だろうと言うし、真耶に至っては孕(はら)ませたら殺すと言うので、現実的ではない。

それになにより、篤郎がまだもう一人子どもを望んでいるかというと、難しい。長男の甲一は大人びていて手がかからないからいいが、八歳の甲二と、七歳の双子にはまだまだ手がかかっているのだ。

（まあ～、現実的にいって無理だよね）

それは分かっている。だが結婚十年目の節目に、どう、もう一人、と話すくらいべつにいいと思うし、世界旅行だって行きたいし（あっちゃんを三ヶ月一人占めできる）、ダメならダメでも普段あんまり物をほしがらない篤郎に、高価なものをプレゼントして、最高の夫だと思われたい――というのはごく自然な感情ではないか。

しかし秘書の芦田は、後ろにいた第二秘書の東海林(しょうじ)を振り向き、

「東海林、お前だったら篤郎さんの十周年のプレゼント、なににする？」

などと訊いている。

（はあ？　なんであっちゃんへのプレゼントを東海林が考えるんだよ）

と思うが、一応聞いてやろう、聞いた上でばかにしてやろうと思っていると、東海林は大きな図体に似合わない気弱そうな顔で、え、えー……僕ですか、僕は……ともごもご言ったあと、

「ホームベーカリーですか……ね……、篤郎さんこの前、今のものが壊れそうって言ってたので……」

「合格！」

　芦田がなぜか判定し、兜は唇を尖らせた。

「しょぼすぎない!?　なんでホームベーカリーが合格なのさ」

「篤郎さんが喜びそうだからです。まさか先生、そんな判断もつかないんです？　いよいよもってこれは離婚だな……篤郎さんが一人になったら僕が次の夫になりますよ」

　生意気な芦田とはこれ以上話していられない。思わず携帯電話をとり、篤郎に電話をかけた。数回のコールのあと、『どうした？　忘れ物か？』と訊いてきた篤郎に、

「あっちゃん、ホームベーカリーとダイヤと車と世界一周旅行ならどれほしい？」

　と脈絡もなく訊くと、あっさり、

『ホームベーカリー。もうすぐ壊れそうだから』

　と返ってきて、兜は電話を切ったあと、携帯電話を応接ソファに投げてしまった。東海林はそれに眼に見えて怯（おび）えていたが、芦田はニヤニヤして、「ほらね」とでも言いたげだ。

「まあ、十周年だからって特別なことはせず、おとなしーく普通～にしてるほうが、篤郎さんは喜びますよ」

　熟年離婚を回避したかったら下手は打たないことですねと言われて、兜はむっすりと唇を引き結んでいた。


　でもたしかに、オレは今まで色々とやりすぎたかもしれない……。真耶に聞かれたら、「かもしれない？　かもじゃない、やりすぎなんだよ！」と突っ込まれそうなことを、家に帰る道すがら、兜は思い出していた。

　政治家なんですから運転手くらいつけてくださいと芦田には怒られているが、兜は自分で選んだルートで帰りたいので、議員生活十年を超えても、いまだに自分で自分の車を運転している。

　やや渋滞している道路をぼんやり見つめながら、これまで篤郎に働いてきて、のちのち怒られた無体なことを思い出していた。

甲一ができたときのセックスもあんまり褒められたものではなかったし、次男と双子ができるに至ったセックスも、考えてみれば産後間もない篤郎を襲ったような形だ。そのあとも欲求がたまると、子どもたちを預けて絞り尽くすようなセックスをしている。家中で致して、カメラをしかけておき、あとから散々おかずにしたりもした。そういえば庭のど真ん中でしたこともあり、篤郎はそのとき号泣していた。

ちょっとばかりいじめるのが好きなのだ、という自覚はある。泣きじゃくる篤郎は可愛い。

しかし本来は兜は尽くすほうが好きだし、甘やかしたいという欲求が強い。篤郎相手だとそれがなかなか叶わないので、たまに爆発してしまうのだ。

（うーん……今回はおとなしくしといたほうがいいか……）

でもこういうことをしちゃうのは、全部あっちゃんがさあ、と兜は内心で言い訳する。

（結局、オレを好きかどうかよく分かんないからなんだよね。あっちゃんて、子どもできなかったらオレと結婚してなくない？）

十年前も同じようなことを考えていた。

十年経っても不安なのだ。

そうでなくとも芦田には離婚されると言われるし、長男の甲一にまで、愛想尽かされると言われる始末。

オレ、そんなにダメですかと思う。

はーっとため息まじりに家に着くと、早めに帰れたので、ダイニングではちょうど子どもたちが食事中だった。

今日は中華の日らしく、大皿二つに餃子と麻婆豆腐、春雨スープと、春巻きがてんこ盛りになっている。食欲をそそる良い匂いに、「あっ、パパだ。おかえりなさーい」「今日ははやいね！」と喜ぶ双子、「お父さん、ご飯のあとゲームしよ！」と声をかけてくれる次男——長男は今朝の事件のせいでジト眼で、眼差しだけで『考え直しただろうね？』と訴えてきている。

しかし「お疲れ様、ビールでいい？」と訊いてくれる篤郎の存在に、さっきまでのもやもやは晴れていき、

（やっぱりなにもなくても幸せか……）

と、思わされる。

「うん、ビールがいいな。着替えてくるね。美味しそう」

と声をかけてから、甲一にこっそり耳打ちした。

「全部捨てたから安心して」

甲一は息をつき、「真耶ちゃんに言うのは今回はやめといたげる」と、優しい一言をくれた。篤郎は鈍いので、そんな父と子の会話が聞こえても、

「ん？ なんの話？」

と首を傾げるだけだ。甲一が「こないだ算数のプリント、お父さんが教えてくれなかった話！」と言えば、信頼する長男の言葉なのであっさり信じて、

「パパ、ちゃんと教えてあげて」

と一言言うだけだった。

兜は苦笑して部屋に退散し、着替えてから食卓についた。篤郎の作る食事は美味しく、兜が子どものころ体験しなかった家庭の味がする。こういうものを食べて育つうちの子どもたちは、オレとはまったく違う生き方になるんだろうなあと、自分とうり二つの甲一を見ても思う。少なくとも自分は九歳のころ、母親のためを思って父親を脅したりなんてしたことがなかった。そもそも兜は一人っ子だったし、大家族で食卓を囲む経験もしたことがない。

（……それを考えるとやっぱり、あっちゃんに感謝なんだよなあ）

世界で一番愛しているのは篤郎だけれど、二番目は子どもたちで、どちらのためにも簡単に命を捨てられる、と兜は思うことがある。世の中の多くの人間にとっても、家族とはこんなにも大切なんだと思い知ることができたから、政治の場でも頑張らねばと考えることが増えた。誰かにとって生きやすい未来を作ることは、誰かの大事な人を幸福にすることかもしれないと思うようになったからだ。

選挙で勝つことよりも、弱い立場にある人を助けたい。

自分はまあまあ、篤郎に対してはひどい夫かもしれないが、政治家としては真面目だと思うし、芦田にもそこは褒められる。そして、篤郎もよく、「政治家としての甲作のことは、心から誇りに思ってる」と言ってもらえる（夫としては？ と訊くと、大抵黙り込まれるが）。

（オレがそこそこまともでいられるのって、あっちゃんがいるからなんだ。そのお礼って、どうしたらいいか分かんないな……）

　ぼんやり考えているうちに食事は終わり、兜は子どもの宿題をみたり、一緒に遊んだり、風呂に入れたりして、その夜は眠った。

「ちょっと今日、午前中付き合える？」

　翌朝、出勤が午後からだった兜は、小学校に子どもたちがみんな出ていってから篤郎にそう訊かれて、眼をしばたたいた。男だから当然すっぴん、飾り気のない薄手のセーターにデニムという姿。それでも兜が知る限り、だれよりも美しい――。

　篤郎は若いころからきれいだったが、三十六歳になった今でもきれいだし、むしろ年を重ねて妖艶さが増しているようにすら見える。

（コンビニのレジ打ちバイトの男の子すら、あっちゃん見るときぽーっとしてるんだもんなあ）

　オレが心配になるのも普通でしょ、と兜は思うのだった。

　それにしても、篤郎が兜にどこかしら付き合ってほしいと言うのは珍しかった。

「なになに？」

　と訊いても、行けば分かると言って、篤郎は車に兜を乗せ、自分で運転してどこかへ出発した。ラブホテルだったらどうしようっ？　そういえばここ三日ほどご無沙汰だ、などと浮かれたことを考えて、そわそわしていた兜だが、着いた場所はそれとは真逆のところだった。

「……え、あっちゃん。ここってなに？」

「なにって。見てわかるだろ」

　受付で花を買い、バケツとひしゃくをもらって、篤郎が先に歩き出す。どう見てもそこは霊園だった。なぜこんなところに？　と不思議に思っていると、篤郎がとある墓の前でぴたりと足を止めた。墓石を見て、兜は初めて、ここが篤郎にとってどういう場所なのか理解した。

「……これ、あっちゃんの……」

「そう。産みの母親の墓」

墓は手入れが行き届き、きれいだった。篤郎は墓石に水をかけ、花をそなえて線香に火をつける。手をあわせる篤郎にならって、兜も手をあわせた。

「……俺が二歳くらいのとき亡くなったから、記憶にはないんだ」

顔が似てるって聞いたことがある、と篤郎が呟く。

「あんまり……興味なくて、来なかったんだけど、お母さんが……郁のお母さん、が、こまめに来てくれてたみたいで……」

ぽつぽつと篤郎が話すことを、兜はじっと聞いていた。

「子どもができてから、ずっと、俺を産んでくれたお母さんは……どんな人だったのかなって思うようになって……」

「じゃあそれからは、何回か来てたの？」

そっと訊ねると、うん、と頷いた篤郎は、伏し目がちに墓石を見つめている。

「でも一人で来てた。なんとなく、俺は郁のお母さんを本当の母親みたいに思ってるから、産んでくれた母親に申し訳ない気持ちがあって」

でも、もうすぐ結婚して十年だし、と篤郎は呟く。

「……お前を会わせたかったんだ」

兜の胸は、切なく痛んだ。これが篤郎の愛情だと、知っているからだ。不器用で、無粋で、静かな愛。

けれど大切な人に大切な人を会わせたいという愛は、ダイヤや高級外車を買う愛よりも価値がある。

そろそろと手を伸ばし、隣に立つ篤郎の手を優しく握る。振り向いた篤郎が兜を見上げる。一緒にいるだけで優しい気持ちになれる。それ以上なにもいらないと、兜はふと、思った。

「……今度子どもたちも連れてこようよ」

そう言ってから、付け加えた。

「十周年のお祝い、ホームベーカリーでいい？」

あまりにもチープで、あまりにも普通。しかも秘書の意見に従うなんて。けれど篤郎に歩み寄れるならそうしたいと、兜は思ったから訊いてみた。

篤郎は微笑み、嬉しそうに頷いてくれた。兜の、大好きな笑顔で。

愛の本能に従え！
EXTRA

収録作品

Included works

本能には忠実に！
（初出：2015年　コミコミスタジオ特典小冊子）

愛に従い、きみといつまでも
（初出：2015年　ムシシリーズ・愛の小冊子）

七安歩のひみつ
（初出：2015年　アニメイト池袋本店サイン会記念お土産小冊子）

愛の本能に従え！SS
（初出：2016年　同人誌「愛の本能に従え！」無配ペーパー）

本能にしたがったら
（初出：2017年　同人誌「Love trap! & Instinct! extra」）

愛も本能も、誰のものでも
（初出：2018年　同人誌「Love! Insect!　2018spring」）

愛はない、本能もないけれど
（初出：2018年　同人誌「愛の本能に従え！」無配ペーパー）

十年後の愛の本能に従え！
（書き下ろし）

本能には忠実に！

村崎大和は、恐ろしく孤独に強い。

孤独に強くて、一人でもたぶん、生きていける。

きっと自分がいなくても。

付き合いはじめて二ヶ月あまりが経つころ、歩はそのことを思い知るようになっていた。彼は自立した人間で、たぶんきっと、歩がいてもいなくても、結局はプロの世界でテニスをして生きていくのだ。

そういうふうにできている。

そしてそういうふうにできている人間しか、勝ち上がれない世界で、大和はたしかに勝っているのだと。

「あ……、あん、あ、あ……」

誰もいない選手控え室に、濡れた声が響いている。

抑えたいのに抑えられず、歩はまっ赤になって身もだえていた。

十月末開始の全日本選手権は、プロアマ問わず全国から有名な選手が集まる大がかりなテニスの大会だ。八月、ジュニア大会で日本一になった大和は出場権を獲得し、本日その一回戦で勝利を飾った――。

まだプロにもなっていない弱冠十六歳の男子選手としては、これはものすごい快挙だった。快挙だったが。

「んう、ん、あ、ん」

「お前って胸、柔らかいよな」

そんなことを言われて、後ろから胸を揉まれている歩は、どうしてここなんだと少し文句が言いたかった。

――今日の試合、勝ったらご褒美ちょうだい。

と、いつになく可愛い口調で大和が言ったのは、試合が始まる直前のことだった。一戦一戦が強豪相手の大変な試合であることは分かっていたから、ご褒美くらいはべつにいい。そうでなくてもいつも大和に尽くされてばかりいる歩は、自分にできることがあるならしたい、とは思っていた。

が、その後に続いた言葉が問題だ。

――発情なしでヤらせて。俺お前と、したいこといろいろあんの。発情してると、理性ぶっ飛んで終わるからよ。

まったくもって可愛くない提案に、歩が怒るより先に大和は試合に行ってしまい、そうしてアマチュアとは思えない強さで瞬く間に試合を終わらせてしまった。

傍目(はため)に見ていても、大和が絶好調なのは分かった。なにしろ相手は日本ランキング一桁のプロだった。

そのプロ相手に圧倒的な試合展開。当然観客は沸いたし、歩も興奮した。押し寄せるインタビュアー、スポンサー候補、などなどとのやりとりをすべて終え、やっと自由になった大和に誘われて、歩はほいほいと選手控え室までついてきた。

いつの間にか夕方で、もうここを使う選手は自分以外にいないと大和から聞かされて、ふーんそうなんだ、と呑気(のんき)に答えたのも束(つか)の間(ま)、ベンチに座らされて後ろから抱き込まれた。

その時点で、腰には昂ぶった大和のものが当たっていた。

「なあ。約束したよな？　ここでご褒美ちょうだい」

まさか。

ここは神聖な控え室で、もう選手は帰ったとはいえいつ誰が来るとも分からない。しかも試合直後で大和は疲れているはず。なのに本気でするつもりか？　と慌てたけれど、大和は本気だった。

「言ったろ。いろいろやりたいって。こういう場所でしてみたいっていうのも、やりたいことの一つなんだよ」

興奮した声音で囁(ささや)かれて初めて、歩は大和がオオムラサキだったことを思い出していた。

村崎大和はもとが真面目な性格で、特別セックスが好きなわけではない――というのは思い込みだった。

大和はたしかに真面目だが、好戦的でもある。試合後は昂奮(こうふん)していて、性欲も高まっている。特別セックスが好きなわけではない、のではなく、好きでもない相手とはセックスしたくないだけ。

好きな相手とはセックスしたい。それも積極的に。

そういうタイプなのだと、歩は思い知った。

アニソモルファの発情がない状態だったが、オオムラサキの精液は催淫作用が強い。会える日は必ず抱かれているせいで、すっかり柔らかくなっている後ろにすぐ挿入され、一度軽く中出しされて、歩はもう前を勃起させ、あんあんとはしたなく喘（あえ）いでしまっていた。しかも着衣は汚れるからとすべて脱がされ、大和も上だけの姿で、もし誰かが入って来たら、完全に言い逃れできない状態だった。

（でも……あ、気持ち、いい……）

後ろから抱き込まれ、大和の上に座るような体勢の歩は、両足をベンチの上に置いて開脚している。さっきまで緩く突かれていた後孔（こうこう）からは、今は大和の性器は抜かれ、かわりに勃起した歩の性器の下、会陰部を擦っている。擦りながら大和の性器は硬く太く張り、先走りを垂らして歩のそこを濡らしていた。

けれど、歩の会陰部には浅いが女性器に似た肉襞（にくひだ）があるのだ。ぬるぬると擦られながら陰嚢（いんのう）の裏を大きな性器の先で突かれると、後孔からもその襞からも、じゅくじゅくといやらしいつゆが溢（あふ）れてくる。

「あ……っ、ん、う、んー……っ」

襞と襞の間を大和の杭（くい）が通ると、後孔がきゅっと締まる。まるで、前立腺を刺激されたような甘い快感が体の芯を走り、勃ちあがった性器の先からも、白濁がとろとろと出てしまう。

「なあ、ここのさ……この、お前の女の子の場所って、擦られるとどんななの？」

耳朶（じだ）を舐（な）め、歩の薄い胸をむにむにと両手で揉みながら、大和が訊（き）いてくる。

歩は恥ずかしくて耳まで赤くして、「し、しらない」とかすれた声で言う。

「知らないってことはないだろ。発情してるときなら、すらすら答えるくせに。なあ、アナル突かれてるときと、違う？　どっちが気持ちいいんだよ」

歩はまっ赤になったまま、唇を嚙（か）みしめた。

アニソモルファのフェロモンで、発情しているときなら――きっと、歩は訊かれるまま答えてしまうだろう。

（どっちも、気持ちいい……後ろを突かれるのは、強い刺激で、女の子のとこは、もどかしい感じ……でもどこも全部、つながってるみたい――）

「あ、あん……っ」

柔らかく胸を揉んでいた大和の手が、不意に乳首をきゅっとつまんだので、歩はびくんと背をしならせた。

乳首をコリコリと弄くられると、襞も後孔もきゅっと締まる。

「今、締まった?」

敏い大和が訊いてくるのを、歩は思わず涙眼で、肩越しに睨みつけてしまった。

「締まったんだ。乳首、気持ちいいな?」

大和はニヤっと笑い、と歩の乳首をぎゅっと引っ張った。

「あっ、あん、あっ」

背を駆け抜ける快感に、歩は思わず声を大きくした。大和は気をよくしたように、親指と人差し指で乳首をこねながら、残りの指と手のひらを使って、歩の胸の肉を寄せるようにし、もみ上げた。

「俺とずっとヤってたら、胸も大きくなるかな? そうしたら、おっぱいで挟んでイカせてくれるか?」

今でも俺、イケそうだけど、と言われ、歩はびくびくと尻を揺らした。すると、襞の間で大和の大きな性器が擦れ、甘酸っぱい快感が全身を走っていく。

「お前、開発したら乳首だけでイケそうだな……」

そっちもそのうちやろうな、と囁き、大和が歩のうなじにキスをする。

「乳首と……胸と……ここもそうだけど」

「ひう、ん……っ」

言いながら、大和が太い性器の先端で歩の陰嚢と性器を擦ったので、歩は体をぶるっと震わせた。

「歩の、女の子の場所と」

「ひゃ、あ、あ、あ……っ」

腰を移動し、大和はぬるぬると歩の肉襞をつつく。

「慣らさなくても、俺のが入っちまう、このやらしい孔と……」

「ひああっ」

大和は硬い性器を歩の肉襞を強く擦りながら後退させ、後孔へ押し当てた。前屈みに背を倒されると、反り返った大和のものが、尻の割れ目に擦れる。

「全部で、それぞれ、発情してなくてもイケるようにしてやるから」

「ひ、ひう、う」

耳殻へ舌を差し込まれ、ぐにぐにと乳首を揉まれて、歩はもう、浅く息を繰り返すことしかできなかった。

時間はたっぷりある。なにしろ一生かけて、歩とだけセックスしていくのだからと、大和は言う。だから一つ一つ、したいことをすると。

歩の体のあらゆる場所を性感帯にし、学校でもどこでも、抱きたいところで歩を抱く。

とんでもない計画に、歩は喘ぎながらも恐ろしくなった。

「や、大和くん、あ、あん、どうして、そんな……」

そこまで、大和が計画を練っている理由が分からず歩はふるふると震えながら訊いてしまう。

「そんなに、あちこち……や、大和くん、そういうの、好き、あ、あん、だった?」

なんだか意外だった。

付き合いだしてから、彼が異様なほど恋人に甘い人間だというのは分かった。実際歩は大和といて、一度も財布を出したことがないし、靴紐さえ自分で結ぶ必要がない。

あれ、と思う前に大和が全部してくれているのだ。

セックスのときも、大和はいつも丁寧だ。優しく、蕩かすように奉仕してくれる。一緒にいるときは毎日のように抱かれているが、無理強いはされていない。歩の調子が悪かったなら、いつでもすぐやめてくれそうでもある。

なので、「ご褒美」に「したいこと」をさせてあげたのは、これがはじめて。

大和からの我が儘に付き合う形でのセックスは、実をいうと初体験でもある。

(もしかして……アメリカに行ってたから……欲求不満だった?)

と、歩は思う。

八月に全日本ジュニアを制した大和は、学園から許可を得て、二ヶ月間アメリカに渡っていた。短期間のテニス留学だ。来年プロに転向するための、準備らしかった。

付き合いたてで遠距離になり、その間歩は薬を打って発情を抑えた。

帰ってきたのは一週間ほど前。迎えたその日に歩はアニソモルファの発情フェロモンを出して、空港のトイレでセックスに耽った。

それから今日まで、ほとんど毎日のように抱かれてはいたが、昨日はさすがに試合前なので控えた。けれどもともと、オオムラサキは性欲の強い種だ。

（一日我慢するのも……キツかった、とか）

後孔の入り口を擦られ、歩はぞくぞくした。乳首をこねていた大和の指が歩の腰に下りてきて、片手で性器を擦られ、もう片手で浅い襞の会陰部をなぞられる。

「あ、あん、あ……っ」

セックスに関しては、わりとノーマル嗜好に見えていた大和だが、そうではなかったのかもしれない。

「お、俺との、普通のじゃ、不満……だった？」

考えてみれば、大和は百戦錬磨だった。

黄辺をはじめ、経験豊富な床上手を相手どって、散々セックスしてきたのだから、今さらなんのテクニックもない歩と……では、満たされないのかもしれない。

じわじわと不安が胸をよぎり、体の奥が切なくなる。

とたん、大和が「アホか」と呟いた。

「あ……っ！」

歩はびくん、と揺れた。大和に細腰を摑まれ、ずん、と奥まで貫かれていた。

「あっ、あっ、あ、おっき……っ」

中で性器を掻き回され、歩はびくびくと震えた。溶けるような快感に思わず後孔が締まり、きゅうっと大和のものを締め付ける。

「不満とかあるかよ。ただ、俺、これからはちょくちょく国際大会にも出るからな」

日本にいないことも多いだろ？　と確認しながら、大和は腰を揺する。

「だからあっちこっちでヤって、どこでも感じるようにしとけば……お前、いつでも俺を思い出すだろ？」

空港で、と大和が歩の耳元で囁く。

「お前が誘ってくれたの、嬉しかった。俺はお前に、いつでも俺に発情しててほしーんだよ」

めちゃくちゃで、恥ずかしい言葉。

一度入り口まで引き抜かれた性器を、最奥まで強く突き入れられて、歩は叫び声をあげていた。

「あっ、あん、あっ、あー……っ」

突き上げられて、白濁が弾ける。びくびくと内腿が震え、後ろがいやらしくひくついた。

「まずはところてんはできたな」

からかうように言い、大和はぐったりとした歩の体をベンチにうつぶせた。そのまま尻だけ高く持ち上げられて、前後に揺すられる。肌と肌がぶつかりあう、卑猥な音が控え室に響き、歩はだらしなく口を開けたまま、「あっ、あ、あっ」と声を漏らしてしまう。

「あ、あん、あ、あ……っ」

もうダメ、と歩は思った。発情しているわけでもないのに、理性が飛び、頭の中が快楽だけに支配されていくのが分かった。

大和が自分を、作り変えようとしている。大和なしではいられなくされようとしているのに、それがどうしてか嬉しい。そうしてほしいし、大和も、歩なしではいられなくなればいいのに――ふと、そう思ってしまう。

（……俺も、結構、身勝手だ）

けれど一人でも生きていけるはずの大和が、そんなふうに歩に執着してくれるなら、それがどんな形でも嬉しかった。

「なあ、いい？　一勝するたび、お前の体、俺の好きにして」

歩の後ろに突き入れながら、大和が少し余裕のない声で訊いてくる。

ベンチにすがりついたまま、歩はこくこくと頷いていた。

「あ、あん、う、ん、ん、い、いいよ……っ、好きに、して……っ」

体中すべてで大和を感じて、どんな場所でも従順に抱かれる。それを考えただけでぞくぞくして、一度果てた前がまた漲ってくる。

（気持ちいい……中に、大和くんの、ほしい――）

溶けた思考でそう思う。気がつくと自ら腰を振って、大和のものを強く絞るようにしていた。大和が「出すぞ」と呟いたかと思うと、温かなものが腹の中いっぱいに注がれる――。

「あっ、あっ、あ、あ……ー っ」

その衝撃だけで、歩もまた昇り詰めていた。

体の芯が熱く痺(しび)れ、異形再生の痕の場所が、きゅうっと締まる。体が、大和に抱かれるためのものになっていく。歩はそんな気がした。

けれどそれはきっと、本能の望んだこと。

ゆっくりと顎を捉えられ、上向かされてキスを受けながら――歩はふと、そう思った。

愛に従い、きみといつまでも

「親に会ってくんねーか」

歩が大和にそう言われたのは、付き合い初めて二ヶ月が過ぎたころ。ちょうど、十月に始まった全日本選手権の直前のことだった。

付き合いはじめてすぐ、大和は全日本ジュニアのテニス大会に出場し、優勝した。ノリにノった状態で、大和はプロ転向の準備をかねてすぐにアメリカに渡った。なので付き合ってから、歩は大和と遠距離恋愛状態になっていた。

帰国したのは、全日本選手権に参戦するためで、この大会にはアマチュアからプロまでが参加する。

歩が家族に会ってほしいと言われたのは、そんな過酷な試合の、ほんの二日前のことだった。


チョキン、チョキン、とハサミの音がこだまする。雑誌から切り抜いた記事がひらりとテーブルの上に落ち、歩はそれをじっと見下ろした。

「こえーわ。さっきからホラーかよ」

とたん、後ろから野次が飛んできた。歩は「ス、スオウ……」と助けを求めて振り返った。今日は週末の土曜日。歩は実家に戻るというスオウとチグサに誘ってもらい、またも後家家の世話になっていた。

明日はとうとう全日本選手権の本戦初日。歩も、スオウとチグサと応援に行く予定だ。会場は都内なので車を出してもらうことも決まっていて、今日は一日歩は大和の記事をクリッピングしたり、録画したこれまでの試合記録をまとめたりと、地味に過ごしていた。

「心ここにあらずじゃねーか。はさみ持ってじーっとしてるとなんかヤベエヤツに見えるぞ。大丈夫かよ、お前」

「そうそう。まるで歩が試合に出るみたい」

リビングにやってきたスオウとチグサが呆れて言い、二人は歩の両隣に腰を下ろした。

けれど歩にしてみれば、緊張してしまうのは仕方がなかった。それは試合に対して、ではない。申し訳ないが、歩が心配しようがしまいが大和の調子はさほど変わらない。付き合い始めて二ヶ月、最初のほうこそ、

「お前のために闘った」

などと言われて浮かれていた歩だが、そもそもプロになるほどのアスリートのメンタルは、たった一人の存在でそこまで大きく左右されないものだと、つくづく思い知らされていた。

大和が短期留学でアメリカに行き、離れていた二ヶ月、歩は結構淋しかった。とはいえ連絡が途絶えていたわけではない。付き合ってみると、大和はもともと真面目な性分のせいか、かなりマメなほうだった。

毎日のメールに三日おきには電話もくれた。写真を送ってくれたり、送ってほしいと言われたりもした。甘い言葉を言うのは得意ではないようだったが、休日にどこかへ出ると、あちらの珍しいものを送ってくれたりもした。お土産もたっぷりなら、高校生にはちょっと驚くほど高価で、趣味のいいブランド品をプレゼントもしてくれた。

もとから世話焼きなのだろう。一緒にいると、その間歩はほとんどなにもしなくていい。人混みを歩けば、大和は自然と歩が歩きやすいように誘導してくれ、どこへ行くにも財布は出させず、気がつくと支払いが終わっている。飲み物だって、渡される段階で蓋が開けられているのだ。例えばスニーカーの紐がほどけていても、大和は、

「ほどけてるぜ」

とは言わない。

「ちょっと止まれ」

と軽く言って、歩の足元にしゃがみこみ、結んでくれる。初めてそうされたとき歩は驚きすぎて固まったものだが、大和はごくごく普通のテンションで、なにげなくそうするのだった。

買い物をすれば荷物はすべて持ってくれるし、店も選んでくれる。大皿料理は取り分けてくれ、冷房が効きすぎていると、すぐに上着を貸してくれる。とにかく至れり尽くせり。

だからこそ余計に、遠距離恋愛中歩は大和が恋しくてたまらなかった。空港まで迎えに行った日は朝から

浮かれ、触れてほしくてあえて薬を打たなかった。

それは今でも少し反省している。海外帰りの大和を捕まえ、空港のトイレで誘って五回も中に出してもらった――。思い出すと今でも顔が熱くなるけれど、歩がそれほど差し迫った行動をとったのは、ひとえに不安からだった。

（……大和くんほどの人が、俺を好きって……やっぱりなんか、信じられない）

アメリカにいる間、大和は歩に会いたい、と、一度も言わなかった。毎日好きなテニスをして楽しげで、充実しているように見えた。

――やっぱり、ゆくゆくはプロになって、しかも人より抜きんでていく人っていうのはこういう人なんだ。

電話やメールを交わしながら、歩はそう思い知った。驚くほど孤独に強い。淋しいと感じることはあっても、そこに囚われない。自分のためとか、誰かのためとか、そういうことを度外視して、まず眼の前の試合に勝ちたい。自分の技術を高め、もっと強くなりたい。それが一番重要で、そのためならなんでもできる。そうしようと決める前に、もう体はそっちに向かって動いている――。

大和はものすごい努力家だった。一日中、テニスのために生活している。メンタルのコントロールも、歩には信じられないほど上手い。

（……この人、本当は一人でも全然生きていける人なんだ）

そう気付くのに時間はかからなかった。たった一人でも生きていけるから、歩に対しても、なんでもしてくれる。そしてその反面きっと歩の淋しさには鈍いのだ。

（大和くんが俺にしてくれることはたくさんあるけど、俺が大和くんにしてあげられることって、あるのかな――）

うつうつと、一人でそう悩んでいた矢先だった。

帰国したばかりの大和に、「親に会ってほしい」と言われた。聞けば、全日本選手権本戦初日の試合を見に来るという。

試合前のバタバタした中だが、とりあえず紹介するからと言われて、歩は昨日からずっと混乱しっぱなしだった。

「ど、どういうつもりなんだろう。付き合って二ヶ月で、親に会ってって」

ソファに腰掛けたまま、思わず不安を口にしてしまった。テーブルの上には、夏にアメリカで行われた国際大会で、大和がベストフォーに食い込んだという記事が載っている。国際大会で一気にランクをあげたせいか、ここ二ヶ月、国内は大和の話題で持ちきり、しかも以前とは違って好意的な報道が爆発的に増えていた。

「どういうって……オオムラサキって言ったら、結婚すぐする種だろ。そういう意味としか思えねーじゃねーか」

「村崎（むらさき）、歩と別れるつもりないもんね」

両脇で双子が呆れ、歩はそうだよね、と小声で返した。そうだろう。それは歩にも分かっている。一度は恋愛感情からだったか怪しいものの、結婚しようと言われたこともある。オオムラサキの中では、交際イコール結婚なのだ。だからこそ、志波（しば）は特定の相手を作っていない。

（まだ高校一年生で、結婚……）

しかも付き合いたてで、付き合ってからもほぼ遠距離だったのに。

歩はそう思ってしまうが、来年にはプロになると決めている大和は、弱冠十六、七にして大人の世界に足を踏み入れることになる。自分の腕と技術で金を稼ぐわけだ。普通のペースで生きている歩とは、もう根っこから時の流れが違っている。

と、つけていたテレビの報道番組に、「明日から全日本選手権開始！　村崎大和、優勝なるか？」というテロップが流れてきて、歩はドキッとした。

『先日の国際大会でベストフォー入りした村崎選手。プロ入りも間近と言われていますが、十六歳ながら、既に日本一の実力と見る方も多いようです』

アナウンサーが言い、後ろの大画面に大和の試合風景が流れた。

『一時期、成績が落ち込んでいたようですが、最近は特に安定していますね。もうプロでも負けなしなんじゃないでしょうか』

『顔つきが変わりましたよね。七月のアメリカ帰りあたりから、かなり大人びた雰囲気になりました』

コメンテーターが嬉しそうに言い合い、歩は思わず息を詰めてしまった。画面は街頭インタビューに切り替わり、マイクを向けられた一般人が大和にコメントする。年配の男性は頑張ってほしいと言い、若い男性からは憧れると言われる。女性陣からはとにかくかっこいい、とミーハーな声だ。

「村崎、抱かれたいスポーツ選手一位だったたって知ってる？」

割れ煎餅(せんべい)の袋を開けながら、どうでもよさそうにチグサがスオウに言い、

「こないだまで、素行が悪そうなスポーツ選手一位だったのに？　日本人てゲンキンだよな」

スオウがイチゴ牛乳のパックにストローを差しながら肩を竦めた。

テレビにはやがて、全日本ジュニアの試合直後の、大和のインタビュー画面が流れ、試合直後で汗に濡れた大和が、息を切らしながら静かに受け答えしている姿が映された。今までは、こういうインタビューには無愛想の一点張りで反感を買うことが多かった大和だが、このときからそれは改めたらしい。愛想がいいとは言えないが、相手の質問をきちんと聞き、まともに返している。

『プロ転向はいつかと言われていますが』

『来年には、と考えています。協力いただけるスポンサーがあればの話ですが』

「いただける、だって。聞いた？　村崎、露骨に敬語上手くなったよね」

「歩と付き合ってからねー」

双子に言われ、じっとテレビを見ていた歩は、

「えっ」と二人を振り返った。

「……そうだっけ？　俺と付き合いだしてからなの？」

言うと、スオウがジトっとした眼になって歩を見た。

「歩、脇役根性もいいけどさ。村崎にとっては間違いなく、歩が一番の主役なんだから、もうちょい考えたほうがいーぜ」

「村崎と歩って、結局、抜群に相性いいんだと思う

よ。なんだかんだ、村崎の相手は歩くらい自立してないと務まらないし」

「……自立？　俺、いつも面倒みてもらってるんだけど」

そこは男としての張り合いってやつ、とスオウが言う。

「甘やかしたいってだけだろ。大体、離れてる時間のが長いじゃんか。歩じゃねえと恋人なんかやってらんない」

「まあ、全日本選手権の結果が出たら、もっとはっきり分かるんじゃない？」

だからそんなに緊張しなくても、村崎の親も認めてくれるってと励まされ、歩は黙り込んだ。そうなのかもしれないが、それでもやっぱり不安は不安だった。テレビにも新聞にも、ネットのニュースにも載るような人が、本当に本当に、自分と結婚なんて――するのだろうか？


「おー、こっちだ、こっち」

手招かれて、歩は小走りになった。広い大会会場の入り口近くで、歩は試合開始前の時間、大和と待ち合わせしていた。

一緒に来たスオウとチグサは、それぞれ先に一回戦のスタンドへ席を取りに行ってくれているので、歩は一人だった。ジャージ姿の大和は歩を見ると、嬉しそうにした。これから大舞台に立つというのに、気負いは感じられない。けれど楽しげな顔に、思わずホッと頬(ほお)が緩んだ。

「良い状態みたいだね」

ぽそっと言うと、大和は微笑(ほほえ)んだ。

「当たるのは全員強いヤツらばっかりだ。数年ぶりの相手もいるから、楽しみだぜ」

声には張りがあり、大和の精神は挑戦に向けて生き生きとしているようだった。これなら勝てるだろうと思い、歩も少し緊張を解く。

と、大和が「あ、ちょい待ち」と呟いて歩の足元にしゃがみこんだ。

なんだろうと立ち止まると、またしてもほどけたスニーカーの紐を結んでくれていた。

「や、大和くん。いいよ、紐くらい自分でするから……」

これから大事な試合を控えた選手に、なにをさせているのか。

慌てて言うと、大和は「お前、力が足りないんだよ」と言う。

「だから紐が緩むんだって。こけたら危ないから、これからは俺ができるだけ見ててやるからな」

いやいや、そこはこけたら危ないからもっと注意して結べ――だろう。と、思ったが、歩は頰が熱くなってしまって、言えなかった。心臓がドキドキし、どうして大和はこんなに自分を甘やかすのだろう……と恥ずかしくなる。そこへ、

「大和」

と声がかかり、歩はぎくりとした。

「おー。親父」

大和は立ち上がり、片手をあげた。見ると、そこには温厚そうな、五十代半ばほどの男性が立っていて、大和を認めるとその眼をわずかに細めた。

大和ほどではないが背が高く、がっしりとした体つきの男性だ。落ち着いた色のカーディガンにスラックスという、気取らない服装だったが、いかにも地位のある、立派な人に見えた。顔立ちは大和をもっと穏やかにした感じで整っており、一目で二人が親子だと分かる。歩は一気に頭に血が上り、ガチガチに固まって緊張してしまった。

「紹介するわ。この人、俺が話してた七安歩……サン」

多少は大和でも緊張しているのか、声が少し迷うように揺れた。大和の父親は、一瞬歩に気付かなかったのだろう。しばらく視線をさまよわせ、それから息子が肩を抱いている歩を認めて、数秒顔をじっと見た。

「ナナフシなんだ。話したと思うけど、ヤスマツトビナナフシ」

フォローするように大和が言ってくれる。歩は足が震えるのを感じながら、慌てて頭を下げた。

「な、七安歩です。起源種が、ヤスマツトビナナフシで……あの、分かりづらくてすいません……」

声がかすれた。謝るべきことは、それだけじゃない気がする。

ナナフシなだけではなく、なにより男だ。将来的には両性を備えられるかもしれない曖昧な性別状態だが、一応まだ今は男だ。今や同性婚は珍しくないが、オオムラサキの家系では禁忌だろう。

そのあたりは大丈夫なのかということは、「親に会ってくれ」と言われたときに大和に確認はしてあった。

――俺がどういう相手かは言ったの？

ヤスマツトビナナフシで、男で、アニソモルファの血をひいていて、しかも家からは追い出されていること。すべて。不安になって訊ねると、大和は「言ったよ」と答えた。

――とりあえず会わせろってさ。それだけ。

そのときは、そうとしか言われなかった。

（でもやっぱり、よく考えたらこんな立派な息子の相手が俺で大丈夫なのか？）

面と向かうと不安になり、顔があげられなくなった。と、大和の父親が小さく笑む気配があった。

「息子から話は聞いているよ。歩くんだね。なるほど、息子好みの可愛い子だな」

優しい言葉を意外に思い、歩に名刺を差し出した。大和の父親は穏やかに微笑みながら、顔をあげる。大和の父親です。今日は応援に来てくれたんだろう？　よかったら、一緒に試合を観てくれないか。他の息子たちは決勝戦まで休みをとらないと言っててね」

「薄情な兄貴たちだよな」

大和が舌打ちすると、「お前が勝つと思ってるんだよ」と大和の父はおおらかに笑った。受け取った名刺には、誰もが知る有名企業の名前と一緒に、『常務』という肩書きが載っている。

（……偉い人だった）

貧乏な七安の家とは、やはり羽振りが違うのだろう、と歩は思う。大和は歩を見せるだけ見せたら、もう安心したらしい。すぐに試合に行かないといけないから、と言って、会ったばかりの歩と父親を置いてコートのほうへ向かってしまった。

「じゃーな、仲良く観戦してくれよ。俺は勝つから」

手を振って元気に去っていく大和を、それ以上引き留められるはずもない。初対面の大和の父と二人きりは気まずかったが、歩は笑顔で見送った。

「マイペースな息子で悪いね。ずいぶん世話をかけているかな？」

大和が少し離れると、苦笑気味に彼の父に言われて、歩は慌てて首を横に振った。

「とんでもないです、どちらかというと、俺が世話を焼いてもらって……」

そういえば、さっき靴紐を結んでもらっていた場面は見られていたのだろうか？

思い返すと恥ずかしくなり、顔が赤らんだ。見られていたとしたら、とてつもなく恥ずかしい。けれど大和の父は、青紫の瞳を悪戯っぽく輝かせて笑っていた。

「そうか。それなら嬉しいよ。うちはそろって世話好きでね。ところが大和は末っ子だから、誰の世話も焼けなくて淋しかったと思うんだ。面倒だろうが、どうか世話を焼かれてやってほしい」

あれはそういうことをするのが好きなんだよ、と言われて、歩は眼を丸くした。おずおずと眼を合わせると、大和の父は嬉しそうに歩を見下ろしている。

「……立派な息子さんなのに、俺が相手でがっかりなさいませんか？」

気がつくと、本音が出ていた。

「――一緒にいるときは大和が世話を焼いても、きみは本来、自分でちゃんと生活できる人なんだろう？　そうじゃなきゃ、あの子が海外でのびのびやれるとは思えない」

歩はドキリとした。優しい穏やかな口調だが、大和の父親はごく簡単に真実を言い当ててくる。そういうところが、父子そろってそっくりな気がした。

「きみと付き合って、大和は良くなった。自信と覚悟がついたようだ。あの子にはなにせ、テニスしかないから……きみは息子を理解してくれているんだろう？　理解以上の愛はない……そう思うんだが、どうだろう」

きみの事情は大丈夫、大した事じゃないよと続けられて、歩は緊張を緩めた。

と、コートに向かっていたはずの大和がくるりと踵を返して、こちらへ向かってくるのが見える。どうしたのだろう？

不思議に思っていると、戻ってきた大和が、父親ではなく歩の耳へ唇を寄せた。

「な。勝つから、勝ったらご褒美ちょうだい」

歩はぱちくりと眼を瞠った。それはいいが、なにがほしいのだろう?

大和を見つめると、大和は「へへ」と悪戯っぽく眼を細めた。その顔は、父の表情によく似ている。

「……発情なしでヤらせて。俺お前と、したいことといろいろあんの。発情してると、理性ぶっ飛んで終わるからよ」

父親の眼の前で、小声とはいえなにを言うのか。

歩は顔が、火を噴いたように赤くなるのが分かった。

「な、なに言ってるんだよ!」

思わず怒鳴ったのと同時に、「約束な」と笑って、大和が駆けていく。子どものような無邪気な笑顔だ。けれど残された歩は、とても彼の父の顔を見られない。

(し、信じられない……お父さんの前で……)

頬を両手で包んで震えていると、隣からコホン、と咳払いが聞こえた。

「……あー。訂正しよう。どうやら息子は、かなりきみに世話をかけているようだ」

すまないね、と言われて、歩は消え入りそうな声で「いえ……」と答えるだけで、精一杯だった。

七安歩のひみつ

プロに転向して最初の年、大和は国際大会のために二週間ヨーロッパに渡った。ちょうど十月。秋のことだ。

大会ではまずまずの成績をおさめ、日本へ帰ってきたその日の夜、大和は久しぶりに恋人を抱いて眠った。

平日だったので場所は高級ホテルとはいかず、大和が通っている高校の寮だったが、腕の中に想い人がいるというだけで、満ち足りた気持ちだった。

恋人である七安歩は、去年からずっと寮で同じ部屋を使っている。

ヤスマツトビナナフシの歩の体は今、少し複雑な状況なのだ。

男だが、女性に傾いている。この不思議な状態のため、大和が不在の間、歩の体調はあまり良くなくなる。

プロになるなら拠点を海外に移しては、という話もあったが、それを拒んで大和がいまだ日本の一学生として生活しているのは、歩のことがあるからだった。

本当はつれて行ければ一番いい。けれど歩には歩の生活や夢があるのでそうもいかない。離れている間は心配だが、幸い歩にはゴケグモの双子という強力なセキュリティがついている。困難は分かっていて、けれどやりきれるという自信もあったから、プロの道と歩との関係を両方大和は選んだのだった。

もともと控えめで出しゃばるところのない歩は、大和が海外へ遠征に行くといっても「行かないで」とは言ったりせず、にこにこしている。優しい声で、「がんばって」と送り出してくれる。

具合が悪かろうが男にモテていようが——そっちのほうも、体調以上に大和には心配だったが——歩は訊かれない限り自分から自分のことを話さない、という癖がある。脇役感覚というのだろうか。相手が自分のことを気にしている、という思考回路そのものがないのだ。

それでもまだメール上なら一応、こういうことがあった、と良かったことは書いてくれるが、面と向かったり電話したりだと、歩は一方的に聞き役に回ってしまうし、大和もついつい歩相手には話しすぎてしまう。

そんなこんなで、大和は長い間気が回らなかった自分を悔いた。

久しぶりに歩を抱いて眠った翌朝、先に眼が覚めた大和はふと見てしまったのだ。

歩の机の上に、小さな素焼きの鈴が一つ置かれていたのを。

◆

「素焼きの鈴？　あー、若草模様のついたやつだろ。なにお前、彼氏のくせにそんなことも知らないの？」

歩の超強力セキュリティの一人、後家スオウに嘲笑されて大和はむっとした。

だが、文句は言えなかった。

場所は学校の屋上で、ちょうど昼休みだった。

普段からスオウは兄弟のチグサと歩と三人で、この屋上で昼食をとっている。大和は昼の時間も練習しているが、今日は昨日帰国したばかりなので休みだった。

まるまる空いているときは、大和も勝手に三人に合流する。今日もそうだ。けれどこの日は、たまたま屋上に来ていたのがスオウだけだった。歩とチグサは飲み物を買い忘れて購買に戻ったらしい。

これはちょうどいいと思い、大和は今朝見た鈴のことを知っているかとスオウに訊ねた。そうして、嘲られた。

悔しいが文句は言えない。大和はこの小柄な同級生に頭があがらないのだ。

攻撃的な性格のようで、スオウは意外にも面倒見がいい。内心では面白くないようだが、歩の幸せのためにこのごろでは大和にも協力的だった。ちなみにもう一人のゴケグモ、チグサも一応は協力的だが、つかみ所のない性格なので、大和はちょっと苦手にしていた。向こうも積極的に関わろうという気がなさそうだ。

その点、喜怒哀楽をはっきり示すスオウとは話しやすい。なので国際大会や強化練習などで海外にでている間、大和は歩とだけではなく、こっそりスオウともやりとりしていた。

薬だけでアニソモルファのフェロモンを抑えていると、歩には匂いが残るので、結構モテる。

男ばかりの学校にあって、女性に傾いた性。不思議な匂いと存在感の歩に、男たちはそわそわする。そうでなくとも、歩の顔はとても可愛い——いつかスオウが言ったとおり、学校で一番可愛いとさえ大和は思う。

離れている間は当然誰かにとられないかと不安になるが、歩は脇役意識が強くて、自分が誰かに好かれているとはまったく考えない。

なので大和は色恋沙汰に敏感なスオウに、いつも歩の現状を訊いていた。

——歩に変な虫、ついてないか？

と、毎度メールする大和にスオウは「はあ？　ついてないし。毎回聞くなよ、ボケ」と辛辣ながらもきちんと返してくれるのだった。

そんなわけで、その鈴を見つけたときも大和はスオウに訊ねてしまった。

見るからに女物のその鈴は、透明な袋に丁寧に入れられていて、もしかしたら誰かからの贈り物かもしれない——と大和は思ったのだが、同時に、

一体誰が？

と、首を傾げたのだ。

歩には女の気配はないし、誰かからもらうあてもなさそうだ。となるともらったのではなく、あげるものかもしれない。

しかしそれはそれでまた、誰に？

と、なる。

べつに気負わずに「この鈴なんだ？」と歩に訊けばよかったのだが、離れている間に浮気されていてはどうしようと、疑っていることを知られそうで後ろめたかった。

というのも久しぶりに会った歩が、とても嬉しそうにずっとにこにこしているからだ。

そうでなくとも、大和はまた来月には国際大会で海外に行かなくてはならない。それまでの短い蜜月を、

つまらない話で壊してしまうのがイヤだという気持ちもあり――。

「お前ってさあ、意外に女々しいとこあるよね」

スオウに呆れられてしまう程度には、大和は歩への思慕をもてあましていた。

「……歩に対してだけだ」

「のろけてんなよ、バカ」

のろけているわけではない。

しかしスオウには世話になっているし、この小さなハイクラスが自分の恋人に結構本気だったことも知っているので、なにも言わないでおく。

それに歩に対してだけとはいえ、女々しい自分が情けなくもある。大和はつい、ため息をついていた。

頭の上には秋の晴れた空が広がり、雲は高いところで筋になってたなびいている。

大和が歩に対して慎重になってしまうのは、ひとえに嫌われたくないからだった。

付き合いだしてすぐ、大和は家族に歩のことを報告したし、父にも二人の兄にも紹介した。歩さえよければ高校を卒業したらすぐ、籍を入れたいというのが大和の正直な気持ちだ。

もちろん歩は大学進学をするつもりだろうから、学生結婚することになる。本人の気持ちもあるだろうと思うと、まだ、結婚のことをハッキリと伝えられてはいない。

というのも大和の頭にはずっと、引っかかっていることがあるのだ。

――俺たちオオムラサキとつき合うメリットなんて、相手にはない。きちんと捕まえておかないと、お前も浮気されて離婚されるぞ――という、兄の言葉。

（自分らのトラウマ押しつけやがって）

大和は思いだして舌打ちしてしまった。上にいる二人の兄は、どちらも離婚歴がある。原因は子どもが生まれるまでに、寝取り癖を理由に浮気をしまくったせいだ。

おかげで兄たちはどちらも妻を他の男にとられ、離婚されている。

その苦い経験のせいで、二人は大和が歩を紹介してからというもの、やたらと口うるさくなった。やれプロポーズはしたのか、やれお前は浮気してないのか、

そのうえ長期休暇に歩が家に帰ってないときくと、

「うちに来させればいい」

と言ったりする。誰があんな危ない家に歩をおいておくか、と大和は思う。

いくら懸想をしていても、スオウとチグサが歩をむりやり押し倒すことはないと信頼できるが、兄二人がそうしない保証はなかった。

寝取り癖はおさまっていても、そもそもオオムラサキは性欲が強い種だ。大和は今では歩以外抱く気にもなれないが――それまでは、従兄弟の差し金があったといってもかなり遊んでいたほうだろう。

（その俺を、歩は見てるしな……）

それに以前、最悪なプロポーズもしてしまった。都合がいいからとか、責任をとるからという言い訳をつけて。思い出すといつか嫌われるのでは……と、大和は不安になる。

歩とは遠距離なことが多いし、そうでなくとも歩は大和になにも言わない。内心では淋しさや不満があっても、基本的に人に求めない癖がついているので、いちいち要求してこない。

自己主張が強く、ああしろこうしろと言う輩にばかり囲まれて育ってきた大和には、歩の存在は異質であり、そしてだからこそ愛しくも感じる。

（今度のプロポーズは、絶対、成功してーからな。……なんかこう、ちゃんとした場所で、いいタイミングで切り出さねーと……）

「……あの鈴はさー。あれは、歩の傷かもしんない」

悶々と考えていたそのとき、ぽつりとスオウが呟いたので、大和は思わず振り向いた。

スオウはいつもどおりイチゴ牛乳を飲みながら、ふっとため息をついた。

「歩って眼が緑色だろ。ヤスマツトビナナフシの特徴らしくて、家族全員、そうなんだって」

「……へえ」

大和は歩の、大きな瞳を思い浮かべた。一見地味に見える歩だが、よくよく注視するとひどく整った容姿であることに気付く。なだらかな頬や、優しげな口元は愛らしい。色白の肌に桃色の頬も可愛い。特に、大和が好きなのは若草色の瞳だった。

まん丸く、大きく、きらめいている明るい瞳。

はじめて歩という存在をはっきりと意識した日、その顔をまじまじと見つめて大和は驚いたものだ。

——なんでこんなきれいな顔のやつに、これまで気付かなかったんだろう？

意識して見ていると、歩の瞳はいつもいろいろな感情を乗せて輝いている。

口にはしない喜びや悲しみ、驚きやときめき、心を抑えがちな歩のなかで、あの瞳はもっとも雄弁に歩の気持ちを語ってくれる。

大和がじっと見つめていると、歩の眼は潤み、恥ずかしそうに揺らめく。それを見るたび大和はホッとした。歩に好かれている。そう実感できるからだった。

「あの眼が家族みんな同じ色なのと、あの鈴はどう関係してるんだ？」

訊き返すと、スオウがじろっと大和を睨んだ。

「察せよ。お前も一度会ったろ、歩の姉さん」

言われたが、その記憶はぼんやりとしていた。

学校の保健室で、たしかに一度だけ、大和は歩の姉に会っている。しかしそのときは歩が倒れていたし、歩が好きな人うんぬんを話題にしたりして（当時はそれが自分のことだと、まったく分かっていなかった）混乱していたので、どんな人だったか覚えていない。そもそも歩の姉もナナフシなのであまり目立たないのだ。

そんなことを言うと、スオウは呆れまじりに、歩が祖母と姉三人にあの素焼きの鈴を贈ったのだと話してくれた。若草の模様が瞳の色と同じだから、らしい。

「歩なりになんかしたかったんだと思うんだよ。離れちまった家族にさ。……で、それからしばらくして、あの鈴もう一つ買い足したんだって」

「……それって、自分も家族と同じものを持っていたいってことか？」

「どうかな。あいつ乙女チックなとこあるけど、べつにレースやフリルを持ってたいってタイプじゃないじゃん」

もしかして、憶測だけど、とスオウは言った。

「お母さんに送りたかったんじゃねーかな。訊いてないけどさ」

訊けなかったんだよな、とスオウが呟く。

飲み終えたイチゴ牛乳のパックを潰し、どこか淋しそうに、物憂げにため息をつく。

「なんかさ、そこまでは訊いちゃいけねー気がしたんだ」

まあ分かる。

と、大和は思った。親しき仲にも礼儀あり――と、いってしまうと簡単すぎるが。

どれほど身近な相手でも、その心の柔らかな部分へずかずかとあがりこんでいけるわけではない。母親のことは、きっと歩のなかの最も柔らかい部分の一つだろう。

（俺にはあんまりそういうとこ、ねーけど。歩には、あるんだよな……）

ぼんやり大和は考える。

ずっと抱えている傷のようなもの。大和も母を亡くしているからその悲しみは残っているが、歩のような痛みは持っていない。

まっとうに愛されて、愛して失った相手と、愛してくれたかどうか分からないまま失った相手では、意味がまるで変わってくるだろう。大和にはなんとなくだが、そう分かっていた。

「……俺、自分のことばかり考えてたかもしんね。歩のこと、あんまり知らないわ」

ぽつりと言うと、スオウが少し驚いたように顔をあげた。それから空になったイチゴ牛乳のパックをゴミ袋に入れ、「分かってんなら、なんとかすれば」と、肩を竦めた。


その週の土曜日、大和はいつもなら歩と過ごすオフの時間に、他の相手と待ち合わせた。

都心にあるホテルのロビーラウンジ。

時間になっていくと、その相手は既に来ていた。もっとも大和は、声をかけられるまでまるで気づけなかったのだが。

「と、突然お呼びだてして、も、申し訳ありません」

大和はガラにもなく緊張し、眼の前の相手に深々と頭を下げていた。

向かいに座っているのは、和服を着た若い女性だった。長い髪をふんわりとまとめて低い位置でお団子にし、形のいい額を出している。大きな瞳は若草色で、見れば見るほど、歩そっくりの、美しい人。

彼女は歩の三番目の姉だった。

「いいのよ。それで、訊きたいことってなにかしら」

歩の姉は、静かに、抑揚のない声で話す。

穏やかで優しく、おっとりとした声は、歩と同じように控えめだ。騒々しい人間しか周りにいなかった大和には、新鮮なタイプだった。

大和はスオウにお願いして、歩の姉と連絡をとった。スオウによると、歩に一番理解があるのは三番目の姉だという。

彼女は新婚ほやほやのはずで、若い男に呼び出されるなどもってのほかだと分かっていたが、他の相手ではとても訊けそうにないと思った。

「……実はあの、歩くんのお母さんがどこにいるか知りたいんです」

大和は率直に切り出した。

まどろっこしい話し方は得意ではない。

スオウの話では、歩は母親の居場所を知らないらしい。そういえば大和にも以前、ちらっとそんなことを言っていた。

素焼きの鈴を歩が買い足したのは、自分のためか母のためかは知らないが、母のためでも、送る住所が分からないだろう。

大和は歩を自分の家族には紹介したが、歩の家族に挨拶をすることまではまだ、考えていなかった。したくないのではなく、その余裕がなかったのと、歩が家族と絶縁状態にあるのでどうしていいか分からなかったのだ。

けれど歩は家族を気にかけている。そうと分かれば無視はできない。

歩の姉はなにを考えているのか、微動だにせずに大和を見つめている。ぼんやりしているようにさえ見えるその顔を、大和は緊張したまま見つめ返していた。

「一つ確認したいのだけれど」

と、歩の姉が口を開いた。

「な、なんでしょう?」

大和は思わず、身を乗り出していた。

歩のことが好きでたまらないから、歩の家族にも気に入られたい。失敗したくなくて、つい体に力が入る。

「あなたは、歩とお付き合いしているのでしょう？……あの子のことは、どのくらい想ってるのかしら」

私はね、と姉は続けた。

「あの子があなたを好きな以上に、あなたがあの子を好きじゃないと……ちょっと、許す気になれないのよ」

どうなのかしら。

淡々と訊かれ、大和は一瞬、言葉に迷った。

迷ったが、彼女の眼をじっと見据え、心をこめて伝えた。

「俺はオオムラサキです」

「知ってるわ。あなたは有名人だもの」

世俗に疎そうな歩の姉だが、あっさりそう頷いた。

大和は話が早いと、さらに身を乗り出した。

「オオムラサキは、子どもがいないとわりとまずい種です」

「そうでしょうね」

「でも俺は、歩が望まないならいりません。愛するぶんは、歩だけで足りるくらい、想ってます。その、つまり、一生一緒に生きたいと思ってる」

「まあ」

歩の姉は、ちっとも驚いてなさそうな顔で、息をついた。

「結婚……したいと思ってます。他には、誰も好きになれない」

「まあ」

「歩のご家族にも……できるなら、きちんと報告したい。祝福してほしいんです」

「まあ……」

そうなの、と歩の姉は呟いた。それからふう、とため息を吐きながら、なぜだか脱力したように椅子に凭れた。

彼女の膝には日傘が置いてあり、その竹の柄の先で、ちりん、と優しい音がした。

見ると日傘には、歩が机に置いていたのと同じ、素焼きの鈴が結ばれていた。

「……あ、それ」

思わず大和が鈴を指さすと、歩の姉は「ああこれ」と言って鈴を持ち上げて見せてくれた。間違いない、その鈴には若草の模様が描かれている……。

けれど少し違うところがあった。

鈴の先の糸が途中で白から翠（みどり）に変わっていた。

「歩がくれた鈴なの。でもずっとつけていたら、糸が一度切れてしまって……」

新しく依（よ）った糸をつけて直したのだと、歩の姉は言った。

「あの子の目の色みたいでしょう。この糸の色」

細い指で、彼女は愛（いつく）しむように、翠の糸を撫でた。

どうしてか分からないが、胸の奥がじんと熱くなった。顔にはまるで出さないが、この人は歩の贈った鈴を大事に身につけ、糸が切れれば自分で繋いで直すくらい、歩を想っている。

好きだとか愛しているとか、そんなことはきっと口にしないのだろうけれど。

ナナフシらしく彼女も歩と似て、言ったところで仕方のない想いは胸に秘めているに違いない。

けれど言わないからといって、想いがないわけではない——。

悲しみも喜びも。苦しみも優しさも。心や愛も目には見えない。見えなくてもあるのだ。

そう感じられるのと同時に、どうしてだかこみあげてくるものがあった。

テニスの試合に勝っても負けてもそんなことにはならないのに、眼の端がずきっと痛んで、瞳になにかがしみるようだった。

わずかに涙ぐんでいる大和を見て、歩の姉はしばらくのあいだ小さな口を開けていた。

けれどやがて、小脇に置いていた鞄（かばん）へ手を伸ばし、中から手帳を取り出す。そうしてその中から一枚、紙を切り取ったのだった。


「お帰り！」

寮に戻ると、迎えてくれた歩はニコニコしていた。

時間は夕方より少し前。今日はオフを一緒に過ごせなかったけれど、いつもよりは長い時間一緒にいられることが嬉しいというような、そんな顔だ。

誰と会ってたのとか、どこ行ってたのとかはまるきり訊いてこない。気にしていないのか、信じられているのか、それとも言わないようにしているだけか。

「夕飯まで時間あるね。食堂で時間潰してる？」

じっと見下ろすと、緑の瞳はやっぱり歩の姉とそっくりだった。

「……あのさ。歩。渡すもんがある」

人気のない廊下だったので、大和はつい、そう言っていた。歩は「ん？」と首を傾げて、大和を見上げてくる。なんの疑いも持っていないその表情に、大和はどうしてか、痛いほど思った。

——俺、こいつを、幸せにしたい。

恋人がなにも言わずに勝手に予定を入れても、どうしてたのとさえ訊いてこない、訊くことを考えつかない歩。

いつでも歩の心には、相手を好きでいたい、その気持ちがある。そうしてどんなに相手が自分を好きでいてくれても、自分を優先してほしいとはけっして言わない。言うことを、思いつくこともない。

この控えめな美徳は、きっと多くの人に気付かれずに無視されてしまう。

だから俺だけは、絶対に忘れない、と大和は思った。言わなくても想いがないわけではないという、そのささやかな真実。

歩の心は見えなくても、傷つくし痛むのだ。

「これな……お前の姉さんから、今日、訊いてきた」

ポケットに忍ばせていた紙切れを、大和は歩に差し出した。驚いたように受け取った歩の顔が、そのメモを見て固まる。

そこには南方のとある外国の住所と一緒に、歩の母の名前が書かれていた。

「……どうするかはお前の自由だけど。俺は、できれば一度、挨拶に行きたい」

メモを摑んでいる歩の指が震えている。

大和の言葉の意味を問うように、歩は顔をあげる。若草色の瞳が、不安そうに揺らめいている。

「俺と結婚してくれ」

いつかもっと、ちゃんとした場所でちゃんとしたタイミングで言おうと考えていた言葉が、するっと口をついて出ていた。

けれど心はこれ以上ないほど真剣で、真っ直ぐだった。歩以外に自分と生きていく相手はいない。考えられない。心底そう思っている。

「……俺と結婚してほしい、歩。難しいことはなんにも考えなくていい。全部なんとかなる。お前はお前のまんまでいい。……ただ、俺と生きていきたいと思ってくれるなら……頷いてほしい」

歩の瞳は薄暗い廊下の中でも、どうしてか陽(ひ)が射(さ)したように明るい色をしている。まるで南の地方の、浅い海のようだ。

歩はその瞳を揺らめかせ、やがて大粒の涙をぽろっと頬にこぼした。

か細い声で、歩が「はい」と言ってくれたのを大和は聞いた。

そしてその刹那(せつな)、大和はたまらなくなって歩の細い体を抱き締めていた。

長い人生になにがあるかなど予想もつかない。

しかしこの瞬間、大和の一生に幸福が約束されたのだ――。

誰か一人愛する人がいれば、きっと強くなれる。

大和は頭の隅で、そんなことを考えていた。

愛の本能に従え！ＳＳ

『待ち合わせ場所、変更していいか？』

その日、歩は恋人の大和からそんなメールを受け取って、都心の駅の改札で彼を待っていた。高校三年生の冬だった。大和は今、プロのテニスプレイヤーとなり、海外を飛び回る生活をしていて、日本でも海外でも、かなりいい成績を残している。

そんなわけで、二人は遠距離恋愛の期間が長い。

今日は久しぶりに大和が帰国する日。いつもなら、歩は空港で出迎え、若い二人は気持ちを抑えきれずそのままホテルへ……などということもよくあった。

（……だって大和くん、またもう、三日もしたら海外だもんな……）

忙しい合間を縫って帰ってきてくれる大和に、歩は少し引け目を感じていた。本当は日本を中継せず、そのまま海外に飛んだほうが楽だろうに、大和は歩に会うために短い時間を工夫して帰ってきてくれるのだ。それもこれも歩の体を――大和がいない間、歩が薬で発情を抑えている負担を慮ってのことで――離れている時間が長いぶん、歩はつい心配になってしまう。

やっぱりこんな面倒な自分より、大和に似合う相手は他にいるのではないか、と。そうでなくとも、大和は注目の的で、海外のトップアスリートとも噂になることがある。確認すれば、いつも『俺は歩以外はどうでもいい』と返してはくれるが……。

（でも……俺たちって、特に相性いいとこ、ないんだもんな……）

セックス以外は――と思い、一人顔を赤くしていると、「歩」と声をかけられた。ハッとして顔をあげると、眼の前には背の高い大和がいて、ニヤリと笑った。

「どうだ？　今日は俺が先に見つけたぞ」

嬉しそうな大和に、歩の胸は簡単に高鳴った。二ヶ月ぶりに会う大和は相変わらず格好良く、笑顔は優しく爽やかだった。それになにより、自分を見つけてくれて嬉しい――。ナナフシの歩は目立たない。それなのに先に探し当ててくれるなんて、二ヶ月も会っていなかったのが嘘のようで、大和の愛情の証に思えた。

「おかえり、大和くん」

はにかみながら言うと、「おう」とニッコリ笑われる。

「じゃあ行くか」

再会を喜び合う時間も惜しむように、大和は歩へ手を差し出してきた。思わず見上げると、大和は歩の手をぎゅっと握り、歩き出した。よく見ると、大和は荷物を持っていない。

「……空港から直接来たんじゃないの？」

「来たぞー。荷物はコインロッカーに預けた。邪魔だからな」

邪魔。なにをするのに邪魔なのだろう。

よく分からず、首を傾げているうちに、大和は駅構内を出て歩は地上へ連れ出された。

手は握られたまま。大和の手は大きく、温かく、歩は手をつないでいるだけで面はゆい気持ちになった。

地上は都心部らしく、ファッションビルや商業施設がところ狭しと建ち並び、人通りも多い。

空港から直接ここにきて、大和はなにをしたいのだろうか。不思議に思いながらついていくと、やがて大和は「あ、あれだ、あれ」と声をあげた。

見るとそれは、大通りに面した広場で、アイスクリームを売っている露店用のワゴン車だった。車にはおしゃれでポップな絵が描かれ、若い女の子たちが行列になって待っている。そういえば、最近若者に人気のアイスクリーム店という触れ込みで、テレビでも見た気がする。

（でも、なんでアイス？）

きょとんとしていると、大和は歩になに味がいい、と訊いてきた。立て看板を見ると洒落（しゃれ）たトッピングのアイスが三十種類ほど並んでいる。

「えーと……バニラで……」

長い横文字の、派手なアイスはよく分からず、結局無難なものを選んでしまう。大和はくすっと笑い、

「OK。そこのベンチで待ってろよ」

と言って、行列に並んでしまった。

一緒に並ぼうかと思ったが、ベンチにいるよう言われたので、歩は指さされたところへ座った。木陰になっていて、ちょうど涼しい。相変わらず、大和は歩に甘いなあと思う。自覚があるのかないのか、大和は

一緒にいるとき、歩のことをなんでもしてくれるのだ。それもごく自然に、当たり前に。

（でも……なんでアイスなんだろ。アメリカから帰ってきてすぐそんなに食べたかったのかな？）

不思議に思って待っていると、大和がアイスを二つ持って戻ってきた。一緒にベンチに座り、食べる。

歩はバニラだが、大和はチョコだった。洒落たカップにワッフル生地のコーンが載り、その中にアイスが入っている。

口にすると、甘くて美味しかった。

「美味しいね」

「まあまあだな」

大和が満足そうに言い、それから、眼を細めて歩を見つめた。

「最初もバニラ食べてたよな」

なんのことだろう。歩が首を傾げると、「最初のデートの時。お前のハンカチ、弁償したろ。あの日、屋上でソフトクリーム奢ってくれたよな」と、大和が説明する。

それを聞いて、歩はやっとなんのことか思い出した。付き合う前に、そういうことはたしかにあって、歩は一人でデートみたいだと浮かれていたのだ。

「……なかなか会えないし、今度帰国したら、デートしたいと思ってて」

と、大和が続けた。

「アイス、次は奢ろうと思ってたんだ」

（そうだったんだ……）

無邪気な大和の笑みを見ていると、会えない間の不安や淋しさもすうっと溶けていく。どんなに遠く離れていて、世界の大舞台で活躍していても、大和は歩と食べたソフトクリームのことを思い出してくれているのだ。大丈夫。歩はそんな気がして笑いながら、

「美味しいよ」

と言った。大和は嬉しそうに眼を細め「次はどこいく？」と、訊いてくれた。二人のデートは始まったばかりだ。

本能にしたがったら

村崎大和（むらさきやまと）が、本物の恋をした。

俺が小さいころから知っている、あの、大和が。

それを知ったとき、俺は来るべきときが来たかー、というような感慨と一緒に、どうやって恋なんてできるんだろう、とも思った。

だって大和はオオムラサキチョウ出身者。

愛と関係なく、本能でセックスする種だったから。

◆

「歩（あゆむ）くん、ちゃんと支度できた？　入れ忘れとかない？」

高校三年生の八月。

俺こと黄辺髙也（きべたかや）は、その日幼なじみである村崎大和の恋人、七安（ななやす）歩くんをアメリカに連れて行く——まあ言ってみれば引率係だった。

歩くんは同じ高校の一年後輩とはいえ、夏休み期間中だったので、待ち合わせは空港だった。

ナナフシ出身の歩くんは見つけにくいので、空港内の分かりやすい場所を指定させてもらった。

俺の出身はキベリタテハで、ちょっとだけ普通より眼がいい。眼がいいというか、視野が広い。

そして普段無臭の歩くんは、このごろアニソモルファとかいう起源種から受け継いだ厄介な習性を、薬で抑えているために、わずかに香りがする。このへんのことはちょっと説明がややこしいので省くけど、ナナフシはムシの多くが——特にハイクラスは——己の起源種の香りをフェロモンとして振りまいているにもかかわらず、無臭という常識を逆でいく種なのである。

しかし歩くんは特異体質で、大和と三日おきにエッチしないと香りがする。

そんなわけで、分かりやすい待ち合わせ場所と、俺の眼の良さと歩くんが今ちょっと香りがするという条件のもと、なんとか歩くんを探し出すことができた。

歩くんは大きなキャリーケースを横に、緊張した面持ちで、俺が指定したインフォメーションの前に立っていた。

薄手のサマーパーカーにコットンのパンツ、スニーカー。爽やかなマリンボーダーのTシャツという、いかにも可愛らしい格好に、明るい髪色と飴玉（あめだま）みたいな大きな緑の眼。パーツは華やかなのに、下がり眉と緊張で少し赤らんだ顔がなんだか人形めいていてあどけなく、俺はちょっとだけキュンとした。

この子、本当に可愛いなあ。

可愛いっていうより、かわゆい、って感じ。ようはピュアな感じが俺好みなんだと思う。性欲とかそういうのぬきに、庇護（ひご）欲をそそられる。

幼なじみの村崎大和――俺より一つ下で、歩くんと同級生の高校二年生だ――は、彼をアメリカへ呼ぶにあたって、

――黄辺、頼むから、歩のこと引率してきてくれ。

と言いたくなるのもまあ、分かる。

俺は電話でそれを言われたとき、

（なに言っちゃってんのこいつ……過保護か。過保護なのか？）

と思ったのだけど、すぐに、

――久史（ひさふみ）には頼めねーだろ。

と言われて、分かったよと受け入れるしかなかった。たしかに久史には頼めないだろうし、俺もそれは嫌だった。

歩くんが久史になにかされても嫌なら、久史が――歩くんになにかするのも嫌。

我ながらこじらせているが、それが本心だ。

志波（しば）久史は大和の従兄弟だ。俺たち三人はみんな幼なじみで、元セフレというやつだった。といっても久史と俺だけは、今でもたまにセックスすることがある。

大和は歩くんと付き合いはじめてから、俺たちの不毛なセックス合戦からイチヌケしちゃったけど。

まあそれはいいのだ。おいおいそうなることは歩くんが現れる前から予想がついていたので。なにせ大和はもともと、真面目な子だったからね。

俺は可愛いなあと思いながら歩くんに声をかけて、荷物のことなどを確かめた。歩くんは俺に気付くと

深々とお辞儀して、

「黄辺さん、今回は、その、ありがとうございます。俺一人じゃスオウとチグサも行かせてくれなかったと思うので……」

などと言う。

彼の過保護な友だち二人のことは、俺もよく知っている。乱暴者だけどこれまた可愛らしい双子だ。たしかにあの二人なら反対しそうだと思いながら、俺はあははと笑った。

「いいよいいよ。俺と二人で申し訳ないけど」

「そんな。黄辺さんとだと、安心です。スオウとチグサも、黄辺さんなら大丈夫だって」

ふふ、可愛い子たちに信頼されているのは、悪くないなと俺は得意に思った。

まあ実際俺は、結構な常識人なので――久史とかと比べるとだけど――恋人のいる子に手を出したりはしない。でもたぶん、ちょっと誤解されてはいるんだよな。俺だって男なので、べつにネコ側しかやらないわけじゃない。だけど久史と大和に挟まれて、なんとなくネコになってることが多かったから、ゴケグモの双子は俺が歩くんを襲うとは考えていないのだろう。

……そうでもない。

可愛い子相手だったら、攻めたいなっていう欲望はあるんだけどね。

でもまあ大事な幼なじみと、その可愛い恋人には幸せになってほしいし、欲望と平和を天秤（てんびん）にかけると俺は圧倒的に平和主義者だ。なので良い人の仮面をかぶって、「じゃあ行こっか」と歩くんを誘導した。

「パスポート持ってきた？」

と問うと、「はい」と言いながら、歩くんはとったばかりというパスポートを見せてくれた。

「とるの、大変だったんです。顔写真を撮りに行っても気付かれないし、呼ばれて受け取りに行っても気付かれなくて……ちゃんと受理されたか不安でした」

俺はその光景を想像して、笑ってしまった。広いパスポートセンターで、おろおろしている歩くんの姿が思い浮かぶ。

「そうだろうなあ。こんなに可愛いのにね」

実際、恥ずかしそうに話している歩くんは本当に愛らしいのだ。でもイミグレーションでは案の定なかなか管理員に気付いてもらえず、苦労していた。

なんとか飛行機に乗り込んでから、俺は歩くんのために渡航先でのスケジュールなどを話した。

「とりあえずアメリカに着いたら、まずホテルに行くよ。地下鉄があるけど、タクシー使っちゃおう」

歩くんは飛行機の隣の席で、うんうんと真剣な顔で頷いている。

俺がどこに歩くんを連れて行こうとしているかというと、言うまでもなく大和がアメリカで参戦するテニスの試合観戦にだった。

もともと国内のジュニアランキングは一位で敵なしだった大和は、今年の冬にプロになった。

そしてその後は破竹の勢いでランキングを昇り詰めて、一年目にして全米オープン、グランドスラムの予選に出場する。まあそうそうたるメンバーばかりが出てくるから、いきなり本選とはいかないだろうけど、一回でも勝てれば十分だろう。

そもそもプロ初年度で予選に挑戦するだけでも、すごいことなのだ。

で、その試合を見に行きたい歩くんと、試合を見に来てほしい——というより歩くんに会いたくてたまらない大和の気持ちがまずあって、でも二人とも性格的に我が儘を言えないタチなので、黙り合って優しいメールのやりとりだけで済ませていたところを俺が世話を焼いた。

世話を焼いたというか焼かされたというか。

そもそもは大和の父親から俺に連絡があったのだ。

プロになりたてのころの大和は、成績もよく眼に見えて調子がよかったのに、海外行きが続いてまったく日本に帰れなくなってからだんだん調子が落ちているようだと。

それでも十分いい成績だったのだけど、彼をよく知るものからするとプレーが荒れ始めていた。

——原因は、歩くんじゃないかと思うんだ。

と、大和の父親には言われた。あ、ちなみに俺と大和は幼いころから同じテニスクラブでテニスをしていた仲なので、大和の父親は大和になにかまずいことがあると俺に電話してくるのだ。従兄弟の久史には言えないからだろう。久史は問題児なので。

どういうことですかと訊くと、日本に帰れずに歩くんに会えないので、大和は荒れ始めているのではないか。たぶん自分では分かっていないだろうし、歩くんのために来てくれとは言えないだろう、あれはそういう性格じゃないから。

ははーんなるほど、と思った俺は、歩くん側にも探りを入れてみた。

夏休み、歩くんは毎年ゴケグモ双子のところにいる。訪ねていくと、可愛い双子は、

——歩のやつ、無理してんの見え見えなんだよな。

——村崎大和がいないせいで、歩の可愛い顔がしょんぼりしてるんだけど！

——責任とれよな！

と、俺に八つ当たりしてきた。

理不尽なことを堂々と言えるところがまた、憎めない双子だ。

それで提案したのだ。

「なら、会いに行こうよ。俺がチケット取ってあげるから」

そして大和にその計画を話すと、引率してくれと頼まれ、そうじゃないと心配で試合に響くとまで言われ、大和の父親からもきみがそうしてくれるなら本当に助かるとか言われて断れなくなった。

えっ、なに。歩くんてもう、大和のパパ公認の、嫁なの？

と驚きながらも、まあみんな幸せそうなのでいいか……。

というテンションで、俺は宿やら航空券やら試合のチケットやらなんやらを、手配したのだった。

「ホテルは試合会場の近くにとってて、俺と歩くんは隣室ね。大和のホテルともそんなに離れてないから、時間が合えば会えると思うよ」

頷いている歩くんが、それを聞くと分かりやすく、嬉しそうな顔になった。

ぱあっと頰を染めて微笑み、大きな眼をきらきらさせている。大和に会えるのが嬉しくてたまらない、という顔。

可愛いなあ。そりゃあ嬉しいだろうね、なにしろ大和はほとんど海外にいて、この二人、付き合い始めてからも、数ヶ月会わないとかザラなのだ。

大和にはアメリカ留学の話もたんとあるのだが、歩

くんがいるのでなんだかんだと本拠地を日本においたままだ。とはいえそれにももう、無理がある。

　今回大和の父親から頼まれたことは、実は歩くんのことだけじゃなかった。

　一通りの説明が終わって、しばらく雑談したあと、便の上には夜空が広がっていた。

　アメリカまで一度は眠っていたほうがいい。俺は読書灯の明かりを絞り、緊張している歩くんが早く眠れるよう、ＣＡにリラックス飲料を注文した。最近設備のいい航空会社では、機内でそういう飲み物が売られている。

　運ばれてきたのは香りのいいハーブティーだ。二人で飲みながら、俺は訊いてみた。

「長い間大和と離れてたけど。その間ってどんなふうに連絡とってたの？」

　大和もあまり自分のことを、他人にぺらぺら話すほうではないけど、歩くんもそうらしい。

　二人が付き合い始めたときから、俺はなるべく二人の間に頭を突っ込まないようにしていた――。

　というのも、俺は昔大和と寝ていたので、歩くんは嫌だろうと思ったからだ。

　ついでに大和の従兄弟、久史が生き甲斐だった「大和いじめ」を失って元気がないままなので、俺としてもいろいろ思うところがあるというか。悩むことがあるというか。

　そんなわけで仲良く幸せにやっているだろうカップルのところへ、いちいち顔を出すのも野暮だろうと思って学校で会えば話しかけるけど、そうじゃなければ自分からは関わらないようにしていたのである。

　それなのに、なぜか俺を慕ってくれているらしい歩くんは素直に、

「ネットのテレビ電話とか……あとはメールがほとんどでした」

　と、教えてくれる。

「メールってどういうやりとりするの？」

　そう訊けば、オフラインにしている携帯電話の、メール画面を見せてくれた。

「いいの？　見ちゃって」

　訊くと、こくりと頷いた歩くんは、

「……本当は、ずっと黄辺さんに相談しようかと思っ

てたんです」

と、自信なさげに呟いた。なにをだろうと思いながら、メールを見る。

そこにはごく普通の、穏やかな会話が映っていた。

今日頑張ってね、と歩くんが書くと、お前もな、と大和が返す。練習の成果や試合の報告を大和がすると、歩くんは労（ねぎら）いの言葉をかけ、大和が近況を訊くと、学校であったことを伝える。

時々、会いたいなとか、俺もだよ、などが入る以外は、なんていうかとても健全な会話だ。

「……これってテレビ電話でもこう？」

思わず訊くと、「は、はい。おかしいですか？」と困ったような返事。

いや、おかしくないけども。いかにも高校生だな、とは言わなかったが、思った。

しかしまあ、この二人が付き合ってるのも納得という感じだ。

大和はオオムラサキの習性のせいでセックス経験は豊富だし、見た目はちょっと荒々しいが、性根は素直で育ちもいい。全く下品ではないのだ。

腐っても「はやくお前につっこみたい」、なんてメールしないだろう。歩くんも「抱いてほしくて体がうずいちゃう」、みたいなビッチっぽい文章は思いつきもしないんだろうし、どちらも穏やかで品があって素晴らしいものだ。健全だ。

それに比べて、これが大和の従兄弟の久史なら、メールの文面には隠語やエロイ言葉がずらずら並んでるだろうし、テレビ電話ごしにオナニーしあおうとか、普通に言うに違いない。

うーんやっぱり、歩くんの引率は俺が適切だな、と思う。

「……大和くんはいつも優しくて……でも、試合の結果とか、うまくいかなかったときも、弱音をあんまり吐かなくて」

「まあ、あいつはメンタル強いからね」

そうでなければ、プロにはなれない。

けれど歩くんは「無理してるんじゃないかって」と、呟いた。

「——大和くんは、俺のこと、気にして……今の学校に……残ってくれてるのかなって」

鬱々とした、不安そうな顔を見ながら俺はしばらく、返事を探した。そんなことないよと言うのは簡単だったが、それは明らかに嘘だと思う。

まあ、気付くよな普通。と思うし。

そして大和も歩くんの悩みに気付いているだろう。

俺はうーん……と呟いた。星北学園は名門校なので、海外にも提携校がある。大和のようなケースは、当然ながら拠点を外国に移しやすいよう、学校側も特例扱いで、海外の学校に籍を移してくれるし、試験なども融通してくれる。

だがしかし、ただでさえ日本にいない大和だ。拠点が海外に移れば、帰国はそうそうできなくなってしまう。

俺が大和のお父さんから頼まれたのは、大和の拠点問題についてだった。

できればアメリカに移してやりたい。

しかし、歩くんとの関係も続けてほしい。

若い上に、それぞれがオオムラサキとアニソモルファの遺伝子を持つナナフシという、あまりにも特殊な体質なので、二人では結論が出ないだろう。

できれば髙也くん、そばについて、二人を話し合わせてやってくれないか。

そう頼まれたのだ。

——さすがにそれはお節介がすぎると思うのだが。

いくらまだ十七歳とはいえ一方はプロの世界で、もう一方は実家を追い出されて自立している。メールは初々しくても、二人はあくまで自立した人間同士だ。

大和のお父さんからしたら末っ子で、母親も亡くしている大和のことが心配でたまらないのだろうなとは思うが。

「……歩くんは、将来、書道の先生やりたいんだっけ。それって……その、日本じゃなきゃいけなかったりする?」

俺が問うと、歩くんは一瞬きょとんとしたが、すぐに意図を察したようだ。

「いえ、いろいろ調べて……アメリカで書道教室をやってもいいかなって……」

ただその前に師範の資格は必要で、高校だけでも日本で卒業したい……とは思っているのだと歩くんはたどたどしく、話してくれた。

「そうかあ。大和はなんて？」

訊くと、歩くんは膝の上でぎゅっと拳を握りしめた。

「さすがにそこまでは……聞いたことないんです。大和くんはたぶん、全部俺の気持ちを尊重してくれるし……。結果的にもしも……大和くんの邪魔になったらって思って」

「邪魔にはならないと思うけどねえ」

歩くんは優しくて、繊細な子だ。俺と違っていろいろ考え込んでしまうのだろう。うつむいて黙ってしまったその顔には、「大和くんの迷惑になりたくない」という、そんな不安が描かれていた。

大事な恋人を不安にさせてどうするんだ、大和。と思ったけど、まあ大和が悪いんじゃなくて、離れてる期間が長すぎるんだろう。

「ちゃんと話したほうがいいよー」

俺はブランケットを広げながら、とりあえずそう言った。

「こじれちゃう前に。自分の気持ちを素直に伝えておけば、どうにかなることって多いと思う。言わないで意地張ったら、後戻りできないときってあるから」

――俺みたいに。

口にせずに胸の中だけで言う。でも、歩くんは俺が言うと、「そうですね」と頷いていた。その顔には妙に力強いものがあり――。

俺は、ああこの子は本当は強いんだ、と知って安心した。

きっと俺に背中を押してほしかっただけで、日本にいる間中、散々悩んでアメリカ行きが決まったときから大和とこれからの問題を話すつもりでいたのだろうな、と感じた。

おやすみ、と言い合ってから読書灯を消し、ブランケットを頭からかぶる。

飛行機の、低いエンジン音が聞こえている。初めての長いフライトで、歩くんが寝られるか心配していたけど、ほどなくして彼の寝息が聞こえてきて、俺はホッとした。

そうしてホッとしながら……思い出していた。

幼いころ、テニスを始めたばかりの俺と大和と……久史のことを。

——黄辺、どうしよう。

耳の奥には、泣いていた久史の声が蘇ってくる。

——僕は大和が好きなのに、他の子とセックスしちゃった……。

たしか十三歳くらいのときのことだ。かわいそうに思って慰めた。久史が抱いたのは、彼の兄が抱いた相手だった。突然性に目覚めて、オオムラサキ特有の、寝取る本能を抑制できなかったらしい。好きなわけでもないのに欲望に眼が眩んで、理性が飛んで抱いた。

彼の兄は笑い、俺たちなんてそんなものさと気にもしなかったそうだ。

——愛してると言った次の瞬間には、別の相手とセックスしている。それが、オオムラサキだと。

テニスクラブの、誰もいない更衣室で久史は傷つき、一人で泣いていた。俺はそのときやっと——ちゃんと失恋できたのだ。

俺は小さなころから久史が好きで、だから久史が、大和を好きだと知っていた。

性欲を発散させたら本能に抗えると聞いたから、二人でいろいろやった。テニスに打ち込んだり、練習のあとも走り込んだり。まだ性に目覚めていない大和にはなにも知らせなかった。

でも結局うまくいかなくて、俺はなんていうか……ある意味役得だよなって思って、久史に俺を抱く？　って訊いたのだった。

そう訊いたときの、久史の顔を忘れられない。絶望したような、愕然としたようなそんな顔。

……お前まで、僕を裏切るのか。

その顔にはそう書いてあった。

本能に抗えないと、お前までが決めつけるんだなって——。

そして久史はすっかり変わってしまったのだ。

セックスしたほうが楽だと知って、本能のままセックスするようになり、一方では自分の欲望を憎んでねじれてしまった。

俺も悪かったのだ。あるとき久史の家でセックスしたあと、たまたま久史のお兄さんに会ってしまった。まあ言うまでもなく俺は抱かれてしまい、久史はショックを受けたけど、俺は落ち込んでほしくなくて言った。

――いいって。俺は気持ち良かったし。オオムラサキは、こういうものだって分かってるから。

……自分が傷つかないために言ったのに、結果的にはその一言でまた、久史を深く傷つけた。

……俺はお前が好きだから、これくらい平気だよ。

お前に抱かれるためならなんでもする。

その本音を言っていれば、違ったのかな？

時々、俺は考える。

お前が好きだから、お前に抱かれるために、他のやつに抱かれてた。もしも、そう言っていたら、久史はあんなふうにやさぐれなかったのだろうか。

でも、生憎俺は嘘が得意だ。

結局その嘘があだとなって、俺はそれからずっと、久史の便利な性具扱いなのだ――。

自分の本能に復讐するように、抱いた俺を大和に抱かせていた久史の最初の心の傷は、俺がつけたものでもあるから、俺は抗えなかった。

俺の恋心はこじれてねじれ、他の男に抱かれて忘れてみようともしたけれど、あんまり効果もなく。歩くんを見つけた大和は、もう久史のひねくれた遊びにも乗ってこないし、久史だってプロになった従兄弟を応援したくはあるらしい。もう大和にからんでいかなくなった。

そして久史本人は、腑抜けみたいになりながら、それでも能力の高いオオムラサキなので、のらくらと日々をやり過ごしている。大学を出て結婚して子どもができれば、たぶん眼が覚めるだろうと、俺はそれを祈ってやるくらいしかできない。あとは誘われたときにセックスの相手をするくらい。

そしていつか、久史が誰かと結婚するときには、俺はもうそばにはいられないだろう。

歩くんと違って俺は異形再生で女にもなれないし、アニソモルファの特性でオオムラサキの性欲を干上がらせることもできない。つまり、オオムラサキの相手には不向きなのだ。

「いいなあ……」

と、俺は知らずに呟いていた。歩くんと、大和が羨ましかった。

運命の相手同士みたいで。

未来のことを、二人で悩めて。

いいなあと思った。

◆

アメリカについてびっくりしたのは、空港で、大和が待ち構えていたことだ。

「……お前なにしてんの？」

ロビーに出たところで突っ立っていた大和を見て、俺はつい言ってしまった。だって大事な試合が眼の前なのに。

しかも、飛行機の到着時間は早朝だった。大和は「うるせえな」と言いながらも、そわそわした様子で俺の後ろを見ていた。

大きな荷物をひいて後ろからやって来た歩くんは、大和の姿を認めたとたん、「大和くん……っ」と呟いて、立ち尽くしてしまった。

「あ、歩……っ」

大和の顔が切なげに歪（ゆが）む。振り返って見ると、歩くんは頬をまっ赤にし、眼を潤ませている。おお、感極まっている。

これはやばい。

と思ったけど、もう遅かった。大和はバッと駆けてきて、大きな腕を広げ、歩くんの小さな体をぎゅうぎゅうと抱き込んでしまった。

「歩……っ、歩……！」

なんて必死な声だろう。

抱きしめられた歩くんも、眼に涙を浮かべて、その広い背中にしがみついている。これでは完全に俺はお邪魔だ。

「あ、会いたかった……」

わがままを言わないように頑張って、それでも抑えきれなかった一言が出た、という感じ。

歩くんが小さな声で言うと、大和が「俺も。俺も、すっげえ……会いたかった」と、切羽詰まった声音で言う。

その声からも顔からも、ものすごいフェロモンが垂れ流しだった。うわあ、すごい。大和のフェロモンは歩くんにだけ向けられている。それが分かった。

セックス経験豊富なくせに、早くつっこみたいとは口が裂けても言えない純情な大和が、俺のほうをちらちらと見て、助けを求めるような眼をしている。しょうがないやつ。

俺はため息をついて、「はいはい」と言った。

それから、

「いーよ。歩くんの荷物は俺が運んでおくから。あとで歩くんのこと、ホテルまで送ってきてよ」

と、請け合った。

歩くんは「えっ」と驚いたが、俺は苦笑して「歩くん」と言い聞かせてやった。

「大和がさあ、今すぐ歩くんとセックスしたいって。キスして舐めて溶かして、お尻に入れたいんだって」

「き、黄辺てめえ、なに言ってるんだ！」

俺の下品な言葉に、大和はまっ赤になって怒り、歩くんは恥じ入って顔をうつむけたけど、いやいや。絶対この後、やるんでしょ？　もう大和、半勃ちしてるでしょ。分かってるんだからね。

「いいから、いいから。行っといで。大和のパパにも電話しとくし。……あ、そーだ」

と、俺は歩くんのキャリーケースを引き寄せながら、つけ足した。

「一つ提案しとくね。フロリダは、十五歳から結婚できるって、知ってた？」

ニッコリ笑うと、大和も歩くんも眼を丸くしたけど。

わりといい提案だったはずだ。

先にホテルに行った俺は、大和の父親に連絡を入れて話した。歩くんと会ったときの大和の反応を伝えると、大和の父親は「次の試合は勝つな」と言ったし、俺もそうだろうと思った。

「拠点を移すならフロリダが候補になってましたよね。もうさっさと結婚させちゃったらどうでしょう」

それはいい、と大和の父親も乗り気だった。その晩遅く、ホテルにやって来た歩くんはもう匂いはなくなっていたけど――ナナフシだから、抱かれたら匂いが消えるのだ――いかにもエッチして、しまくって、出されまくりましたっていうとろんとした色っぽい顔になっていた。

ホテルで軽い夕飯を食べながら、

「大和とどんなプレイしたの？」

と訊くと、「ふ、普通ですよ」と返ってくる。けれど何回したのか問い詰めたら、

「俺がいないときに見たいからって……は、はじめて、録画を……」

と、言っていたので、あの大和でも結構な変態プレイをすることがあるのだと知ってちょっと安心した。

どうやら二人、早朝から夜までのおよそ十二時間を、ずっと勤しんでいたらしい。

「途中でビデオが止まっちゃって……」

恥ずかしそうに言う歩くんがエロくて、可愛かった。

「好きな人とするエッチって、いいんだろうねえ」

「……俺は大和くんとしかしたことないから……あの、その、すごくいいですけど……」

俺がニヤニヤして訊いても、素直な歩くんはなんでも答えてくれる。

今度大和の部屋を家捜しして、秘密の録画を探そうと思う。

「それで……プロポーズ、されたんです……」

消え入りそうな声で、報告される。やったね、と俺は言った。そうなるだろうと思っていたけど。きっと来年には大和はフロリダに拠点を移し、歩くんと結婚するだろう。歩くんは日本の高校を卒業したら、こっちに来たらいい。どちらにしろ、二人は法律上結ばれるのだから、前よりずっと不安も薄れるはず。結婚がゴールなんて微塵も思わないけど、一生一緒にいる約束くらいしたっていいだろう。愛があるなら。

俺はたぶんできそうにないから——きっと、できないだろうから、それならできる人にはしてほしいと思う。

「あの……今さっき、好きな人とするエッチって……黄辺さんは言ってたけど」

そのときふと、歩くんが心配そうに訊いてきた。

「黄辺さんは、したことないんですか……？」

その眼には、バカにしたりとか軽蔑したりとかの色は一切なく、ただ純粋に俺を心配してくれているような感情だけがあった。俺はしばらく黙りこみ、それからそうだねえ、と呟いた。脳裏を久史のことがよぎった。あとで電話して、あいつにも大和の近況を伝えな

いとな。そんなことを思う。

「……あるよ」

俺はそう言ってから、あ、大和じゃないよ？　と、つけ足した。

「今ではね、そのときのことは……いい思い出なんだ」

実際には、そんなにいい思い出でもなかった。

初体験のとき。

オオムラサキの本能をコントロールできず、俺のことを抱くしかなくなった久史は、悔しくて怒って泣いていた。久史はセックスを提案した俺にも怒っていたから、乱暴で、そんなに気持ち良くもなかったし。でもあのときが――たぶん久史の本当の姿のまま俺としてくれた、最初で最後のセックスだった。

俺には種の本能に振り回されるような、厄介な習性はない。

キベリタテハは美しい高原性のチョウで、大抵は容姿にも恵まれるし、能力も低くはない。社交性もあり、社会ではまあまあ常に、いい位置にいる。

だけどだからって恋が実るわけではないし――本能に振り回されるオオムラサキ出身者のすべてが、大和のように、運良く愛する人と結ばれるわけでもない。

だからこそ……だからこそ大和と歩くんには、幸せになってほしいなと思う。

当たり前のように不幸せが転がっているこの世の中で、大事な人にはできるだけ、幸せでいてほしい。たとえそれがどんな形でも。……そう、思うのだ。

「俺、黄辺さんのこと……好きです」

ふと、小さな声で、歩くんが言った。

「……大和くんも。黄辺さんのこと、すごく好きだと思います」

うん、ありがとう。可愛いなあ。

俺は微笑んで、心から言った。

「俺も、二人が好きだよ。……俺で力になれることなら、なんだってするから」

――俺と久史が十四歳。大和が十三歳のとき。

大和に抱かれた俺と、大和に俺を抱かせた久史も、そうしたら許されるのかなあ。

俺たちは大和にひどいことをした。

でも最初に一番ひどいことをしたのは、俺だった。

いつか全部帳消しになって、大和と歩くんが幸せな結婚生活をしているころ。
久史も、誰か好きな人と一緒にいられたらいいな。
そして俺は――それを、言祝いでいたい。
なんて、ちょっと贅沢なことを考えていた。

愛も本能も、誰のものでも

二十六歳。黄辺高也。

都内一流企業の営業マン。そこそこの成績で、そこそこに評価を受け、まあまあ充実した日常を送っている。

ここ数年、セックスする相手がいないこと以外は。

◆

「久しぶりじゃないの、高也ちゃあん」

行きつけのバーは、いわゆる「ゲイバー」。ママはオネエ言葉で話すが、起源種はカブトムシでマッチョな体型だ。俺は「久しぶり、ママ」と微笑みながら、狭い店内に通じるドアを閉めた。

ほの暗い照明の下、落ち着いた雰囲気のバーには、カウンター席が九つとボックス席が二つ。

仕事が忙しくここ半年ほど立ち寄れなかったけれど、営業回りのあと時間が空いたので来てみると、先客の顔ぶれが前とは少し違っていた。

「ママ、常連さん？　俺とは初めましてだけど」

席に着いていた男の一人が、そう言って俺に笑顔を向ける。

俺は「はじめまして」と愛想よく返事して、ママにジン・リッキーを頼んだ。話しかけてきた男とは、一つ空けてカウンター席に座る。すると男はわざわざ一つ、席を詰めて隣にやってきた。

「きみ、タテハでしょ。この匂い、俺好み」

ニコニコ笑いながら顔を覗き込まれると、男の濃いフェロモン香がした。この匂いはトンボだなーと俺は思いながら、ニッコリした。

「そう？　ありがとう」

「コシノちゃん、だめよ、高也ちゃんは。行きずりで寝たりしないの。高嶺の花なのよ」

手早くカクテルを作りながら、ママが「めっ」と男を制し、コシノと呼ばれたトンボ系ハイクラスの男は

——そもそもこの店にはハイクラスしか来ない——

「ええ〜？」と不満そうな声をあげた。

　着ているものはシャツにジーンズと普段着だし、大柄ではあるけれど、子どもっぽい素振りなので大学生かな。

　と、思う。イマドキっぽくておしゃれな子だ。

「じゃあこの店に来る意味ないだろ」

「なによ、店はハッテン場じゃないんだからね。高也ちゃんはあたしとお喋（しゃべ）りに来てるの。店に一人くらい高嶺の花がいたほうが、男は燃えるでしょ」

「なるほど、なら俺が、初めて高也さんを落とす男になろうかな」

　コシノは調子に乗ってそう言った。俺は笑っていたけど、たぶんお前には落とせないよと思っていた。

　落とすも、落ちるもない。

　俺はあるときから急にぱたっと、性欲がなくなってしまったのだ。なくなったというと勃起不全になったようだけど、そういう具体的な症状があるわけではない。

　セックスやそれにまつわるいろんなもの。たとえば愛とか恋とかいうものが、なにもかも面倒になった。

　それでも人恋しさや淋しさは人並みにある。

　だから気を紛らわすために、バーに来て酒を飲み、ママとお喋りし、誘ってくる男をからかって、翌日にはまたいつもの日常に戻っている。

　それが二十六歳になった、今の俺の生き方だった。

　我ながら潤いがないとは思うけれど、二十歳のころから六年、ずっとこんな生活をしているので今さら変えるのもおっくうだった。

「あれ、高也くんじゃん。久しぶり」

　コシノくんとしばらく飲んでいたら、顔見知りの常連が入ってきて、反対隣の席に座る。クワガタ出身の桑野（くわの）だ。

「コシノくん、高也くん口説いてんの？　やめとけ、やめとけ。俺が三年口説いても一切なびかないんだから、この人」

　仕事帰りの桑野は、ネクタイを緩めながらコシノくんに釘（くぎ）を刺す。どうやらこの二人は、俺が来なかった半年の間に店で知り合っていたようだ。親しげな雰囲気がある。

　二人とも、俺よりガタイがよくてデカい。

俺も身長はあるほうだけど、起源種のキベリタテハは大型チョウというわけではないので、体は細身だ。ゲイのネコとしては、一番モテるタイプだと我ながら思う。

「三年なびかないって、それ桑野さんが口説き下手だからじゃないんですか」

「違うって、高也くんは孤高のセカンドバージンなの」

「桑野さん。やめてよ、セカンドバージンって呼ぶの」

俺は苦笑した。セカンドバージンの単語を聞いて、コシノくんはまじまじと俺を見る。

太いのど仏がごくりと動いて、その頬がうっすら上気している。どうやら俺を見て興奮しているんだな、と分かる。

申し訳ないが、口説かれるのには慣れているので、興奮されてるかどうかはすぐ分かってしまう。

「だって六年、開通してないんでしょ。じゃあもう処女と一緒じゃない。だからセカンドバージン。な、コシノくん。見た目エッチそうな高也くんがそれってそそるでしょ？　俺もねー、三年前知ったときは衝撃が走ってさ。この人のセカンドバージンなんとしてももらう、ってはりきったわけ」

「はいはい、もういいよ。その話」

俺は思わず遮ったけれど、桑野さんはタバコをつけて、得意げにコシノくんに語った。コシノくんは今にも鼻血を出しそうな顔。隠しているけれど、カウンターの下で彼のものがうっすらと反応しはじめているのも見えた。若いってすごいなあ。

俺はたしかにセカンドバージンで、六年セックスしていないけれど、ウブではないからそういうところ聡くて、すぐ勘づいてしまうのだ。ちょっと申し訳ない気分だった。

「いやー、ほんと羨ましいな。高也くんのバージン奪ったやつ。十四歳だっけ？　そこからの六年間はそいつとヤリまくりだったんでしょ」

「そ、そ、そうなんすか」

ニヤニヤしながら話す桑野くんに踊らされて、コシノくんは食いついてくる。俺は苦笑した。

三年前、酔っ払って桑野さんに初体験の年齢や、その後のことや、二十歳からずっとご無沙汰なんてことを暴露してしまったのは自分だから、からかわれても仕方がない。

「そーそー、もう毎日ヤリまくり。四六時中喘いで出して、あっちでもこっちでも、興奮したら見境なし。だからさ、飽きちゃったんだよ、セックス」

俺は開き直り、適当なことを言う。

「そんな乱れた髙也くん見てみたいな……」

桑野さんが左横から吐息を吹きかけ、

「俺も、したい」

コシノくんは切羽詰まった声を出す。

両隣から放たれるフェロモン香がきつく、強くなる。

桑野さんは慣れたもので、俺の背中や腰に手を這わすが、俺はそれをぺしっと追い払った。

「んじゃまあ、今日のところは二人でヤってきたら？」

俺が言うと、今すぐにでもセックスしたくなっていたらしい二人は、「ええ、それはないだろ」「ひどいなあ」などと文句を垂れつつも、「ホテル行くか」という話になり、店を出て行った。

「やだわ、またカップル誕生させちゃって」

「桑野さんは遊び人だからえっちだけだよね。コシノくんに悪いことしたかな」

「大丈夫、コシノちゃんああ見えてバリタチだから、鳴かされるのは桑野ちゃんね」

ママが悪い笑みを浮かべ、俺も一緒に小さく笑った。

そもそもハイクラスは享楽的で、一夜限りのセックスなんてザラだから、そのことで思い悩む人間はそういない。——まあ、俺はべつなんだけど。

俺は初体験の、最初のセックス相手が忘れられず……こうして六年誰とも肌を重ねていない。自分でも重たいなと思う。

「ところで相変わらずのお手並みだわ、髙也ちゃん。あれだけ強いフェロモン受けても、眉毛一つ動かさないなんて」

「……ねー、俺たぶん、感覚おかしくなってるんだよ」

クワガタのフェロモンに、大型トンボのフェロモン。どちらも強いはずなのに、俺は長年、オオムラサキの強烈なフェロモンに晒されていたからか、全然なにも感じない。もう脳が麻痺して、オオムラサキのフェロモン以外には、反応しないのかもしれない……と思う。

オオムラサキは大型のチョウ種で、ハイクラス上位種の一つだ。この店にはそれと同等か、もしくはそれより上の種も来るし、そういう人たちに口説かれることもある。なのに、俺は彼らのフェロモンを嗅ぐと、あ、オオムラサキじゃないんだと思うだけで、興奮を覚えない。

それは俺の初体験、そしてそこから二十歳までの六年間、セフレだった男がオオムラサキ出身だったせいだ。

——難儀だよな、初恋って。

と、思う。

叶うこともないのに、忘れられないなんて。

でも俺にはちょうどよかった。俺は立派な家の跡取りでもないし、子どもを作る必要もない。結婚するつもりもない。

だから一生、仕事できるうちはして、まあまあの評価を受けて、寂しくなったらバーに寄って、それだけでいいか、と思っている。老後はなにをしよう。それも適当でいいやと。

「そういえば見た？　新聞記事」

「一般紙？　今朝は忙しくて経済新聞しか読んでない」

ママがなにげなくふってきた話題に、俺は首を傾げる。

「ホルモン研究の権威が、ボルバキア症のウィルスを安全に利用して、男性カップルの間で初の人工授精？ていうのかしらね？　セックスはしてんだからよく分かんないけど。つまりさ、ボルバキアを人為感染させた母体から、子どもが生まれたっつー記事よ」

「……ボルバキア」

その名前は知っている。ハチ種に感染の多い病気で、感染するのは男性だけ。治療方法は一つだけしかなく、それは妊娠だった。それで、多くの男性患者が相手を見つけてセックスし、子どもを産んでいる。

ムシを起源とした今の社会では、雌雄が曖昧な人もいるし、同性同士の結婚も普通だ。男性同士のカップルは、ボルバキアウィルスを利用して、子を持ちたいと思う人も多いそうで、何年か前からその研究が進んでいた。

「まさか実現するとは」

「ね。でもほら、高也ちゃん、昔興味持ってたじゃない？　自分も子ども産みたいって言ってなかった？」

　ママに言われ、鳩尾のところにぐっと痛みを感じた。

　うん。そういえばそうだね。

　俺はそう答えたけれど、笑顔を保っているのが辛くなってきた。

「……でももう、昔のことだよ。今はさすがに思ってない」

「そーお？　あたしはちょっと興味あるわあ」

「ママ、バリタチでしょ。妊娠するにはネコやらなきゃいけないんだよ」

「我が子のためなら宗旨替えもするわよお、でもこの人との子ども作りたいって思うほどの人、現れたらの話ね。高也ちゃん、あたしとだったらどお」

「ママとはやだなー」

「まあっ、失礼ねっ」

　ママは気を使ってくれたのかもしれない。俺がほんの少し微妙な反応をしたから。冗談で混ぜっ返し、その話は終わりになった。

　新しく客が数人入ってきて、ママはいらっしゃいと声をかける。顔見知りもそうじゃない人もいて、みんな俺に気がついて声をかけてくれた。

　なんだ、高也くん来てたんだ、連絡してよ。と言われ、そろそろどう？　と誘われる。初めましての人には、こんなきれいな子常連だったんだ、と粉をかけられた。俺はずっと笑っていた。

　キベリタテハは高原性のチョウ。少しだけ珍しくて、それなりに美しい。

　俺はすらりとしていて細身で、柔らかな黄色の髪と、青みがかった不思議な眼を持っている。

　遊ぶのにはちょうどいい。男を抱けるなら、一回くらい試してみたい相手だと思う。

　でもそういうセックスはもういい。俺はもう疲れていた。六年間、一人の男に身を捧げて、子どもを産めたらなと願った。

子どもを産めたら。それなら俺、あいつと結婚できたかもしれない。

そんなバカげた妄想をした。

それに疲れたので、遊びやお試しのセックスも恋も、もういらなかった。

◆

「ふー……、ちょっと疲れたな……」

結局知り合いに捕まって長々と話に付き合い、俺がバーから出たのは、午前一時のことだった。

賑やかな繁華街を出ると照明は少なくなる。電車は終電が終わっていたので、だらだらと三十分ほど歩いて、マンションのある路地に回ると、冬の空には点々と星が光っていた。

一番明るく見えるのはシリウス。俺は冬の大三角形の、プロキオンとベテルギウスを探した。

——ベテルギウスは不安定な星だからね。近いうちに爆発してなくなるかもしれないんだって。それは明日かもしれないんだよ。


ふと、耳に蘇る声があり、俺は歩みを止めた。

住宅地の路地は静かで、犬の声一つしない。酒気をはらんで吐く息が白く、視界に映った。

俺には二人の幼なじみがいる。一人は村崎大和。彼は今、アメリカを拠点にして活躍するプロのテニス選手だ。世界ランキング四位にいる。

もう一人は志波久史。大和の従兄弟で俺とは同い年。ほんの小さなころからずっと一緒で——俺の初恋の相手、初体験の相手は、久史だった。

子どものころはよかった。久史はテニスが好きで、時々星の話をするだけの、どこにでもいる普通の少年だった。

ところが十三歳をすぎて性欲が目覚めると、久史は起源種であるオオムラサキの本能に苦しめられた。オオムラサキは自分の遺伝子を継ぐ子どもがこの世に生まれるまで、他のオオムラサキのフェロモンをうつされた相手を、永遠に寝取り続ける。

久史は最初、お兄さんの恋人を寝取ってしまい、ショックを受けた。久史は、大和が好きだったから。

一年、二人でいろいろ試して耐えたけれど、結局セックスするしか暴力的な本能は抑えられないと結論が出て、俺は自分から、久史のセックス相手に志願した。セフレでもよかった。好きな人に抱いてもらえるチャンスだと思った。それが十四歳のときのことだ。

でも結局、俺のその選択が久史を狂わせ、ひねくれさせた。久史の純粋だったところを、壊してしまった。

久史に抱かれたあと、俺は大和に抱かれるようになった。

それを久史が望んだからだ。同じオオムラサキ同士。久史のフェロモンがついていると、大和はどうしても俺を抱いてしまう。久史は大和のフェロモンをまとった俺を抱く。そうすることで、久史は間接的に大和とセックスしたがった。

そんな久史のねじれた恋心に気付いていたのは、俺だけだったと思う。大和は真っ直ぐな人間で、そういう感情を理解できない。だから、久史もたぶん伝えなかった。

そして大和はいくらひどいセックスを経験しても、性根が曲がらず、十六歳でちゃんと恋をした。

恋人ができて夢を叶えてアメリカに渡り、早いうちに結婚した。久史は——久史はというと、大和を失ったあとはなんだか覇気がなくなり、名門大学に進み、親に勧められるまま、最初の見合いの相手と二十歳で学生結婚した。

それから、俺は久史と会っていない。結婚式には出て、ちゃんと笑顔でおめでとうと言った。

俺はできるだけのことをした。

久史に幸せになってもらいたかった。

だから携帯電話から久史の連絡先を消したし、着信も拒否した。家も引っ越して、久史には知られないよう周りに口止めした。もっとも久史から俺に連絡があったかどうかというと、いまだに時々連絡をとる大和からなにも言われないのでなかったのだと思う。

久史も、結婚を機に俺と六年続いていたセフレまがいの関係を清算したかったのだろう。

風の噂で、娘も生まれたと聞いた。計算が正しいなら、その子はもう五歳だ。

——ベテルギウスは不安定な星だからね。近いうちに爆発してなくなるかもしれないんだって。それは明日かもしれないんだよ。

小さなころ一緒に夜空を見ていると、久史はそう教えてくれた。

――じゃあオリオン座、形が変わっちゃうじゃん。

――だけどベテルギウスは何百光年も先の星だから、今なくなっても、生きてるうちにはそのことに気付かないと思うな。

他愛(たあい)ない話をしていた思い出を、久史は覚えていないだろうなと思う。

まだ愛も性も俺たちの間になかったころの話だ。

ゆっくりと路地を歩きながら、俺は夜空を指さす。

シリウス、プロキオン、ベテルギウス……。

その指の先で、白い影がぼうっと視界をかすめた。

思わず見ると、俺のマンションの入り口に誰かが立っている。長身で、やや長めの髪。切れ長の気だるげな瞳と、口元のほくろ。甘ったるく妖艶な美貌――。

「久史……？」

俺はかすれた声で、相手の名前を呼んだ。

信じられないことに、そこに立っていたのはかつての初恋相手。志波久史だった。


「よ。黄辺。元気？」

数秒固まったまま立ち尽くしていた俺に、久史はまるで昨日まで会っていたかのような自然な口調で挨拶してきた。

一瞬、夢でも見ているのかと思ったけれど、久史から香ってくる甘い香りにドキリと胸が鳴る。それは懐かしいオオムラサキの匂いだった。もっとも昔に比べると、香りの強さはかなり落ち着いている。

背の高さは変わらないが、体格は前よりがっしりしていたし、顔つきも大人びて見えた。これが二十六歳の久史なのか……と思った。けれどその気だるげな眼の光は、最後に会ったときとそう変わらず、覇気がなく人生になんの希望もないような瞳のままだった。

「なんでここに……」

戸惑いながら訊いた。だって俺は久史に一人暮らししているマンションがどこか、教えたことがなかった。

「大和から訊いた」

久史はなんでもないことのように言う。そりゃそうか、と俺は納得する。心臓がドキドキして、自分がものすごく緊張しているのだと感じた。でも、それを悟られるわけにはいかない。

「……そう、か。驚いた。久しぶりだから……、あがる？」

友だちなら、そう訊くべきだ。すると久史は俺のあとをついてきた。エレベーターで二人きりになり、久史の香りが小さな箱の中を満たすと、顔が熱くなる気がした。

しっかりしなきゃ。意識しているのを知られたくない。

「……元気だったの？」

そっと訊くと、「まあまあね」と気のない返事が返ってくる。

久史は父親が事業家で、その跡とりとして会社で働いているはずだ。

そっちはと訊ねられて、まあまあだよ、と俺は返した。上手く会話ができない。以前はもっとなめらかにいろいろ話していたはずなのに。俺は嘘が上手だから、適当な会話なんてお手の物だったはず。そう思うけれど、なにを言えばいいかは思いつかなかった。

部屋に着くと、久史はゆっくり中を見回しながらあがってくる。肩にかけていた重たそうな鞄を置き、久史は勝手に部屋のソファに座った。

「……お前今日、仕事じゃなかったのか？　私服みたいだけど……」

「あー、まあね」

俺はスーツを脱ぎながら、コーヒーメーカーのスイッチを入れる。久史は大柄な体に、ややゆったりしたアウトドアブランドのブルゾンを着ている。明らかに仕事着ではないが、俺は久史が普段どんな格好で仕事をしているか知らない。

知らないことに、ちくりと胸が痛んだ。

六年間の志波久史を、俺はなにも知らないんだなあと思う。それは自分で決めてそうしたことだし、後悔もしていないのに。そう思うととても淋しかった。

でも仕方がない。久史を苦しめたのは俺だから、このくらいの罰はあってしかるべきだ。

部屋着に着替えたころにコーヒーが入ったので、

カップに注いで久史に出す。

　久史はカーテンを開けた窓から、夜景を見ていた。

「ここ、丘の上だからよく見えるんだ」

　眼下には住宅街の灯(あか)りがちらほらと点(つ)いている。繁華街は反対側なので、窓の側はそれほど明るくない。

「に、しても何年ぶり？　久史、来るなら連絡くれればいいのに」

　着信を拒否しておいて、俺は勝手なことを言う。

　なにか喋っていないと間がもたない気がする。

「さすがに連絡しようと思ったけど、今の電話番号知らなかったからさ」

　なんでもないことのように言われたけれど、責められている気がした。電話を変えても、連絡しなかったのはわざとだ。俺が黙り込むと、久史は小さく笑った。

「いいよ別に。気にしてない。それよりさ——しばらくここに、僕のこと置いてくんない？」

　問われて、俺はなにをどう答えたものか分からなくなった。

「え？　な、なんで？」

　上擦った声が漏れる。

「奥さんとお子さんは？　喧嘩(けんか)でもした？」

「喧嘩っていうか。うーん……」

　久史はしばらく黙ったあと、

「離婚した。というか、離婚してくれって妻に頼まれて……」

　あ、元妻か、と言った。俺は驚いて硬直していた。

　——離婚してくれって、頼まれた？

　なんで。

　そう訊きたいのが、顔に表れていたのだろう。久史は「俺と生活していても、愛されてる感じがしないってさ」と肩を竦める。

「娘はあっちが引き取って……ああ、円満離婚だし、好きなときに面会はできるんだ。ただ元妻には好きな男がいるらしくて、そのうち再婚して三人で生活するつもりみたいだし、あんまり僕が会いにいくのも悪いかなって。まあ、もう仕方ないんだけどさ……」

　つまり住んでたマンションをあげたんだよね、と久史が言う。あまりに淡々とした声で、俺は突っ込むこともできない。

「今日は引っ越しのために会社から休みもらったの。適当にホテルに泊まるつもりだったんだけどさ……なんとなく」

妻と別れた足で、久史はなんとなく大和に連絡し、俺の住所を訊き、俺のところに来たのだ。

と、聞かなくても話の流れで分かった。

そのとき胸に激しく強く、苦しい感情が湧き上がった。

——奥さんがいる間は、俺なんて見向きもしなかったくせに。

人並みの幸せを味わっていたくせに。

淋しくなったときだけ俺に頼ってくるなんて、ずるい——。

都合よく扱われているという悲しみが、胸に押し寄せてくる。それなのに一方で、そんな扱いでもいい、頼ってくれたのが俺で嬉しいという気持ちもある。

俺はひどい自己嫌悪を感じた。都合良くされてもいいなんて、あまりにみじめだ。

「……一晩だけならいいけど」

俺は慎重に、言葉を選んだ。

もう二十六歳だ。過ちを犯した十四歳でもなければ、それから逃げられなかった高校生、大学生でもない。

「それ以上は困る。俺にもプライベートがあるから」

久史は子どもを持ったから、暴力的なまでのフェロモンや性欲は、減っているはずだった。彼の兄がそうだったから知っている。

久史は黙って頬杖をつき、

「それって他に男がいるって話？」

と、訊いてきた。切れ長の瞳は瑠璃色。その眼の中に、冷たい光が浮かんでいる。

俺はムッとした。相変わらず、最低な男だと思う。

「だとしたらなに？　お前には関係ないだろ」

「関係あるんじゃない？　黄辺は僕のオナホだったんだから」

さらりと言われて、心がまともに傷つくのを感じた。眼の前がくらくらする。

オナホって……。

いや、でもそうだった。たしかにそうだったことは、俺が誰よりも知っている。俺はずっと、久史のセックスフレンドですらなくて、久史が大和とセックスをするための、橋渡し役だった。つまり性具で、久史にとって俺を抱くことは自慰行為のようなものだった。

だから久史は、大和が恋人を見つけてからあとは、あまり僕を抱かなくなった。時々どうしてもというときだけ抱いた。

まあオナホなら、そういう扱いだろう。

分かっていたのに、美しい思い出になんてしていないつもりだったのに、愛した男からこんなことを言われて俺はショックで青ざめ震えていた。怒りがのど元までせり上がってくる。

「――生憎（あいにく）もう、オナホになるつもりはないから。悪いけど今からホテルとって帰って」

できるだけ冷静に、はっきりと言う。震える体を抑えて、カップを二つとも下げる。キッチンに持って行こうとした矢先、久史の手が伸びてきて、俺の足を摑んだ。

「うわ……っ」

ぐいっと足を引っ張られて、俺はうつぶせに床に転んだ。手から落ちたカップが床に転がり、中に余っていたコーヒーがこぼれる。

ハッとして起き上がろうとした俺の上に、久史がのっそりと覆（おお）い被（かぶ）さってきて、手首をとられた。そのまま簡単に組み伏せられて、俺は床にうつぶせたまま、放せと暴れた。

久史は俺の言葉に構わず、鼻先をうなじに埋めてくる。そこですん、と匂いを嗅いで「誰の匂いもしないじゃん」と言った。

気のなさそうな、つまらなさそうな声。乾いた嗤（わら）いが、久史の口からこぼれた。

「黄辺はえっちだから、誰かと寝てたら匂い消しなんて飲まないでしょ？」

僕とのときも、匂いぷんぷんさせてたじゃない――。

最悪なことを言う久史から、オオムラサキの香りがどっと溢れてくる。

どんなに強い香りで誘惑されても――なんの反応も示さない体が、まるで躾（しつ）けられた犬のように震え、ぞくぞくと感じ始めた。したくない。そう思うのに、前の性器が膨れてくる。

「黄辺。久しぶりに使わせてよ」

久史はそう言って、俺の尻に自分のものを押し当てた。それは硬くなっていた。

嫌だ。嫌なのに、これは懐かしい久史のペニスだとも思ってしまう。すると心臓はドキドキと高鳴り、体は期待で火照った。

「ね？　慰めてくれるでしょ……」

このゲス野郎。

声に出したかは分からない。こめかみに口づけられ、顎を捉えれてキスされてからあとは――俺は六年前と同じように、久史のいいようにされてしまったから。

◆

床でするセックスは、終わった後で後悔することを六年ぶりに思い出した。

久史は俺の中で三度果てると眠ってしまい、俺は俺で何度もイカされてしばらく気絶していた。眼が覚めると、電気は落ちてあたりは真っ暗だった。窓の向こうに、灯りの減った暗い夜景が見えている。

べとべとの体は、床にこすれたせいであちこち痛くて、四つん這いで何度も後ろから突かれたせいで、腕に擦り傷ができていた。

立ち上がると後孔から久史のものがこぼれてきて足を濡らす。

俺はくそ、と舌打ちした。隣で半裸のまま寝ている久史を腹いせに蹴ってやろうかと思うが、起きてこられるのも困る気がして、痛む腰を押さえてシャワーを浴びた。

六年、セックスをしていなかった。

なのに体は久史の与える快楽を覚えていて、俺は最後、昔のように後ろだけで何度も達してしまった。そのことに、言いようのない後ろめたさを感じた。どうしてこんなことになっているのだろう、と思う。久史が離婚したから？　いや、俺が――結局久史の誘惑を断りきれなかったからだ。

ガウンを着て居間に戻ると、久史はまだ床で寝ていた。

出すだけ出して満足しきった平和そうな寝顔に、なにが慰めてだ、と思ってむかついた。

いつもいつも、勝手しやがって――。

……俺の気持ちなんて、お前にはどうでもいいか。どうせ、オナホだもんな。

卑屈な気持ちが湧いてくる。やっぱり蹴ってやろう。そう思ってその寝顔を覗き込んだとき、久史は小さく寝返りを打った。長めの髪が目許を隠す。その頬に、光るものが落ちていくのが見えた。

「……睦実」

久史が寝言で呼んだのは、娘さんの名前だった。奥さんの名前とは違う。娘さんの名前は、大和から一度だけ聞いたことがあって、俺は難儀にもしっかりと覚えていた。

聞いたとき、久史にしてはいい名前をつけるなと、娘さんを愛してるんだなと思ったからだ。

「……」

勝手なヤツ、と俺は思った。苛立ちや悲しみが一緒くたに湧き上がってくる。けれど久史をかわいそうにと思う気持ちも湧いてきて、それは消えてくれなかった。

寝室からブランケットを一枚持ってきて、久史の大きな体の上にかけてやった。

冷蔵庫から缶ビールを取り出し、ソファに座ってプルトップを開ける。ふてくされて一人ビールを飲む。

闇夜に浮かぶ夜景は、地上の星空のようだった。

どこかの一軒家に点っていた赤い光が、ちらちらと点滅したあと、消えていく。

「……ベテルギウスはいつ、死ぬんだろうね」

ぽつりと俺は呟いた。いつか。生きているうちのいつか。

オリオン座の中で一際明るく輝く星が死に絶える瞬間を、俺は見れるのだろうか。

でもたとえベテルギウスが死んでしまっても、何百光年も先の星だ。もしかしたら、知ることはできないかもしれない。

……久史はべつに、知らなくてもいいんだろうな。

俺はふと、そう思った。俺の気持ちがどうでもいいように、久史には星の命も、どうでもいいのだろう。ねじくれた思い出のまま初恋を終わらせたのは、俺だけじゃなく、久史もだ。

久史はなんとなく俺を訪れて今ここにいる。

けれど本当の目的は俺じゃなくて、その前に電話した大和と話すことのほうだった——たぶん。

離婚したと大和に伝えたら、大和はきっと久史をそれなりに慰めてくれたはずだ。久史はほんのひととき、それに満足しただろう。けれどそれでも大和は久史のものにはならない。

愛を知らないだろう久史に、かわいそうと思えばいいのか、ごめんねと謝ればいいのか。

俺には分からなかった。

ただ明日には必ず出て行ってもらおうと、だから今日抱かれたのは仕方がないと——もう二度と、六年前のようなことを繰り返してはいけないと、自分に言い聞かせていた。

愛はない、本能もないけれど

幼なじみの男に恋をして、けれど相手からはオナホ呼ばわり。

六年ぶりに再会しても、その立ち位置は変わらず、心など顧みられることもなく抱かれることと。

どうあっても叶わない相手だけを愛してしまい、他の誰のことも愛せず、ただひたすら欺瞞の日々を送って、周囲の人間を無関心と傲慢で傷つけることと。

そのどちらが、より不幸だろう?

（前者が俺で、後者が久史）

と、俺、黄辺高也は思う。

俺は久史に、久史は従兄弟の大和に解けない片想いをしていて、その気持ちはもはやあまりにこじれてしまい、恋と呼べるものなのかすら分からない。

恋とは、もっと優しくてきらめいていて、もっと温かく、心弾むものではないのか。

けれど俺の恋も、久史の恋も、諦念に満ちている。

（まともに人を愛せないのは、俺も久史も同じなんだろうなあ）

俺はそんなふうに思っている。

もし、幼いころ。

初めて久史に処女を捧げたあの日に戻れるなら、他の未来もあったろうか?

あのとき、好きと伝えていたら?

そうしたらお互いに愛し合う未来も、あったのだろうかと。

◆

「ふー……」

気がつくと、会社のデスクでため息をついていた。

耳ざとい隣席の先輩が「高也、お疲れか?」とブースの仕切りから顔を出して訊いてくる。

俺は苦笑し、「すみません、昨日遅くまで映画見ちゃって……」と、適当な嘘をついた。

本当は違う。一週間前、突然自宅に転がり込んできた幼なじみ兼元セフレ、兼初恋の相手である志波久史に、ほとんど無理矢理のように抱かれ、それが明け方まで続いたせいだった。

いやだ、やめろ。俺は明日も仕事だ。そう言ったけれど、聞いてもらえなかった。とはいえ暴力を振るわれたわけではない。

ただ久史の、オオムラサキを起源種とするフェロモンを強く嗅がされると、俺はふにゃふにゃになってしまい、気がつくといいようにされてしまうのだ。

体のあちこちには情事の感触がまだ残っているし、全体的にけだるく熱っぽいし、眠たい。いい加減久史を追い出さなきゃな……と、毎日思っているのに、惚れた弱みでうまくいかない。

久史が結婚し、セフレ関係を解消してから六年、セックスそのものから遠ざかっていたのに、久史に組み敷かれると呆気なく欲情する。

（だらしない……）

そんな自分が自分でも情けなくてたまらない。

大体相手は最低野郎だ。なぜそんなふうに流されるのかと思うと、余計にみじめだった。

俺と久史が初めてセックスしたのは十四歳のときだ。いびつなセフレの関係は、久史が結婚した二十歳のときに終わったはずだった。

俺たちは会わないまま六年を過ごし、俺はこのまま一生久史と再会しないのだろうと思い込んで二十六歳になった。

それが一週間前、久史は俺が一人暮らししているマンションの前にボストンバッグを一つひっさげただけの姿でふらりと現れたのだ。

久史は実家がかなり大きな企業だ。学生結婚して娘に恵まれ、卒業後は跡取りとしてそこで働いていると、共通の幼なじみである大和から聞いていた。

けれど一週間前に再会したら、久史は離婚していて行き場がなく、仕事も「長期休養中」だと話し、そのままだらだらと俺の家に居座った。

出て行け、と何度言っても聞かない。勝手にいついている。

相変わらず覇気のない虚無みたいな顔をして、久史は俺の家で過ごし、気が向けば俺を勝手に抱くのだった。

　そのうえ俺のことは、

「黄辺は僕のオナホだったんだから」

　なんて言う。

　なんなんだお前は。ヒモか？　と言いたい。いや、ヒモならまだ家主に尽くすだけマシだ。俺は勝手に居座るヒモまがいの男に、オナホ扱いで気の向くままセックスの相手にされている。

　ああ、考えれば考えるほどみじめだ……。

　ため息をついたとき、隣の席の先輩——大柄のタテハ、豹野先輩だ——がどこか熱っぽい眼で、俺を見つめてきた。

「……高也、なんか色っぽくなったな。恋人できた？」

「まさか」

　くすっと笑う。俺は六年一人だったし、今いる久史も、恋人じゃない。

「そう？　最近お前、いい匂いする……」

　軽い匂い消しは飲んでいるが、俺のフェロモンには、わずかにオオムラサキのフェロモンがまざっている。上位のチョウ種の香りが二つ。色っぽくないわけがない。

　今夜食事どう、と誘われて、遠慮します、と返す。先輩は相変わらずガード堅いな、と唇を尖らせた。

　俺は笑っていたが、胸の奥には淋しさがあった。ガード堅いのはオオムラサキ以外に対してで、オオムラサキを前にしたら、俺なんかゆるゆるのビッチですよ。

　そんな自虐が胸に浮かんだ。

——どこかにいないのかな。俺だけ。俺だけがほしい人。

　いてくれたらいいのに。淋しさが、そんなバカなことを思わせる。

　俺はよくも悪くも中途半端な自分を自覚していた。

　キベリタテハはハイクラスだ。たしかに美しい。俺の容姿も悪くない。男相手にはほっそりとたおやか。女相手には物腰柔らかく優しげ。当然それなりにモテるけれど、それは俺が「ちょうどいい」からだ。都合良くベッドに誘われることはあっても、後腐れのない相手と思われているだけ。本気の対象じゃない。

見てくれや雰囲気を気に入られることはあっても、心の底からほしがられたことはない。他にも俺くらいちょうどいいのや、もしくはもっと簡単なのや、もっと高嶺の花なのがこの世にはわんさかいる。

愛なんて俺には、縁がないだろうな。そう思う。大体なにをされても、どれだけ辛くても、久史が好きな時点で俺の人生は詰んでいるのだ。

◆

その日仕事が終わったのは、思ったより早い時間だった。携帯電話を取りだして、家でゴロゴロしているだろう久史にメールした。

『夕飯いるか？』

そう打つと、しばらくしてぽこん、と音たててスタンプが返ってきた。久史に似合わない可愛らしいキャラクターが、「いる！」と言っている。

初めはこんなスタンプ、使うやつだっけ？　と驚いたが、ほどなくして別れた妻に引き取られた娘さんの、好きなキャラクターだと知った。久史には詳しく聞いていないが、離婚の理由は愛想を尽かされたことだそうだ。オオムラサキは子どもさえ生まれれば、寝取りの本能はなくなる。久史は長年振り回された本能から、めでたく解放されている。

本能から解放してくれた恩人のような娘さんとは、今では一ヶ月に一回の面会が許されているだけらしい。

さっさと追い出そう。すぐに出ていってもらおう。そう決めていたのに、どうしても強く出られず、夕飯のメールなんてしてしまうのは、惚れた弱みもあるけれど……家に転がり込んできたばかりの日、寝言で娘さんの名前を呼んだ久史の眼から、涙がこぼれるのを見てしまったせいもあった。

……こいつ、弱ってるんだな。

と思ったし、

——やっと大和(やまと)以外に愛せたのに。……かわいそうに。

とも、思ってしまった。

正直な気持ちを言えば、いいなあ……と思っている、大和が。そして娘さんが羨ましい。久史に愛され

て、そして久史を幸せにできる力を持っていること
が、俺には羨ましかった。
　ため息まじりにスーパーに寄り、久史の好きなおか
ずを作ろうとあれこれ物色する。
　と、店を出たところで「黄辺くん？　黄辺くんだよ
ね」と声をかけられて、俺は怪訝に思いながら振り
返った。そこには久史の一番上の兄――オオムラサキ
出身で久史によく似た男が立っていて、俺は驚いて眼
を見開いていた。
　久史の長兄は、久史の五歳上。俺も何度も会ったこ
とがあった。といっても、幼いころだ。
　久史と同じ明るい髪に、瑠璃色の瞳。整った甘い顔
立ち。違うのは、彼は久史と違って生き生きした顔を
しているし、ぱりっとしたスーツを着こなして、いか
にもエリートサラリーマンという風貌なところだっ
た。
「……ふ、史彰さん、ご無沙汰してます」
　数秒固まったあと、俺は慌てて頭を下げた。
「偶然だなあ、俺、下請けの会社がこのへんにあるか
ら視察に来てたんだよ」
「はあ……」
　警戒心が湧いてしまい、つい生返事になる。
　俺はこの人が苦手だった。それはかつて――久史に
抱かれたあと、この人にほとんど無理矢理抱かれた経
験があるからだ。そのことは史彰さんからしたらオオ
ムラサキの本能のせいなので仕方がない事故らしかっ
たが、実の兄に俺をとられて、久史は当時ひどく怒っ
ていた。
「久しぶりだね。相変わらず……きれいだ」
　眼を細めて、甘ったるいことを臆面もなく言う。こ
ういうところも変わっていなくて、俺はうまく眼が合
わせられない。
「そっちに久史、行ってるだろ？　たく、いつまでも
子どもみたいに。悪いね」
「あ、い、いえ」
　どうしてバレているのかと、肩が思わず揺れる。史
彰さんは眼を細め、ぐっと俺に体を寄せてくると、俺
の髪を一房とって撫でた。
「分かるよ。久史の匂いがしてる……残念だな。俺に
家庭がなければ、ベッドに誘うのに」

俺はぎょっとして後ずさった。腹の底から、苦い気持ちが湧いてくる。幼いころレイプまがいに抱かれた記憶。久史以外はいやだと思ったこと。

同時に――その気になれば、相手の意思など関係なく抱けると思っている、オオムラサキ種の傲慢さを思い出して、腹が立った。

史彰さんは俺の髪に軽く口づけたけれど、それだけでさっと距離を置いた。

「冗談、冗談。俺ももう子持ちだしね。……久史に言っといて。休暇は長くても二週間だって」

ニコニコしながら、史彰さんは去って行った。

よくよく考えれば史彰さんは久史と同じ一族経営の会社にいる。たぶん上司なのだろう。

（二週間……休みは二週間か）

それならあと一週間。それが過ぎたらきっと、久史は俺の家を出て行く。そうしてもう二度と会うこともないだろう。そう思うとほっとするはずなのに、胸の奥は鈍く痛んだ。

あーあ……と、思う。

――あーあ……また今回も、好きになってはもらえなかった。

分かっていたのにな。

なにを考えているのだろう。

家に戻ってダイニングに行くと、続きになっているリビングで寝転がり、久史はぼんやり携帯電話を見ていた。

ニートみたい……。

俺は呆れながら、「ご飯、今日寒いからおでんでいいか」と訊いた。うん、とだけ久史が返してくる。おかえりの一言もないのかよ、と思う。

（まあ俺は、オナホですし。挨拶なんかしないか）

ため息をつきながら背広を脱ぎ、タイをはずしてエプロンをする。大量に買ってきたおでんの材料をシンクに並べ、ふと思い立って俺は久史に近寄った。

「久史、玉子何個食べる……」

その瞬間だった。寝転んでいた久史の眼がかっと開かれ、突然立ち上がる。久史は見たことがないくらい必死な形相で、俺の腕をぐっと強く摑んだ。

「ちょっと、なにその匂い。史彰だよね？」

どすのきいた低い声に、俺は少なからず驚いた。この家に来て一週間、久史が感情らしいものを見せたのは、これが初めてだったので。

「……そうだけど。さっきたまたま会って」

俺の説明を聞く前に、久史は立ち上がり、俺の頭を抱くようにして、くんくんと匂いを嗅ぎ始めた。やがて舌打ちし、「手、出されたわけじゃないか」と独りごちた。不機嫌そうにソファに座り直す久史へ、俺は正直、戸惑っていた。

「……べつにオナホの俺が、誰と寝てもいいんじゃないの」

「嫌だね、僕はオナホを人と共有しないんだ」

しれっと言い、久史はソファに寝そべった。

……嘘つき、と俺は思う。

昔大和とは、散々俺を共有したくせに。

怒りとも悲しみともつかない、複雑な感情が胸に満ちた。理不尽さに、悲しいくらい腹が立つ。けれど嬉しい気持ちが、ほんのわずかだけど、そこには混ざっていた。

……史彰さんには嫉妬してくれて嬉しい。

そんなふうに思っている自分が情けない。久史のこんな幼稚な嫉妬なんて、愛ではないと知っているのに。

久史は「玉子、三個食べる」と言って、また携帯電話を見始めた。俺はキッチンに引っ込み、せめて胃袋を摑んだら、この男は俺をすこしは好きになるのかな……なんて考えた。冷蔵庫の中から出した卵を小鍋に入れる。

「休暇は二週間までだって、伝言されたよ」

言うと、ふーん、と久史は気がなさそうに言い、面倒くさいなあと呟いた。

「仕事辞めて、黄辺のヒモになろうかな……。どうせさ……どこいってもつまんないなら、ここにいるほうがいいな。気楽だし」

「冗談言うな。俺はごめんだ」

「……史彰兄さんとは、もう話すなよ」

小さな声で、久史は付け加えた。手を止めて顔をあげると、久史はじっと俺の顔を見つめている。珍しく真剣な顔だった。

あいつはお前を最初に傷つけたヤツだ。

ぬけぬけと言う久史に、俺は思わず、吹き出した。

ソファに寝転んでいた久史は、笑う俺の真意をはかりかねたような訝しげな顔をしている。

俺はそのとき心から、この男が憎らしいと思った。同時に、愛しくもあった。

違うよ久史。

と俺は言わなかったけど、心の中では思ってた。

――最初に俺を傷つけた男はお前で……きっと、最後に俺を傷つけるのもお前だ。

叶わない恋を抱えて、望みもなく生きている俺と久史に、どんな生きる意味があるのか。

分からないけれど、俺はとりあえずおでんを作り始めた。

十年後の愛の本能に従え！

村崎大和はここのところ、深刻な悩みを抱えていた。

十二月。テニスのプロ選手にとって、この月がほとんど唯一といっていいオフシーズンだった。二十六歳の大和は、現在世界ランキング上位にいるため、一年で少なくとも二十大会に出場する。休みはほぼなく、一年中、世界を飛び回っている。

同い年で、高校卒業と同時に籍を入れた七安歩は、通信制の大学に通いながらそんな大和に付き合って一緒に世界を旅する日々だ。

連れ回すのはかわいそうに思うこともあるが、三日に一度はセックスしないと、副作用の強い抑制剤を飲まねばならず、周囲の人間を誰彼構わず誘惑してしまう……という危険なフェロモンを持っている歩なので、やっぱり一緒に来てもらわないと不安だった。それでこの八年は、伴侶としてどこに行くにもつれて行った。

フウフになったとはいえ、二人の間に子どもはいない。歩は通信制の大学を卒業し、二十二歳からは、自宅で習字を教えるサービスを始めた。海外にいる日本フリークの生徒が相手の個人授業だけれど、そこそこ評判がいい。

歩本人も、海外から日本の習字展に出品したりしており、それなりの評価を得てはいるらしい。

大々的に教室を開けず、不定期の稽古しかできないのは、一年中海外を飛び回っているからで、それを大和は申し訳なく思っているが、歩は気にしないでいいと言う。

最近は欧米のデザイナーと知り合いになり、頼まれれば書を書く仕事もしているようだ。書いたものは喫茶店やオフィスビルに飾られていると聞く。

その一方で、歩はずっと大和の選手生活を支えてもくれていた。

管理栄養士の資格をとり、栄養の行き届いた食事を作ってくれる。もちろんトレーニングも見学に来てくれる。

　なにより、なにより――歩との夜の生活はこの八年飽きることなくずっと最高だった。もちろん結婚前の出会ったころからあわせて十年、一度としてつまらないセックスはなかったと思う。

「あ……、あ、あん、あ……っ、大和くん……っ」

　久しぶりに帰国した日本では、いつもと同じホテルを二週間借りた。

　広いスイートルームは、高校生のときにも、歩と一度来たことがある。

　あのころの大和はホテルというとどこへ行けばいいか分からず、家族と利用したことのあるこの部屋をとってしまったわけだが、今になると「ガキがなにを無理してたんだ……」と思う。

　だが無自覚なりに、歩に相当のめり込んでいたからだとも思える。

　とりあえず大人になり、外を歩けばすぐに村崎大和選手だ、と騒がれるようになった今では、逆にこのくらいのグレードのホテルでなければゆっくりできない。

　今朝日本に着いた大和は歩と二人、時差ボケで半日部屋で寝こけていた。

　そしてハッと眼が覚めるともう夕方で、西日が差し込む部屋の中、歩は大和の性器を取り出して、キャンディでもねぶるみたいに舐めていた。

「ご、ごめんなさ……我慢、できなくて……」

　まっ赤な顔で言われて、半勃ちだった大和の性器は一気に勃起してしまった――。

　出立前は忙しくて、歩とまともにセックスできていなかった。

　今日がちょうど、発情の三日目だ。十年前は発情しても頑張って隠そうとしていた歩が、今では寝ている大和の性器を勝手にしゃぶるようになっている。

　寝起きに愛しい伴侶が顔を赤くして自分の性器をねぶっている光景を見るのは、さすがにガツンと殴られるかのような衝撃だった。

　そのうえ大和の性器がガチガチになると、歩はガウンをはだけて跨（また）がる。そして既に濡れている後ろの入り口をぬるぬると押しつけながら訊いた。

「い、い、いれていい……？　大和くん……っ」

はあはあと息を乱し、涙ぐんでいる歩は壮絶な色気を放っている。ダメだと言ったらどうするんだと意地悪してやりたい気もしたが、大和のほうこそ我慢できず、下からぐん、と歩の後孔を突いていた。

「ひゃあああんっ、あああっ、あー……っ」

歩はそれだけで達して、白濁を盛大に飛ばした。

そこでセックスが終わるはずはない。アニソモルファの遺伝子をつぐ歩の性欲は発情すると無尽蔵で、普段の慎ましやかな性格からは想像もつかないほどだ。

歩は今、後ろに手をつき、細い足を大きく開いて、自分で腰を動かしていた。

いやらしい孔にぬぷぬぷと己の性が抜き差しされているる様子が、寝転がっている大和の位置からはよく見える。つんと突き立った乳首は膨れ、乳輪は丸くふっくらとしている。柔らかなその乳首をつまむと、歩は「あああんっ」と喘いで後ろを強く締めつけた。

しかし——大和には、乳首以上に気になるものがあるのだ。それは歩の男性器の下、後孔の前。

本来、男にはないはずの性器が、そこにある。

桃色に染まった肉襞からは、歩が動くたびにとぷとぷと愛液がこぼれるし、感じるとぱくぱくと口を開くように動く。男性器の先っぽが、女性の持つ、いわゆる陰核のようにすら見えて、思わず指で擦ると、歩は腰をがくがくと揺らした。

「あっ、だめ、だめ、おしお、出ちゃう……っ」

大和が歩の性器を握ると、歩は泣きながら、勢いよく透明な潮を吹いた。溢れた潮は歩の下半身と、大和の腹を汚す。女陰もしとどに濡れて、ひくひくと震えている。

「歩……」

もう我慢できなくて、大和は歩の足首をとると、ベッドの上にごろんと仰向けに押し倒す。性器が歩の後ろに深く入り、歩は「あっ、あん、あん、奥、奥だめ……」と喘いだ。

（鼻血出そう……）

数回奥を突いただけで、歩は中で達した。後ろがぎゅうぎゅうとすぼまり、大和は性器を絞られて、最

初の白濁を歩の奥へ注いだ。

「あ、うっん、あっ、あん、あ……出てるぅ……」

歩は吐精されてすら感じるから、泣きじゃくりながら尻を揺らしている。

大和くんの熱い、と言われて、また性器が硬くなった。後孔をきゅうきゅうと締めつけるのと同時に、歩の女陰がひくついている。

（くそ……、う、くそ……）

こっちにも入れたい、という欲求が膨れ上がってくるのを押さえるように、大和は指を二本だけ、歩の女陰へくぐらせた。

「あっ、あああんっ、あんっ、あああー……」

その場所は深く、奥まで潜らせれば、指の先がなにかたっぷりとした重たいものに当たった。子どもを産むための器官がここにあるのだ。ぬぷぬぷとそこをまさぐりながら後ろを突くと、歩は後孔も女陰もきつく締めつけながら、何度も何度も達する。

「あっ、ああん、いいよお……っ」

こうなっているときの歩はもう理性などないから、いい、いい、と叫びながら泣いて、自分で乳首を弄りだす。

「おっぱい気持ちいーか、歩……」

「いい、おっぱい……気持ちいい……っ、あん、あっ、あああん……っ」

「お尻もいいか……？」

太い性器を抜き差ししつつ訊く。歩は真っ赤な顔でこくこくと頷き、

「おしり、きもちい……っ、大和くんのおちんち……、気持ちい……っ」

と素直だ。大和はそのいやらしさにごくりと息を呑みながら、女陰に入れた指で、中の重たい器官をぐーっと押した。歩の太ももが、びくびくと痙攣(けいれん)する。

「女の子のとこは……？」

「きもち、い……っ、女の子のとこ、ああんっ、いいよぉ……っ」

おちんちん、入れてほしいか——？

訊きたくて、訊けない。大和は指を深く入れたまま、歩の後ろを深く穿(うが)った。

重たく深く、ため息が出る。

歩とは八時間セックスしていた。

大和はもう、カラカラに干上がるかと思うほど歩の中に精を吐き出し、歩は最後ずっと達し続け、失神してしまった。いつもどおりといえばいつもどおりだが、一つ違うのは、大和は最後とうとう、歩の女陰に挿入してしまった。

甘い誘惑に勝てず、その奥の奥を突いてしまった。射精する瞬間慌てて外に出して、腹の中には精子を残さなかったが、もう駄目だ、これはいつかはやってしまうぞ……と思うと、半端なく落ち込んでしまった。

――アユムさんの異形再生は完了しています。お子さんを望まれるなら、次の手順を踏んでください。

数ヶ月前、アメリカの、その手の分野では最先端の医療技術を持っている医者にそう言われた。歩のかかりつけ医は一応澄也だが、一年のほとんどを海外で暮らしているので、各国に澄也から紹介を受けた医者がいて、歩は定期的に検診を受けていた。

長年大和に抱かれ続けて、歩はゆっくりと体が女性化したらしい。もういつでも産めますよと言われて、動揺したのは歩よりも大和だった。

――でも、初潮とかないので、まだ産めないですよね？

一緒に診察を受けたとき、固まってなにも言えないでいる大和と違い、歩はまるで他人事のように冷静にそう訊いていた。医師もまた淡々と、

――そうですね、内部に刺激を与えれば誘発できます。条件としては、ヤマトさんがアユムさんのヴァギナの中で、数度射精すれば完全に異形再生が終了し、子宮は活動しはじめます。

ヴァギナとか子宮とか言うな、と大和は一人思ったが、相手は医者なのでただの専門用語としか思っていない。歩のほうも、へえそうなんですか、とあっさりとしていた。

お二人で話し合われてお子さんを持つことになったら、また病院へ来て下さい。

と言われた。混乱しながら病院を出たあと、歩が「……大和くん」と声をかけてきた瞬間、大和は思わず言っていた。

――子ども、いらねえからな。そのために歩と結婚してねえから。

そのときはなぜか必死だった。歩はきょとんとしていたが、しばらくして、うん分かった、と微笑んで、その話は終わった。

だが現在の大和はどうかというと、セックスするたび、歩の女性器へ入れたくて溜まらなくなるし、中で射精したいという欲求を感じる。もちろん、後孔に興味がなくなったわけではなく、歩の中に他にも入れる場所があると思うと、そちらもそちらで好きだが、たまらない気持ちになるのだ。

（でもこれじゃ、結婚したとき言ったことと違っちまうじゃねーかっ）

大和の葛藤は、そこにあった。

結婚するとき、本当に俺でいいの、と歩に確認された。オオムラサキが起源種の大和は、子どもができるまで寝取りの習性が残ってしまう。けれど歩とのセックスは絞り尽くされるような行為だから、三日くらいなら欲情もしない。歩とだったら、子どもがいなくても自分の厄介な本能は出ないのだ。

――俺は子どもがほしくて結婚するんじゃなくて、歩といたいから、結婚するから。

と言って、異形再生の再治療をしようかと悩む歩にも、しなくていいと伝えたほどだ。

それは掛け値なしの本音だったが、産めると言われた今になって迷いが生じている。そのことに、大和は情けなさを覚えていた。

（子どもがほしいっていうか……それより、歩の中に入りたいんだよな……）

変わってしまっている歩の体を、隅々まで味わいたいというのがたぶん一番の欲求だ。だがその結果子どもができて、歩がどんな想いをするかと考えると怖かった。

風呂に入れて体を清め、寝間着を着せてベッドに寝かせていると歩がうーん……となって小さく眼を開けた。

「あ、わりい、起こしたか？」

なるべく起こさないようにしていたつもりだったが、眼を覚ましてしまったらしい。謝ると、歩はとたんに顔をまっ赤にして、

「あ……、お、俺……また大和くんのこと、お、襲っちゃった？」

と訊いてきた。だんだん思い出してきたのか、その顔はさらに赤くなる。

（このギャップ……たまんねえなあ）

八年経っても飽くことがない。発情しているときの歩は驚くほど淫乱なのに、正気を取り戻すと清楚なのだ。顔を覆い、ごめんなさい、と言う声は恥じ入って震えている。

「いや、三日待たせてごめんな。今度はそんな空けずにやろうぜ」

二日以内にセックスをしていれば、歩も大分理性がある状態だ。とはいえ、大和は三日目の正気を失って乱れまくる歩が好きなので、できれば三日待ちたいという気持ちもある。

「夜中だから寝ろ、寝ろ。それともなんか食うか？」

ルームサービスでもとろうかとメニュー表を持ち上げたとき、ふと、歩が呟いた。

「大和くん、俺の……女の子のところでは、出さなかったんだね」

その言葉にぎくりとし、大和は「えっ？」と訊き返して、歩を見てしまった。歩はまっ赤になった顔を半分ブランケットに隠しながら、俺……と囁いた。

「今日は出してくれるかなーって……期待してたんだけど……。俺……」

子ども、ちょっとほしい。

小さな声で言われて、大和はメニュー表を取り落としていた。

そしてしばらくの間は、動揺と混乱と——たぶん、意味の分からない歓喜に包まれて、そのままその場に固まっていた。

愛の在り処をさがせ！
EXTRA

愛の在り処をさがせ！SS
（初出：2016年　アニメイト特典ペーパー）

愛の在り処はさがさなくても
（初出：2016年　コミコミスタジオ特典小冊子）

シモン・ケルドアの変化
（初出：2016年　ツイッター企画SS）

フリッツの疑問
（初出：2016年　コミコミスタジオ町田店サイン会記念お土産小冊子）

どこかにある、幸せの国
（書き下ろし）

愛の在り処をさがせ！ＳＳ

翼は怒っていた。珍しく、かなりどうしようもない気分だった。だからその電話を切ったあと、ついむしゃくしゃして夫の澄也にあたってしまったくらいだ――。

「どうしてあのとき、葵くんをちゃんと止めてくれなかったんだよ」

言っても詮ないことである。分かっていながらも、時間を巻き戻したい気持ちでいっぱいになり、翼は半分泣きそうになっていた。

夜の食卓。仕事から帰ってきて夕飯を食べている夫の澄也は、箸を止めてしばらく固まっていた。

「いや、俺は止めたぞ。何度も止めた。お前だって最終的には許したんだから同罪じゃないか？」

「はあっ？　俺が同罪？　いつの話してんの！」

丸い盆を持ったまま、向かいの椅子に座ると、澄也は疲れたように「だから、初めに葵くんが、体をかえたいって言い出したときじゃないのか」と言う。翼は違う違う、と首を横に振った。

「それよりも、ケルドアの縁談の話！　あれを受けるって言い出したときに、ちゃんと止めてれば……そもそも、葵くんの前で、縁談の電話を受けたりしなかったら……」

「俺は何度も止めたって」

「俺だって何度も止めたし」

「でも葵くんがどうしても行きたいっていうのを、無理強いしてやめさせるわけにいかなかったろ」

「そのせいで葵くんは苦しんだんだぞ」

「でも……それで空が生まれたんじゃないか」

と言われるともう、翼は「そうなんだよなあ……」と頭を抱えるしかなかった。

そうしてちょっとだけ、泣くしかなかった。この世の理不尽さを心の底から呪いたい気分だった。

性モザイクとして生まれてきて、十五歳で澄也と出会い、翼の人生は大きく変わった。そんなつもりはなかったが、まるで女性のように子どもを産んで、育ててきた。そして、それに後悔があるかというと、翔という息子と、澄也という伴侶を得られたことのすべてが、たとえようもなく幸せだとしか思えないから、後悔などあるはずもない。

　けれどもひとつ、自分の人生に悔いがあるとしたら、それは実の子のように可愛がってきた性モザイクの子、並木葵が得体の知れない外国人のところに嫁いで――嫁いだというのだろうか、あれは――しまったことだった。

　翼さんみたいになりたいと言われると嬉しくないわけはなく、同じ性モザイクとして良き道を選んでほしいとは思っていたが、葵が決めたことに強く反対はできなかった。なので気がつくと葵が女性のように妊娠できる体になることも、怪しげな縁談を受けて外国に行くことも、戻ってきてから一人で子どもを産み育てることも、許してしまっていた。

　そこまではよかった。どれだけ葵が傷ついたとしても、空という子どもが生まれたことには変えられない。

　だが今度はとうとう、葵は子どもの空を連れて、遠い遠い異国へと、子どもの父親を支えるためだけに行ってしまった。たぶんもう、日本には帰ってこない――。

　つい先ほどヨーロッパにいる葵から電話を受け、事情を報告されてからというもの、翼は魂が抜けたような心地なのだ。

「俺が紹介したからな」

「……俺は葵くんを十歳からみてるし」

「しょっちゅう抱っこしたし、涙も拭いた。あの子はなんでも話してくれたし……分かるだろ？　澄也よりも、俺のほうが葵くんの親みたいな気持ちなの」

「俺は主治医だ。父親とはいかないが、十歳から十三年、診てるんだぞ。大事に想う気持ちは負けていない」

「でもでも、つい最近まで空だって、うちで預かってたのに……」

　そこまで言うと、翼の眼にはじわじわと涙が浮かんでくる。悔しい――よく分からない外国の男に、子どもと孫をとられたみたいな気分だった。しかもその外国の男は、葵を愛しているかどうかよく分からないのである。

子育てが一段落した翼にとっては、可愛げがあるのかないのか、なんでもできてしまうタランチュラの息子の翔より、体が弱く苦労している葵と、まだ小さい空のほうが気がかりだったし、よく家で面倒もみていた。それがなかなか訪ねることも難しい遠い場所に行ってしまい、ようは単純に淋しかった。

と、眼の前の澄也が深くため息をついた。

「で、葵くんは、幸せそうだったのか？」

心配そうな声音に、翼は「うん……」とこちらもため息まじりに応えた。

数時間前にもらった電話で、葵はケルドアに着いて、無事子どもの父親シモンに会えたこと、今は大公宮の中に通されてシモンを待っていることを教えてくれた。

腹が立ったので、そこに共通の知人であるフリッツはいるかと問うて、かわってもらった。

――『まあまあ、ツバサ。アオイが自分で来たんだから、許してやってくれよ』

とフリッツは苦笑気味に言っていたが、嬉しそうだった。

そっちはシモン側だから、してやったりなんだろうけどな――と、翼は思わず言ってしまった。

「葵くんがちょっとでも辛そうにしてたら、ケルドアに乗り込んで連れて帰るって言っちゃったよ。でもそれくらい、してもいいよな？」

眉根を寄せて言うと、夫の澄也は小さな声で「年々真耶に似てくる……」と呟いている。

――愛されるかどうかは、もういいんです。シモンのそばにいたくて……。

そう言う葵の声が幸福そうだったことが、翼の脳裏にちらちらと蘇ってくる。深くため息をつき、翼は盆をテーブルの上に置くと、「それでさ」と澄也へ身を乗り出した。

「いつ行く？　ケルドア」

味噌汁をずずっとすすり、澄也は数秒固まっていたが。

「明日、病院で予定を確認してくる」

と、言ってくれた。

「分かったらメールして。俺すぐ、飛行機のチケットとるから」

もし澄也が大分先まで忙しいなら、自分一人ででも行くつもりだった。よくそんな元気があるなと言われそうだが、性モザイクの身ながら、可愛い葵と空を思うとむくむくと力が湧いてくる。婿の顔をみてやろう。そして一言、言質をとらねば帰るつもりはないぞと、翼は思う。

愛してる、とは言わなくてもいい。

せめて、幸せにしますと言わせたい。

葵が一生をかけて愛すると決めた男、シモン・ケルドアに。

深く強く決意しながら、一方で翼は分かってもいた。

きっと葵は、ただシモンと空といるだけで、もう十分幸せなのだろうということが。

愛の在り処はさがさなくても

「メイドを解雇する」

ケルドアに来てからというもの、その言葉を耳にするのはもう何度めか。葵はぎくりとして、夫――となる予定である――のシモン・ケルドアを見上げた。

夕食がすみ、今葵はシモンと二人の寝室で日課の読書をしていた。

二人の間に生まれた息子、空はもう隣の子ども部屋でぐっすりと眠っている。西洋では親と子は寝室を分けるのが普通で、日本ではずっと一緒に寝ていたぶん、ケルドアにやって来た当初、葵は淋しくて戸惑った。けれどパパのところへ行くという意志の強かった空は、初日から、

「一人で眠れる！」

と健気な決意を見せ――自ら子ども部屋に入っていった。

もちろん毎晩眠りにつくまで、葵やシモンがそばについて寝かしつけてやってはいる。とはいえ、いくら本人にやる気があっても、まだたった四歳。環境の変化に追いつけず、早晩おねしょをしたり夜中に泣いて起きてきたりするのでは……と心配していたのだが、ケルドアに移住して三ヶ月が経った今になっても、空は特別取り乱すこともなく、すっかり新しい環境に馴染んでいるようだった。

葵の主治医であり、友人でもあるフリッツに言わせると、

「そりゃまあ、なんだかんだ言っても、ソラはグーティだからなあ」

ということらしい。

そもそも、グーティ・サファイア・オーナメンタル・タランチュラはケルドアにしかいない種であり、それはもう十世紀以上の歴史を見ても明らかだった。

つまり、グーティを起源種とした空にとっては、ケルドアで暮らすことが本質的に合っているのだという。

なるほどそんなものか、と葵は思った。

それよりもこの国に馴染んでいないのは、むしろ葵のほうだった。

(はあ……それでまた、シモンに余計な心配をかけてるみたい……)

空が眠りにつき、寝室に引き上げた葵は、いつもどおり寝る前の読書をして仕事を終えて帰ってくるシモンを待っていた。夕飯はよほどのことがなければ家族三人でとるが、シモンは大抵そのあとも仕事がある。葵はその間空と遊んだり入浴したりし、空を寝かしつけてからシモンを待つのだ。

シモンは早く仕事を終えて、空との時間を増やしたいようだったが、なかなかそうもいかない。大公制度の解体を発表したばかりで、ケルドアは毎日様々な問題に見舞われており、シモンは雑事に追われて日々忙しかった。

加えて、葵と空がやって来たので——それは当然、すぐに国民や海外メディアの知るところとなり、一時は毎日シモンは議事堂へ出かけて、国民やメディアに事情を説明させられていた。

そしてその間もシモンは葵に日本に帰れと、何度も言った。

頑としてそれを受け入れず、とにかくそばにいると言い続けて一ヶ月目。ようやくシモンが折れてくれ、葵とシモンは結婚し、空のことも公表することが決まった。

結婚と公表は来月、二月の中旬にすべてまとめて執り行われることとなっている。葵はどちらでもいいと言ったが、議会からのたっての希望で簡単な結婚式も挙げることとなり、そこにもメディアのカメラが入るらしい。

葵と空を、全世界の報道に晒(さら)さねばならない。

そのプレッシャーは、シモンにとっては相当なものらしく、公表が正式に決定してからというもの、シモンは落ち着かず、頭を悩ませている様子だった。

——本当にいいのか。もう後戻りできなくなるぞ。

と、二人きりの寝室で何度も何度も訊かれた。

そのたび葵は、いいよと頷(うなず)いた。

けれどシモンにはそれが信じられないのか、その会話になるといつも眉間に皺を寄せ、「ああ……」とうなだれてしまう。

――お前とソラを、どうしたら守りきれるのか……。

守ってもらわなくても大丈夫だよと、葵は毎回答える。自分たちはシモンを守りたくて来たのだから、気にしなくていいのだと。

傷ついても平気。なにを言われても大丈夫。覚悟のうえだ。どうにかなると葵が笑うと、シモンはじっと葵を見つめ、「アオイ……」と呟いて、頭を肩へもたせかけてくる。

葵はシモンの体を抱き、安心させるように背を撫でた。

それだけである。

三ヶ月間二人の間のスキンシップと言えば、それがせいぜいだった。結婚するというのに、キスさえない。葵にしてみれば国民からどう思われるかよりも、シモンがこれから結婚する葵に対して――夜、同じベッドにまで入っているのに――恋愛感情がわずかでもあるのかないのかのほうが、よっぽど問題だったし気になっていた。だが、愛されなくても構わないという想いで来た以上、どうなのと詰め寄るのも違う気がして訊けないでいる。

しかしシモンが自分と空に情がないとはまったく思わない。むしろ大事にしてもらっている。されすぎていると言ってもいい。

「……一応訊くけど、解雇するメイドって、夕飯のときの」

と葵は持っていた文庫を閉じて、隣の椅子にどさりと腰を下ろしたシモンを見つめた。

仕事を終えて部屋に帰ってきたシモンは、寝間着にガウンを羽織り、いつものようにウィスキーをグラスに注いでいる。

葵が六年前から知っている、シモンの日課だ。

戻ってくるなり解雇すると言い出したメイドの名前を葵は確認した。するとそれはやっぱり、思ったとおりの人物だった。

今日の夕飯の席でメイドが粗相をして、葵に水差しの水をかけたのだ。

すぐに拭いてもらったし、水の量もわずか。濡れたのは髪の毛だったから葵は気にしなかった。もちろんメイドは謝罪もしてくれた。同席していた空も笑っていた。ただシモンだけが、ものすごい眼力でメイドを睨みつけたので、執事がメイドを食堂から追い出してしまった。

——べつにいいんだよ。

と葵はシモンに言ったけれど、シモンはそのあと、ずっと不機嫌そうだった。

六年前一緒にこの城で暮らしていたころは、シモンは無機的で無感情で、怒りも悲しみも喜びさえも表わさなかったのに、このごろは違っている。

特に葵に失礼を働く使用人がいると、シモンは内心の怒りを抑えられないようで、すぐに彼らを解雇すると言い出すのだった。

なのでシモンがメイドを解雇すると言うのは、この三ヶ月で既に十回は聞いた言葉だった。アリエナがいた六年前ならいざ知らず、今の使用人には特に歓迎されていないにしろ、べつに意地悪もされていない。だから葵はそれを聞くと、いつも慌ててしまう。

それに歓迎されていないのは葵だけで、空のほうは国民待望のグーティだ。使用人も執事も大事にしてくれている様子だし、執事など空が無邪気に話しかけにいくと、葵には見せない満面の笑顔まですることがある。

グーティの、三歳を超えた子ども。

それだけで、ケルドアの国民にはもうたまらない希望のかたまりなのだ。

シモンと違って、空は誰にでも気さくに話しかけるし、子どもらしく毎日城内を走り回っている。

友だちがいないのはかわいそうだと、空が来て一ヶ月めにシモンが子犬を連れて来たので、空はそれからはもう毎日、片時も子犬と離れない。日本にいたときと違い、家庭教師がついて勉強もせねばならなくなったが、学ぶのは楽しいらしい。

フリッツの紹介で、国外からナニーも一人雇った。葵はそれにおおいに助けられた。若い彼女は隣国ヴァイクの国民で、ケルドア人ではない。この国で唯一の外国人——空は結局のところ、ケルドア大公家の人間だから、厳密には外国人ではない——だった葵だが、彼女が住み込みになってくれたおかげで孤立しているような気持ちが薄れた。

フリッツの紹介だけあり、彼女は話しやすくよくできた人で葵はすぐに親しくなれたし、空もずいぶん懐いている。

ナニーのおかげで、午前中は一人の時間をゆっくり持てるようになり、午後は子どもと犬と楽しく過ごしている……のだから、葵にしてもなんの不満もないのだ。

たしかにここでの生活が楽しくて仕方ないかというと、まだそこまでの気持ちにはなれない。

空に対しては優しい使用人たちも、葵に対してはどこか距離がある。しかしそれはもう飲み込んでやって来たのだから、葵は居心地の悪い思いをすることがあっても、仕方ないと思っている。

それなのに今夜もまた、シモンがメイドを解雇すると言いだした。

「……あの子はわざとじゃなかったんだから、解雇はしないで。お城で働いてくれる人が、いなくなっちゃうよ」

葵が説得しはじめると、シモンはじろりと睨んできた。その眼光は鋭く、葵はどきりとしてしまう。

「お前の髪を濡らしたのが、わざとじゃないとなぜ言える。次は水差しそのものを、頭に投げつけてくるかもしれない」

「……そんなことしない。それに俺も、それくらいは避けられるよ」

「もしいきなり、テーブルの上のナイフで切りかかられたら？　あのメイドもタランチュラだ。お前より優位にある」

グラスをゴン、とサイドテーブルに置き、シモンは早口で言う。

「頸動脈（けいどうみゃく）を狙われたら、ひとたまりもない。人などすぐ死ぬ。お前はそれこそ、体だって弱いというのに……」

激するシモンを、葵はしばらくぽかんと見ていたが、ようやくハッとして「シ、シモン。待って待って」と口を挟んだ。

「そんなこと本当にあのメイドが俺にする？　やってなんの意味があるの？　よく考えて。俺は空を産んだけど、それだけなんだよ。俺が死んで得する人なんて本当にいる？　それこそ無意味だよ」

日ごろから、「これは意味がある。あれには意味がない」と意味にこだわるシモンなのに、この思考の不安定さはなんなのだろう――。

葵はケルドアに再度やって来てから今日までの三ヶ月で、シモンの知らなかった一面を知る思いだった。

シモンは葵と空に関してだけは、正常な判断ができなくなることがしょっちゅうだった。

感情的になると、葵と空を取り巻くすべてを敵視しすぎるきらいがある。

それはきっと彼の幼い情緒の部分、七歳で止まってしまった愛に関する部分が、動きはじめたせいだろうな……と、葵は感じている。

そうしてその七歳のシモンを取り巻いていた環境は、周りすべてが敵だと思わせるほどに危うく、苦しみに満ちたものだったのだろう。そう思ってしまう。

七歳のころに一度すべて止めてしまった情動を動かしたとき、シモンの世界との対峙方法はただひとつ。

警戒し、攻撃される前に防衛する。

対人関係において、その人が持っているトラウマティックなパターンが出ることはままある。

葵だって、すぐに相手から無視されていると思い込み、相手から寄せられている好意を過小評価する癖がある。傷つかないために相手に期待しないようにと、してしまうのだ。

しかしシモンほど、その癖は強くない。

むしろこれまでの長い年月、そうした感情をすべてコントロールして生きてきたシモンは初めて情動に振り回されて、どうしていいか分からないようだった。

「シモン。……シモン。大丈夫だよ。俺は死んだりしないから……そばにいるって言ったろ？　メイドは解雇しないで。お願いだから」

シモンの警戒を解こうと、葵は必死に言い募り、肘掛けに置かれていたシモンの手を、優しく握った。大きな手を両手で包み、撫でる。怖々というように振り向いてくるシモンに大丈夫、ともう一度笑いかけると、シモンは大きく息をついた。体の中に溜め込んでいた怒りや疑いを、一度すべて外へ吐き出すように。

そうして葵の体へ自分の体を寄せてくる。葵はシモンの手を離し、今度はシモンの、大きな体を抱きしめた。シモンが頭を、葵の肩に載せる。

これはどうやら甘えられているのだ……と気付いたのは、ここへ来て一ヶ月経ったころだった。

「アオイ……」

搾り出すような声でシモンは呟き、

「私は苦しい……」

と、呻いた。

葵はシモンの頭を抱いて、よしよしと撫でた。甘くスパイシーなタランチュラの香りが、部屋いっぱいに広がっている。

「……苦しい。私は、お前と空のことを思うと……不安でたまらない。母はもういないと……頭では分かっているのに、すぐに誰かが母のようになって――お前を谷底へ突き落とすのではないかと、恐ろしいのだ……」

シモンの声が震えている。

暖炉の火が爆ぜ、薪ががらっと崩れる音がした。葵は自分の子どもにするように、その震えが止まるまで、シモンの髪を梳いてやっていた。

◆

「……嘘だろう。きみら、そんなので大丈夫なのか？」

翌日のことである。自室で二人きりになったとき、主治医として往診に来たフリッツに昨夜のことを話した。すると、フリッツは顔を強張らせてそう言った。

さもありなん――という気持ちで、葵はため息をついた。

「いや……大丈夫だけど。シモンがそのまま、眠っちゃって」

はあ、とため息まじりに言うと、フリッツが「もはや喜劇だな」とコメントする。

「シモンは大まじめなんだから、言わないでよ」

「まあしかし、メイドの解雇がとりやめになってよかった」

本当にそのとおりだ。

今朝になり一応確認すると、シモンはお前がいいと言うからやめた、とあっさりしていた。どうやらシモンは夜のほうがよりいっそう「子ども返り」しやすいらしく、寝て起きると大抵冷静になっていて、どちらかというと機械的になっている。その落差に、いつも葵はびっくりする。

（……俺に頭を抱かれて、シモンは安心してるのかなあ。それは嬉しいけど、同じくらい複雑だったりして）

覚悟してそばにいるものの、あれほどぴったり寄り添っていても、シモンは葵に性的な接触をしてこない。けれども葵と空を思うと心配で苦しいと言うのだから、愛されていないわけではないのだ——とも思う。

「……空には、ほっぺにキスするの。俺にはしないけど……」

つい呟くと、フリッツがうーんと首をひねった。

「俺と会うときはきみらの話ばかりしているし、愛情はあるはずだけどな。もしかしたら、キスだのセックスだのを、忘れてるだけじゃないか？」

「……忘れるってある？」

思わず、フリッツに疑いの眼を向けた葵だが、しばらくして、あるかもしれないと思った。少なくともシモンに限っては。

（俺と夜、二人でいるときのシモンが今、七歳くらいなんだとしたら——）

七歳に、キスやセックスは想像もつくまい。

「情緒が育ってきたら、思い出して急に盛んになるかもしれない」

「……動物みたいに言わないで」

さすがにムッとして言い返したものの、こんな調子で結婚して大丈夫なのかなあと葵は思う。

もう結婚することは決めているし、シモンの情緒の部分は育つのを待つより仕方がないと思っているけれど。

「……苦しいより、愛してると言われたい、か」

カルテになにやら書き込みながら、フリッツがぽつりと呟く。

（苦しいより、愛してると言われたい……）

そう繰り返してみる葵の耳の奥へ、シモンの苦しい……と呻く声が蘇ってきた。

七歳の自分が感じているだろう恐れと不安、理不尽なほど激しい苦しみに、大人のシモンが戸惑って出した感情が、苦しいという言葉なのだろう。

シモンの中の子どもと大人は、もしかしたら少しずつ溶け合おうとしているのかもしれない。大人のシモンの中へ入ってくる子どものシモンの感情に、シモンは苦しんでいる……そんなふうに見える。

そうしてそれは葵と空を受け入れたために、シモンに起きている変化だと思うと――。

「……今のシモンで、やっぱりいいや」

と、葵は言っていた。

愛してると言われなくても、愛の在り処は分かっている。ありのままのシモンを、葵は愛している。

カルテに書き込んでいた手を止め、顔をあげたフリッツが小さく笑った。

「そうか。……シモンは、きみがいて幸せだな」

俺だってシモンがいて幸せなんだよと、葵は心の中だけで思って、にっこりと笑い返した。

◆

「アオイのこと、どう思ってる？」

仕事の話が終わったあと、フリッツに訊かれて、シモンは眉をひそめた。

どうとは？　と訊くと、ちゃんと愛してるのかと思って、と呑気な言葉が返ってくる。

どうせそういう類いのことを言われるのだろうとは思っていたので、シモンは「特別に思っている」と嘘ではないと思われる、しかし対外向けに用意してある一言を言った。

それが気に入らないのか、フリッツはため息をつき、

「なるほどね……」

と肩を竦めた。

「まあいいや。メイドの解雇はやめたんだろ？　それ以上は俺の口出しできる範囲にはない。愛してやれと言いたいが、やめとくよ」

これまで散々口出しをしておいて、よく言う――と思いながら、シモンは書類を机の脇へよけた。

そこはケルドア大公宮内にある、シモンの執務室で、フリッツは葵のところへ往診にきたついでに隣国ヴァイクが大公国から共和国へと体制を変えたときの資料を、内密に持ってきてくれていた。もちろん違法

行為ではなく、ヴァイクの元大公家に許可を得てのことである。

資料についての説明が終わり、さて帰るかとなった段階で、フリッツが葵のことを訊いてきた。

たぶん診察中に、フリッツは葵からなにか聞いたのだろう。

「……メイドは、解雇しないが勤務地は変えさせた」

へんに誤解されたくなくて言うと、フリッツが眼を丸くした。それにシモンはじろりと眼光を強める。

「アオイには言うな」

「言うなってお前……なんで。アオイには、解雇しないって言ったんだろ？　いや……してなくてもだな。給仕に立ってたメイドがいなくなったら、心配するんじゃないのか」

「眼につかない場所で働いていると言う」

嘘ではない。

ただ首都からかなり距離のある場所だというだけだ。しかしそれを葵に言うつもりは、シモンにはまるでなかった。言えば葵は傷つき、メイドの心配をするからだ。

「……お、おいおい。なんでそこまでする。水をかけたのはわざとじゃないって話だろ？」

フリッツは、非難をこめた眼になっている。

しかしシモンは考えを変える気は一切なかった。葵に水をかけたメイド。顔ももう思い出したくない、不快な相手だった。

「誤って水をかけただけならいい。謝罪の態度が気に入らなかった」

「……謝罪の態度」

「まるきり、悪いと思っていないようだった。アオイを見る眼の中に見下したような色があるのだ。……私には分かった」

屋敷の中で働く使用人はみなタランチュラで、ケルドア人だ。閉鎖的な価値観の彼らの中には、葵のことを劣ったチョウだと思っている者は少なくない。そうしてシモンは、葵がそんな眼で見られているのが我慢ならない。

普段から腹を立てているが、必死にそれを抑圧している。だからそういう相手には、解雇なり異動なりさせる口実を作ってくれるなら、ありがたいとすら思う。こちらはその好機を、常に見計らっている。

「アオイを傷つけることがあれば、私の機嫌を損ねて飛ばされるのだと理解してもらえればいい。それでもしっぽを出す者がいるなら、さらにちょうどいい。消えてもらう」

そうやって少しずつ、葵の住みよい環境を作っていくしかない――。

「……お前、恐ろしいやつだな」

フリッツが呟いたが、シモンはなにを言う、と友人を見た。

「他に、しようがあるのか？　こんな狭い、がんじがらめの城内で……」

気がつくと、ため息が出ていた。実際、それぐらいしかしようのないことが苦しい、とシモンは思う。本当なら全員辞めさせて、国外の使用人を雇いたいのだ。そのほうが葵にとっては安全なはず。

けれどそんなことをすれば、非難はシモンではなく葵に及ぶだろう。だから必要最小限の見せしめだけに留めている。

（これでは、母がいたころと同じではないか――）

大公として国の頂きにいるはずが、縛られている。葵が絡んでくると自分の立場に苛立ったり、嫌悪したりしてしまう。

しかし、聞いていたフリッツは感心したように、なるほどね、へえ、と頷いていた。

「アオイはお前に、そうまでさせるのか。……そりゃ心労で、手も出せないだろうな」

分かったかのように言うフリッツに、シモンはもう答えなかった。

再び資料を引き寄せて見ると、もう意識からフリッツは消えてしまう。じゃあまた、と言って出て行くのをしばし視界の端に置き、それからしばらくの間は、資料を読みながらシモンは一人の世界に閉じこもった。

だが頭の片隅では、考えていた。

アオイのことを、私がどう思ってるかだと？

なぜそんなことを訊かれねばならないのだと、苛立ちさえ感じる。

――特別に、なにより特別に思っている。そんなことは、言うまでもないことだ。

それ以外の言葉でなにを語れというのか。

これが愛かどうかもシモンには分からない。ただ葵がシモンのそばにいると決めて、シモンがそれを受け入れたのなら――あとはただひたすら、葵のためにできることをする。それだけだ。

（愛してやれだと……）

フリッツの言いぐさがなんとなく癪に障る。そんな自分を感じて、シモンは戸惑った。こんな感情は不慣れで不快で面倒なのだが、それが葵に関するものだと思うと追い払うわけにもいかず、渋々と心の中においておく。

仕方ないだろうと、そんな気持ちがわく。

愛する準備などなにも整っていない。愛がなにかも分からないのに、愛してやれと言われてもできない。

けれど葵に向かう感情が愛ではないのなら、一体なにが愛だというのか。

葵への感情の多くは、守ってやりたいという気持ちや、甘やかで優しく、温かいものだが、同時に仄暗い怒りにも似た感情がひっそりと居座っている。

それは葵が使用人に水をかけられたりすれば、たちまちに刃となって周囲を襲う。そしてその激情は、シモンの心も揺さぶっていくのだ。

……これは母が持っていた、あの恐ろしい愛と同じものではないのか。

シモンはうっすらとそう思う。

たぶんこの感情の名を、執着と呼ぶ――。

厄介なものだ。シモンはため息をついた。集中が途切れ、窓の向こうを見ると一月のケルドアは冷たい雪景色だった。

（アオイは、私がこんな気持ちでいるとは……きっと知るまい）

愛を探そうとは思えない。見つけた瞬間から、自分は迷妄にも似た執着で葵を縛り、放してやれなくなりそうな気がする。

まだ今なら、放せる……まだ……まだ……と、シモンはどこかで考えている。

一方でそう考えるたびに、もう二度と放せない。自分の巣の外へ、葵を放してやれないという気が、シモンにはしてくるのだった。

シモン・ケルドアの変化

「お前には、アオイがどう見えている?」

そうシモンが訊ねたのは、フリッツだった。訊ねられたフリッツは、不可解そうな顔でシモンを振り向く。

葵が空と一緒にケルドアにやって来てから、数ヶ月が経っていた。

最初は日本に戻したほうがいいのではと悩み、葵とも何度かもめたシモンだが、結局は葵と空を手放しがたく、ケルドアに受け入れた。

そうしてこの数ヶ月のうちに、メディアと国民へ葵と空を紹介し、それでも大公制度は解体すること、葵と空をシモンの家族とすることを認めてもらった。

怒濤の日々だった。シモンにとっては胃が痛くなるような不安と恐怖の連続だった。

アリエナはもういないのに、いつあの母のような人間が現れて、空ならいざ知らず——空は国民からも、城の使用人からも大歓迎だったから——葵が苛められ谷底に突き落とされないかと、戦々恐々としていた。

この数ヶ月のうちに、葵に蔑みの眼を向ける使用人を何度か解雇し、国外から人を雇い入れた。非難はあったが、城内の風通しをよくするために必要だった。けれど葵は、自分の世話係にはケルドア人のメイドをつけてくれと言ったりする。

——お前の国の人だもん。仲良くしなきゃ。

なぜ傷つけられておいて、そんなことを言えるのだと最初は葵の考えを疑った。

けれど同時に心の奥で、そんなふうに言ってくれるのはすべて自分への愛情からだと——感じて、葵を抱き締めたいような、強い気持ちに駆られるようになった。

その心の動きはここ最近の変化で、シモンは思うまま動くことに抵抗があり、表面上は冷静に葵の言葉を受け止めていた。

それでも夜になると、一日の緊張が解けて、シモンは葵の肩に頭をのせたり、その胸にしがみついて甘えてしまうのだが、これは初期のころからなので、わりと誤魔化しがきく——きくはずだ。

葵はそんなとき、子どもにするようにシモンを抱き寄せて頭を撫でてくれるのだった。それが心地よく、いつも途中でうとうとして眠ってしまう。

葵がケルドアに戻ってきてからの、二人のスキンシップといえばそれくらいだったが、最近、もう少し違うことがしたい……と感じることが多くなった。

ひとつには、葵が愛らしく見え始めたからだ。

いつからかだんだん、シモンは葵のことを愛らしいと感じるようになっていた。

「……どう見えているって？　なんの話」

警戒しているように眼をすがめ、フリッツは飲んでいたカフェをテーブルに置いた。

大公制度から共和制へ、国の制度を変えようとしている今、シモンはフリッツの一番上の兄である、元ヴァイク大公と個人的に連絡を取り合っていて、その手紙の受け渡しを、フリッツが買って出てくれていた。

完全にプライベートなこととはいえ、なにしろ手紙の中身が国家機密に関することなので、下手な相手には頼めないことだった。

「私は最近……アオイを見ていると、胸が締め付けられるというか……」

笑顔を向けられたりすると、心臓のあたりが、ぎゅっと苦しくなる。

葵に向かう感情をつぶさに考えてみるに、愛しいとか愛らしいとか可愛いとか——そういう言葉が一番似合う気がする。

「アオイはもしかすると、愛らしいほうなのか」

訊くと、フリッツはぽかんとした。

「お、お前。美醜の感覚がないのかっ？」

大きな声を出すフリッツに、なぜそんなに慌てるのかとシモンは眼をすがめた。

「多少はある。名画とそうでないものの区別くらいはつく」

「いやいや……。ソラのことは？　可愛いと思うだろ」

「我が子だからな」

「アオイだってお前の奥さんだろうに。……可愛いと思ってなかったのか？　そっちに驚いたぞ。ケルドア人だから、チョウの可愛さは分からないってことかい」

その言われように、シモンはムッとした。

「アオイがチョウだからと蔑んだことは一度もない。私はつまらない差別主義をもっとも嫌っている」

「いや、そういう話じゃなくて……。アオイは……なあ、嘘だろ。アオイはきれいな顔をしてる。どこかミステリアスな美しさだ。ナミアゲハなのに、儚いフェロモンだろ。あれはたぶん性モザイクだからだ。……愛らしいほう？　十分愛らしいし、魅力的だ」

それが分からないなんて、とフリッツは呆れまじりのため息をついている。

「……」

ハイクラスの男から見ると、葵は庇護欲がそそられる容姿をしている。お子様には分からないのか、とフリッツが得意そうに言い、シモンはなぜだか胸のあたりがモヤモヤとしてきた。

「しかも性格が優しい。ケルドアの冷たい娘たちを見てみろよ。アオイみたいなことを言うか？　アオイは素直に愛情表現するだろ。言葉で伝えようとする。テオだって、アオイのことをきれいだと言ってたぞ。子どもにも分かるくらいなのになあ……」

「もういい」

それ以上聞いていたくなくなり、シモンはフリッツの言葉を遮った。

なんだなんだ、そっちが話せと言ったんじゃないか。

と、フリッツは不満そうだったが、シモンは無視して立ち上がった。どこへ行くんだという声を背中に聞きながら、執務室を出て、ずかずかと大股歩きに向かった先は、葵の部屋だった。

空が家庭教師に授業を受けている午前中の間、葵は空のナニーとお茶をしたり、一人で読書をしていることが多い。

ノックもせずに扉を開け放つと、居間のテーブルに座っていた葵が振り向き、そうしてなぜだか急に慌てた様子になった。

「あっ、シモン⁉　ど、どうしたの……？　ち、違うんだよこれは……ちょっと、ちょっとだけ魔が差したっていうか……」

しどろもどろに言う葵が立ち上がり、その後ろのテーブルには、山のようなクッキーやチョコレートが見えたが、まっ赤になって弁解している葵の顔を覗き込むと、葵は口をつぐんだ。

上目遣いで、胸が触れるほど間近に立っているシモンの顔を見上げている。瑠璃と橙の眼を潤ませて、「ど、どうしたの……？」と消え入りそうな声で訊いてくる葵に――。

（愛らしい）

とシモンは思い、ふんと息を吐いた。

私だって、葵が愛らしいことは知っている、と思う。胸の奥がぎゅうっと締め付けられたようになり、甘い感情が全身に満ちていく。腕を伸ばして、葵を抱き締めてみようか……？　ふと思ったが、一度深呼吸して、シモンはその情動を押し込めた。

今はまだ、抱き締めるときではないという気がする。

まだ早い。いや、いつかそのときがくるかどうかもよく分からない。

ただ、今ではない……。そう思う。

「なんでもない。仕事に戻る」

不思議そうにしている葵には気付かず、シモンはそれだけ言って踵を返す。廊下に出ると、なんとか気持ちをコントロールできたことに安堵した。あとは集中して仕事ができそうだった。


夜になり、葵が泣きそうな顔で「隠れてお菓子を食べてたから、俺のこと、嫌になった？」と訊いてきて――それがあんまり愛らしいので、また抱き締めてよからぬことをしたい気分になるとは、このときのシモンはまだ分かっていなかった。

フリッツの疑問

「アオイのこと、どう思ってる？」

そう訊いたとき、シモンはあからさまに嫌そうな顔をした。

普通の人にはそこまで読み取れないであろうシモンの感情の変化を、フリッツはかなり正確に理解している――と思っている。

誰にも言うつもりはないが、たぶん一歩ひいて見ているぶん、彼の未来の伴侶である並木葵よりもその技術には長けているという自負がある。

というのも、どう思ってる？　と訊きながら、フリッツは半分答えを知っているからだ。

分かっているのであえて「ちゃんと愛してるのかと思って」と、つけ足すと、長年の友人はうっとうしそうに眉根を寄せて言った。

「特別に思っている」

なるほどね……と、フリッツは思った。

世間には、そうやって話しておくわけか。

そのくらいのことは言われなくても分かる。そうでなければこんな分かりにくい男の友人など、長年やっていられないというものだった。

フリッツは出会った初めから、葵のことを見込んでいた。

ケルドアにやって来てくれる外国人というだけでも貴重だったが、葵はシモンと愛し合いたいなどという途方もない願いを抱いて来ていたのだ。

若干危なっかしいところはあったが、これほどの強い思い込みでもなければ、シモンの心は動かないだろうと思われた。

葵の中には、愛に飢えた子どもの葵と、常識的で達観した大人の葵が無理なく溶け合って存在していた。

自分の淋しさをよくよく理解している葵は、シモンの抱える内情にもいつか気付いてくれるはずだ。

友人のスミヤから得た前情報だけを手がかりに、フリッツは賭けに出たのである。

なぜそこまでしてシモンのことを――と聞かれると、説明は長くなる。

ヴァイク国の寄宿学校で同室になったときから、フリッツは常にシモンにくっついていた。端的に言えばシモンが好きだったし、興味深かったけれど、同じくらいかわいそうでもあった。

――大貴族の三男坊になど生まれるものじゃない。

自分は小さなころから長子と比べられてきた。両親は愛情深い善意の人々だが、フリッツが国のために働ける器ではないと早々に諦めてしまい、「フリッツは自由な子だから」が口癖だった。

そんなの、あんたたちの貼ったレッテルじゃないか――と、内心むしゃくしゃしていた思春期にシモンと出会ったのだ。初めはどれ、完璧そうな大公様の化けの皮を剝がしてやろうか、と思って近づいた。

けれどフリッツがなにをやっても、シモンはどこ吹く風で関心など持たない様子だった。

だんだんとそれが淋しくなったころ――寄宿学校が夏休みに入り、フリッツは最後の最後に、一度くらいこいつの本音を引き出してやりたいと、なかば強引にシモンの実家に押しかけたのだった。

そうして、アリエナという女性のことを知った。

十四歳になっていたシモンに、課せられた義務も知った。

一日中精神的な攻撃に晒され続けているような、そんなシモンの環境を知り、フリッツはショックを受けて、たった三日でケルドアの城を逃げ出した。そしてその年の夏休みは、魂が抜けたように過ごしたのだ。

やがて休みが明けて、実家から戻ってきたシモンと久々に顔をあわせたとき、気まずくてフリッツはシモンの顔が見られなかった。ベッドに引きこもり、寝ているふりをしていると、

――部屋を替えてもらうか。フリッツ。

ややあって、静かにそう問われた。そのとき、フリッツはドキリとした。同時に、シモンが自分の名前を覚えていたのかと驚いた。

これまでフリッツはシモン相手に、べらべらとなんでも話しかけていたが、向こうから話しかけられたこ

ともなければ、名前を呼ばれたこともなかった。

思わず起き上がって振り向くと、部屋の机で荷物を整理していた手を、シモンが止めた。

――お前の家は、あんなじゃないだろう。……困惑するのは、仕方ない。

そんなセリフを言うときですら、青い眼の中には淋しさひとつ浮かんでおらず、シモンは淡々としていた。

しかし淋しいとさえ思っていない様子のシモンが、フリッツには淋しそうに思えた。

こいつはただ愛されたことがないから――愛し方が分からないのでは？

そんなふうに、感じたのだ。

いや、一緒にいるよ、と返したフリッツに、シモンはそうか、と言っただけだった。フリッツはもうシモンのそばを離れるまいと思った。残念ながら、男を恋愛感情で見る指向はなかったので、シモンを愛してくれる相手が現われるのをただひたすらに横で願い続けた。

ところがケルドア国民の娘たちは、みんなそろいもそろってシモンの内面に興味がなかった。

どの女性と結婚しても、アリエナのようになるのでは？　そう思ったフリッツは結局議会を味方につけて、国外の、しかも性モザイクを呼んだのだった。

◆

「でもまあ、俺の考えは正しかったってわけだ。シモンが自覚しているかは謎だが、シモンはアオイを大事に思ってる」

ヴァイクとケルドアの国境沿いにあるホテルへ帰り、フリッツは電話をかけていた。

相手はテオ、弟のような存在だ。

テオはこの六年フリッツの家で育てられ、今は寄宿学校に入っている。

『これだからフリッツは詰めが甘いんだよ』

ところが電話の向こうからは、怒ったような声がした。

寄宿学校の寮に据え付けられた、共同電話で電話を受け取っているテオの後ろからは、わあわあと騒ぐ寮生の声が聞こえていた。

七歳のときは可愛かったのに、テオは今ではずいぶん生意気になってしまった。

『結局メイドはよそにやっちゃったんでしょ。兄さまはアオイの話なんて聞く気ないし、しかもメイドを遠ざけたこと、隠してるじゃないか。やってることは暴君みたいなものだ』

「仕方ないだろ。シモンは不安なんだよ。大事なものを傷つけられることが……アオイが言うには、きみらの母親のトラウマだっていう話だぞ」

アリエナの名前を出しても、テオはびくともしなくなった。六年の歳月が、幼い子どもを大人に変えていた。テオはもう、母親のことをある程度割り切っている。

『……大丈夫なのかなあ。アオイのことが好きなら、メイドを異動させるよりも、兄さまが抱き締めてキスしてあげるほうがよっぽどアオイのためになるよ』

「言うようになったな」

ニヤニヤ笑うと、電話の向こうでテオはムッとしたようだった。とにかく次の長期休みには絶対帰るから、アオイによろしくねと言ってテオは電話を切る。

フリッツは笑いながら、「ああ、ああ。楽しみだ」とそれを受けた。

通話を終えると、広いホテルの室内はシンとしていて思わずため息がこぼれた。

――他に、しようがあるのか？　こんな狭い、がんじがらめの城内で……。

ふと今日聞いた、シモンの言葉が脳裏に蘇ってくる。

思い通りにできないことに、シモンもまた苦しんでいるようだった。

「いつになったら、素直に愛してるだの、なんだの、言えるのかねえ……」

ぽつりと呟き、フリッツは頬杖(ほおづえ)をついた。

シモンは誰のことも見ていないようで、実はよく見ている。なにも聞いていないようで、実は人の話もよく聞いている。国民や使用人、末端の人間まで、顔を覚えている。

恐ろしいほど情の深い男だ。その深い情が、すべて葵に向かうのを、シモンは恐れているようにフリッツには思える。

（まあ十四のときから待ったんだ）

あと数年くらい待てるだろうとフリッツは考えた。

あのシモンが心から誰か一人を愛していると言って、幸せそうに笑う瞬間を。

俺も待てるし、葵も待てる。そう思う。

どこかにある、幸せの国

この世界で自分を愛し、自分も愛を返せるもの、それはテオドール・ケルドアにとってわずか三つだった。

一つがフリッツ、兄の友人。それからアオイ、兄の一時的な伴侶候補だった人。そして兄、シモン・ケルドア。

それ以外の人はみんな、テオのことを愛していないか、空気のように扱った。テオが愛情を捧げていた、実の母親さえも——。

フリッツの両親の家に連れてこられたとき、テオは七歳だった。ケルドアの国を出るとき、兄には言われた。

「いつか準備が整ったら、帰ってきてもいい」

だがそんな日がいつ来るのかは分からなかった。兄さま、アオイは？　アオイはどこへ行くの？　そう訊いても、兄は顔を歪めて、安全な母国へ帰るのだとしか言わない。テオは聞きながら泣いた。だってどうして？　アオイのこと、兄さまは好きなはずなのに……。

「難しいな、テオ……、お前はもう兄さんや国の事情は考えず、自分のことだけ考えていればいいさ」

フリッツはテオを自身の国、ヴァイクに連れてきて、優しい両親に引き合わせたあと、テオにきれいな部屋を一つ与えてそう言った。

フリッツの両親は年老いていて優しく、テオを見るなり喜んで抱きしめてくれた。皺だらけの手は柔らかく温かかったし、二人はお腹いっぱいお食べ、とたくさんの食事を出してくれた。

さあ明日からなにをしようか、動物園がいいかね、それとも博物館かね、好きな運動はあるかいと、食事の最中もずっと話しかけてくれた。

故国、ケルドアでは兄とアオイとフリッツ以外の大人から無視されていたから、テオはそれに驚いて一

言も喋れなかった。喋れないなら喋れないで、駄目な子どもだと叱られはしないかとびくびくしたが、フリッツが、「来たばかりで質問攻めしたら、びっくりするだろう」と呆れると、二人はしょげて、「それもそうだ、悪いことをした」「あんまり嬉しかったから、ついはしゃいだわ」と謝ってくれた。

テオは泣きそうになりながら、ゾウが好きです、クマも見たいです、と言おうとして、上手く話せなかった——。

部屋に引っ込んだあと、寝間着に着替えてベッドに入ると、じわじわと涙が出てきた。

「フリッツ、これからどうなるの？」

弱々しい声で、枕元に座ってくれているフリッツに訊く。

「僕、いつ帰れるの？　……兄さまはどうしてるの？　アオイは？　アオイには、また会える……？」

淋しい、淋しい、淋しい。

胸が潰れそうだった。大好きな兄とアオイに会いたい。他の大人がどんなに冷たくてもいい。アオイと一緒に遊び、枕元に兄が会いに来てくれるケルドアへ、帰りたかった。

国の中でなにがあり、どうして兄が自分を隣国ヴァイクへ追いやったのか、テオはたった七歳の頭で必死に考えていた。

もともと、ケルドアの国はおかしな国だったと思う。兄のシモンは、いつもどこか苦しそうに見えたし、母のアリエナは、きっと変わり者だった。変わり者という以上に、おかしかった。

テオの部屋付のメイドがひそひそと話していたのは、母のアリエナがアオイを崖から落とそうとして——兄が怒り、母を城から追放したということだった。

アオイが城からいなくなると聞いて、テオは泣いて兄にやめてほしいと願ったが、それは無理だと返されてしまった。

……なあテオ、アオイに手紙を書いてあげよう。

フリッツが慰めるように言ってくれたから、テオは泣きながらアオイへ手紙を書いたけれど、本当はアオイに行かないでと言いたかった。

アオイがいなくなってしばらく経ってから、フリッツツがやって来て、俺の国にお前を連れて行くことになった、と話した。テオはよく分からなくて、兄に訊いた。どうして？　と。でも、シモンはただ、そのほうが安全だからだと言うだけだった。

（でも、僕は知ってるんだ。……きっと僕が、タランチュラじゃないから……国を追い出されたんだ——）

　温かなブランケットにくるまれ、フリッツに胸元をとんとんと叩いてもらっても、空しさは消えず、テオの眼からは涙がしとどに溢れて止まらなかった。

　ヴァイクで、テオのために用意されたその一部屋は、ケルドアで夢見たようにカラフルで、たくさんのぬいぐるみや男の子の好きな恐竜のフィギュア、ブロックなどの玩具が山積みされ、本棚は面白そうな本でいっぱい、壁には光る星のステッカーが貼られていた。どこもかしこも理想的だった。それなのに、テオはケルドアの、冷たい石造りの部屋が恋しかった。

　ここには玩具も本もたくさんある。けれど、シモンとアオイがいないのだ——。

　泣きじゃくるテオの髪を困ったように撫でながら、フリッツが言う。

「かわいそうで可愛いテオ……、お前が悲しいと、きっとシモンも胸を痛める。落ち着いたらシモンは会いに来てくれるさ。さあ、もう寝るんだ。明日はきっと今日より良い日だ……」

　泣き濡れた眼を閉じさせるように、フリッツは優しくテオの瞼を撫でて、下ろさせた。睫毛を何度も撫でられると、眼を開けられない。

　疲れて眠りに落ちていきながら、テオは理解した。シモンはもしかしたら、会いに来てくれる。でもアオイとは二度と会えないのだと——。

（……どうして？）

　胸の中で何度も、そう繰り返した。

（どうして……？　兄さまは、アオイを愛していると思ってた……）

　愛という言葉は、幼いテオにとってはとても単純な感情だった。自分が誰を愛しているかなんて、すぐに分かる。自分を愛してくれる人が誰かも、とても簡単だ。

　なのにどうして兄にはそれが分からないのだろう。愛し合っているなら一緒にいるべきだと思うのに、なぜそうできないのか、テオにはまったく分からなかった。

ヴァイクで生活を始めて最初の二週間、テオはフリッツの両親に連れられて、動物園や博物館、国境を越えて水族館にも行った。大きな公園にも行ったし、テオの両親とカードゲームもした。

それから、近くの小学校へ通うことが決まった。フリッツの両親は、もうあと二週間遊んでいてもいいじゃないかと言ったが、フリッツが「ダメダメ、この子は賢い子なんだ。ちゃんとした教育を受けさせるべきだ」と主張した。

「夜遅くまで振り回して遊ばせちゃだめだ。それから毎日小遣いをやるのも禁止だ。菓子も食べさせすぎたらいけない。家庭教師の言うことをよく守ってくれ、頼むぞ」

どこまでもどこまでも甘やかしたい、という風情のフリッツの両親に、フリッツは手厳しくそう言い、テオも甘えすぎては駄目だと自戒した。

けれど二人の愛情が本物だと分かったから、もう口ごもることなく、ゾウやクマが好きだと話せるようにはなった。フリッツの両親は、日に何回もテオを抱きしめ、頰（ほお）にキスしてくれた。

なんて可愛い子、お前は私たちの本当の孫と一緒だよ、と言ってくれ、テオのことを誇りにしてくれた。学校で出された課題をやっていると、素晴らしい、と何度も褒めてくれた。それはとても嬉しかった。

嬉しかったけれど、同時にその優しさを感じるたび、テオは心の中に、前以上に孤独な場所ができるのを感じた。

この愛情が、世間の普通の子どもが受けているものなのだと思うと——。

（僕は今、それを与えられているけど、兄さまは……？）

シモンはきっとこういう愛情を知らないと、テオは思うようになった。手放しに与えられる肯定。ケルドアにいたころ、テオはシモンから唯一もらっていた。不器用なやり方だったが、シモンが自分を愛してくれていることは伝わってきたから、兄といると幸せだった。アオイがやって来ると、今度はアオイも与えてくれた。アオイに抱き寄せられると幸せで、兄もきっとアオイが好きになる。そしてアオイと結婚して、やっとケルドアの冷たい城に、幸福がやって来ると信じていた。

（兄さまはどうしてアオイを手放してしまったの……？　僕まで遠ざけてしまったの……。今、誰が兄さまを愛してくれてるんだろう――）

結局、シモンがテオを訪ねてくれたのは、テオがヴァイクに来てから一年後のことだった。

「テオ……すまなかった。来るのが遅くなった」

ある日学校から帰ると、シモンがテオの部屋で待っていた。

久しぶりに兄に会ったそのとき、テオは八歳になっていた。あと数ヶ月で九歳だった。だからもう最後に別れたときよりはずいぶん大人になっていたし、実際テオは、学校にいる同い年の子どもより、体は小さかったが心は三つか四つは大人びていた。

なのでやって来た兄を一目見て、テオは訊かなくとも、離れていた一年が兄にとっていかに過酷だったかを理解できた。

兄は憔悴（しょうすい）しきっていた。少し痩せ、顔色が悪く、美しい青い瞳はどんよりとよどんでいた。深い悲しみが、その体を包んでいる。テオはそれを感じ取り、シモンの孤独を思って、涙が溢れた。やっぱり兄は傷つき、苦しんでいるのだと思った。アオイを失ったことは、兄にとっても耐えがたいほどの悲しみだったのだと――テオはそう思った。

「すまない。一人にして……心細かったか？」

けれどシモンは、テオが泣いているのを、テオの淋しさのせいだと思っていた。跪（ひざまず）き、抱き寄せられて、テオは兄の首に腕を回しながら、どうしたらシモンが幸福になれるのだろうと思った。

「兄さま……アオイは？」

泣きながら、テオはそっと訊いた。それは禁句かもしれなかったが、それでも訊かずにはいられなかった。兄の幸せはそこにしかないと、テオは思っていたから。

「アオイはどうしてるの……？」

シモンはびくりと身じろぎして、テオの顔を覗き込んだ。青い兄の瞳が揺らぎ、動揺と悲哀が走るのをテオは見た。けれどシモンはすぐに冷静さを取り戻して、その感情を隠してしまう。

「連絡はとっていない。だが、安全な場所にいる。……アオイのことは、もう忘れなさい」

(兄さまが忘れていないのに?)

泣き濡れた瞳で兄を見つめながら、テオは心の中で思った。

「……ここは楽しそうな部屋だ。そうか、子ども部屋は、こんなふうにすればよかったのだな」

話を逸らすように、シモンはテオを放して立ち上がり、賑やかな室内を見渡した。知らなかった、と呟くシモンに、テオは痛いほどの悲しみを感じた。シモンが知らなかったのは、自分もまた、こんなふうに思いやりのこもった部屋をもらったことがないからだ。

冷たい石造りの壁の、子どもにはなんの面白みもない部屋でしか、兄は育ったことがない。

それでもテオを愛そうと、必死になって考えて、本を与えてくれたり読んでくれたり、枕元で眠るまでついていてくれたりした。どれもすべて、自分はもらえなかったもののはずなのに。

テオは涙を拭い、兄さま、ここのお屋敷、お庭がきれいだから散歩しようよと誘った。

手を差し出すと、兄は一瞬考えて、それからそっとテオの手を取った。テオの部屋にはテラスがついていた。そこから庭に下りて、二人で歩いた。

「お前のことは、フリッツから聞いていた。学校で良い成績をおさめたと。頑張っているな」

「……フリッツのご両親がよくしてくださるから……頑張らなきゃと思って」

「良い心がけだ。だが、無理はしなくていい。よく眠れているか……?」

「うん。……大事にしてもらってるよ」

そうか、とシモンはホッとしたように息をついた。

テオは、兄さまは? と訊ねたかった。兄さまは今、誰に大事にしてもらってるの……。

じわじわと、また浮かんでくる涙を必死にこらえた。冬が近い庭の中には、既に葉を落としたものもある。大きな菩提樹はすっかり落葉し、その枝の上にヤドリギが絡みついていた。

「立派な木だ……」

と、そちらを振り返る兄の横顔を見上げて、テオはそっと訊いていた。

「兄さま……愛ってなに？」

兄は驚いたようにテオを見下ろし、それからしばらく黙って立ち尽くしていた。

「……テオ、私には分からない。お前には、分かるか？」

こらえていた涙が一粒、テオの眼から溢れて、頬を転げ落ちる。シモンはまるで迷子の子どものような眼をしていて、八歳のテオよりも、ほんの一瞬幼く見えた。繋いだ手をぎゅっと握り、うん、兄さま、とテオは呟いた。

「分かるよ。……今こうして、手を繋いでる気持ち。これが愛だよ」

とても簡単で、単純なもの。

なのにどうして、兄さまはアオイの手を放したの。

迷子のような顔のまま黙っている兄には、それ以上言えずに、テオはただ一人、悲しんでいた。誰よりもシモンのために。

この世界に神さまがいるのなら、自分の兄こそ、一番に幸せにならなければおかしい。

愛を知らなくても、テオを愛してくれた人。この人こそ、愛されていい人。

自分が与えられる愛情には限りがある。もっと、もっと深くもっとたくさんの愛が、この人に注がれてもいいはずだと——テオはただそれだけ、強く胸の内で信じていた。

愛の在り処に誓え！
EXTRA

翼の訪問

（初出：2017年　アニメイト特典ペーパー）

愛の在り処はここに

（初出：2017年　コミコミスタジオ特典小冊子）

悩める大公シモン・ケルドア

（初出：2017年　電子配信版書き下ろしSS）

きみは世界で一番、美しい

（初出：2018年　同人誌「Love! Insect!　2018spring」）

十年後の愛の在り処に誓え！

（書き下ろし）

翼の訪問

──七雲翼。私の伴侶アオイのため、あなたの大切な時間を分け与えてくださるだろうか？

そんな、祈りともとれる男の願いに応え、翼が単身でケルドア公国を訪れたのは十一月半ばのことだった。連絡は一度、先月のうちに受けていた。自分にとっては我が子同然にも思っている葵が、ひどいつわりで心細くなっているという。行かない理由などどこにもなかった。翼の体調を気遣い、心配している夫、澄也を説得して、翼はヨーロッパのこの国に降り立った。ケルドアを訪れるのは、人生で二度目。およそ一年ぶりのことだった。

（さすが大公家。自家用ジェットなんてものがあるんだ。そりゃそうか……）

日本からここへ来るまでの間、翼は以前来たときと比べると格段に体が楽なことに感謝していた。というのも、大公家が翼の負担が少ないようにと、ありとあらゆる調整をしてくれたからである。おかげで、広いジェット機の中でぐっすりと眠れた翼は、大公宮についたときにもまだ元気があった。

「どうする？　一度客間で休むかい？」

夫を通じて友人になったフリッツが迎えてくれ、そう訊いてくるのに、翼は「ううん、すぐ葵くんのところに行く」と答えた。

フリッツは日本語が喋れるので助かる。翼も日本を発つ前に、簡単な英会話をおさらいしてきたが、ほとんど喋れない。

とはいえ、葵に会えることはとても嬉しかった。この一年手紙や電話で密に連絡はとっていたが、葵はそもそも弱音を吐くようなタイプではない。なにかあっても大抵は大丈夫で済ませてしまう性格である。

去年、葵を心配してケルドアに来たときには、まだ葵とシモンは正式に結婚しておらず、城内もぴりぴりしていて、葵はどこか無理をしているように見えた。翼は同行していた澄也に止められるのもきかず、

——あんた、葵くんを幸せにしなかったら、許さないから。

と突っかかって、シモンには困惑気味の顔をされた。

なんだあの表情。すぐに幸せにすると返せよ、と翼は怒ったものだが、フリッツに「ちょっと待っててほしい」と言われたので、それ以上の文句は言わなかった。

しかし今回はシモンのほうから、葵が心細い思いをしていると、翼に声をかけてきたくらいだから――

（ちょっとは成長したのか？）

葵が幸せかどうか、シモンが葵を大事にしているか。翼はそこを見極めてやろうという姑心のようなものまで抱いて、ここへやって来ていた。

◆

「翼さん……っ」

部屋のドアを開けて寝室へ足を踏み入れたとたん、葵がそう声をあげた。広いベッドに葵はまっ青な顔で横たわり、その眼の下にはクマがあった。それでもよろよろと起き上がろうとする彼に、翼は慌てて駆け寄り、「寝てていいよ」と言った。

手を握ると、葵は安心したように枕に頭を寄せ、青白い顔で春の日だまりのように柔らかく微笑んだ。

「嬉しい、来てくれたんだね。……でも大変だったよね」

葵の声が弾んでいる。それは小さな子どものころと同じで、翼はなにやらホッとした。ベッドサイドに座ると、葵の髪を撫でた。

「飛行機でずっと寝てたから平気だよ。それより、葵くんこそ寝れてないだろ。俺、二ヶ月くらいこっちにいるから、なんでも頼ってな」

一人目の空を宿していたときも、葵のつわりはきつかった。そのときも翼はできるだけ彼に寄り添ったものだ。

あのときと同じように頬を手の甲で撫でてやると、葵はうとうとしはじめた。幼いころ、家に泊まりに来た葵がなかなか寝付けないときは、胸に抱き、何度も頬を撫でて寝かしつけてやった。そのせいかもしれない。

翼さん、起きてもいてくれる？　と、可愛いことを訊いてくる葵に、いるよと微笑むと、葵は安心したように眼を閉じて穏やかな寝息をたてはじめた。

布団をかけ直してやり、暖かい部屋の中を見回す。ベッドサイドのテーブルには水差しやグラスと一緒に、いくつか写真たてが置いてあった。

見ると、それは家族写真で、葵と空、そしてシモンと、見知らぬ犬が映っている。どの写真もみんな幸せそうに微笑んでいた。

（意外……大公さまでも笑うのか）

以前来たときの印象では、ニコリともしないタイプかと思っていた。けれど最近撮ったらしいその写真に、違和感はない。空も以前より表情が明るくなっていた。

ふとノックの音がしたので、翼は急いで寝室から続きの間へ出た。寝室のドアを閉めるのと同時に、シモンとティーワゴンを押したメイドが入って来た。

「翼、来てくれて感謝する」

シモンが日本語で言い、翼は「こちらこそ」と返した。

「今寝てる。だから起こさないほうがいいと思って。ろくに眠ってないんだよな？」

聞いたシモンがホッとしたように目許を緩め、フリッツが「さすが翼だ」と笑う。シモンはメイドを振り返り、翼の知らない言葉で話す。するとメイドは嬉しそうに顔をほころばせ、感謝をこめた瞳を翼へと向けた。そのたった数秒のやりとりで、翼は葵がシモンにも、そしてどうやらこのメイドにもとても大切にされているのだと知った。

「こちらは葵の部屋付きメイドの、イエットだ。日本語はできないが、葵のことをとても心配している。あなたが来てくれたら、あなたから、葵になにをしてやれるか学びたいと。言葉は不自由かと思うが、そばに置いていただけるか」

シモンに訊かれ、翼はもちろんと答えた。

そのとき不意にポケットの電話が鳴ったので、翼はそこを離れて電話に出た。相手はそろそろ着く頃だろうと、心配してかけてきた澄也だった。

大丈夫か、体の調子は。葵くんはどうだった、と珍しく落ち着きなく訊いてくる澄也の声に、翼は大丈夫、と笑った。

「……大丈夫。大丈夫だったよ。俺たちの葵くんは、もうこっちの国の人に、なっちゃってた」

娘を嫁にやる親の心境というものが、今なら理解できる。

遠い日、翼の腕の中で安心して眠っていた可愛い葵はもういない。

その淋しさと、大事な葵が幸せなのだと知って嬉しいのと。

どちらがより強い感情なのだろうと、翼はほんの数秒間だけ、感傷にひたった。

愛の在り処はここに

「お前、変わったなあ」

と、言われた。そう言ったのは友人の、フリッツ・ヴァイクである。

そしてそれは、シモン自身の実感でもある。私は変わった。否(いな)、変わろうと努力している――と。

◆

半年前、シモンは午後の執務を四時までに終わらせることに決めた。

決まりを守るのは得意である。重要な仕事は午前中に済ませ、午後は翌日の仕事の準備を中心に、優先度の高いものから片付けていく。議会への参加――といっても、視察がほとんど――も、しばらくしていない。どちらにせよ、国はいずれ共和制になるのだ。今から慣れておけと言って、議会の問題には関与しないことにした。

しかしそれに、議員たちは誰も文句を唱えなかった。唱えようはずもないのだ。

なにしろ、大公妃が懐妊したのだから。

シモンの指示どおり、特に秘されるわけでもなく、いち早くその事実を知った議員たちは、みな大挙して大公宮を訪れ、祝辞を述べると、そのあとはやけに落ち着きなく「妃殿下にも一言、お祝いをお伝えしたいものですなあ」などと、みえすいた文言を並べるのだった。

ようは二人目のグーティの子どもが、まさしく葵(あおい)の胎内にいるのだということを、見て分かるわけもないのに自分の眼で確かめたいということだろう。

シモンはため息をつき、安定期に入ったらお前たちとも時間をとろうと約束をした。

感謝いたします、我が君。ああ、それにしても二人目とは。ソラ様はもう五歳。次のお子も必ず成人いたしますでしょう、と議員たちは夢を見るかのように語った。

懐妊のニュースが伝えられてからしばらくの間は、議員たちだけでなく城内もまた浮き足だっていた。

執事は長年の心のつかえもとれたのだろう、実によく葵の身の回りに気を配ってくれていた。いつも冷静沈着な彼が、一人で銀器を磨いているときに鼻歌を歌っているのを、たまたま立ち聞きしたりもしてシモンは驚いた。なるほど、あんな鉄面皮でも感情はあるものだと己を棚にあげて思ってしまったくらいだ。

そしてつわりがひどかった時期には、執事は毎日葵の部屋を訪れて、どんなことに困っているかを聞きだそうと努力していた。

といっても、葵は滅多に泣き言を言わない。

それでもぽつりと一言、

――つわりの間は心細くて……ソラのときは、知人がそばにいてくれたから。

と漏らしたのを執事は素早くキャッチした。

シモンにも言わずに日本の七雲澄也、翼夫妻に連絡をとり、

――ツバサ様が、一、二ヶ月なら問題なく滞在できると仰ってくださいました。こちらから自家用のジェット機を飛ばすのが、最善でしょう。ツバサ様も性モザイク。お体がお強いわけではない。それでも、アオイ様のそばにいたいと……。

なにもかも段取りを決めてから言ってきた執事に、シモンは驚かされ、先を越されて面白くないような気もしたが、葵の支えになるならと万全の用意をして翼を城に迎えた。

その昔はテオが暮らしていた城だ。ロウクラスが同じ屋根の下にいるのが初めてというわけではなかったが、翼は成長したテオよりもまだ小さかった。けれど小さいわりに心には一本芯が通っていて、いつも朗らかに笑っている。なにがあっても大丈夫と言い、それを周りに信じさせる不思議な強さがあった。

葵は翼の来訪を喜んだし、翼が来てくれたおかげで葵のためになにかできることはないかと悩んでいたメイドたちも、アドバイスがもらえて嬉しそうだった。

そして葵に笑顔が増えると、城内は不思議な明るさに包まれる。

陽の差し込んでいなかった暗い部屋にも、なぜだか光が忍び込んでゆき、どこもかしこも光に浄化されて

いるような……そんな雰囲気が城のあちこちに満ちていた。

暗く、静寂に占領されていた城内のあちこちで、いつしか笑い声やおしゃべりの声が聞こえ始めた。葵の部屋の中、使用人たちが集まって働いているところ、あるいは廊下や階段で、誰かと誰かがすれ違うときなど。

もちろんシモンの執務室に来客があった日にも。

暗い冬が終わり、今初めて春を迎えるかのように、誰もがこれからやって来るかもしれない未来の、他愛(たあい)ない夢想や希望について話していた。

それはシモンにとって、初めての体験だった。

城の中に光が満ち満ちて感じる。笑い声があちこちから聞こえる。

かつては壁という壁から冷たいものが染みだし、暗く沈んでいるようだったこの「家」が、家庭らしい喜びに溢(あふ)れているのを感じるのは、本当にシモンにとって生まれて初めてのことだった。

自分が母の胎内にいたころ、城内はこうだったろうか……？

ふとそう思うことがある。しかし答えは否だった。見たわけではないが分かる気がした。母がテオを妊娠していた間も、城内から凍(い)てついた冬のような空気が消えることはなかったのだから。

四時に仕事を終えると、シモンは毎日葵の部屋へ行く。

四月になり、安定期に入った葵の体調は少し落ち着いた。

先月、少し遅れてではあったが、空(そら)の誕生日会を国民に向けて行った。もちろん誕生日当日も、家族だけでささやかに祝ったが、国民は国民で空のことを祝いたいらしい。公式な行事を開かないわけにはいかず、葵のことを考えて安定期に入った直後に執(と)り行ったのだ。

面白いもので、葵が懐妊しているとなると、議会はそうしたスケジュールの調整にも俄然(がぜん)乗り気で柔軟だった。胎児にちょっとでも障ることは、絶対にしたくない姿勢である。葵は宝物のように扱われ、なにからなにまで葵のいいようにとみんなが工夫をした。

　議事堂前の広場に家族で行き、空が挨拶をして、国民が拍手や祝いの言葉を述べるという一時間ばかりの誕生会のあと――六歳の空はきちんと対応していて、実にえらかった、とシモンは思う――葵の懐妊が発表されると、国民たちは一瞬水を打ったように静まり返り、わっと喜びの声をあげた。

　それからというもの国内にも、光が差し込んでいるようだった。

　カーテンのひかれた家々の窓辺から部屋の中へも光が入り、路地という路地がうららかな陽射しで暖められ、カーテンは開け放たれて窓辺に花が飾られる……。

　旧市街も含めて、ケルドアにはなにか明るいものが入ってきた感じがあった。

　大公妃懐妊のニュースはいつしか世界を駆け巡り、ケルドアの経済指数はあがった。さまざまな規制緩和や政策への、抵抗も少なくなった。

　保守派が危惧していた国民の不安は、新しいグーティが生まれることと、空が無事六歳まで成長したことで、ほとんど拭い去られてしまったのだ。

　フリッツの薦めもあり、シモンは城と議会の間に広報のような仕事をする機関を作り、彼らを通じて自分たち家族の日常を、時折インターネット上で発信することにした。

　端末に触れたことすらなかった老齢の国民たちでさえ、こぞって最新の端末を買いネットのサービスに登録して、可愛い空と愛犬の写真やシモンと葵と空の家族写真を楽しむようになった。

　そのサイトに設けたメールフォームは、広報機関がチェックしており、問題のないものだけシモンに転送してくる。空やシモンへの、敬意と喜びに満ちたコメントのほかにも、葵の体調を気遣うコメントが日に日に増えていったことが、なんといってもシモンには嬉しかった。

「アオイ、調子はどうだ？」

　部屋に入るとシモンはそう訊いたが、入り口のところでつい、立ち止まってしまった。

　葵の部屋には今、ゆったりとした寝椅子があり、葵は大抵そこで上半身だけ軽く起こして休んでいる。今日はその隣に空と犬のレオがいて、空が葵に本を読んでやっている。中身はドイツ語だ。空が間違うと、葵は優しい声で訂正する。時たま子どもらしく脱線すると、葵は笑ってそれに付き合っている。

母と葵はまるで違う。

こういうときいつもシモンはそう感じる。空が時々、子どもらしいとんちんかんなことを言うたびに、同じ室内にいるメイドやリリヤから、明るい笑い声が起こっていた。

と、顔をあげた葵がシモンに気付き、微笑む。少し顔は青白いが、体調が悪いというほどではないらしい。メイドがお茶を淹れ直しにいき、葵の「シモン」という呼び声に応えるように、シモンは空の隣の椅子をひいて座った。

「パパーっ、おなかの赤ちゃんにね、ご本よんであげてるんだよ！」

六歳とはいえ、まだまだ甘えん坊なところのある空は、すぐにシモンの膝に乗ってきた。抱き上げてやりながら、そうかえらいな、と言うと、空は満足そうに頬を染めて笑んだ。

「赤ちゃん、男の子ってほんと？　ソラねえ、男の子だったらおもしろい遊びいっぱいおしえるんだ」

もうケルドア語もドイツ語も英語も使えるようになり、公式の場ではしっかりした挨拶のできる空も、親の前ではまだ自分をソラと呼んだり甘えた口調になる。

それでも今のところ、空はいわゆる赤ちゃん返りのような様子を見せたことはなかった。一応は心配してフリッツにも訊ねたが、

――まあもう六歳だし。たぶんないんじゃないか。

子どもによりけりだろうが、空は平気そうだという根拠のない言葉を聞いて、どうしてかシモンもそうなのだろうなと思っていた。それが聞き分けの良すぎる空の健気さにも思え、葵が子どもを宿してからというもの、空への愛情はまたさらに一段と深まった気がした。

くしゃくしゃとかき混ぜるようにして髪を撫でると、空は無邪気な声をたてて笑った。

それを葵が、嬉しそうに見ている。

「体調はよさそうだな」

葵の手をとって言うと、大丈夫だよと返事がある。

シモンは優しく葵の髪を撫で、額にキスして、

「今日も愛している」

と、真摯に言った。

これはシモンの、日課なのである。

朝起きてすぐ。仕事に向かう直前。昼食から仕事に戻るとき。そして四時に仕事を終えて部屋を訪ねたときと、夜眠る前。

シモンは葵に、愛していると言うことにしていた。

そうするようになってもう半年が経つのに、葵は顔をまっ赤にして恥ずかしがり、橙と瑠璃色の飴のような瞳を潤ませて、「そ、そう」と返してきたりする。

俺も、とか、愛してるよとはっきり返ってくるのは二人きりの時間だけだ。そのときすら葵は恥ずかしそうにしていて、その顔さえ見ればシモンは葵の愛情を確認できた。そして葵にまだ愛されていると分かるたび、シモンは安堵するのだった。

こういうところが、フリッツに変わったと揶揄される所以だろう。

メイドやリリヤは慣れたもので、今日も空気のように声一つ漏らさないが、ただ彼女らからもその言葉を聞いた瞬間、華やぐような気配があるのが不思議だった。

わざわざ理由を訊いたことはないが、彼女たちはシモンが葵に愛情表現をするのが好きなようだ。

「腰が辛かったら、マッサージするが……」

フリッツに、マッサージは夫の役目ときいてから、シモンはよく夜にそうしてやっていたが、本当はいつでもしてやりたいと思っている。

ほとんど寝てばかりの葵は体が痛いらしく、全身がむくんだように重たいという。

しかし、周りに人がいると、葵は照れて遠慮する。

「い、いいよ、大丈夫」

まっ赤な顔で言う葵に、リリヤとメイドのイエットが「私たちでしたら、退室いたしますわ」と朗らかに声をかける。

「アオイ、ソラもお部屋から出ようか?」

空も察して訊いてきたが、葵は「いいってば。ほんとに」と慌てて言ったあと、「よ、夜にやって。ね」となんだか甘酸っぱい眼で、じっとシモンを見つめ

た。

どうしてか、胸が摑まれたように切なくなるのは、こういう瞬間だった。

押し倒して口づけ、抱き締めたいという衝動を、数秒こらえてやり過ごす。シモンは淡々とした口調で「分かった」と頷くだけにした。

葵とセックスができないことだけは残念だ、と思う。

実際には安定期なので、相当気をつけるならしてもいいとフリッツから許可が出ていたが、子どもになにかあってはいけないので、シモンは鉄の意志で己の欲望を抑えていた。感情や欲求のコントロールには慣れているが、それでも葵が可愛らしい顔をするたび、強い衝動を覚えるのはやめられず、無事に子どもが生まれ、葵の体力が回復したら、ためにためた性欲が爆発してしまいそうな危うい気配を感じたりもする。

メイドがお茶とお茶菓子を持ってきたので、その日はそこでしばらく過ごした。葵と話すだけではなく、空とも遊ぶ。身重の葵では空を抱けないので、シモンは意識して空とのスキンシップを増やしていた。一時間ほど経ってから、シモンは犬のレオを連れて、空と散歩に出た。

散歩と言っても、広いので城の庭で事足りる。大型犬のレオは毎日散歩をして走らせてやらねばならないのだ。

草地に出て、ボールを投げてはとってこさせる遊びをひとしきり楽しんだころには、もう西の空がまっ赤になっていた。

「わー、疲れた。パパ、おぶってー」

甘えてくる空を、シモンは軽々とおぶってやった。背中に触れる体温と、重みが愛おしい。遊んでもらって満足したレオは、おとなしくシモンの後ろをついてくる。

「アオイが身重で動けないから、お前は、我慢してないか？」

そっと訊くと、空はしてないよーと明るく応えた。

「してない。アオイにもきかれたよ。赤ちゃん、お誕生日が夏になるんだよね」

グーティの子どもだ。六歳ともなると、もうずいぶん達者に喋る。

出会ったばかりの、舌足らずだった空の面影がふっと脳裏をよぎっていく。

「……日本にいたころは、お前の誕生日に、アオイはどんなことをしてくれたんだ？」

ふと訊ねると、空はうーん、としばらく考えていた。

「あのねえ、ケーキを買ってきてね、今日はソラの好きなものなんでも作るって言ってくれてね、プレゼントくれたよ」

楽しかったよ、と空は言った。

「三歳より前のことはおぼえてないけどね、四歳のときは、テレビでみてたヒーローのおもちゃをくれたよ」

アオイ、いっぱい働いて買ってくれたの、と空は言う。

「……そうか」

切ない気持ちが、シモンの中に湧き上がった。母と子だけの誕生日。ささやかな幸せを噛みしめて生きていただろう、葵と空を思うと、その時間を共有したかったという我が儘な気持ちと一緒に、そんな幸せを二人から奪ったような、罪の意識も感じた。

「……でもねえ」

と、空は小さな声で付け加えた。

「四歳のときはね、もう、パパがいるの知ってたし、頑張って待ってたらむかえにきてくれるってフリッツが言ってたからね、ちょっとだけ、がっかりしたの」

アオイにはナイショだよ、と機微に聡い子どもは言う。

「……アオイはね、時々とってもさびしそうだったし、とっても頑張ってて、たいへんそうだったから、誕生日に来てほしいですって、心の中でお願いしてたの。ソラね、パパが来てくれたらアオイは幸せかなって思ってたの」

「……ソラ」

ふと歩くのをやめ、シモンは背中の我が子を振り返った。

「アオイは、お前と二人だけでも、幸せだったはずだ」

すぐに会いに行けなかったことは口惜しく思う。しかし、葵は二人きりの間も、空がいるだけで幸せだったことは間違いない。己の存在が、葵にとって負担だったなどとは思ってほしくなくてつい口にすると、空は笑い、うん知ってるよと眼を細めた。

「大きい今のお家も、前の小さいお家も、ソラ、好きだもん。でも、今はパパがいないのはいやだな」

胸の中が甘やかに、そして切なくなるようだった。鼻の奥が痺れる。最近ずいぶん、泣きたくなるような場面が増えた。シモンが一番変わったのは、こういうところだ。

葵といるとき、空といるとき、胸が引き絞られるような気持ちになる。泣きたい気持ちになる。

それが愛だと、シモンはもう知っていた。

「ソラとなにか話した？」

夜になり、シモンと二人きりになると、葵はそう訊いてきた。それはなにかあったからというわけではなく、二人の日常的なやりとりだった。

並んでベッドに入り、腕に葵を抱いてシモンは優しくその髪を撫でていた。

ついさきほどまでマッサージしてやっていた葵からは、甘いオイルの香りがする。

「……誕生日のことを少しな」

とだけ、シモンは言った。小さなアパートで、身を寄せ合って暮らしていたころの幸福を、奪ってすまなかったとはとても言えなかった。

そうなんだ、と葵は笑い、それから、

「そういえば、お前の誕生日はどうするの？」

と、言った。

まだ少し先だけど、去年は祝えなかったろ、と葵が首を傾げる。

「国民向けの行事もなかったし。……今年はなにかしないの？」

シモンはそうだな……と一瞬言葉を濁した。それから、アオイと呼びかけた。

葵は顔をあげ、シモンの眼を覗き込む。まだ夜は冷え込むので、暖炉が焚かれている。葵の眼には、その暖炉の火が淡く反射している。

「今まで言わなかったが……、母が死んだのは私の誕生日なのだ」

ぽつりと言うと、葵の眼が揺れた。

「栄養失調で、ずいぶん弱っていたと聞く。明け方、母はふらりと部屋を出て――階段を踏み外して、亡くなった」

本当のところ、母は事故死だった。けれどももともとの原因は心の病気だ。遠方でそのような死に方をしたと報じると、自殺のように囁かれる。なので表向き事故のことは伏せて、アリエナは老衰で亡くなったということにしてあった。

だが、とシモンは時々思う。

本当に事故だったろうか？　自分の誕生日の日を選んで、母はあえて階段から落ちたのでは……。どうしても、そう思うことがある。

黙りこんだシモンを、葵がどう思ったのかは分からなかった。

その瞳には悲しそうな光が宿り、シモン以上に葵が悲しんでいることが分かる。

「――だから、私の誕生日に盛大な催しはしないことになっている」

「そっか……」

葵は不用意に、慰めたりはしなかった。けれどきっとこの伴侶は、シモンがなにを思っているか、優しい心で察してくれているだろう。

「じゃあ……俺と空がこの国に来た日。その日を、シモンのもう一つの誕生日にしない？」

ふと、葵が言う。

「だってその日は……ほら、パパシモンの、正式な誕生日だし」

少し考えあぐねた様子で、葵はそんな理由をつけた。

「それで、家族だけで祝おうよ。小さな……小さなお祝いだけど」

それならいいだろ、と葵が言うのにシモンは今日何度目かで、泣きたくなった。甘く切ない気持ち。愛している一人が、大切な家族が、優しさだけで自分になにかを分け与えようとしてくれている。それを感じたとき、人はこんな気持ちになるのかと思う。

「……できるだけ、小さな部屋で」

と、シモンは自分でも思いがけず、そう言ってい夢想に近い想像のあとに、なぜだかそんな感傷的なことも考えた。

そうするとまた、泣きたいような気持ちになったが――母へのそれが愛なのかどうかは、シモンには分からなかった。


た。葵と空が住んでいたアパートのような小さな空間で、家族で寄り添ってみたい。

そう言うと、葵は優しく微笑んでくれた。シモンは葵の腹を締め付けないよう気をつけながらも、抱き寄せる腕に力をこめた。抱いているというよりは、その体にしがみつくようにして、葵の肩に額を押しつける。

葵はそっとシモンの頭を抱き、優しく撫でてくれた。

その仕草に、遠い日、母がこんなふうにしてくれたことも、もしかするとあったのかもしれない。なかったわけではない。シモンの誕生日にだって、もしかしたら――死のうとしたのではなく、単にシモンに会いに行こうとして、階段を踏み外してしまった。その可能性だって、あるのではないか。

あまりに楽観的だと思いながら、そんなことすら考える。

それらすべてが、やはりなかったとしても。

母は少なくとも、自分をこの世に産んではくれたのだ……。

悩める大公シモン・ケルドア

シモン・ケルドアはそわそわと落ち着かなかった。

さっきからずっとおろおろしているぞ――と、友人であるフリッツに言われ、シモンはムッとして、眉根を寄せた。

「……おろおろしているか？　この私が……」

しかし、していない。とは、さすがに言えなかった。なにしろ、自分でも分かるほど、シモンは落ち着いていなかったからだ。

十一月某日――。

シモンは公務の帰りに友人であるフリッツが働く病院を訪れ、彼の個室で思わずため息をついていた。

「……アオイが元気を取り戻してな」

客用の椅子に腰掛けて、心にひっかかっていることを白状すると、フリッツは「よかったじゃないか」と肩を竦(すく)めた。

「ああそうだ。よかった。ホッとした。……正直、感謝している。

しかし同じくらい、負けた気持ちにもなっているのだ――。

どうしてそんなことを思うのか。自分でも自分の感情を持てあまし、シモンはすっかり困惑していた。

葵(あおい)は性モザイクである。箍(たが)が外れたシモンとの性行為で懐妊し、今二人目を腹に宿している。

もちろんそれは国をあげての吉事で、それまで葵への態度が悪かった使用人なども、急に手のひらを返したし、執事などは大公妃である「アオイ様優先」に変わってしまった。

性モザイクはもともと体が弱いうえ、出産はただでさえ体への負担が大きい。葵はひどいつわりに苦しみ、ベッドの中でぐったりとしたままもう一ヶ月以上元気がなかった。

心細い思いをしているだろう葵のためにと、執事が「ツバサ・ナグモさまをご招待できませんか」とシモンに訊いてきたのは、先日のことである。

葵が母親がわりに慕っていたという、性モザイクの青年――。翼は話を聞くなり来てくれて、毎日葵の面倒をみてくれている。

優しく気さくな性質で、葵付きのメイドたちともすぐに打ち解けた。

そうして翼がいるだけで、葵はずいぶんと元気になったのだ。いまだベッドに寝付いたままなのは変わらないが、時々笑顔が見えるようになった。翼に甘えて、泣いている姿も見かけた。

励まされて、ホッとした顔も見た。

よかった。ツバサが来てくれて、アオイも嬉しそうだ……と思う気持ちは本物なのに、同時にシモンは負けた気持ち。これは嫉妬なのだろうかとモヤモヤして、ついフリッツのところへ寄ってしまったのである。

「私ではダメなのか……」とがっかりもした。

「まあ、あえて言うが。パートナーのお腹に子どもがいるときに、こちらができることなんてわずかだぞ。なにを言われてもお前の言うとおり、と頷く。食べたいというものを用意する。やっぱり要らなくなったと言われても、真夜中に突然あの店のパフェが食べたいと言われても、しのごの言わずに言うことをきく。あとはそうだな、マッサージくらいか」

なんという厳しい現実なのか――。

シモンはしかし大まじめに分かった、と頷いた。

「マッサージとは……？」

「寝てばかりで体も痛いだろうから、優しく撫でるんだ。嫌がる場合もあるから、ちゃんと聞いてからやれよ。本があるから勉強してみろ」

フリッツがそう言って貸してくれたのは、

『パパにやってほしい十のこと』

という本だった。

「……こんな本があるのか」

中身をぱらぱらと見てみると、たしかにマタニティマッサージというものが載っていた。

「初期にできそうなことが書いてあるだろ。足や手を揉んでやるくらいは大丈夫だから、してみたらどうだ」

「なるほど……」

そんなにちょっとしたところをほぐす程度で、意味があるのかと思ったが、要は気持ちの問題だという。

よし、私はこれをアオイにしてやろう。シモンはそう決めて、城へと帰った。

しかしである。城に戻り、葵の部屋を訪ねたら、換気のために少しだけ空いた扉口から、くすくす笑う葵の声と、翼の声が聞こえてきた。

『そこくすぐったい、翼さん』

翼と空にだけ使う、葵の日本語だ。翼は『だめだめ、俺のマッサージは効くんだから』と軽口を叩いている。

『さ、両足貸して。気持ちほぐれてきた?』

そっと覗き込むと、小柄な翼がベッドにのぼり、葵の足を自分の膝に抱えて、優しくほぐしていた。葵は嬉しそうに微笑み『うん。いつもありがとう……』と言っている。

——なんということだろう。

シモンがやりたかったマッサージすら、翼はとっくにやっていたらしい。やはり経験者には勝てないのだろうか?

落ち込みながら、シモンはしょんぼりと、部屋の前から退散した。

肩を落として歩いていると、庭先に愛犬と一緒に座り込んでいる、息子の空が見えた。

幼稚園から帰ってきたばかりの、園帽子をかぶった姿だ。どうしたのだろう。視線を巡らせても、いつもくっついているリリヤの姿がない。

「ソラ。どうした?」

シモンは気になって、廊下からテラスへ下り、庭へと回って空に声をかけた。空はハッと顔をあげ「パパ!」と笑顔になったが、すぐにしょぼんと肩を落とした。

「……どうした。なにかあったか?」

シモンは空を、四歳からしか知らない。しかし一緒に過ごしたおよそ一年で、これ以上人を愛せることがあるのかと思うほど、空を愛している自分に気付いた。それは葵への感情とはまた違う場所にある、深く力強い気持ちだった。

「……あのねえ、アオイに赤ちゃんがいるでしょ」

空はそっと言った。うむ、とシモンは頷く。

「幼稚園のせんせいにねえ、いわれたの。じゃあママを助けてあげようねって」

それで空は、ここで一人になってみたのだという。葵のところにいると遊んでほしくなるし、一番大変な葵のため、リリヤにも葵のそばにいてあげて、とお願いしたそうだ。

「でも、やっぱり、ちょっぴり淋しいなあって思ってたの」

なんと大人びた子なのかと、シモンは胸が痛くなった。けれど実際、今の葵に元気いっぱいの五歳児を引き受ける余裕がないのは事実だ。

それに、あおいをたすける。と、決めている空の決意を無意味なものにもしたくなかった。

「……よし、それではこうしよう。ソラはアオイが元気になるまで、幼稚園から帰ってきたら、まず私と遊ぶんだ。それからおやつを食べるときは、アオイのところへ行く」

もちろん今の葵には、匂いが駄目なお菓子もあるので、そこはメイドたちに気をつけさせる。

そう提案すると、空はパッと顔を輝かせた。

「いいの？　パパ、おしごとは？」

「もちろんする。ソラがおやつを食べている間にな」

「じゃあ今日はなにするっ？」

空はわくわくした様子で立ち上がり、ぴょんぴょんと飛び跳ねて喜んだ。シモンは息子のかわいい姿に眼を細めながら、まずは制服を着替えようか、と言った。

めいっぱい庭で遊ばせたあと、おやつを食べさせると――そこはメイドたちに任せた――空は眠ってしまった。

まだ空が昼寝をしている最中、部屋を覗(のぞ)くと、ちょうど葵が起きていた。翼やメイドたちはおらず、二人きりだ。葵は、シモンと眼を合わせると、嬉しそうにした。

愛らしい笑顔に、シモンは愛しさがこみあげてくるのを覚えた。

「調子はいいのか……？」

そっと訊きながらベッドサイドの椅子に座ると、葵が「シモン……ありがとう」と、言った。

「……？　なにがだ」

「ソラのこと。毎日遊ぼうって、パパと約束したんだって。ソラが喜んでた」

　ああ、あれは――べつに大したことではない、とシモンは思ったが、葵の手がシーツの隙間から伸びてきて、シモンの手にそっと重ねられる。温かく、少し火照った手のひらだった。

「……俺ね。本当にシモンと一緒になれて良かったって思った。ソラのこと、淋しい思いをさせてないか……いつも不安で」

　でも今は、シモンがいる。

　そう、葵は囁く。

「俺がダメでも、シモンが助けてくれる。……そう思えるから、安心してられる」

　ありがとう、ともう一度言う葵の眼は優しく潤んでいる。

　私のしたことが――お前を、幸せにできているのか……？

　そう、訊ねたい気もしたけれど、言わずに、シモンは葵の手に手を重ねて、微笑んだ。

「今夜は、マッサージをしてやる。……ツバサほどは上手くないかもしれないが」

　フリッツに本を借りたんだ、と言うと、

「本当に？」

　少しびっくりして、葵はけれど楽しそうにくすくすと笑っていた。なんだ、こんなことでもいいのかとシモンは思った。翼と張り合うことなどない。自分は自分で、葵にしてやりたいことをすればいいのだ。

　――自分たちは、伴侶なのだから。

　持ち上げた葵の手にそっとキスをし、また今夜、と約束してシモンは残りの仕事をすべて終わらせてしまうために、立ち上がった。

きみは世界で一番、美しい

テオドール・ケルドアは、二十歳でヴァイク国立大学を飛び級で卒業することが決まった。

これは大変な栄誉だ、さすが俺の弟は頭がいい、とフリッツ・ヴァイクは大喜びしてくれた。七歳からずっと育ててくれたフリッツの両親も、私たちのテオは完璧、と褒め讃えてもくれた。

隣国で暮らす実の兄、シモン・ケルドアもすぐにお祝いのカードをくれた。電話をすると、シモンのパートナーで、テオにとっては義理の兄にあたる葵が『いつケルドアに帰ってこれる？　卒業のパーティをしようよ』と言ってくれた。

五人いる幼い甥と姪は、競って電話口で声をあげ、ケルドアよりヴァイクに行こうとか、一番美味しいチョコレートあげるねとかと、可愛い言葉を並べてくれた。

「ありがとう。ありがとうね、みんな」

祝われるたび、褒められるたび、テオはそう答えた。

ありがとうね。みんなのおかげだよ。

けれど次の質問には、いつもどう答えていいものか迷った。

それで、これからテオはどうするの？

仕事をするのか。大学院に残って勉強をするのか。仕事にしても進級にしても、どこの国で、どのように暮らすのか。

テオはなにを答えていいか分からなくなり、いつも、「もう少し考えてみたいんだ」とだけ言った。優しい人たちは、そう言われるとそれ以上テオに質問するのをやめてくれた。

そっとしておいてあげよう。あの子にはあの子の考えがある。

みんながそう考えてくれていることを、テオは言われなくても感じ取った。

理解のある家族、ホストファミリーに恵まれて、自分はなんて幸福なのだろう。

そう思うのと同時に、いつもテオは深い悲しみに襲われた。

　これほど恵まれながらなぜ、なぜ自分はいつも、淋しいのだろう？

　なぜ――どこに行っても構わないというのは、どこにも必要ではないことだと……そう考えてしまうのだろうか。

　大学卒業を控えた六月、テオは借りているアパートの小さな部屋で、一人ベッドに丸まっていることが増えた。

　長い間、孤独を感じるたびにやってきた勉強も、進路を決めないことには、とりかかるあてがなかった。

　二十歳のテオは限りなく自由で、そして、少しだけ不幸せだった。

◆

　自分の人生は、運がいいのか悪いのか、どっちだろうとテオは考えることがある。

　生まれたとき、テオはケルドアという豊かな国の、公子の一人だった。

　兄は十九歳年が離れた元大公、シモン。

　母はもう死んでしまったが、彼女は起源種がレディバードスパイダーという、ロウクラスのテオを嫌い、自分の子どもだと認めなかった。

　テオドールという名前は、だから母ではなく、兄がつけてくれたものだ。兄のシモンは不器用ながらも、ケルドアの城の中で唯一、自分を愛してくれた人だった。

（だからまるきり、不運だったわけじゃない）

　そう、テオは思う。この世に一人でも、自分を大事にしてくれた人がいたのだから。

　それに、兄の友人のフリッツは、ヴァイク国の貴族だったが、しょっちゅう城に訪れて、テオと遊んでくれた。やがて七歳になると、葵（あおい）が兄の婚約者として城に来た。葵はテオを可愛がってくれたし、今でも実の弟のように接してくれる。

　テオは七歳でヴァイク国に移り住み、フリッツの両親に預けられた。学校に通わせてもらい、友だちもできた。フリッツの両親は年老いていたが、そのぶんとても優しく、毎日テオを抱っこし、毎日テオにキスをし、まるで実の孫のように週に一度はプレゼントを買ってきて、フリッツが甘やかしすぎだと怒るほどだった。

愛され、大事にされて、自国で受けた蔑みや差別の傷は次第に癒えた。十三歳で寄宿学校に入り、フリッツの両親とは離れたが、休暇のたびに帰った。二人は大喜びで朝から晩までテオを喜ばせる計画をたててくれたし、長期休暇になると兄のもとに帰省し、テオは葵と兄の間に生まれた甥たちと楽しく遊んだ。甥っ子(おいっこ)や姪っ子(めいっこ)は可愛く、何時間一緒にいても飽きなかったが、母である葵に安心して甘えている姿を見ると、胸の奥底にちらりと羨望が覗いた。

いいなあ。僕もお母さまに愛されていたなら……。

けっしてありえないことだったと分かっていても、その望みは、いつもテオの胸の奥に燻(くすぶ)っていた。

羨みが憎しみや妬みにかわるのが怖くて、テオは愛を過剰に感じないよう、いつも気をつけていた。

たとえば激しすぎる愛情表現。

愛しすぎて誰かに期待すること。

そうした行為は避けた。

それらは報われないと知っていたし、人は愛したからといって愛し返してくれるとは限らないことも知っていた。期待が裏切られれば傷つくし、傷つくと怒りが湧く。湧いた怒りを身勝手に相手に押しつければ、愛はもう愛ではなく、ただの執着と暴力になって、自分は怪物のようになってしまう……。

母であるアリエナがどんなふうに己の子、シモンを愛したか、テオは長年見てきた。だから愛の恐ろしい側面を嫌というほど知っていて、誰かを愛しいと思うときには、その人に期待を寄せないように、自分の心を戒めるのを忘れなかった。

愛するのは自分の勝手で、自分だけの問題だ。

返ってこないのが普通で、返ってきたらそれはそのときだけのもの。

相手にはなにも望まない。強いて望むなら、ただ、いてくれたら嬉しい。

それだけ。

そして誰かにとっての一番に、自分がなることはけっしてない。

テオはそのことに、たった七歳で気付いていたし、寄宿学校にあがる十三歳までには、はっきり言語化して、自分の中に落とし込めるようになった。

　だから惜しみなく愛情を注いでくれたフリッツの両親に感謝しているし、愛してもいるが、彼らの愛がいつ消えても大丈夫なように、心構えをしてきた。

　ケルドアで住まう兄と葵、甥や姪たちも、自分を愛してくれてはいても、自分が世界で一番ではないことをちゃんと弁（わきま）えてきた。

　寄宿学校や大学では、ハイクラスに混じって一人だけロウクラスだった。蔑まれ、虐（いじ）められたりもしたが、それを跳ね返すだけの努力をし、常に成績上位グループに入った。飛び級もして、友人もできたし、何度か愛の告白も受けた。

　けれどそれらも、テオはいっときのものだと優しく断った。友だちのことも大事には思っているが、向こうがいつまでも自分を愛してくれるとは決めつけないようにした。

　そしてもし本当に見限られたとしても、人生の途上で自分を想ってくれたことを、愛しく感じられるとテオは知っていた。

「いつまで経っても、どこか他人行儀なんだよ。お前は。それだから二十歳になっても、恋人の一人もいないんだ」

　アパートの狭いキッチンで料理をしていたテオは、居間のほうから偉そうに言ってきたフリッツに、ムッとして、眉をしかめた。

　三十九歳のフリッツ・ヴァイクは、起源種がレッドストレート・タランチュラ。ヴァイク国も、テオの生まれ故郷であるケルドアと同じく、樹上性タランチュラ出身者の多い国で、フリッツもそうだった。ロウクラスのクモ種、レディバードスパイダーを起源にしているテオは、どちらにしろ珍しい。

　もっとも、ヴァイクはもう四十年以上も前に大公制度を廃止し、共和国となった。外国人がどっと入ってきて、今ではかなりいろいろな種の住まう国になり、ロウクラスもそれなりにいる。だが、育った環境ゆえに上流階級に属しているテオの周りには、やはりハイクラスばかりなのが現実だ。

「恋人の話は、フリッツには言われたくないな」

テオはむすっとした顔で、できあがったばかりのグラタンをオーブンから取り出し、居間へ運んだ。テーブルの上には、フリッツが持ち込んだ雑誌が何冊も積まれていて、テオは「あっ」と犯罪を見つけたかのようにフリッツを責めた。

「もう、今からご飯なのに、なんで片付けたところを汚すの？　雑誌どけて。鍋敷き出して。それともその本の上に皿を置いていいのっ？」

テオが叱ると、フリッツはやれやれ、俺の弟は口うるさいな、と文句を言いながらテーブルを片付けた。グラタン皿を置くと、それでも「おお」と感嘆する。一人暮らしなのに、フリッツが時折なんの連絡も入れずにやって来るので、グラタン皿はやたら大きい。

テオは十八歳から一人暮らしをしているが、その前から休暇などで家に帰ると、フリッツの両親のためにメイドに教えてもらって、料理をしていた。

育ててくれた感謝を示したかったたし、いつかヴァイクの家も出ていくことは分かっていたので、一人で生きる術を身につけたかった。

なので、家庭料理は一通りできる。テオはワインで蒸したムール貝と、根菜のサラダをとってきて、テーブルに並べ、ビールとグラスを出した。

「ああ、美味そうだ。これがあるから、実家よりテオのところに来てしまうんだよな」

瓶ビールの蓋を開けながら、テオは「そんなんじゃダメでしょ」と口やかましく言った。

「お父さんとお母さん、二人ともフリッツのこと心配してるよ」

テオはフリッツの両親を、お父さん、お母さんと呼んでいる。二人がそうしてほしいと言ったからだ。この呼び方にも、十三年ですっかり慣れた。

フリッツはテオの小言を聞き流して、さっさとグラスにビールを注ぎ、勝手に乾杯！　と宣言して、食事を始めた。

小さなアパートなので、大柄なフリッツが椅子に座っていると、それだけでもういっぱい、という感じだ。テオはもう一脚ある椅子に座り、ため息をつく。けれど、美味い美味いとグラタンを頰張っているフリッツを見ていると、ふと気が緩み、幸せな気持ちになった。

フリッツは医者として、一年の半分以上をケルドアで過ごしている。

ケルドアにいるときは国立の病院に詰めているが、もっぱら仕事の肝心は葵の主治医だった。残りの半分はヴァイクで過ごし、大学病院に勤めているが、こちらでは患者を診ることは稀で、研究に没頭しているらしい。

いまだ結婚もせずふらふらしていると、フリッツの両親は嘆く。

だが上の兄二人は結婚して、それぞれ子どももできたので、俺はどうでもいいだろうとフリッツは高をくくっている様子だ。

そしてテオが一人暮らしを始めてからというもの、フリッツはヴァイクにいる間、実家に帰らずテオの部屋に転がりこむことが増えた。本人ははっきり言わないが、家に帰ると見合い話をいくつも持ってこられるからだとテオは知っていた。

三十九歳とはいえ、ハイクラス上位種のタランチュラであるフリッツは若々しく、魅力的だ。容姿も整っていて美しい。そのうえ明るい性格で包容力もある。そうでなければ、ロウクラスの自分を弟扱いするはずもない。

（いくらだって結婚できるのにね……）

なんでしないんだろう、と思う一方で、テオはフリッツが自分の家にやって来るたび、ホッとしているのも事実だった。

フリッツはまだ一人。

まだ一生愛する人を、この世界で一番大事な人を決めていない。

だからまだ、そばにいられると。

「そんなことより、お前はこの先どうするんだ」

食事も終わりかけたころ、フリッツに訊かれてテオは黙りこんだ。

「進学にしろ、就職にしろ、誰もお前のやりたいことを邪魔はしないだろ。うちの親なんか、お前が進学したいと言ったときのために入学金を貯めてると言ってたぞ」

「……また、お父さんとお母さんてば。お金はいいって言ってるのに」

テオはため息をついた。

ありがたい話だが、テオにかかる金はすべて、兄であるシモンが負担していた。この先なにかしたいと言っても、兄は惜しげもなく出してくれるだろう。だが、これ以上は兄の義務ではない。

「……進学するなら奨学金をもらうつもりなんだ。幸い貯金もあるし。仕事をするならなおさら、お金は自分でなんとかする。大学を出たんだから、当然だよ」

「テオ。きちんとしてるのはお前のいいところだが――」

フリッツは顔をしかめ、少しの間言葉を探していた。

「もう少し、甘えてもいいんだぞ。お前、迷ってるんだろう。ケルドアに帰ったら、シモンの邪魔になるんじゃないかとか。ヴァイクにいたらうちの親に悪いんじゃないかとかな。……お前がしたいようにすればいいのさ。お前がいて嬉しい人間はいても、困る人間はいないよ」

重たい話でも、フリッツが言うと軽く聞こえるので助かる。

テオはくすっ、と笑った。

――フリッツはどこに僕がいたら嬉しい？

そう思ったが、当然口にはしなかった。してはいけないと分かっている。

「せっかく、エネルギー開発の勉強を続けてきたんだ。まだやりたいだろう？　ケルドアにもヴァイクにも研究所がある。国境には共同研究所も。そこもいいかもしれないぞ」

「国立研究所の倍率がどれくらいか知ってる？　入るには、大学院に進んで論文をいくつも書かなきゃ」

「だが、なにか国の役に立ちたいと思ってやってきたんだろ？」

まあそうだけど――と、テオは言葉を濁した。困ったことに、自分がやらなくても国の役に立つ人は大勢いて、ロウクラスのテオはその人たちに追いつくためには死にものぐるいの努力をしなければならなかった。

相手が軽々と飛び越えていける階段を、何百倍も努力してやっと超える。

それが自分でなければならない理由はどこにもなくて、もうちょっと身の丈にあった道を行こうと思うと、研究所の関連会社のどこかに入って、人から見ればくだらないかもしれない、小さな仕事をするのが関の山だ。

それは楽な道だけれど、誰も責めないかわりに、誰かに喜ばれるわけでもない。

テオはあまりに自由だった。どこでなにをすることも許されている。

そして自分をこの世界に繋いでいるものがほとんどないことを感じていた。自由は同時に孤独でもある。自分の生き方が、誰に対してもさほど影響力を持たない世界。

それでも楽をしている自分よりは、努力をしている自分のほうが、フリッツにはいいだろうかと考えて……、いや、フリッツにだってどっちでもいいのだ、と思う。

テオはこの世界に絶望してはいないけれど、誰かがこの世界で、テオでなければならないと思っているとも思えなかった。

進路が決まらないのは、それならできるだけ、自分の周りにいる人たちに迷惑をかけたくないと、消極的になってしまうせいだ。彼らの幸福に、自分の影響などわずかだと分かっているからこそ、余計にどこにいっていいのかを悩んだ。

もういっそ遠い遠い外国へ行き、誰も自分を知らない土地で暮らしていこうか。

そんなふうに思い詰めるときもある。

「僕片付けるから、フリッツはお父さんたちに電話してよね。どうせ明日からは大学病院で寝泊まりするんでしょ？　帰らないならせめて、声くらい聞かせてあげなよ」

空になった皿をまとめだすと、フリッツは「はいはい」と言うだけで、もうテオの進路についてしつこく訊いてきたりはしなかった。こうやって空気を読むのも、フリッツは得意だ。

だが追求されないということは、フリッツの、テオへの愛情が家族や友人以上ではないことも示していた。

もしも恋なら——相手の領域だと分かっていても、つい文句を口にしてしまうものだ。

この先どうするのか。自分は、どうしてほしいのか……。

兄のシモンは伴侶の葵の生活に、細々と口を出す。相葵も子どもたちの考えに、あれこれと意見をする。相手の奥深くに入るとき、そこに愛がなかったら、それは暴力になる。愛があってもなお、暴力になることがある。

片付けものをしていると、親に電話をかけるフリッツの声がした。テオのところだよ、なんだ、いいだろう、可愛い弟の顔を見にきても。そんなことを話している。

洗った皿を水切りカゴに入れながら、テオはため息をついた。

（弟かあ……）

「僕はフリッツのこと、お兄さんなんて思ってないけどな……」

ぽつりと呟いたが、それは水音に紛れて、はっきりとは聞こえなかった。

フリッツに先にシャワーを貸し、入れ替わりに入浴した。

フリッツが勤めている大学病院は、テオのアパートから車で二十分くらいの街にあり、ヴァイクに帰国している間、フリッツは大半を病院で過ごして、いつもいつの間にかケルドアに戻っている。

だから二人きりでゆっくりできるのは、フリッツが気まぐれのようにひょいと部屋を訪れる、その夜だけだった。

寝室に入ると、寝間着姿のフリッツがテオのベッドにうつぶせに寝そべっている。フリッツが来る日のために、なるべく大きなベッドを買ったが、寝室が狭いのでベッドを置くとスペースがぎゅうぎゅうで、小さなサイドテーブルとランプを置いたらおしまいだった。

髪を拭きながら、テオはランプを点けた。

フリッツはまだ寝ておらず、テオの枕に顔を埋めて、すんすんと匂いを嗅いでいた。

「な、なにしてるの。やめてよ、嗅ぐの」

カッと頬が熱くなり、テオは慌ててフリッツの肩をぐいぐい引っ張った。タランチュラのフリッツの体は重たくて、びくともしない。

「いいだろう、兄としての勤めだ。他の匂いが混じってないか確認してる」

「混じってるわけないだろ、ばかっ」

　思わず汚い言葉が漏れた。フリッツはテオの気持ちなどつゆ知らず、けたけたと笑いながら顔をあげた。

「混じってなかった。テオの可愛い匂いしかしない。悪い虫がついてなくてホッとしたよ」

「フリッツ、変態みたいだよ。こういうのやめてよね」

　まっ赤になっている自覚がある。テオはフリッツに背を向けて、ベッドに潜り込んだ。

「変態じゃない、男はケダモノなんだから、油断してると食われるぞ」

　なんで男限定なんだ、とテオは思ったが、この国では女性もハイクラスが多いし、小柄で男性としての魅力がない自分は、もしモテたとしても男だ。実際今まで交際を申し込んできたのも、みんな男だった。

「ご心配なく。僕みたいなちんちくりん、相手にする人いないよ」

　知ってるでしょ、とテオはつい、いじけた声になった。

　あ、いやだな。と思ったが、フリッツが枕の匂いなんて嗅いでいたので狼狽していて、ついその先も吐露してしまう。

「周りはみんなハイクラスばっかりで、僕よりきれいな人たちだよ。僕なんて……本気の人はいないから」

　言わなきゃよかった、と即座にテオは反省した。こんな卑屈な言葉は、たとえ家族同然の相手であっても聞かせたくはなかった。

　気まずい沈黙が一瞬流れたあと、背後のフリッツは小さく笑った。

「ばかだなあ、テオ」

　その声は柔らかく、優しかった。

　フリッツがベッドに横たわり、後ろからテオを抱き締めてくる。甘やかなタランチュラの香りが鼻腔いっぱいに広がって、テオの胸は締め付けられた。胸が痛み、ドキドキと鼓動する。ぎゅっと抱き込まれると、フリッツの体が、テオの倍は大きいのを感じた。逞しい胸板と、強い腕にときめいた。下半身が熱くなったが、絶対に知られてはならない。テオは息を止めて、じっとしていた。

「レディバードスパイダーは、世界一美しいと言われるクモなんだぞ……」

お前が魅力的じゃないわけないだろう、とフリッツは囁いて、テオの耳の裏に高い鼻先を当ててきた。

体温があがったような気がして、テオは困った。体にふきだした汗に、フリッツは気付いているだろうか。もし気付いていたとしても、若者特有の情緒不安定だと思っていてほしいとテオは願った。

「優しくて可愛い、俺のテオ……どんな未来を生きてもいいが、変な虫に食われるのだけは我慢ならないからな」

囁きながら、フリッツはテオの頭を撫でてくれた。こめかみに優しく口づけてもくれる。

それはケルドアからヴァイクに越してきたばかりの七歳のころ、兄を思い出して泣くテオに、フリッツが何度もしてくれた仕草と同じだった。

——フリッツ、兄さまは今、幸せ？

何度そう訊ねただろう。

フリッツはベッドのそばでテオが眠るまで、いつまでも付き添ってくれた。抱き締め、頭を撫でて、額やこめかみにキスしながら、ああ、ああ、幸せだとも。と頷いてくれた。

——テオ、お前が幸せなら、シモンは幸せだ。だから安心してお眠り。

あの言葉のために、テオは幸せでいようと決めた。兄のために、あるいは葵のために、フリッツやフリッツの両親の幸せのために幸せでいたかった。

眼を閉じると興奮は消えて、なぜか深い悲しみと淋しさがこみ上げてきた。

もうテオが幸せでなくても、兄は幸せだ。葵やフリッツやフリッツの両親も、テオがどうだろうと幸せでいられることを知ってしまった。

テオはみんなの幸せに、必要でなくなった。

そのことにホッとしている。

それなのに同時に、この十三年、ほったらかしてきた深い傷が、テオの心に爪を立てているのだった。七歳のとき、幸せでいるためになるべく見ないようにした孤独が——誰にも自分はいらないのだということが

――思い出したように、このごろのテオの心を苦しめる。

それでもフリッツに優しく頭を撫でられていると、そのうち眠気がやってきた。

たった一言、言えたならと思った。

フリッツ、僕を一番にして。

そう言えたならいいのに、テオには言う勇気がない。それがフリッツを困らせると、よく知っていたから。

翌朝早く、フリッツは朝ご飯もそこそこに部屋を出ていくことになった。

いつものことなので、テオは早起きしてパンを焼き、コーヒーを淹れてフリッツに振る舞った。それから寝間着に薄手のガウンをまとって、アパートの下まで見送った。フリッツは借りてきた車を路上に横付けしていた。

「じゃあな、次は来月か再来月、また来るが、お前は夏休みはケルドアに滞在するだろ?」

「うん。……でも今回は、七月中はヴァイクの家にいようと思うんだ。お父さんとお母さんともゆっくり過ごしたいし……」

そう言うと、それは両親も喜ぶだろうな、とフリッツは笑った。

本当は夏が終われば、もう会えないくらい遠くに行くかもしれないから……という思いがあったが、それは言わなかった。

と、車のドアに手をかけたフリッツが、今にもテオに背を向けそうになったそのとき、

「おはよう、テオドールくん」

そう声がかかった。

テオは振り向いた。見ると、長身のハイクラスの男が一人、手にパン屋の袋を持って立っていた。

フリッツが眉根を寄せる。声をかけてきた男も、テオとフリッツを見比べ、テオの寝間着を上から下まで眺めて、「あ、あれ」と上擦った声を出した。

「アントニー? おはよう。どうしたの、きみの部屋、二番区じゃなかったっけ」

それは大学の同級生だった。アントニーはちらちら

とフリッツを見ながらも、口元に笑みを張りつかせていた。

「あ、ああ、この近くに美味しいパン屋があるって聞いたから、テイクアウトで、コーヒーももらってきたんだ。その、二つあるからきみと一緒にどうかと思ったんだけど……」

テオは少し驚きながら、「そう？　それならどうぞ、部屋に……」と言いかけた。だがフリッツが車のドアから手を離し、

「アントニーくん？　悪いね、テオの友だちかな。俺はフリッツ・ヴァイク。彼の兄代わりだよ」

と言ったとたん、アントニーの顔色が悪くなった。

「フリッツ……ヴァイク？　あの、元大公家の……で、殿下でしたか」

「ああ、いや。今は一貴族だよ、よしてくれ」

フリッツは笑顔だったが、どこか圧力を感じる。アントニーは一歩後ずさった。

「親しいなら知ってるだろうけど、テオはケルドアの元公子だ。うちが預かるのが最適だから、幼いころからの付き合いなんだよ。大学で仲良くしてくれてる相手がいて嬉しい。でも二番区のアパートと、この街区のパン屋なら、こちらの通りを使うのは遠回りだよ。こんな早朝から弟の顔を見にくる子がいるなんて、ちょっと驚いたな。きみ、名字はなに？」

べらべらとまくしたてるフリッツに、アントニーはなぜか恐れをなしたらしい。

「あ、あの、すみません。邪な気持ちはなく……ただもうすぐ、テオドールくんが卒業してしまうので……日を改めますね」

アントニーも起源種はタランチュラだ。家格も貴族で、けっして低い身分ではない。だが、元大公家、世が世なら殿下と呼ばれるフリッツには気後れするようだった。

急いで頭を下げ、テオが「アントニー」と声をかけても、慌てて角を曲がって走り去っていった。

「どうして脅したりしたの、フリッツ」

気の良い大型犬がしっぽを巻いて逃げていくような姿に、憐れみを覚えて言う。しかしフリッツは、テオが見たことのないような顔をしていた。

「……テオ。悪い虫はいないと言ってなかったか？」

低い声で訊かれ、テオはびくりと緊張して、肩を揺らした。フリッツは赤い瞳をぎらぎらさせて、眉をつり上げて怒っていた。

なぜ怒るのだろう……？

不思議に思いながらも、悪い虫なんていないよ、とテオは言い張った。

「だが今のあいつは？　どう見てもお前に好意を持ってる。普通朝っぱらから、コーヒー持って部屋に来るか？　お前もお前だ、なら部屋にどうぞと言いかけただろう」

「アントニーなら――去年のクリスマスに告白されたけど、きちんと断ったよ。それからは彼、他の子と付き合ってたみたいだし、今は眼が覚めてるよ」

「はあ……っ？」

にわかに、フリッツが大声をあげたのでテオは眼を瞠った。どうしたのだろう、と思う。いつも落ち着いているフリッツには珍しく、体までわなわなと震えている。

「き、聞いてないぞ。男に告白されてたなんて……」

「だって言わないもの。……当たり前でしょ？　いちいち家族に報告する？　フリッツだって……それなりにそういうことあるでしょ。正式にお付き合いするんでもなければ――」

言っていて、胸がちくちくと痛んだ。

フリッツはハイクラスで、それもタランチュラで、タランチュラの中でも上位の種だ。性欲も普通にあるはず。なら、適度な遊びはしているだろう。それを思うと、テオはいつも悲しくなる。

「……よし、決めた。今回の滞在中は病院には寝泊まりしない。お前の部屋に置いてもらう」

突然きっぱりとフリッツが言い、テオは眼を丸くした。それは困ると思う。

「なんでそうなるの？　やだよ、困る」

「どうしてだ。男を連れ込めなくなるからか」

「そんなわけないでしょ……」

一晩だから気付かれずに済んでいるのに、何日も一緒にいたら、フリッツと同じベッドにいる間、意識していることがばれてしまう。断りたかったが、フリッツは後部座席から荷物を取り出して、勝手にテオの部屋に運び始めた。

「いやだって言うなら、シモンにさっきの男のこと、話すぞ」

と言われてしまうと、もうテオにはなにもできない。シモンを心配させるなんて、絶対に嫌なことの一つだった。

「ばかみたい、ばかみたいだよ、フリッツ！」

玄関先で、テオは怒ってフリッツを罵（ののし）った。

アントニーであれ誰であれ、僕になんて本気になるわけないでしょ、と何度も言ったのに、フリッツは聞いてくれなかった。これから七月までの一ヶ月もの長い間、フリッツと一緒なんて気が遠くなる。

「ばかはお前だ、テオ。男はケダモノだって言っただろう。それでお前はな、お前は、世界で一番美しいんだから――」

ばかみたい。

そんな賛辞より、世界で一番愛してほしい。

その気持ちは言葉にせずに、テオは泣きたいのをこらえて、フリッツの頭に部屋のクッションを一つ、投げつけた。

十年後の愛の在り処に誓え！

ケルドア共和国の元大公家は、いつの間にか世界でも稀にみる子だくさんのセレブ一家として、メディアに取り上げられるようになった。

十九歳で最初の子ども、空（そら）を生んだ葵（あおい）は、正式にシモンと結婚してからというもの、あれよあれよという間に子どもができて、今では六人兄弟の母親である。

ケルドアの国民は、国を治める者が大公かどうかは気にしていない。ただ国の象徴としての大公家、グーティ・サファイア・オーナメンタル・タランチュラがこの世に末永く続くことだけを願っている。それゆえに、これまで絶滅の危機に瀕（ひん）していたグーティを次々とこの世に生み出し、三歳を超えるまでに育てた葵のことを、国民はいつの間にか国母と敬ってくれるようになった。

一番下の子が三歳を迎えた年、ケルドアに葵が初めて訪れてから、十年が経っていた。

二十八歳になった葵は、それでも出会ったころと同じように美しくみずみずしい……と、三十六歳になったシモンは思う。

まだ若い二人だが、出会ってから十年、結婚をしてからは八年、葵はとにかくずっと公務と育児に忙殺されていた。

シモンにとっては物心ついたときからずっと続いていたわけだが、葵は日本から嫁いできて、慣れないケルドア語を学び、諸外国との外交にも関わりながら、国民を労（ねぎら）い、あちこちへの慰問活動を行い、一方では六人の子どもたちを育てた。

一人の子どももナニー任せにはせず、もちろん、リリヤや他のメイドたちに助けてもらいながら、葵は子どもたちといる間は、一人の母親として振る舞った。

普通のことだと葵は笑い、

「俺は、ツバサさんの真似（まね）をしてるだけ……」

と照れくさそうに付け加えていたが、シモンは自分の母、アリエナにそんなふうに育てられていないので、葵の優しさ、愛情には、たびたび胸打たれた。

一方で、いつか葵に長い休暇を与えてやりたいと考えていた。

（子どもたちの前では母親、国民の前では国母……常になにかしらの役割のために尽力している。素のままのアオイを、私は知っているのだろうか……）

せめて、自分と二人きりのときくらいは気楽でいてほしいと思うが、葵と同じかそれ以上に忙しいシモンに対して、葵が我が儘になるようなことはなく、気がつけばシモンのほうが葵に甘やかされている。そんなふうにして、とうとう結婚八年を迎えてしまった。

六人目が生まれたとき、シモンはかねてから、この子が無事三歳になったら、葵を連れて二人で少し長めの旅行をしようと思っていたし、それとなく、執事であるディーヴィーにはその気持ちを伝えてあった。

グーティは、三歳になるまでとても体が弱い。なのでそこまでは気が抜けないだろうというのがあった。毎年のように子をもうけたが、六人目で、シモンは終わりにしようと決めて、実際そうした。生めよ増やせよを推奨していたディーヴィーも、議員たちも、三人目のサフィが生まれてからは言わなくなり、少し前まで葵を国外から来た身分の卑しいアゲハチョウ出身者扱いだったのが、まるで聖人かのように変わった。

アオイ様は我が国の救世主、神が遣わされた天使です……と、使用人たちが話しているのを、シモンはよく聞くようになった。葵の扱いがよくなったのは心から嬉しかったが、城に詰めている男の使用人たちが時折、うっとりと葵を見つめているのは気に入らない。

葵の周りには常に子どもたちと侍女がいるので、男性使用人で葵と直に関わるのは執事のディーヴィーくらいだが、イレギュラーな用事で話しかける隙などがあると、その役割を誰がするかで延々揉めていたぜと、フリッツから聞いたりもする。

（散々、蔑んでいたくせに今ごろなんだ）

と、シモンは面白くないが、それもこれも私のアオイが魅力的だからだ、と思うと得意でもあり、複雑な心境だ。そのことをフリッツに話すと、

「お前もとうとうヤキモチを焼くようになったか」

などと言われて、シモンはなるほどこれが嫉妬心というものか、と今さら気づいたりしている。

とにかく、末の子が三歳の誕生日を迎え、国中がお祝いムードに包まれた翌日、十二歳になった空がシモンの部屋を訪れて、「お父様。お話していい？」と訊いてきた。

空は葵の愛情をいっぱいに受けて、素直に、賢く育った。下の弟妹たちの面倒もよく見てくれる。シモンの弟であるテオは国外の寄宿学校に通っており、将来は自分もそこへ進みたいと、既に決めて父母に報告してくるような、しっかりした面もある。

まだ初等教育を受けている年齢だが、それでもグーティらしく見た目は高校生くらいだ。小さく可愛かった時期を思い出すと淋しいときもあるが、シモンにとっては初めての子どもであり、どんなに大きくなってもやはり愛らしい存在だ。とはいえ、もう子ども扱いするような年齢でもない。

「どうした、ソラ」

執務を続けていた手をとめて訊くと、すぐそばのイスに座った空が、「末っ子も三歳を過ぎたし」と、切り出した。

「リリヤもいてくれるし、ディーヴィーにも話は通したから、二週間くらい、お父様とお母様で、羽を伸ばしてきたらどうかな」

未成年だし、公務のかわりはできないけど、スケジュールなら調整つくって、と空が言い、シモンは眼を瞠った。

「……二週間とは。ずいぶん長いが」

「だってこの八年、ほとんど休んでないでしょ。たまの休みも三日か四日で」

パパとアオイと呼んでいた空は、今ではお父様お母様と呼ぶ。他の弟妹たちの手前、そうしているのかもしれないが、その変化についてシモンは深く訊いたことはない。空には空の人生や、考えがある。四歳まで日本で育ち、葵と一緒にケルドアにやって来て、生活に慣れるまで苦労しただろう空は、素直で賢く育ってはいても、親には知りえない悲しみもあるかもしれない……と、時々二人きりになれる夜、ベッドの中などで、葵と話す。

……日本の漢字では、『親』は木に立って見るって書くんだ。木の上からそっとうかがい見るみたいに、見守る以外にできることなんてないのかも……って、時々思う。

先日も、葵はそんなことを話していた。

激しい性質だったアリエナと、子どもに無関心だった父。

そんな親しか知らなかったシモンは、葵と一緒に子育てをしながら、改めて親というものを学んでいる気がすることがある。自分がいい親なのか、いい伴侶なのかは分からない。葵のことも、子どもたちのことも幸せにしたいと心から願っているが、できているかというと自信はない。

それでも、一緒にいるだけで幸せだよとそばにいることを選んでくれた葵や空には、一生感謝してもしきれないと思う。

「……私とアオイもそうかもしれないが、お前にも休暇は必要だろう」

だからつい、そんなふうに言ってしまう。そもそも空がいなければ、今の幸せはないし、五人の弟妹たちも生まれてこなかった。四歳まで存在を知らず、なにもしてあげられなかった、という思いがあるので、シモンは兄弟たちの中でも、とりわけ空のことを優先しがちだった。

しかし賢い空はそれを分かっていて、ふっと笑うと「お父様、また悪い癖」と言う。

「いいから、行ってきてよ。十二歳にとったら親がいない家にいられるなんて最高の休暇なんだから。……あのね、お母様を……アオイを、日本に連れて帰ってあげてほしいの」

しばらく帰れてないし、ツバサちゃんに会いたいと思うと言われて、シモンはたしかにそうだと思った。

葵にとって、翼（つばさ）は第二の母親のようなもの。子どもが生まれるたびにシモンから招待していたが、ここ最近は会えていない。葵の実の母は、ヨーロッパに仕事で来ることが度々あるので、寄れるときには立ち寄ってくれる。

愛想のいい女性とは言いがたいが、くるたび、孫たちへどっさりお土産（みやげ）を持ってくる。手ずから作った服を葵にプレゼントしたりもするのだから、それなりに愛情があるのだろうとシモンは思うし、葵も会えると嬉しそうにしている。

子どもたちも日本のおばあちゃん、と言って懐いている。先日、末っ子の誕生日には彼女からも翼からも贈り物が届いていた。それを見て嬉しそうに眼を細めていた葵を思い出す。

（……私には甘えきれないアオイだ。ツバサに会えたら喜ぶだろう……）

　連れていってやろう、とその瞬間決めたが、複雑な気持ちがするのも確かだった。翼に対抗心を燃やすことなどあまりにもばかげているが、翼は葵の、シモンが知らない時期のこともよく知っている。たとえば幼いころ、中等部、高等部時代の葵を。

　以前、葵が実家からアルバムをとってきたことがあり、見せてもらうと、翼と写っている写真がほとんどだった。高校時代の葵は、ちょうどシモンと出会う直前で、初々しく愛らしく、制服がよく似合っていた。

「……友だちとかいなくてさ、学園で撮った写真は一枚もないの」

　と、葵が苦笑していたのを覚えている。たしかに制服姿の写真も、翼の家で撮ったものばかりだった。

　分かった、手配する、と空に言うと、空は満足して部屋を出て行った。ディーヴィーを呼びつけて旅行の話をすると、「それは本当にいいことにございます」と、珍しくうきうきとしていた。

「すべての手はずを整えましょう。どうすればアオイ様に一番喜んでいただけるか……最新の端末を用意して、ご家族とは毎日映像で通話できるようにいたしますし、もちろん連絡がなくても大丈夫です。末のフリュエル様も、ご両親から離れる経験は良い勉強になりましょうし……」

　饒舌（じょうぜつ）に話すディーヴィーを見ていると、ずいぶん前からこの機会を望んでいたのだろうと知れた。今や葵を心底愛しているこの執事は、もともとの主人であるシモンの意向はほとんど訊かずに、「アオイ様がどうすれば楽しいか」という視点でばかり話している。まあ、アオイが楽しければ私も楽しいから間違いではない……と思いながら、幼いころのこの城にあった、陰気で堅苦しい空気は、今やもう残っていないのだ。執事ですら、こんなにも自由に話をするようになった……と、シモンは一人、感慨にふけった。

「お前が行きたいところ、ここだけ？　ここだけなの？」

はたして一ヶ月後、シモンは葵と二人で日本の地を訪れていた。

お忍びの旅行だ。仲の良い友人と、葵の実家にしか来訪を告げていない。ケルドアは小さな国だから、日本のメディアで元大公家の話題がのぼることはそう多くなく、特に変装などしなくても、来日が知れることはないし、日本の外務省にはプライベートで訪れるので、報道などは規制してほしい旨を伝えてある。ケルドアと日本の関係は良好で、それはすぐに受け入れられた。

およそ十日ほどの旅程のうち、移動日を抜かしてゆっくりできるのは七日ほど。

そのほとんどを葵の希望で過ごす予定だったが、一ヶ所だけ、シモンはある場所に行きたいと伝えた。

それがここ――今、二人でいる星北学園の高等部だった。

ちょうど春休み中で、生徒たちはおらず、シモンと葵は翼を通じて理事会に掛け合い、こっそりと中に入れてもらっていた。幸い祝日で、部活動も休みだ。

「お前がいた教室を見たい」

とシモンが言うと、葵は十年前の記憶を頼りにしながらも、迷うことなく連れていってくれた。

西洋風の館に、清潔な教室がずらりと並んでいる。三年二組と書かれた教室に入った葵は、わあ、懐かしい、と声をあげた。

「俺たしか、このへんの席だった」

窓辺の席へ近づいて、葵は昔を思い出すように教室内を見渡し、窓の外を眺めた。その横顔にふと、十八歳のころの――ケルドアに来たばかりの葵の面影を、シモンは重ねた。

色白の肌に、不思議なオッドアイ。スーツを着てシモンの書斎に立っていた葵は、所在なく、子どものように見えた。

……グーティ・サファイア・オーナメンタル……。

葵が一番最初に言った言葉はそれだった。

「……どんな気持ちで」

と、シモンは言いながら、葵の横に立ち、窓の外を眺めた。シモンに出会う前の葵は、ここから今、シモンが見ているのと似た景色を見ていたのだろうか……

と思う。

「ここで暮らしてた？」

「えー……」

葵は頬を赤らめて、困ったように呟いた。

「それが知りたくて、ここに来たかったの？」

半分冗談のように訊いてくる。まさにそのとおりだったが、そうだ、と頷くとあまりにも自分の愛情が重たい気もして、躊躇(ためら)ってしまった。

日本行きを告げたとき、葵は初め遠慮した。フリュエルはまだ三歳だし、ロイもサフィもシエルもエメルも小さいし……と言う葵を、空をはじめ、ディーヴィーやリリヤや、部屋付きのメイドたちやフリッツ、テオまで使って、なんとか説得した。

みんながそこまで言ってくれるなら……と葵は恐縮しつつも、かわいい頬をばら色に染めて喜んだ――。あの姿を見れただけでも、今回の休暇をとってよかったとシモンは思ったし、具体的に進めてくれた空やディーヴィーに感謝した。

「少し、座ってみてくれ」

教室にいる葵、というものを見てみたくて頼むと、葵は「ええ？　なんで？」と照れながらも、席に座った。

少し離れた場所から、シモンはそれを鑑賞する。葵は不思議そうに、「もう。なにしてるの、シモン」と言うが、そのやや困惑した顔すら愛らしかった。

「……私がもし同じ教室にいたら、どうだったかなと少し考えた」

そう言うと、葵は眼を見開き、それから「シモンがそんな想像するなんて」とびっくりしたように続ける。たしかに自分でも、らしくないと思う。無意味な空想は普段しないタチだから、自分も案外、この旅行で気が緩んでいるのかもしれないと思う。

「うーんでも、シモンが同級生っていうのは考えにくいな……、どっちかというと、まだ先生のほうがしっくりくる」

葵がおかしそうに言うので、シモンは教壇に立ってみた。こうか？　と訊くと、葵は眼をしばたたき、やがて顔を真っ赤にして、

「わあ～……こんなかっこいい先生いたら、俺きっと、ケルドアに行かなかったな……」

と、呟いた。それには、ついシモンも口元を緩めた。

「教師の私の、子どもを産んでたか?」

「うん。……そうかも」

「私は悪い教師だな。生徒を誑かして……」

「でも先生のシモンは、きっと俺には興味がないから、俺は片想いだったろうな……」

まさか、とシモンは肩を竦め、葵にそっと近づいた。

高校の机に座っている葵は、いつもよりいとけなく見えて、愛しさが胸にのぼってくる。この場所でケルドアに発つことを決めた葵の——若かったころの心中を、シモンはきっと完全に理解できる日は来ない。

机に手をつき、そっとかがみ込んで、キスをした。

「……悪い教師だから、生徒にキスをした。私が頼んだら、ケルドアに行かないでくれるか?」

囁くと、葵はくすくすと笑いながら、シモンの首に腕を回して言った。

「先生、大好き。……でも、ケルドアには行かなきゃ。そこに行ったら俺、幸せになれるって——もう、知っちゃったから」

嫉妬していいのか、喜んでいいのか分からない。シモンはするりと葵を抱き上げて、教室の椅子に座った。シモンの体格には少し小さい椅子だ。膝の上で、葵は嬉しそうにシモンを見つめている。

「次生まれ変わったら……同じ学校の生徒になろうか」

ばかげたことをつい、口にした。葵は眼をしばたたいて驚き、再び、「シモンがそんな想像するなんて」と言った。シモンもついおかしくなって笑い、葵の額に自分の額をぴたりとくっつけると、

「私もどうやら、浮かれているようだ」

と、囁いた。旅行はまだ十分日にちが残っていて、これからしばらくは、葵のことだけを考えていられる。

それが柄にもなく嬉しいのだと——シモンは心の片隅でこっそりと思った。

愛の星をつかめ！
EXTRA

星のなまえ
（初出：2018年　アニメイト特典ペーパー）

ツマベニチョウの重すぎる愛
（初出：2018年　コミコミスタジオ特典小冊子）

真耶と愉快な仲間たち？
（初出：2018年　電子配信版書き下ろしSS）

もしも薔薇を手に入れたなら
（初出：2018年　小説花丸Vol.51）

十年後の愛の星をつかめ！
（書き下ろし）

星のなまえ

央太が真耶を好きなのだということは、昔からうすうす気がついていた。しかしはっきりと知らされたのは八年前。央太がフランスにいたころだ。突然変異で苦しんでいる央太を心配してかけた電話口で、央太から、真耶に告白し、拒まれた、と聞いた。

翼は一番の親友が、一番信頼している先輩と上手くいかなかったことに胸を痛めた。それから八年——今の央太はもう、真耶のことは諦めたものと翼は思いこんでいた。

◆

「えっ、じゃあ真耶先輩と付き合ってるのっ？」

翼は驚きと興奮で、思わず大きな声を出してしまった。

そこは都心の高級パティスリーの店内だった。十二月の開店から、連日長蛇の列で入るのもままならなかったが、三月になってやっと落ち着いたので、よかったらと央太に誘われて翼はわくわくしながら訪ねた。

時間は昼下がり。たしかに店は空いていたが、売り切れも多かった。けれど央太が翼のために、人気商品を詰め合わせて待ってくれていたので、翼は美味しいケーキをしっかり堪能できた。

シェフ・パティシエの央太が厨房から出てきたときは、店内にいた女性たちが色めきたって数分間は大変だった。央太は握手を求められたり、サインを求められたりしていた。その波もようやく退き、ケーキをもらったあと、店内をぐるっと案内してもらっている最中に、

「そういえば、真耶兄さまと付き合ってる」

と言われての、翼の大声だった。客がなんだという顔で振り返ったので、翼は慌てて口を閉じる。央太は苦笑し、今時間あるからこっち来てと言って、翼を厨房の裏の、従業員控え室のような場所に連れて行って

くれた。

華やかな店内と違い、控え室は狭くて椅子が二つとテーブルが一つ、あとはロッカーがずらりと並ぶだけのスペースだった。

「世界的パティシエでも、やっぱり基本は立ち仕事なんだね……」

言うと、央太は「まあそうだよ。だからこの仕事、意外に太らない」と笑って、翼に椅子を勧めてくれた。

座ると、すぐに央太がお茶を出してくれた。バスケットに入ったサブレも出てくる。昔から気の利くタイプだったが、突然変異で起源種が変わってからは、気の利き方にスピードが加わり、ほしいと思う前にほしいものを出してくれる——そんなふうに変わったと、翼は央太を見て感心する。

「ところで……真耶先輩と……、つ、つき、付き合ってるっていうのは……」

なぜだか胸が逸り、言葉がたどたどしくなる。

「なんで翼が緊張してるの」

央太はくすくすと笑う。

「その笑い方ずるいよなー、央太は」

央太の笑う顔を見ていると、ついそんな感想が漏れた。央太はきょとんとする。

「央太って、うちのダンナさんくらい大きいし、匂いも強いのに、笑い方と話し方が可愛いんだもん。警戒心なくしちゃう。そりゃモテるよーって感じ」

「そう？　ありがとう。翼もすごく可愛いよ」

「イケメンに言われると嬉しさ倍増する」

翼はつい笑ったが、今はそういう話ではない。窺うように見ると、央太は深刻な顔で頷いた。

出会ってから、今年で十三年。離れていた期間はあるが、学生時代は三年間同室で過ごした。

たぶん、お互いになにもかも知っているわけではないかもしれないが、なんとなく翼には央太の思考が理解できる気がしている。

「……もしかして人に話したのって、俺が初めて？」

だからふとそんな気がしたのだ。すると央太は案の定そうなんだ、と認めた。

「実は付き合って四ヶ月くらい経ってるんだけど」

そんなにっ？　とまた、翼は声を大きくしてしまった。

（全然気づかなかった……）

自分は鈍いのかなとも思ったが、四ヶ月の間に翼は真耶に連絡もとったし、電話で話したりもした。だが央太と付き合っているような素振りは一切なく、いつもの真耶だった。

「よく落とせたね、真耶先輩を……」

色恋とは無縁中の無縁の真耶だ。二人が付き合っていると聞いても、あまりぴんとこずに素直な感想を言う。

「奇跡でしょ？　数年かかるって覚悟してたのに。で、べつに、世間に大々的に僕たち付き合ってます、って言うつもりもないんだけど、親しい人には話したいなって」

それはそうだろう、と翼は頷いた。

「かといって兄さまは誰にも言わない気がするんだよね。付き合ってはいるけど、兄さまは僕の泣き落としを受け入れてくれただけだから」

央太はため息をつき、僕は兄さまなしじゃ生きていけないんだけどなあ、とぼやいた。央太には央太の苦労があるらしい。

「でも日本支店が軌道にのったら、一度フランスに戻るつもりだから……その前に、翼には言っておこうと思って。虫除け（むしよ）もかねて。誰かが手出ししたら、許せないからね」

「……央太、真耶先輩のこと、好きなんだねえ……」

もの柔らかな央太が、好戦的な発言をするのが珍しく、またよく知っている二人の恋愛を、こっそり盗み聞きしているようでもあり、翼はドキドキしながら出されたお茶を飲んだ。さすがは洋菓子店の紅茶で、適当にいれたとは思えない華やかな味がする。

「兄さまが、僕をそんなに好きじゃないから、苦労するんだよ」

央太がため息まじりに吐きだした。翼はふうん、と頷きながら、二人が普段どんなふうに付き合っているのか、なにをきっかけに付き合いだしたのか、ついつい好奇心で聞いてしまい、央太は半ば愚痴まじり、半ばのろけまじりに、真耶の話をしてくれた。

しかしそれは聞く限り、たしかに央太の愛のほうが強いような、真耶は翼の知る真耶のままのような、そんな感じだった。

だとしても、あの二人が付き合っているなんて、なんだかスゴイ。

第三者なのに妙にドキドキしながら家に帰ると、夫の澄也が珍しく早くに帰宅しており、息子の翔の宿題をみてやっていた。

「わ、わー、ごめん。夕飯の支度、これからなんだ」

慌ててキッチンに入ると、「いや、代休で午後が休みになったのを言い忘れてたから、急がなくていい」と言って、澄也もキッチンに入ってくる。その眼が翼の持つ紙袋に吸い寄せられる。翼は、央太のところに行ってたんだ、と伝えた。

「そうか。白木か。……あー、実は今日、真耶が病院に来てな」

澄也はもごもごと、言いにくそうに言う。翼は眼をしばたたき、夫を見上げた。

「……白木と付き合ってるそうなんだが、うーん、姉たちに話すのに、その……どう話せばいいかと相談されて」

翼はびっくりして「えっ」と声をあげてしまう。澄也は困った顔だった。

「男同士の結婚はどういうものなのか訊かれてな……真耶は央太に対して責任があるが、央太は一人っ子だから、親御さんに許してもらえるのかと……そういう相談を受けた」

お、重い……と、つい翼は呟いてしまった。

しかしすぐに、おかしくなった。央太は央太で愛が重いが、真耶のほうもそれなりに重いらしい。相談された澄也はデリケートな問題だから……どう思う？と神妙な顔をしている。翼は微笑み「大丈夫だって」と明るく言い放った。

「好き同士なら、なんとかやれるよ。俺たちがそうだったみたいに！」

大好きな親友と、大好きな先輩。

その二人が好き同士で嬉しい。今度真耶先輩を家に呼んでみんなで話そうよ、と澄也に提案しながら、翼は満面の笑みを浮かべていた。

ツマベニチョウの重すぎる愛

初めてのセックスは、修業先のフランスで会った、行きずりの相手とだった。

突然変異で急激に体が大きくなって、三ヶ月目。長い長い床磨きとメレンゲ作りの日々が終わり、突如製菓を任された。初めて一から考えて焼いたケーキは、嘘みたいに売れた。そうして少し前まで厳しかったり、体の変化を気味悪がってたりしていた工房の仲間たちが、いつの間にか央太に猫撫で声を出すようになった。

「俺、本当はオウタがスジボソヤマキチョウだったときから、いいなって思ってたよ。どう？　このあと一緒に……」

そんなふうに、店の陰で何度誘われたか分からない。そのたび央太は内心、

「嘘をつけ」

と思った。もっとも、顔だけは微笑み、

「ありがとうございます。でも僕、先輩のことは仲間として大事にしたいので……」

そう、誤魔化していたけれど。

堂々と嘘をつけるハイクラスの同僚たちが怖く、同時に、不快だった。けれど一方で自分も似たようなものだと思うと、自己嫌悪した。

変異のあと、央太にはある悩みができた。

それはスジボソヤマキチョウが起源種だったころとは違う暴力的なまでに強い性欲を、どうしていいか分からない――というものだった。

――誰でもいいからセックスしたい。

時々そんな気分になった。

そしてそれが抑えきれなくなったある夜、央太は街中のバーにふらりと入った。先輩たちの雑談で、央太はそのバーが「セックス目的」で来る男女の多い、相手を見つける場所だと知っていた。

そのとき央太はもちろん、童貞だった。

スジボソヤマキチョウが起源種だったとき、央太は誰にも相手にされなかったし、長く初恋をしてきた相

手には、三ヶ月前に告白して、ほとんどフラれた形だった。もし央太がパティシエになれたら返事をする。そう言われたけれど、望みがあるとは思えない。彼は愛らしい容姿が好きで、央太は彼の好まない図体の大きな、ハイクラスの上位種になってしまったから。

(しかもこんなところで、性欲を発散させようとしてる。……真耶兄さまに知られたら、幻滅されるな)

そう思いながらも、溜まった欲は行き場を求めて体の中で渦を巻いていた。

バーに慣れておらず、緊張しながら酒を頼んで、カウンターにこっそりもたれて飲んでいた。店内は人が多く、酔っ払ったハイクラスの男女が、ふざけてキスをしていたりする。同性同士で舌を絡ませている人もいる。

うわあと思い、恥ずかしくなって央太は眼を逸らした。

けれど眼を背けた先には大きな鏡があり、そこには、百九十近い高身長、鍛えたはずもないのになぜか引き締まった男らしい体に、甘く整った顔の、見知らぬ自分が座っていた。

三ヶ月経ってもまだ、受け入れきれずにいる、変わってしまった自分の体。

心のほうは前の央太とそう変わっていない。この体に自分の心が入っているなんて、央太にはちぐはぐに感じた。

「お兄さん、かっこいいね。一人? 一緒に飲まない?」

「あら、待ちなさいよ。あたしが先に眼をつけたのよ」

ぼんやりしているうちに、央太は数人の若いハイクラスに囲まれていた。驚いて硬直していると、「ねえ、南国系のチョウ種でしょ? 起源種なに?」と訊かれた。

素直にツマベニチョウだと告げると、その場に集まっていた五人もの男女からベッドに誘われ、央太は戸惑った。

脳裏には、三ヶ月前に電話したきり話していない、初恋の人——雀真耶が浮かび、央太の中にいる小さなままの央太が、真耶兄さまじゃなきゃいやだと叫んでいた。

（……でも、兄さまとはエッチできないじゃないか）

央太はそう、心の中で反論した。

早く、ちぐはぐな心と体をくっつけてしまわねば。

そうして、真耶を忘れなければと思った。

集まっていた若者たちの中から、央太は一番、真耶に似ている人を指名して、一緒に店を出た。近くにアパルトマンを借りているからと誘われ、彼の部屋に入らせてもらい——実は初めてなのだと明かしたが、相手は嗤ったりしなかった。

「本当？　選んでもらえてすごく光栄。じゃ、気持ち良くさせてあげるね」

相手は髪型と眼の色が真耶に似ているだけで、中身はまったく違っていた。

積極的に央太の服を脱がせ、性器をしゃぶってくれた。持てあましていた性欲がやっと解放されて、央太は相手が真耶ではないのに、あっという間に勃起した。屹立した性器を見て、相手は嬉しそうに呟いた。

「大きいね……すっごくえっち……」

リードされていたのは、前戯までだ。挿入してからは、央太が腰を動かすたびに相手は高い声をあげて喘ぎ泣き乱れ、ぐにゃぐにゃになった。遅漏の自覚はなかったが、央太が一回達するまでに、相手は何度も達していた。

「ツマベニチョウのセックスドラッグ……すごいぃ……」

と何度も言われた。なのでどうやらこれほど相手が乱れるのは、自分の体液のせいらしいと分かった。

溜め込んでいた欲望が渇くまで相手の体を使った。朝になるころには、ただ一晩の関係と割り切っていた男に、「付き合って」「セフレからでもいいから」とねだられていた。

理性をなくしたかのように、何度もねだってくる相手を見て、央太は正直ゾッとした。

仕事があるからと逃げるように相手のアパルトマンを出て、夜明けの川沿いを一人歩いていると、泣けてきた。

——なんか、汚れてしまったな。

そう思った。

真耶兄さまとは違う汚いものに、自分はなってしまった。

そんな気がした。もう二度と真耶に受け入れてもらえることはないと思った。

情けなかったのは、愛のないセックスをしたと心は後悔し傷ついているのに、体のほうはひどくすっきりしていることだった。

そしてその日作ったケーキも、別段心の乱れを反映するわけでもなく、むしろ体の満足を喜ぶように会心の出来だった。それが飛ぶように売れてしまったことも、央太を落ち込ませた。

自分の中にある、小さな央太の心がどうだろうと、大きな央太の体があれば、万事うまくいくのだ。央太の心など、ツマベニチョウの体の前ではあまりにちっぽけだった。

その日は一日悶々として、央太は昼の空き時間に図書館へ行き、突然変異の研究論文を探した。

『中型チョウ種から大型チョウ種に変異した症例では、初期、強力な誘引フェロモンのコントロールができず、悩む患者が多い。だが能力面、身体面で飛躍的に恵まれた結果、およそ一年ののち、フェロモンのコントロールを覚え、公私ともに充実する』

短い説明を読んで、央太は本を借りずに図書館を出た。

本の中でさえ、「生まれ直せて良かった」と言われている。そう央太は感じた。

携帯電話を取りだして、真耶の番号を眺めた。電話をかければ普通に出てくれるだろうが、行きずりの相手とセックスをしたなんて話せないし、もし話しても、「病気には気をつけなさい」とか、悪ければ「ヤリチン野郎」とでも言われて終わるだけだろう。

（……真耶兄さま以外だったらもう、誰と付き合っても同じじゃか）

央太は今夜また、昨夜抱いた男のアパルトマンに行こうと思った。彼を抱かせてもらったのだから、とりあえず付き合ってみようと思った。やり捨てしたようで罪悪感もあった。そう決めながらも、心の中では分かっていた。

——たぶん、真耶兄さまほど、好きになれない。

セックスだって気持ち良くはあったが、単純にこんなものかとしか思わなかった。また欲求不満になるまでは、べつにしなくてもいいとすら思う。

それでも一度寝て、付き合ってと言われて逃げたと聞けば、真耶は央太を軽蔑するだろう。たとえ好きになってもらえなくても、ゴミのように思われるのはいやだ。それくらいなら、誠実さをとろうと思う。

もっとも、もう自分は汚れてしまったので、きれいな真耶には触れない。

そんなふうに考えながら、央太は職場に戻ったのだった。

◆

（今思えば若かったんだな。一度や二度セックスしたくらいで、人間は汚れないのに）

最初のセックス、最初の恋人のことを思い出して、二十八歳の央太はそう考える。

ところは日本、ときは二月。

央太はパティシエとして成功し、師匠の指示でブランドの日本支店起ち上げのため帰国し、三ヶ月とちょっと前、晴れて長年の想い人、雀真耶と恋人になっていた。

恋人になった。というよりも、央太の感覚では、

（籠絡した。……落城させた、みたいな）

そういう感覚だった。

二月の早朝、央太は近所のコンビニエンスストアに行って、仮住まいにしているマンションへ戻るところだった。

戻るといっても自室ではなく、このまま恋人の真耶の部屋へ直行し、朝食と弁当を用意する。コンビニエンスストアには、切らしていた牛乳を買いに行った。

三日前に降った雪がまだ道の脇に残っている。マンションのエントランスに入ると、出勤してきたばかりのコンシェルジュが央太を認め、おはようございます白木様、と声をかけてくる。

「おはようございます。早朝からご苦労様です」

「とんでもない、先日は雪かきを手伝ってくださって助かりました。白木様には、いつも親切にしていただき……」

「いえ。結構な積もり方でしたからね。また必要があれば呼んでください」

そこまで話したところでエレベーターがきたので、央太はぺこりと頭を下げて乗り込んだ。

……白木様には、いつも親切にしていただき……。

八階にあがるエレベーターの中で、コンシェルジュの言葉を思い返した。

親切かあ。

自分ではそう思えずに、息をつく。

（僕のは親切というより……真耶兄さまの真似(まね)なんだよな～……）

幼いころからずっと見てきた人。誰より正しくあろうとしている人。

央太にとって、善悪の判断基準は世間の常識よりも、真耶に気に入られるか否か、だった。

だから困っている人がいたら助ける。それは、真耶もきっとそうするからだ。純粋な親切とは違う。邪心はないが、下心はある。真耶に気に入られたい、という下心だ。

（離れてた八年間も、ずっとその基準で生きちゃったし）

央太は真耶を忘れようと生きた期間を、ぼんやりと振り返る。

最初にできた恋人に限らず、付き合ってきた相手には、できる限り尽くしたと思う。

もともと、スジボソヤマキチョウだったときの癖で、央太は人の顔色を窺うことに長(た)けていた。相手の気持ちを敏感に察することができる長所に加えて、ツマベニチョウ由来の器用さと体力があると、ほとんどできないことはない。そのうえ央太はとんとん拍子に出世して、金にも困らなかった。

ツマベニチョウに変異してからは、どこにいっても注目されたし、モテたし、付き合えば一ヶ月以内に結婚を申し込まれた。

——オウタ以上の相手なんていない。結婚して。

という言葉からは、相手の必死な気持ちが読み取れた。どうしても、央太を繋(つな)ぎ留(と)めておきたい。逃げられたくない——という思い。

けれどそれは単に、自分といると楽だからだろうなと思ってしまうと、央太はどうしても気持ちが冷めてしまった。そういうときいつでも胸をよぎるのは真耶のことで、一年、二年、三年と年月が巡り、一人二人

三人、四人五人六人と、恋人をかえても、やっぱり最後には、

——真耶兄さまのほうが、好き。

と思ってしまう。

そして央太は真耶ならこんなときどうすれば褒めてくれるだろうと考え、何回目かの結婚申し込みをされた時点で、「ごめんなさい。もう付き合えない……」と頭を下げるのだった。そのほうが、相手のためだと感じて。

そしてそれが八人続いたころにはさすがに諦めがつき、央太はもう言い逃れができないほど、自分はクズなんだろうな……と、感じるようになった。

（クズっていうか……誠実に付き合ってはいたけど、三年で八人っていうのは、多いよね）

遊んだと言われても仕方がないと思う。セックスのコツも数回で摑(つか)んでしまい、央太はハイクラスが相手でも、自分よりも下位種なら簡単に籠絡できるようになった。

なんでもできる自分が怖いと思ったが、仕方がない。

ツマベニチョウの媚毒(びどく)は一種の麻薬で、相手を狂わせるのだから。

過ぎた快感を何度も与えられると、恋人たちは周りが見えないほど央太に夢中になってしまう。数回抱くうちに、央太を見ただけで発情するようになる。央太はやがて彼らが嫌になってしまう。そして恋人に対してそんな気持ちになる自分を、軽蔑するのだ。

——なるほど。僕って真耶兄さまの一番嫌いそうなタイプだ。でも、こうなってしまったんだから仕方がない。

四年目には、もう開き直ってしまった。

それよりもこんな自分でも、どうしたら難攻不落の雀真耶を落とせるだろう？

いつしか央太はそう考えるように変わった。

とりあえず、真耶が当主代理のうちは無理だ。真耶は理性の権化。役目があるうちはまっとうするに決まっている。恋愛にうつつをぬかす性質ではない。代理を辞めるタイミングがベスト。きっと本人も、それなりに淋(さび)しいはずだし——それを想像すると、フランスにいる央太は真耶がかわいそうでたまらなくなった

が——慰めるためになら近づけるはず。

日本にいる真耶が、自分をどのくらい知っているかは、時々贈る菓子の礼にかかってくる電話で、大体分かっていた。世界的な賞を受賞したことも、既にシェフ・パティシエだということも真耶は知らなさそうだった。

ヘタしたら、顔も知られていないぞ。

店のサイトには央太の顔写真がアップになっているのに、真耶は見ていない様子だった。そのことにはやはり落ち込んだし、若干の腹立たしさもあったがまあいいかと央太は気持ちを切り換えて、五年機会を待った。

仕事では十分に成功した。八人目の恋人と別れて以降は、割り切った関係を続けられるハイクラス上位種、それも自分と同等以上の相手とセックスフレンドのような関係だけを築いた。

誘い文句は、「落としたい人がいるから、練習相手でもいい？」だった。それでもいいと言う相手とだけ寝た。

友人になれたセフレもいて、真耶のことを軽く相談もした。

——ヒメスズメバチの、女王種の男？　そのくらい、オウタならいくらでも落とせるでしょ。ハチの上位種っていっても、俺よりは格下じゃない。

ベッコウバチが起源種のセフレは笑ったが、真耶はそのへんの、「ヒメスズメバチの、女王種の男」ではない。

——彼はすごく心がきれいなんだ。

——ただの堅物じゃなくて？

——堅物とは違うんだよね。……たとえ受け入れてくれたとしても、べつに僕がいなくても、生きていける人なんだよ。

生きるのに愛されることが必要なら話が早い。真耶は生きるのに愛されることを必要としていないので落とせない。

央太は愛するのが得意なのに、それをさせてもらえないし、それまで付き合ってきた八人のように、央太の愛に盲目になるような人ではまったくないのだった。

籠絡するにはとにかく、非の打ち所がない完璧な男でなければならないし、そのうえ優しく親切でなければならない。なぜなら真耶がそうだからだ。

　そして一番大事なのは、真耶のプライドや真耶の信念、真耶の生活を邪魔せずにいられること。

　防御の甘い場所を見つけてするりと入りこみ、真耶の中にゆっくり侵入できる根気強さと、観察眼が必要だった。

　普段ほとんど揺れない真耶の心を揺らして、隙を作ることもしなければならない。

　そうでないと真耶はすぐに央太を忘れて、自分のペースに戻ってしまう。

　日本支店の話が出たとき手を挙げたのは、真耶が当主代理を辞めるタイミングだったからだ。今なら隙があるはずと日本に帰ってきて、真耶の心を揺さぶり――八年分溜め込んだ愛を訴えて、なんとか受け入れてもらえた。

　あとはどんな手を使ってでも、この状態を維持することだと央太は思っていた。

　だから真耶の、自分に対しては危機感がない、という性質を利用して合い鍵を手に入れ、朝な夕なに食事を作っている。時々一緒に食事をするという芹野（せりの）が真耶を好きになっては困るから、わざと見せつけるように弁当まで作っている。

　そもそもまだ恋人になる前に真耶の家を訪ねたとき、久しぶりに会った真耶の姉から真耶が引っ越し先を探していることを聞いて、マンションの部屋が一つ空いているかもしれないと告げたのは央太だった。寧々（ねね）は弟を心配して、央太の上の部屋を借りるように算段してくれたが、それはそのとおりになった。

（まあ……兄さまが別の場所に引っ越したら、その近くにもう一つ部屋を借りるつもりでいたけど）

　エレベーターが八階に着き、央太は我ながら愛が重いなと苦笑して降りた。

　真耶と付き合う上で、大事なことがもう一つあったと央太は思い出す。

　それは央太の愛が、真耶の想像よりもはるかに重いということを、絶対に知られてはならないということだ。

　真耶は央太にとってたった一つの星であり、道しるべであり、本当のことをいうと大好きな菓子作りだって真耶を想ってやっている。真耶を喜ばせたくて。

それ以外のことは全部、央太にはどうでもよく、央太は下心だらけで、真耶に気に入られることしか考えていないし、真耶を気持ち良くすることが生き甲斐だった。

……こんな執着を知られたらきっと真耶兄さまはひいてしまって、もう僕の入る隙間はなくなってしまう。

そう思うので、央太はなるべく聞き分けのいい優しい恋人の顔しか、真耶には見せないようにしている。

なにしろ真耶はどれだけ央太が尽くして、甘やかしても、央太なしで生きていける人なので。

(……それがちょっと淋しいけどね)

我ながら面倒な恋愛をしているなと思いながら部屋に入ると、六時前には珍しく、リビングに灯りがついていた。

「央太……?」

起きたばかりらしい寝間着姿の真耶が、どこか所在なさげに立っていた。きれいな顔には普段はない不安の色があり、央太はあれ、と思った。

「おはよう、兄さま。どうしたの? まだアラーム鳴ってないのに」

「……眼が覚めて。そしたらお前が……鞄は置いてあるのに姿がないから、どこかで迷ったかと」

央太は、ああ、と笑った。

「一度部屋に来たんだけど、牛乳を買い足しに行ってたんだよ。ごめんね、入ったとき起こしたかな?」

持っていたレジ袋を見せると、真耶は音もなく央太に近寄ってきて、美しい白い手を伸ばした。人形の手かと思うような、きれいな手だ。それが央太の両頬を包み、真耶はホッとしたように笑った。

「本当だ。冷たくなってるね……マフラーもしないで。風邪ひいたらどうするんだい。朝ご飯はいいから、なにか温かいものでも飲もう」

冷えた耳に触れて、真耶は良い子良い子をするように、央太の髪を撫でてくれた。

間近にある笑みの、犯しがたい清らかさときたら、週末にはたっぷり抱いているとは思えないほどだった。

聖母は永遠の処女だというが、真耶は抱いても抱いてもいつも声を抑えるし、正体なく乱れたりしないし、翌朝にはセックスのセの字も知らない顔をしているし、央太に欲情したりもしない。

いつまでも処女のように見えるところが、央太にはたまらなく愛しい。

足を開かせ中に注ぎ、意識を飛ばして喘ぐまで抱き潰している。

それでも真耶は卑屈になることも、央太に傅くことも、央太じゃなければダメだと訴えることもない。ツマベニチョウの央太など真耶には見えていないのか、小さなころと同じように扱ってくる。

冷えたくらいでは、もう央太は風邪をひいたりしないのに。

鞄を置いたまま姿が見えなくても、迷子になるほど愚かでもない。生きることは、央太にはもうとても簡単なのに……。

央太は微笑み、真耶の手をそっと握ってとった。

「そうだね。なにか飲もうか。真耶兄さまと僕が好きな、ミルクティーはどう？」

本当はもう、ミルクティーよりもアルコールのほうが好きだ。けれどそんなことは、真耶に一生伝えるつもりはない。

なぜなら央太がそう言うと、真耶は嬉しそうにお湯を沸かす、と言うので。

「牛乳と紅茶の割合は、お前は半分ずつが好きだったな」

張り切って言う真耶にそうだよと央太は頷きながら、ああ真耶の愛はなんて軽くて優しくて、清らかなのだろうと思った。そこには央太に気に入られたいとか、なるべくこの関係を維持したいとかそういった欲がなにもなくて、ただ単に眼の前にいる央太に優しくしてくれているだけ。

それは真耶の世界では、正しいことだからなのだった。

カウンターにもたれて、ストッカーから紅茶を探している真耶の背中を見つめながら、他の星なんて、やっぱりまったく興味がないなと央太は考える。

真耶がどう思っているかは知らない。

だが央太には真耶という星しか見えない。かつて央太が拒んできた恋人たちのように、今は央太が真耶に夢中で盲目で、あなたじゃなきゃいやだとすがりついている。

　ただ一つ、そのことに真耶が気付いていないだけ。真耶の心の中には、央太の愛を軽蔑するような思考が、はじめからないのだ。

　ストッカーのどこに紅茶があるか知らない真耶は、電気ケトルの湯が沸いてもまだティーバッグを探している。央太はそこの右端だよ、と言おうか迷ったが、真剣な顔で棚を漁(あさ)っている真耶の姿があまりに可愛かったので、しばらくの間、黙ってじっと見るだけにした。

　芸術品は、鑑賞するためにあるのだから。

　そう思う。

　そのうち真耶がティーバッグを探し出せたら、ストッカーの中身を入れ替えて、また分からないようにしておかねばなと央太は思った。なんでも一人でできるようになられては、央太の入る隙がなくなってしまう。

　紅茶の場所一つさえ、自分に頼ってほしい。

　自分がいなければ、生きていけないようになってほしい。

　そうすれば央太は真耶に傅いて、一生を捧(ささ)げて尽くすだろう。

　真耶はけっしてそうならないし、ならない真耶だから愛しいと感じながらも——央太はそう、願わずにはいられないのだった。

真耶と愉快な仲間たち？

六月某日。よく晴れたその日、雀(すずめ)家の広い庭では当主である寧々(ねね)の結婚を祝って、盛大なガーデンパーティーが開かれていた。

「いや〜、きれいだね。寧々さん」

幼なじみの声に、庭のはずれで突っ立っていた雀真耶(まや)は振り返った。礼服を着た兜甲作(かぶとこうさく)が、片手にシャンパンを持って立っている。メガネの奥で、アーモンド型の瞳はニコニコと笑んでいた。

「……篤郎(あつろう)くんは？」

一緒に招いた兜のパートナーの名を口にすると、

「あっちで翼(つばさ)くんとケーキ食べてるよ」と指さされる。見ると、庭に用意されたデザートコーナーの前には人だかりができており、篤郎と、もう一人の幼なじみである澄也(すみや)のパートナー、翼の二人が並んでいるのが見えた。さらに人だかりの奥にいるのは、パティシエ姿の白木央太(しらきおうた)だった。

央太はこの結婚披露宴のため、真耶の姉、寧々から直々(じきじき)に頼まれてウェディングケーキやデザート類を作ってくれたのだが、パーティー当日の今日も、客の前で菓子を作るパフォーマンスを買って出てくれていた。パリ帰りの有名パティシエの技を見ようと、客たちは群れをなしているらしい。

メインテーブルでは姉、寧々が華やかなドレスを身にまとい、周りに集まった三人の姉たちと喋(しゃべ)っている。お姉様たちと話さなくていいの、と兜に訊かれたが、話すことなどないし、どうせからかわれるのがオチなので混ざりたくない。真耶は肩をすくめて、持っていたシャンパンを口に含んだ。

姉が結婚したのは、去年の十一月だ。簡単な式はそのときにもあげていたが、披露宴が今日になったのは、

「一生に一度なのよ。ジューンブライドがいい！」

と、寧々がこだわったからだった。

まったくはた迷惑な……、と、真耶は呆(あき)れたが、姉と結婚してくれた義兄は穏やかな性格で「寧々さんの

てくれる。

気に入るようにしたらいいよ」とどこまでも姉に従ってくれる。

そんなわけで入籍から半年以上が経っての披露宴となったのだが、ほんの一週間前まで、真耶は知らされていないことがあった。

（……央太がパフォーマンスするなんて、姉さんは一言も言わなかった）

美しく着飾った姉を、ついつい庭の端から睨(にら)んでしまう。べつにそれ自体はかまわないけれど、大勢の親戚や友人知人が集まるなか、央太が目立っていると真耶はどうしてもそわそわしてしまうので、事前に知っておきたかった……と思うのだ。当の央太からは、「寧々さんが話したんだと思ってた。ごめんね」と謝られているから、さすがに睨む気持ちにはなれない。

なぜそわそわするのか。

理由は簡単で、真耶は央太と付き合っていて、それをまだ誰にも――事情を知っている澄也以外には――話していないからだった。

恋人が、自分の陣地というか、テリトリーというか、平たく言えば実家で注目を浴びているという状況は、真面目な真耶には落ち着かなかった。なにせ今までに経験のないことだ。誰かと付き合うということが、そもそも初体験なので。

一方の央太は、真耶の気などつゆ知らず笑顔を浮かべたまま、飴(あめ)を溶かし、花と白鳥のような細工を作り上げていく。

いつでも完璧。いつでも柔和で、そつがない。そんな央太を見ていると、敵(かな)わないな……と思う。

付き合いはじめておよそ半年。

恋人になるからには、自分から別れる気はなかったが、央太はわりとすぐ自分に飽きるのでは……と真耶はどこかで思っていた。なにしろ自分でも驚くほど、真耶の性格は付き合ってからも変わらなかった。

もちろん生活は変わった。央太が真耶の世話をしてくれるようになり、店が休みの日には一緒に出かけたりする。そのために、月に一度ほどだが央太にあわせて、真耶も有給休暇をとるようになった。

だが変わったのは生活と行動くらいで、真耶は相変わらず可愛げはないし、無駄にときめいたりもしない。いつでも大抵冷静で、口数も多くなく、央太に望まれることはするが、言われなければ恋人としてなにをしたらいいか分からない……という有様だ。

時々これではだめなのでは。

と悩んで、恋人らしいことをしようとするが、央太は真耶になにも望まない。基本的には、「いてくれたらいい」というスタンスで、それは半年経ってもまるで変わらなかった。

（なんでもできる男と付き合うとこうなるのか）

とも思ったが、真耶も大抵のことはできる。

毎日の軽いキスと、毎週金曜日のセックスを抜かすと、自分たちの関係は「先輩と後輩」のままのようにさえ思える。それに不満があるわけではなく、むしろ楽でいいと思うけれど、央太は満足なのだろうか？

という疑問は常に真耶の中にあった。

「なんだ二人して、こんなところに固まって」

と、並んで立っている真耶と兜のところに、今度は澄也がやってきた。彼もパートナーの翼が央太のところへ行っているので、手持ち無沙汰になったのだろう。

「オレはここからあっちゃんを眺めてるとこ～。後ろ姿も可愛いよね、うちの奥さん」

のろける兜に、真耶はつい舌打ちしてしまう。

「気持ち悪……っ」

思わず本音を漏らすと、兜は「あれあれ？　そんなこと言って～」と、真耶をからかうとき特有の、ねっとりした嫌みな声を出した。

「マヤマヤだって同じくせに。ここから恋人に、あつ～い視線送ってたんでしょ？」

言われて、真耶は数秒固まった。

楽しげに笑っている兜の顔を見、それからぱっと澄也を振り返り、睨む。澄也は青ざめて、ぶんぶんと首を横に振った。その口が、「言ってない」と声には出さずに動いている。

「なに？　澄也クンには話してたの？　ずる～い、妬けちゃうなあ、オレだけのけ者なんてっ」

「なんの話だ？」

わざと拗ねてみせる兜を、真耶は睨んだ。睨んだが、頬にかっと熱が集まってきたので、我ながらこれではなんの迫力もない、と思う。

「マヤマヤってば慌ててるう。楽し～い。やっぱり央ちゃんに、あのお酒使われた？　もしかしてそれでペロッと美味しくいただかれちゃった？　処女喪失おめでとう。あ、それとも童貞喪失？　どっち？」

「……っ、おまえ、そもそもおまえがっ、変なものを央太に頼むから！」

　真耶は頭に血が上り、声がうわずってしまった。脳裏には、兜が央太に頼んだという、ネジレバチの酒のことが浮かぶ。そうだ、よく考えたら元凶は兜である。あんな酒を頼まれなければ、央太だって真耶に使うことを思いつかなかったかもしれない。

「ええ？　ひどい！　オレは恋のキューピッドだよ。むしろ感謝してほしいなあ。それによかったじゃない、央ちゃん、ツマベニチョウだから、セックス上手いでしょ？　マヤマヤが不感症でも気持ちよくなれたんじゃない？」

「だ、誰がっ、誰が不感症だってっ？」

　いつものことだが失礼が過ぎる。真耶は真っ赤になって兜に詰め寄り、澄也が「落ち着け、真耶。兜、もうよしとけ」と若干うろたえながら仲裁に入ってくる。

「三十路（みそじ）も過ぎたんだし、これくらいの猥談（わいだん）なんでもないじゃなーい。央ちゃんがマヤマヤのこと好きなのなんて、もう何年も前からダダ漏れだったし。ずーっと言わないでおいてあげたんだからさあ」

　いやはや、このごろの様子見て、やっとくっついたみたいでほっとしたよ、と兜は肩をすくめた。どうやら誰かから聞いたというわけではなく、なんとなく察したらしい。となると、真耶はかまをかけられたのだ。まんまと策にはまってしまったことが悔しくて、真耶は歯がみした。

「実はオレ、央ちゃんに言ったことあるんだよね。マヤマヤを落とすにはまず体からしかないって」

覚えてたんだなあ、としみじみ言う兜に、本当か嘘かはともかくとして、堪忍袋の緒が切れる。

「この外道！　刺し殺してやる！」

もとは純粋無垢（むく）だった央太に、なんてことを吹き込むのかと思ったのだ。

　危うく爪が伸びかけたとき、「なに騒いでるの？」と、柔らかな声がして、真耶は兜の胸ぐらをつかもうとしていた手を止めた。振り向くと、央太が手にケーキを載せた皿を持って、立っていた。

「お、央太……」

今の騒ぎを聞かれていたかと、気まずい気持ちになっていると、央太はにっこりして、皿を差し出した。

「三人ともまだケーキ食べてないでしょ。パフォーマンスは終わったから、持ってきたよ」

シェフ帽を頭からはずした央太の背後を見ると、見事な飴細工が完成し、翼や篤郎も含めたギャラリーが、スマートフォンで写真を撮っていた。

「うわ～、美味しそう！　ありがとね、央ちゃん」

「わ、悪いな……」

うきうきしながら皿を受け取る兜に、ほっとしたような顔の澄也。真耶は居心地が悪くなり、むくれて数歩、兜と澄也から距離をとった。そんな真耶を見て、兜が澄也に小声で「マヤマヤってば動揺してるね」と言い、澄也が困った顔で「おい、もうそのへんにしとけ」と忠告している。

これだから、兜にはばれたくなかったのだ。いじけた気持ちでそっぽを向く真耶のところに、状況を察していないのか、央太は「はい、真耶兄さま。どうぞ」と、小皿を向けてくる。

真耶は「ああ」とだけ言って、皿を受け取った。高さ三メートルはありそうだったウェディングケーキの一部が皿に載っていた。崩した一部のはずなのに、フルーツをきれいに添えてあるから、それだけで美しい。

「あ、それとね。これ、どうぞ」

と、央太が続けて、真耶に差し出してきたものがあり、真耶は眼をしばたたいた。それは青いトルコキキョウだ。

「ブーケの中から一輪、寧々さんがくれたんだよ。真耶兄さまに渡してって。本物のブーケトスに弟を呼ぶわけにはいかないからって」

真耶の着た礼服のポケットに、そっと花を差し込むと、央太は優しく目元を細めて首をかしげた。

「うん、似合う。きれいだ。……真耶兄さまは、この花の花言葉どおりだね」

トルコキキョウの花言葉は、「優美」なんだよ、と央太はにっこりする。その眼には明るい六月の光が差し込み、うっとりと輝いている。それは世界で一番真耶のことが好きだと訴えてくる眼だった。

普段はときめきに疎い真耶の胸が、一瞬とくりと音をたてる。

「……兜にばれてた」

小さな声で、兜と澄也に聞こえないように言うと、央太が眼をしばたたき、ちらりと先輩二人を見る。

「そっか。兜先輩、カンいいもんね」と、央太の反応はあっさりしている。泰然としているその姿を見ると、なぜだか安心して真耶は少し気が楽になった。

しかし問題はもう一つあった。

「……もしかして、姉さんにもばれているのかな」

花をわざわざ渡してくるなんて。そう思ってうかがうように央太を見ると、央太はうーん、としばし、考える顔をした。

「どうだろ。……そうだね。披露宴が終わったら、聞いてみよっか」

大丈夫だよ、と微笑まれると、そうか、大丈夫なのかという気持ちになったので、真耶は安心してケーキを食べられた。なんでもできる央太。完璧な恋人。自分一人でも立っていられるが、央太が近くに立っていると思うと、とたんに無敵に思えてくるのはなぜだろう？　この感覚だけは、付き合い始めてから唯一、真耶の心の中で変わったことだった。

もう少し仕事あるからまたあとでね、と言い置いて、パフォーマンスブースに戻っていく央太を見送り、ケーキを食べると、上品な甘さが舌に広がって心地よい。

「あはは、めちゃくちゃラブラブじゃな〜い」

後ろで兜がからかってくる声を、真耶はぷいと顔を背けて無視しておいた。

◆

飴細工が完成し、どうぞ近くでご覧ください、とギャラリーに場所を譲った央太は、とりあえず最初に真耶の位置を確認した。さっきと変わらず、庭の端に立っていて、兜や澄也と話している。

また兄さま、隅っこにいるや、と切なく思う気持ちと一緒に、兜先輩と澄也先輩が気づいてくれてよかったとほっとする気持ちが重なる。同時に僕がそばにいたいのになという嫉妬が、軽く胸に湧き上がってきた。

早めに仕事を終わらせて、真耶のそばにいこう。

央太はシェフ帽をはずすと、メインテーブルに座る新郎新婦に近づいた。今は歓談時間なので、話しかけても失礼にはならない。新婦の寧々は、三人の姉たちとおしゃべりしている。新郎に挨拶してから、寧々に祝辞と、「飴細工、完成しましたので、のちほどお持ちします」と、とりあえずは仕事の立場で伝えた。

寧々は「ほんと？　どれどれ」と立ち上がり、そばに仕えていた使用人が、慌てたように新婦の椅子をひく。相変わらず、どんなときでも自由な女性だ。

人だかりの向こうに見える飴細工を見つめて、寧々は「上出来ね」と満足そうなため息をついた。央太はほっとして頭を下げた。

腕は落ちていないはずだったが、大会以外で飴細工を作ることは少ないので、なんにせよ一流を知り尽くした雀家の女当主のお眼鏡にかなうかは心配だった。そうでなくても、寧々は真耶の姉で、親代わり。認められたい気持ちは央太にもある。

「急に頼んだのにありがとうね。ケーキも好評だったし、嬉しいわ」

「とんでもないです。喜んでいただけてよかった」

にっこり笑って言うと、いつの間にか、寧々の周りにいた真耶の、ほか三人の姉たちがいなくなっていた。彼女たちは新郎を囲み、そちらと話している。一瞬、寧々と二人きりになった央太は、思わず緊張する。自分を見る寧々の瞳に、先ほどまでとは違う探るような光が宿っていたからだ。

「……央太ちゃん。あなたはあたしにとっては、真耶の後輩で、小さいときから知ってる、そりゃあ可愛い弟分だけど」

声を潜めて、寧々が言う。

「甘く見てたわあ。あなた、あたしにあのマンション、借りさせたわね？」

寧々の眼に、抜け目のない光がきらめく。央太は口を閉ざし、じっと言葉を探した。

しかし嘘をつくのは得策ではない。ふっと気を抜くように笑い、

「ばれましたか……」

と、白状した。どうやらそれが正解だったらしい。

寧々も小さく笑い、ほんのわずかな時間、寧々が央太に向けて放った殺気はもはやかき消えていた。

「すみません。……真耶兄さまのそばにいたくて」

「してやられた、って思ったわよ。真耶があなたと付き合いだしたとき」

央太はそれ以上なにも言わずに、ただ微笑むだけにした。

去年の十月、真耶の住まいを探していると聞いたときに、央太はわざと「僕も引っ越ししたばかりで、部屋探しには困ったので分かります」と言った。寧々はなにげなく訊いてきた。あら、どこに引っ越したの？と。

央太はそれまで、釣り糸を垂らす瞬間を今か今かと待っていたのだ。水中の魚に疑似餌だとばれないように、精巧に作られたルアーを垂らす。そんな気分で、慎重に言葉を選んだ。

——〇〇町です。珍しく、新築のマンションに二部屋、空きが出ていて。

——あら、真耶の職場の近くじゃない。

——そうですね、あのへんは勝手知ったる町なので住みやすいんですよ。

真耶がいない時間を狙い、クッキーを届けたときだ。そんな会話をした。寧々が引っかかってくれるかどうかは賭けだった。だが弟可愛さと、時間のない状況だったから、寧々は見事に釣れてくれて、上階に空いていた部屋を借りてくれたのだった。

だが——騙せたのは一瞬だったらしい。ヒメスズメバチの女王は、可愛い弟が生け捕りにされたことにすぐ気づいたのだろう。たぶん真耶が実家に用事で帰ったときにでも。その言葉の端々や、発せられる雰囲気から、央太と付き合っていると。

「……寧々さんは僕が兄さまを好きなこと、もともと知ってましたもんね」

言ったわけではないが、察しのいい女王には気づかれていたことを、央太は知っている。それでもスジボソヤマキチョウのときには央太は非力で、真耶を押し倒すこともできなかったので、ものの数にも入っていなかったのだろう。

だが今は違う。央太は自分の策略を認めていた。寧々はため息をつき、「ま、真耶が幸せそうだから、許すわ」と、言った。

「だけど忘れないでね。……べつにあたしは、あの子に恋人なんていなくてもいいって思ってるの。それがあの子を悲しませるような相手ならね」

実家にいる間、真耶は寧々に毎日のように、恋人を作れと言われていたという。

――しまいには欠陥人間呼ばわりされて。

と、真耶は憤慨していたが、今目の前に立っている寧々の眼の中には、ちらりと殺気が覗いている。ふと気づけば、視界の端には、三人の姉たちがこちらを見ている姿が映った。彼女たちの眼にも、恐ろしい殺気が潜んでいる。

それは真耶を傷つけたら、許さないという意志だ。

央太はぞくりと背筋をかける寒気を感じながら、

「幸せにします。もちろん」と答えた。

兄さまは本当に、心がきれいなんだなあ、とそのとき改めて思った。姉の罵倒をそのまま受け止めて真耶は怒っていた。それ嘘だよ、と央太は思うのだ。

寧々の本音は、真耶を手放すことでも、自立させることでも、恋人を作らせることでもないのだ。央太が真耶を本当に悲しませたら、たぶんあっという間に真耶は雀家のかごの中に戻されるし、央太の体は切り刻まれてしまうだろう。

本当は、雀真耶はヒメスズメバチの巣のなかの、大事な宝物だから。

央太にとっても真耶はしまいこんで、汚したくない存在なのと同じように。

「……とりあえず、正直な点は認めるわ。一次試験は合格ということにしてあげる」

そう囁くと、寧々はテーブルに置いたブーケから、トルコキキョウを一輪取り出して央太の手に持たせた。

「お祝いよ。落ち着いたら、二人で挨拶にいらっしゃい」

たぶんそれも、寧々なりの試験になるのだろうなと思いながら、央太は微笑んだ。

「はい。是非うかがいます」

女王はにっこりし、途端に自由で明るい女性の顔を取り戻した。

「央太ちゃんの作った飴細工、運んできて。あたしも近くで見たいわ。一緒に写真撮りましょうよ、ダーリン」

使用人や新郎にそう話しかけると、寧々は央太に背を向けた。央太は小さく頭を下げると、息をつき、真耶のもとへ急ぐことにした。

純粋無垢な真耶兄さまには、寧々の面倒な愛情も、自分の後ろ暗い執着も、とても分からないだろうなと思いながら。

もしも薔薇を手に入れたなら

高嶺の花を手に入れたら、残りの人生を捧げて、花に尽くさなければならない。ずいぶん昔、そんな本を読んだことがあると、白木央太は思った。小さな星の王子さまが、美しくわがままなバラに尽くして尽くして、尽くし疲れて旅に出るのだ――。

（僕は尽くし疲れたりなんてしないな）

思い出すたび、央太はそう考える。

むしろ怯えている。いつか美しい高嶺の花から、もうお世話はいらないよと言われてしまわないだろうかと。

尽くせなくなってしまったら、自分は彼にとって、なんの魅力もなくなることを、央太はよく知っているから。

◆

この世界の人間は、二種類に分かれている。

一つがハイクラス。そうしてもう一つが、ロウクラスだ。

遠い昔、地球に栄えていた文明は滅亡し、人類は生き残るために強い生命力を持つ節足動物と融合した。

今の人類は、ムシの特性を受け継いでいる。弱肉強食の『強』に立つのがハイクラス。『弱』に立つのがロウクラスである。

ハイクラスにはタランチュラ、カブトムシ、スズメバチ、そして――大型のチョウなどがいる。ロウクラスはもっと小さく、弱く、脆い種族を起源とした人々だ。

ハイクラスの能力は高く、体も強いので、彼らが就く仕事は自然と決まり、世界の富と権力はいつしかハイクラスが握るようになった。

ムシの世界の弱肉強食が、人間の世界でも階級となって現れている。

白木央太の起源種は、ツマベニチョウである。

シロチョウ科の最大種。美しい翅と、人をも殺せる猛毒を持つ。

　その毒は人類と融合したとき、麻薬のようなフェロモンに変わった。央太は自分の体が、ほとんどの人間を虜にし、操れる恐ろしいものだと――二十歳を過ぎてから知ることになった。

◆

　夜八時二十分。

「お帰り真耶兄さま。お風呂にする？　ご飯にする？」

　今日もいつもどおりの時間に、家へ帰ってきた恋人に振り向き、央太はにっこりと微笑んだ。

　この部屋の主でもある恋人、雀真耶は、付き合い始めてから半年弱、央太が出迎えることなどもはや日課だというのに、いまだに一瞬その場に立ち尽くし、不可思議なものでも見ているかのような眼をする。その美しい瞳には、今初めて央太のことを思い出したとでもいうような、あっ、今日も来ていたんだっけと気づいたような色がある。

「ああ。ただいま」

　と、答えたときには、もう真耶は普通だ。だが、央太が部屋にいなくても真耶はたいして気にしないのだろうなと思う。真耶の雰囲気は、いつでもそんな感じなのだ。

　そのことにチクリと胸が痛むような、ほっと安心するような――真耶が自分という恋人がいてもなにひとつ変わらないことへの、悔しさと安堵である――気持ちになりながら、央太は微塵もその感情は見せずに、キッチンから出ると、真耶の鞄を受け取った。

　六月の中旬で、今日は蒸し暑い日だった。鞄を受け取るときに触れた真耶の手は、わずかに湿っていた。その細長い指に、ほんの少し肌がくっついただけで、央太は背筋にぞくりとしたものを感じた。ようは、欲情したのだ。

　オーダーメイドのスーツに身を包んだ真耶は、いつでも文句なしに美しい。

　すらりとした細身の体型に、長い手足。やや長めの、栗色の髪は傷みもなく素直に頬にかかっている。シミ一つない白磁の肌。桃色の唇は常に濡れたように艶めき、切れ長の黒い瞳を縁取る睫は、まばたくたびに音が鳴りそうなほど豊かで長い。

（なんてきれいなんだろう……）

と、央太は毎日感動する。まるで作り物のように美しい真耶が常に折り目正しくスーツを着こなしているのに、指先やうなじに汗がのっていたり、体温が高かったりすると——そこに「生き物」の匂いを感じて、やけに扇情的に見えるのだった。

もっとも央太は常に涼しい顔をするのを忘れなかった。真耶に欲情した眼をさらしていいのは、週に一度、金曜日の夜だけ。それも、ベッドに誘うギリギリまでは、けっして見せないように、細心の注意を払っている。

「ちょっと汗をかいたんだ。お前がいいなら、先に少しシャワーを浴びたい」

そう言って、真耶はネクタイを緩め、うなじに手を当てた。わずかに汗ばんだそこへ、真耶の細い髪が数本からんでいる。

また、ぞわぞわと欲情したが、央太は「どうぞ。今日はできたてじゃなくても大丈夫なものばかりにしたから、問題ないよ」と優しく答えた。

真耶はクローゼットのある寝室に引っ込み、やがて浴室へ消えた。央太は、鞄を書斎に置いてから、真耶のために着替えとタオルを用意して、脱衣所に出した。

そのときにちらりと、鏡を覗く。

長身に、男らしい体軀（たいく）。甘い顔立ちの男が映っている。

（まあ僕も、それなりに美しいほうだけどね……）

己の容姿を見て、ごくごく客観的にそう思う。やや癖のある金髪を軽くかきあげ、赤い瞳を見直してから、央太は脱衣所を出た。大丈夫、真耶と並んでも見苦しくはない。

真耶のシャワーはいつもすぐ終わるので、作っておいた料理を手早くダイニングテーブルに並べる。今日は朝からムシムシとして湿気が多かったので、さっぱり食べられるものを準備した。

青じそとオクラの肉巻きに、ごぼうとアボカドのサラダ、じゃこがたっぷり乗った冷や奴（ひやっこ）。あじのたたき、空豆の塩焼き。豆ご飯に冬瓜（とうがん）の味噌汁（みそしる）。デザートはわらび餅にした。

央太の本職はパティシエだ。フランスで修業し、世界的な賞も受賞したことがある。去年の暮れに開店した世界的有名店のシェフ・パティシエを務めているといえば、分かる人には分かるくらいには、有名人でもあった。繊細な菓子をいくつも作り出せる確かな腕と、女性受けする甘いマスクのおかげもあり、数年前からテレビなどのメディアにも引っ張りだこ。おそらく、独立して店舗を構えても、十分やっていけるだろうという自負もある。

二十九歳でその立ち位置にいると聞けば、多くの人は央太の人生を順風満帆だと思うだろう。

（まあ、そういうわけでもないんだけどね）

完璧にセッティングしたテーブルを見渡してから、央太は小さく、息をついた。

テレビでも雑誌でも、央太のプロフィール欄にはけっして書かれることのないとある秘密——隠しているつもりはないが、誰もそこに注目しないので、秘密のようになってしまったこと——が、一つある。

それは央太を形作っている本質に、かなり近い部分だ。

白木央太、二十九歳。世界でも指折りの天才パティシエと呼ばれ、料理も人の世話も得意なら、強烈なフェロモンを備えたツマベニチョウ出身者。人間としてほとんど完璧な央太は、二十歳まで、ハイクラスとは名ばかりのスジボソヤマキチョウが起源種だった。

修業先のパリで、突然変異を起こし、起源種が変わった経験は、央太のそれまでの人生観や価値観を、一気に覆すような出来事だった。

厳しい世界に身を置き、心ない罵倒や嘲笑を浴びて泣き暮らしていた日々から一転、突然脚光を浴び、面白いほどになんでも思い通りになる世界へ移動してしまった。そのくらい大きな変化が、たった三ヶ月のうちに起きたのだ。小さかったときには冷たかった人たちが手のひらを返して央太を褒めそやし、ときには媚びへつらってきた。

突然変異するまでは、人間の善性や美しさ、希望や愛だけを信じてきた純粋無垢な央太にとって、その世界の変容は、一息には飲み込めないほど苦しいものだった。

人間は善いものだという価値観から、一度は、人間は薄汚く醜く、利己的なものだと思い込みそうになった。それは自分も含めて。

けれど央太の心の中には、真耶がいた。

六歳で出会ってから二十三年、一度はフラれたような形になりながらも、ずっと恋い焦がれてきた真耶は、央太が「ないのかもしれない」と思いかけた善性そのものだった。

（真耶兄さまがいる……）

幼いころの呼び名のまま、央太は誰かに絶望するたびに、心の片隅でそう思った。

この世界には真耶兄さまがいる。美しく気高く、澄んだ心の持ち主。央太に媚びることも、へつらうことも、誹謗中傷を浴びせるわけでもない。常に正しい、真耶がいる……。そう考えるだけで、央太は救われた。

真耶に告白をなかったことにされたとき、央太はまだ小さな体に、わずかな能力しか持たない、社会的に言えば弱者と称されてもいいような状態にあった。突然変異で、急激に体が変わろうとしていたときでもある。

気持ちまで変わってしまいそうなのが恐ろしくて、好きだと伝えたけれど叶わず、誰もが憧れる高い能力と身体的魅力を兼ね備えた男へと変化したあとの央太は、初めてのキスも、初めてのセックスも、真耶とは違う相手と経験した。

しばらくの間は、それでも体を重ねた相手に、誠実であろうとしていた。ちゃんと恋人として付き合ったし、きちんと大事にした。

けれどどうしてもだめだった。央太はただの一度も、彼らを心から愛せたことがなかったし、セックスドラッグとすら呼ばれるツマベニチョウの媚毒に骨抜きにされて、発情した獣のように央太を求め、依存してくる相手ばかり見ているうちに、恋人を軽蔑する気持ちが生まれてくるのを止められなかった。

――真耶兄さまなら、こんなじゃない。

いつも胸の中でそんな声がした。恋人が自分に求めることは、「ツマベニチョウの央太」の持てるものにであって、そこに本来の央太がいるのかどうかすら、よく分からない。

そんなふうに疑う自分も嫌だった。自己嫌悪と欺瞞を繰り返すうちに、央太は観念した。

――もう、真耶兄さま以外を愛することなんて、一生できないんだ……。

その単純で、残酷な答えにたどり着いたときは、一晩泣いた。央太の奥深くに眠っている、柔らかく弱い部分。スジボソヤマキチョウだったころの幼心が、央太を泣かせたのだ。

どれだけの賞賛と注目を浴びても、意味などなかった。

央太はそれからずっと、真耶を手に入れるためだけに生きてきた。

計算に計算を重ねて、慎重に言葉と行動を選んで、少しずつ真耶を追い詰め、からめとって、ようやく腕のなかに抱き込んだ。

半年前恋人になったときは、もちろん幸福だった。今でも幸福だ。けれど、安心しているわけではまったくない。

真耶の心には隙があるが、弱いわけではない。真耶はいつでも一人で生きていけるし、そうなっても不幸にならない術を知っている。真耶は多くをほしがらない。手の中にあるもので生きていける人なのだ。そして彼を愛している人は、真耶自身が思っているよりもたくさんいるのだ――。

（僕は真耶兄さまがいなきゃ駄目だけど、真耶兄さまは、僕がいなくても、大丈夫）

恋心を受け入れてもらえても、愛することを許されても、恋人の肩書きを手に入れても、央太はそれだけで真耶を手に入れたと安心できるほど、傲慢ではなかった。

真耶のことを、知りすぎるほど知っている自信がある。あるいは、真耶本人よりも、真耶のことを理解している。

真耶はヒメスズメバチというハイクラス種出身である。家は名家で、幼いころからつい最近まで、当主代理を務めていた。一家が経営に携わる星北学園（せいほくがくえん）の理事会に入り、八年間地道に働いている。

真耶は謹厳実直、公明正大だ。

偉ぶらず、褒めてほしがるわけでもなく、ただ目の前の仕事をきちんとする。正義感が強くて、弱きを助け、悪をくじく。いつでも正直で、嘘を言わない。一人でも生きていける人。恋や独占欲、嫉妬などのドロドロした感情を、真耶はほとんど知らないのではないかと央太は思うことがある。

だからこそ、恋人になってからはスペアキーをもらい、同じマンションの、違う階に住んでいるのをいいことに、央太は朝な夕な真耶の世話を焼きに来ている。

央太だって、暇なわけではない。任されている店の仕込みや営業の合間を縫って、真耶の衣食住を整え、職場で食べる弁当まで作る。夕飯を作って一緒に食べたあと、またすぐ店に戻る日も少なくない。もっとも、体力もあれば器用でなんでも手際のよい央太にとって、それは苦痛というほどの苦労でもないのだが、相手が真耶でなければここまでしないのも事実だった。

（だって、半年間、毎日奉仕してるのに、あの顔だよ？）

毎週金曜の夜だけは、店は完全に下のスタッフに任せてある。なので、気兼ねなく夕食と一緒に飲む冷酒を用意しながら、央太は小さくため息をついた。

真耶が帰ってくる時間には、どれだけ忙しくても店を抜けて、台所に立ち、夕飯を用意して出迎える。それなのに、真耶は帰ってきて央太を見ると、いつでもちょっと驚いたような顔をするのだ。

ああ、そういえば僕って、央太と付き合ってたんだっけ。

と、いうような顔。

今思い出したの？　真耶兄さま、と苦笑したくなる。毎日忘れちゃうんだね、僕のこと。こみあげる言葉を何度も飲み下している。

（僕が数日いなくなっても、兄さまは平気だろうな。……完璧に平気だろうな）

寂しい想像をして、またため息が出るが、そういう真耶が好きなのだから仕方がない。真耶以外の恋人は、央太にすぐに溺れた。真耶はけっして溺れない。どれだけ真耶の生活の中に食い込んでも、胃の中に入るものすべてを管理しても、週末のセックスでお腹（なか）いっぱいに精を注いでも、真耶は変わらない。そしてそこが、央太は好きなのだ。

寂しいなと思いながらも、毎晩帰ってきた真耶がきょとんとするたびに、安堵する。

ああ、僕の大好きな真耶兄さまだと。そうして、もっともっと、頑張らなきゃと思える。好きになってもらえるように、そばにいさせてもらえるように、もっと尽くさなきゃと思わされるのだった。


「……べつに無理しなくていいんだよ、央太」

シャワーからあがってきた真耶は、薄いシルクの寝間着を着て、髪を濡らしたままダイニングテーブルに着き、整えられた食卓を眺めてからそう言った。

少し困ったような顔をしている。真耶からこの言葉を聞いたのはもう何度目か分からないほどなので、央太は「無理なんてしてないってば」と笑って、吹きガラスの猪口（ちょこ）に、よく冷えた酒をついだ。芳（かぐわ）しい酒の香りが、ふわりと部屋に漂う。

濡れた真耶の髪を乾かしたいなあと思ったが、真耶はお腹を空（す）かしているようなので諦める。きれいに指をそろえ、いただきます、と言ってから、真耶は央太の料理を食べ始めた。


「美味しい！」

切れ長の眼を輝かせて、最初にそう呟く。央太は胸の中いっぱいに、満足が広がっていくのを感じた。

「今日はさっぱりしたものが食べたくなって、素材のままみたいな料理ばっかりだけど、口にあった？」

「もちろん。お前の料理はいつも美味しいよ。……あ、冬瓜の味噌汁、ほっとする……」

冬瓜の旬はまだ先だが、八百屋に早めに入ったものが出ていた。アジはちょうど旬で、青じそ、ミョウガ、ショウガをたっぷりきかせてある。豆腐にのせたじゃこは、ごま油でカリッとするまで炒（い）ってあり、味の濃い豆腐と一緒に食べると醤油（しょうゆ）がなくても美味しい。酒は癖の少ない、口当たりのいいものを選んだ。

食べ終えたあとは、わらび餅に黒蜜をかけ、ほうじ茶と一緒に出す。

ああ美味しかった、と息をつきながら、真耶が央太にまた言った。

「この時期はブライダルの仕事が多くて、お前の店も忙しいって聞いたぞ。毎日僕の世話をしてくれなくても大丈夫なんだから、頑張りすぎないでほしい」

ブライダルで忙しいなんて、央太は一度も言っていない。何度か、真耶は央太の店に来たことがあるし、央太は隠す気もないのでスタッフには真耶を恋人だと紹介していた。

　真耶は怒るかもしれない、と思ったが、意外にも平気そうだった。お世話になっております、と頭を下げて、職場や友人に差し入れる菓子を買って帰っただけだ。真耶が来るときは決まって土日で、店は一番忙しい。央太は厨房に詰めっぱなしで対応できないときもあるので、レジに立っていた店員が、勝手に言った可能性もあるなと思い、央太は内心舌打ちしたい気分だった。

「忙しいって言ってもたかが知れてるよ。うちは毎月、オーダーメイドの菓子は一定数しか受け付けないし、それにおかげさまで、僕は仕事だけは早いから」

　本当は仕事以外も早いが、だからなんだ？　という気もするし、真耶こそなんでも早いので黙っておく。ふうん、そうなのか？　と、首を傾げる真耶は、無防備で可愛い。

　腹の底から、一週間我慢してため込んでいた欲求がムラムラと湧いてくる。時計を横目で見ると、もうすぐ十時だ。いい頃合いだ。央太は向かいの席からじっと真耶の眼を覗き込み、手を伸ばして、テーブルの上に置かれた真耶の手を握った。

「ね、僕にもデザートくれる……？」

　優しく囁き、隠していた欲望を解放した。眼の中に熱がこもるのが、自分でも分かる。体からは甘ったるい香りが一気に溢れ、真耶の頬がかすかに赤らんだ。

　真耶は恋人になってから、一度だって央太を拒んだことはない。自分から誘ってくれたこともないけれど、したくないわけではないらしいのが、央太には嬉しい。

　いいよ、と頷いた真耶を見て、胸がぎゅっと締め付けられるのを、央太は感じた。

（ああもう、限界……）

　セックスは週に一度と決めているから、今日までずっと耐えていたのだ。隠さなくていいとなると、股間が一気に膨らんでくる。それでもゆっくり立ち上がり、真耶をエスコートするようにテーブルを回って、椅子から立たせ、ベッドへと誘う。

ぼんやりとした間接照明が、ダブルサイズのベッドを照らしている。キスをしながら押し倒し、央太は「好きだよ」と何度も囁いた。
鼻腔をくすぐる、真耶の清潔な香りに、頭がくらくらとした。ああ、好きだ、大好きだ。愛してる！　愛してる！　愛してる！　叫び出したいのを抑えながら、服を剝ぎ、美しい裸体を眺めた。

　細身だが貧弱ではない、みずみずしい体に、桃色の乳首。淡く反応している性器さえ、上品な形をしている。一糸まとわぬ姿にしてから、央太は今すぐ突っ込んで腰を振りたいのを我慢し、まずはキスをしながら、真耶の口の中から丁寧に犯した。

　ゆっくり、甘やかに、蕩かせるように。

　それが、央太が真耶を抱くときのやり方だ。真耶が好きな方法を探り探り、行き着いたやり方だった。喉の中に、唾液を落とす。唾液には、ツマベニチョウ特有の濃い媚毒が含まれている。真耶はいつもそれを、美味しそうにこくこくと飲み干す。喉仏が動くのさえなまめかしく、央太はいつも、真耶の首をさすってしまう。そうされると真耶は、びくびくと肩を揺らすのだ。

「気持ちいいね？」

　優しく囁きながら、乳首をつまむ。媚毒が体内を循環するのに、そう時間はかからない。両方の乳首をきゅっと引っ張って、真耶が「あ……っ」と甘く鳴いたら、もう準備はできている。そこからはひたすら、央太は真耶の乳首を舐めしゃぶり、媚毒をしみこませる。性器をこすって勃たせ、鈴口から媚毒を流し込み、ローションにも媚毒を混ぜて、尻の中へ何度も塗り込んでやる。

　セックスドラッグと呼ばれる毒が、体の隅々まで行き渡った真耶は、央太の性を後ろに飲み込んだだけで、「あっ、あっ、あー……」と声をあげて達してしまった。

「可愛い……真耶兄さま」

　真耶の精液は、一週間出さなくても、さほど濃くならない。それが生まれつきの体質なのだ。セックスを必要としていない体。その体を無理矢理興奮させ、無理矢理射精させているのが自分だと、央太は知っている。

真耶から吐き出された精液を指にからめ、口に入れてねぶる。真耶の味はほろ苦い。口には出さないが、これが兄さまの、精子の味か……と思うと、央太はいつも言葉にならない満足感と、興奮を覚える。自分の舌の上で、真耶の精が飲み込まれ、吸収されて死んでいくのだ。その想像が、央太の嗜虐心を満たしてくれる。

（我ながら変態的だな……）

分かっているけれど、やめられない。

「ごめんね、動くね。……善くしてあげる。可愛い兄さま……」

睦言を囁きながら、中の前立腺を性器で擦ってやり、真耶のものが再び反応するのを待ってから、リズムをつけて揺さぶる。

なるべくゆっくり、長く、中を刺激して、央太は一週間分の白濁を、真耶の中へ一滴残らず注ぐ。それは唾液とは比べものにならないほどの、強い媚毒だ。

「あっ、あっ、あっ、うあああああん……っ」

腹の奥に叩きつけられる央太の精液に、感じすぎた真耶が、声を抑えることもできず、びくびくと腰を跳ねさせる。長い睫が生理的な涙に濡れ、乳首も性器も勃たせたまま、真耶は何度も絶頂している。

ぎゅっと性器を握り込んでしごいてやる。

「や、やめ、央太……っ、あ、ああっ、出、出ちゃ……」

「いいよ、出して。いっぱい出して」

そう言うと、もう出すような精液を持たない真耶は、透明なものを勢いよく性器から吹き出させた。

「可愛いね、兄さま。お潮吹いちゃったね……」

「あ、言う……な、あ、あ、あ……」

恥ずかしがって顔を真っ赤にする真耶が可愛くて、央太は再び堅くなった己の性器で、真耶の中を今度はやや乱暴にうがつ。央太の媚毒でいっぱいになった真耶の後ろは、じゅぷじゅぷといやらしい水音をたて、中の媚毒をかき回し、肉襞に吸収させるようにペニスで塗り込むと、真耶はだんだん脱力していく。美しい体から一切の抵抗が消え、あえぎ声が止まらなくなったのを見て、央太は真耶の体位を変えた。うつぶせにし、尻だけ高く上げさせても、真耶はもう文句を言わなかったので、央太はそのままもう一度、中で出す。

「あっ、あ、あ、あ、あ……っ、あーっ」

「僕の精液、出てるの分かる？」

耳元で訊くと、真耶はうん、うん、と頷いた。央太の精は二度目でもまだかなり濃く、量も多い。出し過ぎて、真耶の後孔からは白いものがこぼれてくる。一度性器を抜いて、真耶の体を起こし、対面で挿入する。

「あっ、あっ、あっ、おく……っ」

「奥まで入ってる？　気持ちいい？」

口元に当たる乳首を舐めながら問うと、真耶は「あああん……っ」と甘く喘ぎながら、たまらないように腰を揺すった。

（あー……飛んだな……）

涙で潤んだ真耶の眼と、上気した頬。濡れた唇。感じて歪んでいるその顔をうっとりと眺めながら、央太はそう思った。対面座位で真耶が自分から腰を振り始めたら、もう理性がほとんどない証拠だ。後ろの孔はぐずぐずに蕩けて緩み、快楽しか拾わなくなっている。

（ああ……最高……）

太い性器を真耶の中に入れたまま、央太はベッドに寝そべり、真耶に騎乗位をとらせた。

中の刺激だけで何度も達している真耶の性器はくったりと寝ている。突きたった乳首を下から愛撫しながら、自分の上で上下に跳ねる真耶の体を眺めるのは、とてつもなく甘美だった。しっとりと汗ばんだ体軀も、はあはあと獣のように息をするその口も、快楽に蕩けた真耶の美貌も、どれもが芸術品のようだ。だが、これを知っているのが、世界中で自分だけというのがなによりもの悦びだ。

「あん、あ、あ、あん……」

小ぶりの尻を揺らしながら、真耶は央太の性器で、自分のいいところを擦っている。快楽をむさぼっている雀真耶のいかがわしさは壮絶なものだ。

上手くできなくて、涙目で央太を見下ろしてくるのもいい。どうしたらいいか分からないように、その眼は少し戸惑っている。央太はくす、と微笑んで、腰を強く突き入れてやった。

「ああん……っ」

ほしい刺激が得られたのだろう、真耶はのけぞって悶えている。

「お尻気持ちいいね？　真耶兄さまはお馬さん上手だよ……」

意地悪するのは趣味ではない。央太は一通り眺めて満足したので、そこからはちゃんと真耶を揺すってやった。

「あん、あんっ、あっ、あっ、あっ」

真耶は突くたび極まっているようで、後ろの媚肉で、央太の性器をぎゅうぎゅうと引き絞ってくる。真耶の手首をそれぞれ摑み、央太は上半身を起こして、下から激しく突いた。性器が強く絞られて、射精感が高まる。出す間際に姿勢を変え、後背位から真耶の体を抱き締めて、一緒にベッドに倒れ込む。うつ伏せに抱き潰すような姿勢で腰を振ると、真耶のただでさえきつい後孔はさらに狭くなり、

「あっ、あっ、ぜんぶ、あたって、あああ……っ」

真耶は泣きじゃくりはじめた。可愛いなあと思いながら、央太は真耶の頭をよしよしと撫でた。

「気持ちいいとこに全部あたっちゃう？　お尻も……乳首も……おちんちんも」

「うんっ、ん、あっ、あっ、あー……っ」

一際奥まった場所まで性器を突き入れて、精を吐き出した。こめかみや首筋にキスをしながら、乳首を優しく揉んでやる。あまりの気持ちよさにだろう、真耶はびくびくと震えながら「気持ちい、いい、あ、あ、溶ける……」と、うわごとのように繰り返している。溶けていいよ、と央太は囁いた。全部溶けたらアイスクリームにして、僕が食べてあげる……。

子どものようにいやいや、と首を振る真耶に、央太は嘘だよと笑った。

「可愛い真耶兄さま……愛してる。本当は僕をアイスクリームにして、真耶兄さまのお腹に入れて、もう一生、なにも食べれなくしたいよ……」

真耶はセックスの途中、理性が飛んでからあとのことはいつも覚えていないから、こんな狂気じみたことを言っても平気だ。

「あ、あ、あ……おうた、ちくび……」

「うん、まだ揉んでてあげるね。気持ちいいでしょ？」

舌っ足らずの口調になって言う真耶に、央太はあやすように伝えて、乳首をゆっくり刺激する。後ろに入

れた性器も、三度出したというのにまた膨らんできている。真耶は脱力しきってもう動けないようだが、その体はわずかな刺激さえ快感に変えて、ぴくぴくと震えている。

「寝るまでこうしててあげる……お休み真耶兄さま……」

シーツの上で朦朧としている真耶に口づけ、央太は真耶が疲れて眠りにつくまで、甘やかな愛撫を静かに与え続けた。

性器を抜いたのは、真耶が意識を失ってからだ。まだ硬いそれを自分で擦り、真耶の丸くて、白い尻に精液をかけた。

「……きれいだ」

央太の欲望に全身濡らされた真耶の体を眺め、うっとりと息をつく。これだけ汚されてなお、真耶は美しかった。

優しく抱き上げて風呂に入れてやる間も、髪を乾かしている間も、真耶は眼を覚まさずぐっすりと寝ていて、まるで人形のようだった。清潔なシーツをベッドに張り直し、央太は真耶をそこに寝かしつけた。

「お休みなさい、真耶兄さま。いい夢を」

額に優しくキスをしてから、じっとその顔を見る。寂しいな。ふと思った。

もっと一緒にいたい。けれどその気持ちは押しやって、寝室を出る。すると思わず、ため息が漏れた。

(……今日もセックスの最中、好きって言ってはくれなかったな)

優しく蕩けさせ、快楽に溺れさせ、理性を飛ばしても、真耶から愛の言葉が返ってきたことはない。それでいいと思っているし、真耶とのセックスは十分甘美で満足なのだが、体だけでは落とせないという事実を思い知らされもする。

「……どうしたら好きになってもらえるのかなあ」

美味しい食事に、清潔な部屋に、優しい言葉。溺れるようなセックス。央太が与えられるすべてを与えても無理なら、打つ手はない。数秒落ち込んでから、まあいいか、と思う。

(真耶兄さまに、変わらなくていいって言ったのは僕だし。……実際、そう思ってるし)

ただちょっと寂しいだけ。

しかしこの寂しさも、真耶との恋人という立場についてくるアクセサリーだと思えば、悪くない気もした。せめて捨てられないように、これからもできることはなんでもやればいい。

央太はダイニングテーブルに置きっぱなしの皿を片付け、明日の朝食の準備をするために、キッチンのほうへと戻った。

◆

『今日は早めに出ます。朝ご飯はサンドイッチを作っておいたので、食べてね。コーヒーも魔法瓶に入れてあります』

セックスで真耶を眠らせた翌日の土曜、央太は朝まだきのうちに、籐のバスケットにサンドイッチとコーヒーの魔法瓶を詰め、真耶の部屋のテーブルに置いてから、メモを残して仕事に向かった。

まだ寝室ですやすやと寝ている真耶を不用意に起こしたくないので、メールは打たないのが常だ。

（……パティスリーは土日、休むわけにいかないもんなあ）

せめて店舗の上に居住していれば、真耶の顔を見て、おはようのキスをしてから仕事に出られるのに、と思い、通勤途中の車内で央太は息をつく。

将来的には、央太も独立して店を持つつもりだ。理想としては真耶と結婚して、パティスリーの上に一緒に住めたらと思う。もちろん形にこだわるわけではない。入籍はしなくてもいいが、生涯を添い遂げる理由がほしいなとは、常々考えていた。

（でも真耶兄さまが僕と結婚なんかしてくれるかな？央太は長男なんだから、とか言われそう）

スズメバチ種は女性が家を継ぐが、他種は大抵長子が家を継ぐものだ。央太の実家は大手外食チェーンを営んでおり、父親は一人息子の央太に会社を譲りたがっている。

真耶には何度か、「お前の親御さんに、付き合っていることをご報告しなければ」と言われていたが、央太はいつも「そのうちね」とか「そうだねえ」などと適当な言葉で濁して、はぐらかしていた。

もしもほんのわずかでも、両親が男である真耶との仲に否定的な態度をとったりしたら、真耶は身を引きそうな気がするからだ。

（結婚は無理でも一緒に住めたら……なんて、それも我が儘か）

いまだに真耶の部屋で眠ったことも、目を覚ましたこともない自分だ。同じベッドで寝起きしてみたい気持ちはあるけれど、学校勤務の真耶と、パティシエの自分では生活の時間がまるで違うし、真耶のベッドで眠ることは、美しい聖域を侵すことのようにも思えて、できないでいる。

セックスはしているくせに矛盾だ……と思うけれど、それだって、金曜の夜しかできない。お互いの条件がそろうのが、その夜しかないためだ。

（真耶兄さまは仕事柄、職場では匂い消しを飲まなきゃいけないし）

セックスをすると、相手の匂いが移る。学園勤務の職員は、生徒の手前、性行為のあとは薬を飲むことが課せられているが、匂い消しの薬はけっして弱い薬ではないので、毎日飲ませたくはない。土日は真耶が休みだから、日曜の夜に飲めばそのあとは連続服薬しなくても、自然と消える。これは真耶自身が、ツマベニチョウと匹敵する上位種なおかげもある。しかし土曜の夜にも抱いてしまえば、匂いはしつこく残り、真耶は平日にも何度か服薬しなければならないだろう。

仕事をしている真耶の、ぴんと背筋の伸びた姿を愛している央太にとって、わずかでも真耶の健康を損なうことは不本意だ。

それから、あの真耶の意識を完全に飛ばすまでの媚毒は、二夜連続で出してしまうと量のうえでも質のうえでも無理かもしれない……という不安もあった。

（セックスを拒まれたことは一度もないけど……多分僕が好き勝手にやってるとこ見たら、幻滅されちゃうよな……）

騎乗位で、尻を揺らしている姿を鑑賞するのが好きなんて。

あの潔癖な真耶にはとても言えない、と央太は思うのだ。

恋人になっても、悩みは尽きないものだと考えているうちに、目的地に着いた。土日は一番混む日なので、央太は誰より早く工房に出て、大量に菓子を焼くのだ。

店舗が央太のためだけに借りてくれているパーキングスペースに車を停め、高級ブランドが軒を連ねる通りを抜けて、洒落た外観のパティスリーを前にする。勝手口から中へ入ろうとして、ふと、扉の前にある人影に気づいた。

「おはよう？」

声をかけてから、顔を上げた男の顔を見て、央太は思わず「あっ」と声を漏らした。

『オウタ！』

『ジャン！』

それはかつて、フランスのパリで一緒に修業をしていたジャン・ラエルだった。今は独立し、パリで自分のパティスリーを構えているシェフ・パティシエだ。

背丈は央太と同じくらい、ブルネットの巻き毛に青い瞳。甘く整った顔のジャンは、出身はタカネキアゲハ。央太と同じ大型チョウ種だ。年は五つ上の三十四歳。陽気で軽い性格で、央太がスジボソヤマキチョウだったころから親切にしてくれた、数少ない信頼できる先輩だった。


再会の抱擁をしたあと、どうしてここに？　と問うと、ジャンは『師匠に言われて、きみの活躍を見てこいと』と言ったが、すぐに嘘さ、と笑った。

『日本支店の売り上げがいいって聞いてね。日本へも出店してみたいから、休暇ついでに覗きに来たんだ』

実は昨夜遅くに店を訪れたが、央太がいなかったので、朝早くから訪ねてくれたという。央太はジャンを厨房に招き入れ、制服に着替えながらジャンにコーヒーを入れて出した。

『電話をくれたら良かったのに』

央太にとって、ジャンは尊敬する先輩だ。だから聞いていれば、空港にも迎えにいっただろう。

フランス語でそう言い、唇をとがらせると、ジャンは茶目っ気たっぷりにウィンクした。

『きみが金曜日は恋人と熱い夜を過ごしてるって前に言ってたから、お邪魔だと思ったんだよ』

からかいまじりに言うジャンに、央太は小さく笑った。

フランスでは、日本のショコラ、パティシエブームはちょっとした話題だ。売り上げ規模はヨーロッパに比べれば小さいが、例えば高級デパートが主催するショコライベントなどがあると、たった三日で驚くほどの人が集まり、熱狂に包まれる。そうしたムーヴメントは、洋菓子の本場、フランスにはない現象だった。

『パティシエそのものがアイドル扱いされるっていうじゃないか。どんなものか興味があってさ。オウタは特にもてはやされてるだろうね、パリでもモテてた』

央太が出したコーヒーをすすりながら、厨房の小さな椅子に腰掛けているジャンが、そう言ってくる。央太には断りなく、勝手にレシピノートを広げて見ている。

『あなたが街を歩いても、熱心な洋菓子ファンに出会ったらサインを求められるかもしれないですよ、ジャン』

実際ジャンも、央太より前に国際的な賞を受賞している。ジャンの工房も、日本ではすでに知名度がある。

『下っ端よりも先に来て準備するなんて、偉いシェフだな』

央太が今日使う材料を並べていると、ジャンは腕を組んで感心した。

『なにか手伝おうか』

『結構。レシピも勝手に見られておいてなんだけど、盗まれても困る』

『きみのレシピなんて、見ても無駄さ。オウタ・シラキの繊細な腕がなけりゃ作れないものばかりだ。自分でも分かってるから、出しっぱなしにできるんだろう？』

パティシエにとってのレシピは命。

けれど央太はそれを、誰でも見れる位置に置いている。同じものを同じ手順で作っても、自分の菓子は自分にしか作れないという自負があるのだ。自分の菓子は自分にしか作れないという自負があるのだ。けれどそれをわざわざ口に出す必要もない。ただ微笑むだけにすると、ジャンは肩をすくめて『敵わないな』と言った。

『まあでも、こんな早朝じゃ開いてる店もないし、ジャンも暇でしょう。手伝いたいなら、フロアの焼き菓子のストック、見てきてくれる？』

『先輩に下っ端の仕事をやらせるわけだな』

ジャンはそう言ったが、面白そうな顔をして、フロアに出ていった。しばらくして弟弟子が数人やってきて、厨房はいっぱいになる。ジャンを紹介すると、彼らは口々にファンですとか、会えて嬉しい、と興奮したように声をかけた。遅れて出勤したフロアスタッフも同様だ。

しかし開店時間はすぐに迫り、ジャンの相手をしているわけにもいかなくなる。十一時ぴったりに店を開けると、すでに客が列を作っていた。

イートインは瞬く間に満席になり、店の商品も次々と売れていく。央太は休みなくケーキを焼いた。

最初の波が去ったのは一時過ぎだ。奥で見ていたらしいジャンは、『流行ってるなあ、日本人じゃないとこれは無理だぞ。俺は四六時中働くなんてできない』と感心半分、呆れ半分に肩をすくめた。

『ジャンの工房だって流行ってるでしょう』

『パリのパティスリーは日本のコンビニエンスストアだよ、ふらっと入ってふらっと買う。もっとお手軽で気軽さ』

まあそうかもしれない、と央太も思う。コンビニエンスストアとまではいかないが、フランスではパティスリーの菓子の単価が日本よりずっと安いのもある。

一息つこうとコーヒーをいれて、腰掛けているジャンの横に立つと、ジャンはニヤニヤとからかうような眼をして訊いてきた。

『こんな働き者のシェフを、一晩独占する恋人ってどんな子だい？　オウタきみ、パリじゃあれだけモテてたのに、最後の数年は決まった相手すらいなかったろ』

『ジャン……』

央太は苦笑して、先輩を見下ろした。

『その話、フランス語が分かるスタッフの前では言わないでくださいよ。こっちじゃ僕、クリーンなんです』

『恋人もいることだし？』

『そう。あなたの言い方だと、僕、まるで遊んでいたみたいだし』

日本支店の工房には、パリの工房から連れてきた弟弟子が数名いるが、彼らはまだ若いうえに、央太は長い間、二号店のシェフ・パティシエをやっていた。本店勤めだった彼らとは日本で初めて一緒に仕事をするようになったので、パリでの生活を知っている者は、この支店にはいないのである。現地で調達したスタッフは言わずもがな。央太はべつに、パリでも乱れていたわけではないが、滞在期間の後半は、決まった相手を作らずに、後腐れのない相手と体だけの関係を持っていた。

ツマベニチョウは本来性欲が強いタイプなので、処理するためにそれはやむなかったし、当時は真耶と付き合っていたわけでもないからいいのだが、なんとなく、日本ではそういう一面を隠しておきたかった。真耶には特に、知られたくない。

『ふうーん、なるほど。日本の菓子はそんなに甘いか。〝セックスドラッグ〟オウタ・シラキがイカれるほどに？』

セックスドラッグ、オウタ・シラキ。

パリのクラブなどで密やかに囁かれていた懐かしいあだ名に、央太はぎくりとし、思わずジャンを睨む。ジャンはからかうような笑みを隠そうともしていない。

『紹介してくれよ、きみの甘い菓子。パリにいるときも、数年がかりで落とす計画を練っていた子だろ？』

言われた央太は、気まずさを隠せない。

『きみのセフレの間じゃ有名だったぞ、あのセックスドラッグが落とせない、高嶺の花だって。会ってみたい』

央太はぷい、とそっぽを向き、即答で断った。

『いやだ。僕が言えた義理じゃないですけど、ジャンだって相当な遊び人でしょ。しかも現役の。僕は今たった一人だけを愛するロミオなんですから、あなたみたいなドン・ファンに紹介する菓子はないですよ』

大体、数年がかりで落とそうと練っていたことなど、もし話されたら最悪だ。セフレの間で、真耶のことがどう言われていたかなんて、もっともっと知られたくない。

ケチめ、このケチめ、とジャンになじられていたとき、フロアスタッフがひょいと厨房に顔を覗かせて、央太を呼んだ。脱いでいたシェフ帽をかぶり直し、央太は「どうしたの？」とフロアのほうへ出て行く。

「いえ、シェフのパートナーさんがいらっしゃったので……」

開店初日から働いてくれているフロアスタッフは、真耶のことを知っている。言われて見ると、フロアの焼き菓子を物色している真耶の姿があった。リネンのジャケットに襟付きのシャツ、品の良いコットンパンツという、ノーブルな出で立ちの真耶の横顔を見ると、胸がときめく。いつもなら真耶兄さま、と声をかけて、うきうきと厨房の奥の休憩スペースに誘うところだが、今はすぐ我に返った。

「に、兄さま。どうしたの？」

ショーケースの脇を通ってフロアに出て行くと、イートインスペースからきゃー、と華やいだ声と、シャッター音がしたが、構わずに真耶のところへ行く。顔をあげた真耶はふっと微笑み、

「おはよう、央太」

と、言った。もう昼なのに——朝、会えなかったからだろう。美しく優しい微笑と、落ち着いた声音には、昨夜の官能の痕すらない。その変わらない清らかさに、央太の胸はあっさりと高鳴る。

（……ああもう、好き！）

と、叫びたくなる。

「特に用はなかったんだけど……することもなかったし、明日実家に顔を出すから、手土産を買いに来たんだ」

「そ、そう」

答えながら、胸がきゅうっと絞られたようになるのを感じた。真耶が愛しい。

真耶は華やかな見た目や経歴とは裏腹に、仕事以外、興味のあるものがなく、趣味も持っていない。土日も常に持て余し気味で、誘われれば出かけるが、そうでもなければ家で仕事をしてしまう……そういうタイプだ。

ただ、央太と付き合い始めてから、時々央太のパティスリーに来るようになった。真耶の行動範囲の中に、「央太の店」が一つ入ったことになる。

よっぽどやることがないと、真耶は日曜、実家を訪れて昔から世話をしてくれていた家政婦の菊江と、お茶をして帰ってくるようだった。そのとき土産に、いつも央太の店の菓子を持っていくのも、もうお決まりのパターンになっている。

（……なんていうか、他にも店はいくつもあるのに）

それこそ、この店の周りにも、パティスリーは無数にある。

　それなのに、他の店に行くことを思いつきもしない、真耶の世界の狭さ、行動の地味さに、央太はなんともいえない愛しさを感じるのだった。この人ずっと、こうなんだよね。今度どこか、近場のパティスリーを紹介してあげよう。そうすれば他の店にも、たまに行くようになるだろう……とすら、思う。一方で、自分の店に飽きもせず来てくれるのは嬉しい。

　奥のイートインでは、「美形同士が喋ってる」という声がするし、フロアスタッフも、レジカウンターのほうからちらちらとこちらを見ている。時々やってくる真耶は、「シェフのパートナーの真耶さんて、まるで女神のようですね……」と言われたりしているのだ。真耶がそういう扱いを受けるのは昔からなので、央太は慣れているが。

『へえ、彼がお前のパートナーか？　オウタ』

　しかし今日は、間が悪かったなと思う。

　耳ざといジャンは、フロアスタッフの言葉を聞いていたらしい。日本語は分からなくても、パートナーの単語は分かったのだろう。央太の肩越しに顔を覗かせて、真耶を見た。

　真耶はわずかに眼を瞠（みは）ってまばたきした。

『Comme c'est beau……』

　真耶を見たジャンは、思わずというように小さく呟いた。なんて美しい……という意味だ。央太はむっと眉根を寄せてしまった。真耶が美しいのは事実だし、いつもは自慢したくてたまらないのに、ジャンからは隠したいと思ってしまう。

『……フランスの方ですか？　もしかして、オウタのお知り合いでしょうか』

　真耶はすぐに柔らかな笑みを浮かべて、流ちょうなフランス語でジャンに話しかけた。分かっていたが、どうやら真耶はフランス語も普通に喋れるらしい。ジャンはぱっと顔を輝かせ、前に出てきて真耶と握手した。

『フランスの工房で、以前一緒に働いていました。彼がまだ小さかったときから』

　それを聞くと、真耶の眼にさざ波のように感情が走った。少し悲しそうな、寂しそうな瞳。小さかったときから、と聞いて、真耶はたぶん、二十歳より前の、小柄だったころの自分を思い浮かべたのだろうと央太には分かった。

『今日は休暇で、こちらに来ています。オウタのパートナーに会えて嬉しい』

『マヤ・スズメと申します。こちらこそ光栄です。僕は製菓関係の仕事ではなくて……お土産を選びにお邪魔しました』

オウタのパートナー、と言われても、真耶はいやな顔一つせず、淡々と会話を続けている。思えば初めから真耶はそうで、それがどうしてなのか、央太には分かっていない。真耶の性格なら、聞かれるのを嫌がると思っていた。

ジャンは勝手に話を進め、なんのお仕事ですかとか、今日はお休み？ などと質問している。央太はその会話を途中で遮った。

『ジャン、兄さ……マヤは用があるから、あまり引き留めないであげて』

『ないよ。用事なんて』

しかし肝心の真耶が、央太の言葉を否定する。途端に、ジャンは喜びの声をあげた。

『本当に？ 時間があるなら、少しこのあたりを案内してくれないかな。最近このあたりにできた、ブランドビルが見たいんだけど』

はあ、なにを言ってるんだ、こいつ、という言葉が喉元まで出かかった。人当たりの良さが売りなので、さすがに出てはこなかったが。

『パティスリーの出店も多くあるところです？』

世の中の情報には疎い真耶だが、つい先日、央太がデートに誘って行ったビルだったので、分かったらしい。少しだけ嬉しそうな顔をして、ジャンに訊く。

ジャンはそう、そこ、と喜んだ。

『日本への出店の参考にしたい。かといってオウタは忙しいし、彼の仕事を見ているのも飽きたし』

勝手に訪ねてきたくせに、と思ってむっとする。いやそれよりも、真耶になにを頼むのだ、と文句を言おうとした矢先、真耶がニッコリして『いいですよ』と了承する。

「に、兄さま。いいんだよ、そんなことしなくて」

慌てて日本語で邪魔をしたが、真耶は不思議そうに首を傾げた。

「どうして。暇なんだからいいよ、そのくらい。お前がお世話になった先輩だろう？」

「そうだけど、でも、いや。危ないかもしれないし」

「危ないってなにが」

　真耶には本当に分からないようだ。むっとしたように央太を睨む。その顔には、「まさか僕が襲われるとか言わないだろうね？」と書いてあるように見えて、央太は言葉に詰まった。

　かつて――央太は真耶に酒を使って襲ったが、本来の真耶はハイクラス上位種。そう易々と襲われて、泣き寝入りするようなことはない。ましてや、相手に悪意がなければ強姦は成立しない。余計な心配をしすぎると、真耶はたぶんへそを曲げてしまうだろう、と央太には分かっている。さらには一度受けた以上、やっぱり無理です、とは絶対に言わない人でもある。

「でも……その、僕がお世話になっていたからって、兄さまが世話することないんだから……」

　小声になってそう言ったが、真耶はすっかり怒った顔で央太を見ている。

「僕が誰となにをするか、お前に決める権利はある？」

　――いえ、ないです。

　たとえ恋人でも、決めることはできない。これ以上日本語で話しているのは失礼だと思ったらしい。真耶はジャンに向き直り、『行きましょうか』と声をかけた。顔なじみのフロアスタッフには、「また後で伺いますね」と言い置く。ちょうど団体の客が店の中へ入ってくる。そろそろまた混み出す時間だ。厨房から、シェフ、ちょっと見てほしいんですが、という声がかかり、央太は戻るしかなかった。

　ジャンはニヤニヤしながら、

『じゃあオウタ、お前の菓子をちょっと借りる』

と言ってのけ、ごく自然に真耶の腰を抱いた。央太はぎょっとし、頭に血が上ったが、真耶は気にしていない。フランス人の男なので、触られてもこんなものだと思っているような顔をしているし、実際思っているのだろう。

「央太、仕事頑張って。またあとで」

　それだけ言って、あっさりジャンと出ていく真耶に、央太は「待って」とも「行かないで」とも言えなかった。

当然ながら、

――僕のただれた過去の話、どうか聞かないで！

とも、

――ジャンに触らせないで！　兄さまは僕のなのに！

とも、央太には言えなかったのだった。

（ああ……！　ああ……！　ああ～……）

厨房で作業をしながら、央太は何度心の中で、呻いたか知れない。

しかし悩んでいるときほど央太の腕は神がかる。いつもなら一時間かかる作業が三十分で終わり、気がつけば試作の創作ケーキまでできていた。

「シェフ！　フェア用のケーキですかっ？　試食してもっ？」

「わあ、なんて美しいんでしょう、シェフは天才です！」

興奮気味のスタッフに囲まれてやっと我に返った。

柑橘類をふんだんに使った美しいタルトや、グラニテの中にラベンダーの蜜漬けを閉じ込めたものなど、夏用のデザートが何種類もできあがっていた。

「……どうぞ。食べて感想くれる？　一番人気だったものを来月出すから」

あれも美味しい、これも美味しくて選べない、とスタッフが騒ぐ中、央太は店内も空いていたので、少し休むね、と言って、勝手口から薄暗く細い路地に出た。ゴミ箱の横には、小さな鉄のスツールが一つ置いてある。フランスから来ているやや怠惰なスタッフが、休憩スペースだけでは狭すぎるからと勝手に置いたものだ。仕事に支障がないならいいかと、央太は目下お目こぼししている。それにこんなときには、自分にも役立つ。

スツールに腰をかけ、はあ……とため息をついて空を見上げる。

都会の空は、高いビルに囲まれて細長く、薄白く見えた。華やかな路面側とは違い、ビルとビルの隙間は湿っぽく、瀟洒な正面と違って、古い配管がいくつも壁を蛇行している。

真耶がジャンと出て行ってから三時間ほど経っている。もうすぐ夕方だ。

(心が狭いのかな、僕って……)

ジャンが真耶を襲うことは、万に一つもないと知っている。軽薄な遊び人だが、賢い人だ。後輩の恋人を寝取ったりはしないし、真耶だって簡単に襲われるほどやわではない。

——驚いたな、お前がオウタか。まあ、見てくれが変わっても、お前はお前だ。しっかりやればいいさ。

突然変異した直後、気味悪がって遠巻きにする同僚や先輩が多かった中でも、ジャンは態度が変わらなかった。クラス格差に興味のない人だった。ただ、いつもおどおどして、泣いてばかり、なにもできなかった央太が、ハイクラス上位種に生まれ変わって一ヶ月で出世したときには驚かれた。それでも、央太がジャンを信頼しているのは、そのときかけられた言葉に救われたからだ。

——まあ、変異前のお前がやってきた努力が報われたんだ。その蓄積がなけりゃ、こう早くは上達しないさ。

そう言って央太の頭を撫でようと手を伸ばしたジャンは、少し寂しそうな顔をして、その手を引っ込めた。そうか、お前大きくなったんだなあ。もう手が届きにくい……と言って。

——そっか。僕は……僕よりジャンのほうが、いい男だって知ってるから……。

(兄さまを見せたくなかったのかも……)

央太はいつだって恐れている。真耶がいつか、気づいてしまわないか。

一人で生きていけるという事実にではない。そんなことなら、真耶はとっくに気づいているだろう。

そうではなく、誰かと生きていくときに、央太にとっては真耶でなければ意味がないが、真耶にとっては、央太でなくてもいいということにだ。

央太は幼いころから真耶を知っているし、その孤独にも、空虚さにも気づいている。けれどそれがなんだというのだろう?

真耶はもう、自らの孤独や空虚を受け入れている。

(……自分の孤独を、誰か他人が埋められる? そんなことは無理だ)

できることはせいぜい、相手の孤独を理解して寄り添うことだけ。それは央太でなくてもできる。そのことに、いつか真耶が気がついたらどうしよう。央太はそう思っている。

ヒメスズメバチ種の名家、雀家の当主代理の肩書きもなくなり、真耶の持ち物は星北学園副理事という肩書きだけ。そんなものは、ほとんどのハイクラス上位種にとっては特別でもなんでもない。

央太と付き合い始めて、真耶は前より角がとれたようなところもある。基本的にはなにも変わっていないが、もはや性行為や男と交際することには、抵抗がなくなっただろう。

（今までなら遠巻きに真耶兄さまを見ていた連中が、兄さまの……あの外見よりも鈍感なところとか、自分のことには雑なところとか……そういう、可愛いところに気づいてしまって……近づいてきたりするかもしれない）

憧れならいいのだ。憧れでは、相手を理解することなどできないから。

けれど職場の学園で、特定の友人らしい友人のいなかった真耶が、最近では「芹野先生」という教師と仲良くしている。以前は真耶に憧れていたはずの芹野から、真耶は最近では説教もされるらしく、

「芹野先生に、記念日は大切だって、ちゃんとしなさいって言われて……」

と、言って、付き合って三ヶ月目の日に、花束を買ってきてくれたこともあった。

（僕が変えられない兄さまを、仲良しのお友達がいともたやすく変えるのか）

と、少しがっかりしたことを覚えている。一生懸命、「恋人らしく」振る舞おうとしてくれる真耶の気持ちは嬉しく、愛しかったが。

今頃ジャンは、どこかのカフェに真耶を誘って、昔の央太の話などしているかもしれない。あいつ、相当遊んでたんだけど、こっちじゃきみ一筋みたいだ。よかったよ、なんて。

その相当遊んでた、の部分を真耶が事細かに聞いていたらどうしよう。

自分の汚い部分を知られるようで怖い。恋してもらえるように取り繕っている仮面が剝がれ、計算ずく

の、冷淡な、いやな男の顔が見えてしまう。

（……僕が一番嫌いな僕の部分が……）

小さく風が吹き、それは六月の湿気をはらんで、央太の頬を撫でていった。

胸の中に、スジボソヤマキチョウだったころの自分がいるのを感じる。二十歳なのに子どものような容姿。華奢な体に涙ぐんだ瞳。

——どうしてこんなことばかりするの。

初めて、好きでもない相手とセックスしたとき。責任をとって付き合った恋人が、あまりに自分に依存してくる姿を見て、犬のようだなと感じたとき。

結婚したいと迫られて、悪いけど……と謝ったとき。

セックスフレンドならいい。それ以外はいらないんだ、と関係を迫られて説明するようになったとき……。

胸の中で小さな自分がいつも怒って、泣いていた。

どうしてこんなことするの。嫌い、嫌い、汚い、汚い……。

（真耶兄さまを手に入れるためだよ）

央太はいつもそう返事をした。そうするしかないんだ。僕はもう、お前とは違うから。

——君だって僕だよ。真耶兄さまを大好きな僕……。

それでもお前のままじゃ、兄さまは手に入れられなかったじゃないか……。胸の中で反論すると、小さな自分は泣きながら消えていく。じわじわと眼に涙が浮かび、央太はそれを拭った。

自分を憐れんでいるわけではない。昔に戻りたいわけではない。変異してからの九年を、悔やんでいるわけでもない……。ただ、これが央太の孤独というだけだ。誰にも埋められない孤独。永遠に、今の自分を完全に愛することができないという、孤独だ。

そしてそんな孤独は、きっとこの世界にはありふれていることも、央太は知っていた。


休憩を終えて店に戻ると、厨房にはいつの間にかジャンの姿があった。央太の試作品を食べて、スタッフたちと談笑しているところだ。

央太は驚いて、足早に近寄った。

『ジャン、兄さ……マヤは？』

訊くと、『お前、ずるいぞ。こんなに美味（うま）いものばっかり作って』とジャンは茶化（ちゃか）してくる。

『さっき店の前で別れたよ。彼、焼き菓子を買って帰ったぞ。どうだ、俺は紳士だろう？』

ニヤニヤと言う彼に、央太はうっと言葉に詰まった。

『……分かってました、あなたが僕の大事な人に、なにかしたりしないことは。でも……あなたにはいろいろ、知られたくないことも知られてるし』

もごもごと言うと、ああそう、マヤはパリでのお前のこと、興味深く聞いてたぞ、とジャンに言われ、央太は青ざめた。

問うようにじっとジャンを見る。ジャンは央太の背中をバン、とたたいて、

『お前、愛されてるなあ』

と結んだ。それから、『このグラニテ、どうやって作ってるんだ？』と、パティシエの顔になり、訊いてきた。


——帰るのが憂鬱だ。

央太は店じまいをすると、のろのろと帰途に着いた。いつもなら土日でも、中抜けして真耶の食事を作りに帰ったりする。しかし今日はそういう気持ちになれず、

『ジャンがいるので、今日は店じまいしてから戻っていい？　夕飯なら、冷凍庫にカレーの作り置きがあります』

とメールをした。真耶はいたって普通に、

『こちらのことは気にしなくていい。ジャンと食事してきたら？』

と返してきた。

ジャンからなにか聞いているのかいないのかさえ、よく分からなかった。

ジャンからは、一体自分についてなにを話したのか、聞き出せなかった。自分で聞いてみろと送り出され、陽気な先輩はさっさとホテルに戻ってしまった。

マンションに戻り、エレベーターに乗ってから、央

太はしばらく悩んだ。自分の部屋は七階。真耶の部屋は八階。いつもなら迷わず八階に行くが……。

　思い悩んで、けれど結局、八階のボタンを押した。真耶が部屋にいるときは、勝手に入ったりしない。央太は後ろめたさいっぱいの気持ちで、勇気を出してインターホンを押した。

　出迎えてくれるだろうか？　もし扉を開けてくれても、真耶が怖い顔をしていたらどうしよう……と思う。

　――お前、セフレとか作るやつだったんだね。やっぱりそんじょそこらのヤリチン野郎どもと同じじゃないか。

　冷たい笑みを浮かべてそう言う真耶を想像すると、胃の奥がきゅっと縮み、体が冷える。裁断を待つ気分でいると、ドアが開き、真耶が顔を出した。

「お帰り。ジャンと食事してこなかったのか？」

　しかし出てきた真耶は、いたっていつも通りだった。

「……た、ただいま。あの、これどうぞ」

　拍子抜けするやら、いやまだ油断できないぞと思うやらで、つい声がうわずる。試作で作った菓子の箱詰めを渡すと、開けた真耶が「新作？　すごい、きれいだ」と喜んでいる。

「七月のフェア用の……よかったら意見聞きたくて」

　お茶いれる、と真耶は張り切り、いそいそとキッチンへ行った。央太は荷物を玄関に下ろさせてもらい、茶葉の場所も知らない――央太がなにもさせないからだ――真耶のために、急いであとを追った。

　しかし、真耶はストッカーの中から、いとも簡単に紅茶の茶葉を出しているところだった。

　衝撃が、央太に走った。つい先日も、しまう場所を変えたところだ。生活に関することだけでも頼ってもらえるように、姑息だと思いながらも、央太はものをしまうところを頻繁に変更していた。お茶一杯いれるのさえ、自分を必要としてほしかった。

　鼻歌まじりにポットに茶葉を落とす真耶の姿を見ながら、しばらくの間、央太は立ち尽くしていた。

「……もうあちこち、場所変えなくていいよ」

　不意に真耶が言い、顔をあげる。央太はぎくりとして、声もなく真耶を見つめた。真耶はふっと息をこぼすように笑った。電気ケトルが、しゅんしゅんと沸騰する音をたてる。

「半年もあれば気づくよ。……お前がこんな効率の悪いこと、意味もなくやるなんて思えない。だってお前は店の厨房では、どんなものもいつだって同じ場所にきちんとそろえてるんだから」

央太は目の前が、くらくらとした。そうだ――なぜ、気づかれないと思い込んでいたのだろう。真耶は電気ケトルを手に取り、ポットに湯を注ぐ。甘い茶葉の香りがあたりに立ちのぼり、ガラスのポットの中で、茶葉はくるくると踊った。

「ただ真意が分からなくて……黙ってた。ジャンに聞いたんだ。彼なら知ってるかと思って。小さかったお前を知ってる人だから……彼はお前が、パリでいつも……苦しそうだったと言ってた」

――あんなになんでもできるのに、そのことが認められないみたいな顔で。

「これは全部嘘だって顔してるって……」

――自分のことが、好きじゃない顔をしているって。


ポットの蓋を閉め、カップを二つ用意して、真耶は菓子と一緒にトレイに載せる。

ダイニングテーブルにそれらを並べると、央太を振り向いた。

真耶は、怒っていなかった。心配そうな、少し悲しそうな顔をして、央太のそばに立ち、そっと顔を覗き込んでくる。

「……なにか形がないと不安？　いつも手順がないと駄目か？　無理してほしくないけど、無理しないと心配か？　……僕がいなくなると思ってる？」

心臓が、ドキリと大きく脈を打つ。固まったまま動けない央太の頬を、真耶は優しく両手で包んでくれた。

――真耶兄さま……。

まるで小さかったころ、変異する前の自分に戻ったようなすがる声が、こぼれそうになる。

それは抑えたけれど、かわりに涙が溢れた。ごめんなさい、と声にならないくらい小さな声で、央太は呻いた。

ものの場所を変えたこと？　いや、卑怯（ひきょう）にも、自分の怯えを隠したことかもしれない。

　きっと、幻滅されただろう。

　真耶はいいよとは、言わなかった。許すとも。ただ、

「……一緒に住もうか」

　そっと囁かれ、央太は一瞬飲み込めずに、真耶を見つめた。

「だってお前はいつもうちに来るし。部屋は幸い広いし、食事を作るのも、掃除をするのも、僕の世話をするのもお前の趣味なら……一緒に住んだほうがいいじゃないか。……セックスのあとも」

　そこまで言って、真耶は顔を赤らめた。

「……その、べつに自分の部屋に帰らなくてもよくなるし」

　央太の顔から気まずそうに眼を逸らし、もごもごと付け足す。央太は戸惑い、なんで？　と、口にしていた。

「……僕に幻滅したんじゃなかったの？　必要とされたくて、ストッカーの中身を入れ替えるような男だよ」

「まあそれは、ちょっとやばいなと思ったけど」

　顔をあげて、真耶は苦笑する。

「……セックスの手順も毎回わざと……僕の意識飛ばしてるし、あまり記憶にないけど、たぶん、お前……騎乗位好きだろう」

　照れながら真耶が言い、央太はもうなにも言えなくなった。まさか知られていたとは思っていなかった。そうか、真耶はヒメスズメバチ出身。上位種なのだ——。

「……べつに気を使わなくても、してほしいなら初めからする。僕だって……いやで抱かれてるわけじゃないんだから」

「で、でも」

　央太はなんと言えばいいか分からなかった。真耶がなにを言いたいのかが、つかめないせいだ。うろたえながら言葉を接いでも、結局なにも出てこない。

「でも、あの、どうして……」

「——僕から別れようって言うことは、しないよ。央太」

　真耶はじっと央太を見つめると、静かに、けれど真摯に、そう言葉を重ねた。

「付き合うって決めたときに、ちゃんとそう覚悟した。……お前に言ってなかったね。だけどそれでも不安にさせるなら……とりあえず一緒に暮らしたらどうかな？　そうしたらお前はもう、ストッカーの中をいじらなくてすむんだろう？」

僕にももう少し、お前に尽くさせてくれる？

「もらうだけじゃ、僕も寂しい。央太……」

真耶はわずかに背伸びして、央太の濡れた目尻に、そっと口づけてくれた。

これはなんの夢だろう？　真耶が、自分に都合のよすぎる夢だ。央太はそう思った。真耶が、自分と添い遂げるつもりなどあるはずがない。彼はまだ、自分に恋すらしていないはず。

けれど確かに真耶は言った。一緒に住もう。自分から別れたいと言うことはない。

央太の卑怯なところを知っても、幻滅していない――ように、見える。今のところは。

声が上手く出ず、央太は真耶を抱きしめていた。

抱きしめるというより、ほとんど、すがりつく感じだった。大きな犬が、飼い主に落ち込んでしがみついているような。

上手く言葉が探せない。ただ分かったのは、胸の奥にいる小さな央太が許してくれない自分のことを、真耶は、許してくれたということだった。

「兄さま……ありがとう」

「はいはい。じゃあ、お前のケーキを食べよう。早く食べたくてうずうずしてるんだから」

央太の背中をさすり、真耶はくすくすと笑いながらそう言う。けれど央太はまだ真耶を放せなかった。抱きしめる腕にぎゅっと力を入れて、兄さま、とまた呻いた。

本当は、あなたを置いてこの部屋を一人立ち去る瞬間、どれだけ平気な顔をしていても――胸の奥で、寂しい自分がいたよ。

そのことは口には出さない。言ってしまうと、自分にさえその気持ちはあまりに重たく、痛々しいから。

いつか、と央太は思った。今の自分はそうするつもりがないけれど、胸の中にいる小さかった央太が望むように、もっといろいろな気持ちを、素直に真耶に伝えられるようになるだろうか？

そばにいて。他の人を見ないで。全部僕にさせて。僕はあなたに尽くし疲れて、旅に出たりしない。いつだってあなたに水をやり、風から守り、棘で刺されても愛するから。

だから、お願い、僕を好きになって。

もしかしたら真耶はもう、自分を結構、好きなのかもしれないと思いながらも——やはりそれは訊けずに、央太は背をさすり続けてくれている真耶の優しさに、しばらくの間甘えていた。

十年後の愛の星をつかめ！

『お前がパリで、突然変異してから十年が過ぎたなあ』

もうすぐ日本に出店を控えている、パリの修業時代の先輩、ジャンが、電話でふと言ったので央太はそうだっけ、と思った。

そういえば自分はもうすぐ三十歳だ。央太は二十歳のときの突然変異で、起源種がスジボソヤマキチョウからツマベニチョウに変わった。たしかにあれから数えると十年目だった。

（まあ僕にとっては、べつに嬉しいことでもなかったからあんまり覚えてなかったや）

央太にとって、突然変異にまつわる記憶は抹消したいとまではいかなくとも、楽しい思い出ではない。

かといって、しなければよかったとも言えない。なぜなら変化した今の姿のおかげで、幼いころから片想いしつづけた雀真耶と恋人になれたからだ——。以前の自分なら、不可能だったかもしれない。

『じゃあまあ、僕が兄さまと付き合ってから二年ってことだね』

『そんな話してたか？』

すかさず惚気る央太に、ジャンはおかしそうに続けて、電話を切った。季節は春先。工房はちょうど店じまいした時間で、スタッフの最後の一人がお疲れ様でした、と帰っていく。

央太は店の裏口から出て、鍵を閉めた。ポケットの中で電話が鳴り、見ると実家からだった。思わずため息が出て、胸が重たくなる。

しばらく悩んだものの、真耶と暮らしているマンションにいるときにかけてこられても困るなと思い、通話ボタンを押した。

……央太？　今度いつ帰ってくるの？

電話の相手は母だった。少し気遣わしげに訊いてくる声から、きっと、父親にせっつかれて仕方なくかけてきたんだろうなあ……と知れる。昔はママ、と呼んでいた母親のことを、央太は今では母さん、と呼んでいるし、スジボソヤマキチョウが起源種だったころとは、親との関係がずいぶん変わってしまっていた。

「しばらく帰らないよ。店があるから忙しいし」

つい、突き放すような物言いになる。母は電話の向こうで少しうろたえながら、そうね、分かるけど、たまには顔を出して話し合えないかしら、と言ってくる。

央太は母がさすがにかわいそうなので、一応は「そうだね、考えておく」とは言ったものの、家に顔を出すつもりはさらさらなかった。

両親――特に父親とは、ここ数年意見の食い違いからずっと関係が悪い状態だ。

もともと央太の実家は、大手外食チェーンを営む家系で、有名なファミリーレストランや居酒屋などを、いくつも展開している。

父親はツマベニチョウ出身で、一人息子の央太にもそう生まれることを期待していたらしいが、変異前の央太はスジボソヤマキチョウ。能力的に、次期社長は無理だろうと早々に諦めて、好きな道に進めばいいと許されていた。

父は優しかったが、小さなころから、あまり期待されずに育ち、央太は母親とべったりだった。それでも、パティシエになる夢も応援してもらったし、パリへの留学費用も出してくれた。両親には感謝していたのだ――突然変異するまでは。

ツマベニチョウになったとたんに、父は会社を継ぐようにと言い始めた。最初のころは、もし気が向いたら考えてくれ、という程度だったのが、央太がパリで成功してからは、お前ならやれる、とうるさくなった。日本に帰ってきて店を開き、それが順調にいっているのを見てからは、さらにやかましくなった。

外食チェーンは危険な局面の多い仕事だ。店はたやすく潰れるし、広げすぎてもダメなら、広げなさすぎてもダメ。こうすれば当たるか、と経営者が考えても必ずしも当たるわけではないし、各店舗の店長や店員が変わるだけで、突然売り上げが落ちたりもする。

長年それらの仕事をやってきた父が、ここらへんで代替わりしたいと考えていることも、そのあてがなかなか見つからないことも、規模が違うとはいえ店を切り盛りしている央太には痛いほど分かる。分かるが、自分の店をたたむつもりはないし、血のにじむような努力の末に勝ち取ったシェフ・パティシエという仕事をやめるのもいやだった。

（大体、それだけならまだしも……）

と、央太は一年ほど前に、久々に実家へ立ち寄った際の、父親の言葉を思い出してムカムカしてくる。

お前、決まった相手はいるのかと訊かれて、央太は迷った末に、いるよと応えた。

真耶と付き合いはじめてから、一年が経過していた。

真耶は真面目な性格だし、央太の両親のことも知っている。何度か挨拶にいったほうがいいか？　と訊かれていたが、そのたび央太は、うち今、会社の経営がよくないから落ち着いたころにね、などと言って誤魔化していた。

一方で、真耶の家族には付き合ってそうそうに挨拶に出向いた。名家雀家の女たちはとかく、真耶など赤ん坊かというくらいに怖いので、急いできちんとしておくべきだと思ったのである。はたしてそれは正解で、あと一ヶ月来るのが遅かったらぶっ刺し殺してたわ、と当主の寧々（ねね）に言われたくらいだ。

真耶は気づいていないようだが、彼の三人の姉たちは、そろいもそろって末弟の真耶を大事に思っているし、よっぽどのいい男じゃなければ付き合わせない、とも言われた。

つまり、央太が店を失敗したら別れさせるつもりらしい。お金がない男にうちの弟は差し出せないわよと真耶がいないところで釘（くぎ）を刺された。

とはいえ、真耶の姉たちはおおむね、真耶が央太と付き合っていることに寛大だったし、歓迎もしてくれた。最近では、真耶のいないところでいつ籍を入れるの？　と訊かれるくらいだ。

それに比べてうちの親ときたら……と、央太は去年のやりとりを思い出すたびにため息が出る。

父は央太の相手が真耶だと知ると啞然（あぜん）とし、一瞬固まったあと、

「お、男だぞ？」

と、言った。そのうえ、「子どもはどうするんだ？」とも――。

心優しいが世間知らずな母は、うろたえる父親に向

かって、「新聞で読んだけれど、今は男の方も産めるそうよ」などと、わけの分からないフォローを入れていた。

央太は腹が立ちすぎて、その場で家を立ち去ったくらいだ。

(男だからなに？　子どもなんてどっちでもいいだろ。男も産めるって、兄さまをボルバキアに感染させるってこと？　危険な病なのに……)

幼いころから真耶のことは知っていて、両親とも、感謝してもしきれないと言っていたくせに、いざ自分たちの利益がからむとこうなのかと失望した。

こんなことならスジボソヤマキチョウのままでいたかったと、両親といると何度も思ってしまう。あのころは、なにも知らないでいられたと——。

……パパも悪かったと思ってるのよ。だから一度、真耶ちゃんも連れて話を……ね。

母親が電話の向こうで言うが、それこそいやだと央太は思う。真耶をもし実家に連れて行き、両親が一年前と同じようなことを言ったら——真耶は央太と、別れると言うかもしれない。それならまだしも、央太のために子どもを産めるようになんて言われたら、央太は発狂してしまう。

(今のままの真耶兄さまを愛してる。僕のために変わってほしいなんて微塵も思ってない)

「もう車に乗るから、切るね」

すげなく言って通話を切る。母はまだなにか言っていたが、央太はもう聞かなかった。


真耶と二人で暮らしている部屋に帰ると、室内には甘ったるい香りが満ちていた。くん、と鼻を鳴らし、ホットケーキ用のミックス粉の匂いだと気づく。独特なバニラの香り。

(兄さま、パンケーキでも作ったかな？)

不思議に思いながらただいま、と言ってリビングダイニングに通じる扉を開けると、「あっ、お、央太」と真耶が気まずそうな声をあげた。

真耶はシンクのところで、炊飯器のお釜を逆さにして立っていた。シンクには皿が置いてあり、炊飯器型のスポンジケーキが載っている。

「あれ、ホケミで炊飯器ケーキ作ったの？」

ホットケーキ用のミックス粉を牛乳と卵で混ぜ、炊飯器で炊けばケーキができる。スポンジケーキ風パンケーキ、という感じで、味はホットケーキ用のミックス粉の味だが、手軽だし美味しい。

「こ、これなら僕でも作れると……」

そう言う真耶は、ちょっと恥ずかしそうだ。見ればシンクの上には出来合いのホイップクリームやイチゴもあった。

（もしかしてもうちょっとゆっくり帰ればよかったかな？）

と、央太は気を回した。時計を見ると、いつもより十五分は早い帰宅だった。今日はたまたま商品がほぼ売り切れて店が暇だったので、早じまいになってしまった。

「……あー、ちょっと着替えてくるね。汗かいたから軽くシャワーも浴びてくる」

あくまで自然にそう言い、にっこりと笑顔でその場を去ると、央太はそそくさと服を脱ぎ、ざっとシャワーを浴びた。熱い湯を頭からかぶりながら、

（今日、なんかあったっけ……？）

と、考える。記念日ではない。お互いの誕生日でもないし、付き合い始めた日でもない。

なぜ急に真耶がケーキを？　と思ったが、単純にそんな気分になっただけかもしれない。

（……でも炊飯器のケーキかあ、僕も小学生のころたまに作ったけど……兄さま、可愛いな）

付き合いたてのころは、真耶が家事炊事をするのがどんな些細（ささい）なことでもいやだった。自分の得意分野なので、生活の一切を取り仕切って、真耶が一人で生きていけないようにしたいと思っていた。

今はさすがに、その気持ちはない。どちらかというとそれより、両親のことのほうがよほど障害になっている。二年付き合ってきて思うのは、真耶は同情だけで男と恋人になるような人ではない、ということだ。

初めのころは、愛されているか不安だった。今でも自分ばかりが真耶を好きなのでは、という気持ちになることはあるが、同時に、真耶はどの人が、好きでもない男に肌を許すわけがない、とも思う。年月が積み重なるとは偉大なことだと、このごろ央太は考える。

特になにかあったわけではなくとも、月日が経つと、信頼が自然とできあがることもあるのだ。央太はもう初めのころほど真耶に対して不安になってはおらず、ただただ、実家の両親の問題だけが重荷だった。

（真耶兄さまは律儀だから……僕の両親に反対されてまで、僕と付き合ったりはしないだろうしな～……）

ため息交じりにシャワーを出て、軽く身仕度を調えてリビングに戻ると、真耶がやりきった顔でダイニングテーブルに座っていた。

テーブルの上には、炊飯器で作ったケーキに、不格好にホイップクリームを塗り、イチゴを飾り付けたかわいいケーキが載っていて、ちゃんとお茶も用意されている。

「わー、すごいね。お祝い？」

まだ濡れている髪を拭きながら向かいに座ると、真耶は得意げに「中にもフルーツを入れた」と言って、ケーキを切り分ける。それに、央太は笑いそうになるのをこらえた。あんまりにも真耶が可愛い。たしかに、スポンジは真ん中で一度切られていて、間には缶詰のみかんや桃が入っていた。

切り分けられたケーキを食べる。ホケミの味だ、と思ったが、央太は「美味しいね」とだけ言った。もっとも、ホットケーキ用のミックス粉の味は、そもそも美味しい。誰がどう作っても均一な味になるのだからすごいと、プロだからこそ思っている。

「お前が作ったのに比べたらたいしたことないのは知ってるから、お世辞はいいよ。ただ、僕が作りたかったっていうだけだから」

真耶は苦笑気味に言う。思わずフォークを置いて、「なんか嬉しいことでもあったの？」と訊いていた。真耶のお祝い事なんて、勤めている学園関連のことしか思いつかない。

しかし真耶は、そうじゃない、と言った。

ではなんだろう。首を傾げると、もうちょっとしたら、付き合って……二年だし、と言われる。覚えていたのかと、央太はちょっと驚いて眼を瞠った。とはいえその日はまだ少し先だ。央太はその記念日に休みをとってあるし、二人で旅行しようと温泉旅館も押さえてあり、それは真耶にも伝えてある。

「……温泉に行ったときに話してもいいかなと思った

けど、いつもお前に色々してもらってばかりだし」

「それは僕は、そういうことするの好きだし」

今日の真耶は少し遠回しだなと、央太は思った。いつもならずばっと本題に入るのに、今日はちょっとだけもじもじしているように見える。真耶らしくない。まさか別れ話か――？

と、一瞬肝が冷えた。二年が経って兄さまに愛されている気がする……とついさっき考えていたところなのに、もしそうだとしたらあまりに自分が情けない。思わず構えたとき、真耶はらしくもなく頬をうっすら赤く染めて、

「……息子さんを僕にください」

と、呟いて、央太は言われたことの意味が分からずに、固まった。

「息子？　……え？　僕の息子……？」

「違う。お前のご両親に、そう挨拶しにいこうと思ってるって話だ」

息子さんを僕にください、と言って土下座する、と真耶が言い、央太は眼を見開いた。真耶は「付き合って二年が経つし……」とまたくり返した。

「きっと、これからも一緒にいる。僕はそのつもりだ。お前が親御さんへの報告を延ばしてるのは、反対されるから……だろう？　でも僕は、ちゃんと理解してもらいたい」

顔をあげた真耶は、さっきまでの恥じらっていた表情ではなく、きっぱりとした、決意を秘めた表情になっていた。明るい瞳に、強い意志がこもっている。恐ろしいほどに高潔な真耶の魂を、央太は感じる。

「だから正面から申し入れて、許してもらいたい。大事な息子さんを、僕にくださいって。……もちろん僕とお前で、できる努力はしよう」

二人が一緒に生きていくことが、誰の不幸にもならない道を探そうと、真耶は続けた。

（兄さま……）

「……もしかして、その決意を伝えるためだけに、ケーキなんて作ったの？」

そっと訊くと、真耶は今度は恥ずかしそうに顔を赤らめ、

「だって……ケーキは、特別な日に食べるものだろ？」

それに大事な話をするときは、甘い物を食べてるほ

うがいい、と続ける真耶に、央太は鼻の奥がつんと痺れるのを感じた。真耶が本気であり、この話を央太に承知してもらおうとしているのだと——はっきりと分かったから。

「……兄さまは、本当にかっこいいね。やっぱり僕のヒーローだ……」

目尻にじわじわと涙が浮かび、慌てて拭う。真耶が心配そうに小首を傾げて、央太を覗きこむ。

「僕がお前のご両親に挨拶するのは、嫌か？」

ううん、と央太は首を横に振った。

「お前は小さいころから、ずっとご両親を愛してた。……大事な人たちだろう？　僕も、お前の家族を大事にしたい」

うん、と央太は頷いた。そうだ。小さなころ、央太はパパ、ママ、と両親を呼んでいて——高校の寮に入るために離れるとき泣きわめくくらい、家族を愛していた。父母が真耶の申し出を聞いて、どんな反応をするか分からない。いやなことを言われるかもしれない。けれど、真耶は自分と別れないでいてくれるのだと、央太は感じた。

なにがあってもきっと、一番いい道を見つけてくれると信じられる。央太はツマベニチョウになり、なにもかも変わってしまったが——きっと、これだけは変わらない。

真耶は央太にとって、いつまでもヒーロー。

「ありがとう、兄さま。僕のこと、もらってくれて」

「まだもらえてない」

真耶は笑い、央太も笑った。笑いながらそっと伸び上がり、キスをした。真耶の唇からは、ホイップクリームの甘い味がした。

MISAO HIGUCHI　MADOKA MACHIKO

樋口美沙緒×街子マドカ CROSS TALK

スペシャル対談 PART 2

『ムシシリーズ』の10年をともに歩んできた、樋口美沙緒先生とイラストレーターで漫画家の街子マドカ先生の対談をお届け！今後のシリーズの展望も読めちゃいます！

表紙にまつわるエトセトラ

樋口：そういえば、表紙にいつもお花を考えて描いてくださるのが気になってました。

街子：楽しく花を描かせていただいてます(笑)。花を描くのが大好きなので。

樋口：『愛の蜜に酔え！』はつるバラが出てくるからかなって思ったんですけど、ほかのタイトルの花はどう決めていたんですか？

街子：『愛の巣へ落ちろ！』は攻がパンチの強いタランチュラだし、外国っぽい花を入れようって思いました。いっぱい描くつもりだったんだけど、バランス的にあまりよくなかったので少なくしています。

樋口：花言葉とかで選んで描いたりもするんですか？

街子：調べたりもするんですけど、たとえばこの『愛の裁きを受けろ！』の表紙のは、私が好きな花なんです。ハナニラ……ベツレヘムの星って呼ばれてる花で、すごい綺麗で、たぶん私、郁のこと大好きなんですね(笑)。郁にはこの花だって。

樋口：確かに雰囲気とか合ってますよね。

街子：ささやかな花です。摘むとくさいんですけどね(笑)。しおれちゃうから花屋に流通してないんですよ。生えているのを楽しむだけの花なんですよね。そういうところもいいなって。

樋口：素敵！　エピソードも合いますね。

街子：『愛の在り処をさがせ！』は、純潔の花嫁ってイメージがあったんで百合！　って。２冊目の『誓え！』では幸せになったし、夏のイメージがありましたよね。１冊目のとき切なかったので、ヒマワリは絶対入れよう、明るくしようって思っていました。あと『さがせ！』の服の黄色に合わせて明るくしようって。

樋口：なるほど！　けっこう意外だったのが『愛の罠にはまれ！』の薔薇ですね。これ、どっちをイメージした花なのかなっていつも思ってたんですけど。薔薇は兜かなって。

街子：『愛の罠』が初めてハイクラス同士のお話だったんですよね。だから華やかにって、薔薇にしました。意外と兜の雰囲気に合ってたかなって思います。

樋口：合ってます、兜っぽいなと。話自体もいろんな事件が起こって派手なので。『愛の本能に従え！』に描かれてるのは何のお花なんでしょう。どこかにナナフシちゃんがいた記憶が……。

街子：これは南国がテーマだ。これは2人がすごく激しかったので（笑）。

樋口：エッチが（笑）。

街子：エッチが激しいから、激しめの花を入れてにぎやかにしようと思ってたはず（笑）。

樋口：歩のお父さん、南国の人でしたしね。

街子：あと、歩が一生懸命派手にしようと頑張っていたのがかわいかったので。それで『本能』もにぎやかにしようと思ったんです。

樋口：絵の中にナナフシ見つけたとき、沸いたのを覚えてます。ナナフシがいるって！　こっちの『愛の星をつかめ！』の花は……。

街子：これは芍薬かな。

樋口：立てば芍薬、座れば牡丹ですかね。

街子：真耶様みたいだって思いました。

樋口：なるほど。あと、『愛の星』と『愛の罠』でちゃんとハチの絵が違うんですよね。ヒメスズメバチのほうが、オオスズメバチより腰とか細いんですよ。

街子：そういうところが本当に難しくて！

樋口：いえいえ、厳密にしていただかなくて大丈夫なんですよ。でも、その違いを見つけたりすると私が1人で興奮するという（笑）。ツマベニチョウが死ぬほど好きだから、『愛の星』の表紙にいてくれてうれしかった。この表紙も華やかですよね。

街子：真耶と央太は華やか。今見ると、ハイクラス同士、『愛の罠』に通じるものがありますね。『罠』と『星』とか、ハイクラス組には強めの花が入ってますね。

樋口：あまり、『星』は起伏のない話ですけど……。

街子：いや、私は央太が大人の状態になってるってことにびっくりしたんで！　大きな起伏を最初にいただいてるから大丈夫です（笑）。

樋口：『愛の巣』を書いたときは、央太をここに持ってくる予定がなかったんですよね。覚えています？　真耶の相手を央太にするって初めて言ったのは、『愛の罠にはまれ！』で街子さんとダブルサイン会をやった後の食事会のときなんです。あのとき、央太にしようと思うんですよねって話したんです。

街子：それ聞いてびっくりしたんですよ、内心。

樋口：それまでもうっすらそうかなって思っていたんですけど、突然あのとき、央太だって確信して。あの風景、今も思い出せます。

街子：私もお話を聞いた時の印象がすごい残ってます。マヤマヤの相手は央太！　って。

素肌を出してるのは“そういうこと”

樋口：表紙とか挿絵は好きに描いてくださいとお願いしているのですが、構図やテーマはどうやって決めているんですか？

街子：表紙は、いつも不自然なポーズをさせてしまってすまない！　と思ってます。1作目をロングめで描いてしまったので、それに倣って以降も異次元の絡みをしている表紙になってますよね。わりと重力がない感じです。

樋口：でも統一感があるのはそういったことですよね。華やかなので目を引きます。あと、『愛の罠にはまれ！』の表紙のあっちゃんはなぜこんなにもはだけているのかをずっと訊きたかったんです。

街子：妊娠するお話だったので、お腹を意識したんです。

樋口：そういう意味だったんですか！

街子：『愛の在り処をさがせ！』の葵もその部分をすごい意識したんです。エッチなシーンがあるお話は、表紙で必ずはだけさせます（笑）。露出があるのは、こういうことだよって、素肌は出す！　ちゃんとエッチありますよってサインを入れるんです。宗教画みたいなものです。『愛の裁きを受けろ！』はプラトニックを重視で、作中ではいろんなことがありましたが、純愛なので肌は露出させていません。『愛の星』は、着替えを手伝っている時点で察してください、みたいな。『誓え！』は幸せいっぱいなので、もう言うことないでしょって感じです。結婚してるし、自然な流れなので、そんなにサインは入れませんでした。

まだまだ続く！　ムシの世界

樋口：いままで話してきたことを振り返ると、私たちに共通点って特になさそうですね（笑）。憧れてるところは、めっちゃあるんですけど！

街子：いやいやいや。ホントにもうドクズですよ（笑）。

樋口：そんなことないですよ（笑）。2人とも違うからうまくいってるのかな。でも小説と挿絵って、ベーシックに通じ合うものがないとうまく成立しないっていうのがあると思うんです。完全に理解はできなくても、お話の世界観がわかるかどうか。何が書かれているのかがわかるみたいな、最低限でもそれを共有できないと成立しないものだから、そういう意味ではかなりベストなんだなって思います。街子さんが受け取ってくださっているから、成り立ってるのかなって。

街子：それはありがたいです。受を描いたときの細さとか、攻を描いたときの細さとかは相性があると思うんですよ。私は受をわりと細く描くのでそういう印象だと思って描いてるんですけど。

樋口：うんうん。私の大好きな体格差です。

街子：体格差ががっちりあるっていう1冊目だったので、これはＯＫなんだなって。そのあとのキャラデザのときにも、すり合わせがスムーズにいってるので。

樋口：街子さんの攻の肩幅がしっかりあるのが好きです。そのへんの好みが似ているのかもしれないですね。

街子：そういえば、ラフで体格の直しがなかったのに今気づきました。それが相性のよさなのかも。

樋口：私は、ＴＨＥ受、ＴＨＥ攻が好きなんで。あと、街子さんが妊娠設定とかに嫌悪がなくてよかったなと。『愛の罠』を書いたときにそれを心配してたんです。

街子：そういう相性もあるのかもしれませんね。10年前はオメガバースも擬人化もそんなになかったですよね。だから、「斬新!」って楽しく読ませてもらいました。

樋口：もし苦手だったらどうしようって思ったんですけど……。それに、けっこうキャラがひどい目にあったりもしますから。かわいそうだけど、助けは来ない、みたいな。私はリアル重視派ではないんですけど、展開的に助けが来るっていうのが不自然な場合、そうしない形で書いてしまうので。

街子：意外とひどいことをなさる作品っていうのが、新鮮だったのかも(笑)。

樋口：街子さんの絵で、だいぶマイルドにはなっている気がします。パラレル世界で起きていることだから、大丈夫だよっていう雰囲気を、イラストで作ってくださってる気がします。

街子：ムシシリーズの今後の展開としては、志波さんと黄辺くんか、テオとフリッツの話になりますか?

樋口：そうですね。テオとフリッツは超年の差で、そういったカップリングはあんまり書いてないので、いいかなって思ってます。志波・黄辺はアダルティな２人ですね。

街子：アダルティなお話、めちゃくちゃ楽しみです。

樋口：志波って、私が今まで書いたことがないレベルでクズなんですよね。心の底が冷たい感じなんです。もちろん情もあるんだけど、だいぶ冷えてて……。初めて書くタイプだから、自分でも楽しみ。どうやったらいいのか……ちょっとしたことでは振り向いてくれなさそう。

街子：早く読みたい……!

樋口：今回の10周年本がまとまるときに、『ムシシリーズ』終わっちゃうのかなって言ってた方もいらっしゃったのですが(笑)。

街子：終わらないでー!

樋口：まだまだ書きますよ～。

——お二人とも、ありがとうございました! 今後の『ムシシリーズ』もお楽しみに!

Misao Higuchi Chronological

樋口美沙緒WORKS

Misao Higuchi

—2009~2020—

†2009年のデビューより、さまざまな愛の形を生み出してきた樋口美沙緒先生。

†ここでは、花丸作品を中心にその活動の記録を振り返ります。

2009

◆1月20日 花丸文庫BLACK「**愚か者の最後の恋人**」（イラスト：高階 佑）発売

2010

◆4月20日 花丸文庫「**愛の巣へ落ちろ！**」（イラスト：街子マドカ）発売

◆12月17日 花丸文庫「**愛はね、**」（イラスト：小椋ムク）発売

2011

◆3月4日 小説花丸 春の号「**8年目のキス**」（イラスト：ケビン小峰）掲載

◆6月17日 花丸文庫「**ぼうや、もっと鏡みて**」（イラスト：小椋ムク）発売

◆9月3日 小説花丸 秋の号「**愛の巣へ落ちろ！**」番外編「**愛の巣へ落ちたあと**」（イラスト：街子マドカ）掲載

2012

◆7月20日 花丸文庫「**愛の蜜に酔え！**」（イラスト：街子マドカ）発売

2013

◆1月22日 花丸文庫「**愛の裁きを受けろ！**」（イラスト：街子マドカ）発売

◆3月7日 WEB小説花丸「**愛の裁きを受けろ！**」番外編「**春の二人**」掲載

◆12月25日 ドラマCD「**愛の巣へ落ちろ！**」（フィフスアベニュー）発売

◆12月25日 書き下ろしSS「**恋とはかくも、恐ろしきもの**」（ドラマCDブックレット）掲載

◆12月25日 特典SS「**先輩の、ほしいもの**」ドラマCD特典小冊子（コミコミスタジオ）発行

2014

◆6月27日 小説花丸Vol.1「**8年目のキス 前編**」（イラスト：ケビン小峰）掲載

◆7月25日 小説花丸Vol.2「**8年目のキス 後編**」（イラスト：ケビン小峰）掲載

◆9月19日 花丸文庫「**愛の罠にはまれ！**」（イラスト：街子マドカ）発売

◆9月19日 特典SS「**罠にはまったカブトムシ**」ペーパー（白泉社）発行

◆9月19日 特典SS「**愛の罠からはぬけられない**」小冊子（コミコミスタジオ）発行

◆10月5日 イベント「**愛の罠にはまれ！**」樋口美沙緒&街子マドカ サイン会（紀伊國屋書店新宿本店）開催

その他【作品一覧】

◆2009年11月21日 小説Chara vol.21（徳間書店）「日曜日の罪びと」（イラスト：高星麻子）掲載

◆2010年5月22日 小説Chara vol.22（徳間書店）「島神のおとなう褥」（イラスト：禾田みちる）掲載

◆2010年7月27日 キャラ文庫（徳間書店）「八月七日を探して」（イラスト：高久尚子）発売

◆2011年4月27日 キャラ文庫（徳間書店）「他人じゃないけれど」（イラスト：穂波ゆきね）発売

◆2011年5月28日 ドラマCD「八月七日を探して」（Atis collection）発売

◆2012年1月27日 キャラ文庫（徳間書店）「狗神の花嫁」（イラスト：高星麻子）発売

◆2012年5月22日 小説Chara vol.26（徳間書店）「黙って愛を語らせろ」（イラスト：山本小鉄子）掲載

◆2012年10月31日 Char@ vol.1（徳間書店）「狗神さまの雨、のち晴れ」【電子限定版】（コミック：高星麻子）掲載

◆2012年12月22日 Chara2月号（徳間書店）「ヴァンパイアは食わず嫌い」（コミック：夏乃あゆみ）連載開始 ※2013年10月号連載終了

◆2013年6月27日 キャラ文庫（徳間書

2015

◆3月27日 小説花丸Vol.10「わたしにください」(1)(イラスト:門地かおり)連載開始

◆4月24日 小説花丸Vol.11「わたしにください」(2)(イラスト:門地かおり)掲載

◆5月22日 小説花丸Vol.12「わたしにください」(3)(イラスト:門地かおり)連載終了

◆7月10日 ドラマCD「愛の蜜に酔え!」(フィフスアベニュー)発売

◆7月10日 特典SS「王子様のいけない妄想」ドラマCD特典小冊子(コミコミスタジオ)発行

◆7月10日 特典SS「天使のいけないお悩み相談」ドラマCD特典ペーパー(ホーリンラブブックス)発行

◆8月20日 花丸文庫「愛の本能に従え!」(イラスト:街子マドカ)発売

◆8月20日 特典SS「本能には忠実に!」小冊子(コミコミスタジオ)発行

◆8月20日 フェア小冊子「愛の巣をはりきみを待つ」、「うちの先生はちょっとおかしい」、「王子と天使のいけない決めごと」、「四度めの夏がすぎたら」、「愛に従い、きみといつまでも」ムシシリーズフェア・愛の小冊子(白泉社)発行

◆9月5日 イベント「愛の本能に従え!」サイン会(アニメイト池袋本店)開催

◆9月18日 フェア小冊子「真耶さまの華麗なる悩みごと」フレッシュスター大収穫祭フェア小冊子(白泉社)発行

2016

◆3月25日 小説花丸Vol.22「わたしにください」番外編「あの子がほしい」「あの子にあげたい」(イラスト:門地かおり)掲載

◆10月28日 小説花丸Vol.29「さいごの愛のお話」(イラスト:小椋ムク)掲載

◆11月18日 ドラマCD「愛の裁きを受けろ!」(フィフスアベニュー)発売

◆11月18日 特典SS「裁きはまだやって来ない」ドラマCD特典小冊子(コミコミスタジオ)発行

◆11月21日 花丸文庫「愛の在り処をさがせ!」(イラスト:街子マドカ)発売

◆11月21日 特典SS「愛の在り処をさがせ!」ペーパー(アニメイト)発行

◆11月21日 特典SS「愛の在り処はさがさなくても」小冊子(コミコミスタジオ)発行

◆11月22日~12月6日 イベント ギャラリー&カフェ「LOVERS GARDEN」(コミコミスタジオ町田店)開催

◆11月22日 特典SS「澄也先生の思い出」カフェ「LOVERS GARDEN」特典小冊子(コミコミスタジオ)発行

◆11月22日 特典SS「真耶兄さまのゆううつ」カフェ「LOVERS GARDEN」特典小冊子(コミコミスタジオ)発行

その他【作品一覧】

店)「花嫁と神々の宴 狗神の花嫁2」(イラスト:高星麻子)発売

◆2013年6月30日 キャラ文庫(徳間書店)「花嫁と神々の宴 狗神の花嫁2」発売記念サイン会(リブロ池袋本店)開催

◆2014年1月25日 Charaコミックス(徳間書店)「ヴァンパイアは食わず嫌い」(上)(コミック:夏乃あゆみ)発売

◆2014年1月25日 Charaコミックス(徳間書店)「ヴァンパイアは食わず嫌い」(下)(コミック:夏乃あゆみ)発売

◆2014年6月21日 Chara8月号(徳間書店)「ヴァンパイアは我慢できない」(コミック:夏乃あゆみ)連載開始 ※2017年2月号連載終了

◆2014年6月27日 キャラ文庫(徳間書店)「予言者は眠らない」(イラスト:夏乃あゆみ)発売

◆2014年6月30日 Char@vol.11(徳間書店)「予言者は眠らない」番外編「倉橋くんの、ままならない恋」【電子限定版】掲載

◆2015年2月25日 Charaコミックス(徳間書店)「ヴァンパイアは我慢できない」(1)(コミック:夏乃あゆみ)発売

◆2015年2月28日 Char@vol.15(徳間書店)「ヴァンパイアは我慢できない」番外編「おつきコウモリの学校参観」【電子限定版】(コミック:夏乃あゆみ)掲載

◆2015年10月27日 キャラ文庫(徳間書店)「パブリックスクール―檻の中の王―」(イラスト:yoco)発売

Misao Higuchi Chronological

◆11月24日～12月12日　イベント　ギャラリー&カフェ「LOVERS GARDEN」（コミコミスタジオ広島店）開催

◆11月25日　小説花丸Vol.30「コートの釦、ひとつ」（イラスト：澄）掲載

◆11月27日　イベント「愛の在り処をさがせ！」サイン会（コミコミスタジオ町田店）開催

◆12月26日　ドラマCD「愛の罠にはまれ！」（フィフスアベニュー）発売

◆12月26日　特典SS「罠にかかって四苦八苦」ドラマCD特典小冊子（コミコミスタジオ）発行

2017

◆1月27日　小説花丸Vol.32「愛の在り処をさがせ！」番外編「愛の在り処は見つけたけれど」（イラスト：街子マドカ）掲載

◆2月24日　小説花丸Vol.33「愛の在り処をさがせ！」番外編「続・愛の在り処は見つけたけれど」（イラスト：街子マドカ）掲載

◆3月23日～3月27日　イベント「愛の在り処に誓え！」抽選WEBサイン会（コミコミスタジオ）開催

◆4月20日　花丸文庫「愛の在り処に誓え！」（イラスト：街子マドカ）発売

◆4月20日　特典SS「翼の訪問」ペーパー（アニメイト）発行

◆4月20日　特典SS「愛の在り処はここに」小冊子（コミコミスタジオ）発行

2018

◆2月23日　花丸漫画Vol.21「愛の巣へ落ちろ！」第1話、第2話（コミック：南十字明日菜）連載開始

◆3月22日　花丸文庫「愛の星をつかめ！」（イラスト：街子マドカ）発売

◆3月22日　特典SS「星のなまえ」ペーパー（アニメイト）発売

◆3月22日　特典SS「ツマベニチョウの重すぎる愛」小冊子（コミコミスタジオ）発行

◆4月27日　花丸漫画Vol.22「愛の巣へ落ちろ！」第3話（コミック：南十字明日菜）掲載

◆6月22日　花丸漫画Vol.23「愛の巣へ落ちろ！」第4話（コミック：南十字明日菜）掲載

◆8月24日　花丸漫画Vol.24「愛の巣へ落ちろ！」第5話（コミック：南十字明日菜）掲載

◆8月24日　小説花丸Vol.51「愛の星をつかめ！」番外編「もしも薔薇を手に入れたなら」（イラスト：街子マドカ）掲載

◆9月28日　小説花丸Vol.52「わたしにください―十八と二十六の間に―」第1話（イラスト：門地かおり）連載開始

◆10月23日　花丸漫画Vol.25「愛の巣へ落ちろ！」第6話（コミック：南十字明日菜）掲載

その他【作品一覧】

◆2015年11月7日　小冊子（徳間書店）AGF限定「Chara Collection 2015」「パブリックスクール―檻の中の王―」番外編「王は小鳥を愛さない」収録

◆2015年11月21日　小説Chara vol.33（徳間書店）「パブリックスクール」番外編「八年目のクリスマス」（イラスト：yoco）掲載

◆2015年11月27日　キャラ文庫（徳間書店）「パブリックスクール―群れを出た小鳥―」（イラスト：yoco）発売

◆2015年12月25日　Charaコミックス（徳間書店）「ヴァンパイアは我慢できない」②（コミック：夏乃あゆみ）発売

◆2015年12月31日　Char@vol.20（徳間書店）「パブリックスクール」番外編「つる薔薇の感傷」【電子限定版】掲載

◆2016年6月25日　キャラ文庫（徳間書店）「パブリックスクール―八年後の王と小鳥―」（イラスト：yoco）発売

◆2016年8月25日　Charaコミックス（徳間書店）「ヴァンパイアは我慢できない」③（コミック：夏乃あゆみ）発売

◆2016年11月22日　小説Chara vol.36（徳間書店）「パブリックスクール」番外編「秘書の後悔と愛」（イラスト：yoco）掲載

◆2017年4月25日　Charaコミックス（徳間書店）「ヴァンパイアは我慢できない」④（コミック：夏乃あゆみ）発売

Misao Higuchi Chronologic

◆10月26日　小説花丸Vol.53「わたしにください―十八と二十六の間に―」第2話（イラスト：門地かおり）掲載
◆11月23日　小説花丸Vol.54「わたしにください―十八と二十六の間に―」第3話（イラスト：門地かおり）掲載
◆12月28日　小説花丸Vol.55「わたしにください―十八と二十六の間に―」第4話（イラスト：門地かおり）掲載
◆12月28日　花丸漫画Vol.26「愛の巣へ落ちろ！」第7話（コミック：南十字明日菜）掲載

2019

◆1月25日　小説花丸Vol.56「わたしにください―十八と二十六の間に―」第5話（イラスト：門地かおり）連載終了
◆2月22日　花丸漫画Vol.27「愛の巣へ落ちろ！」第8話、第9話（コミック：南十字明日菜）掲載
◆6月28日　花丸漫画Vol.30「愛の巣へ落ちろ！」第10話（コミック：南十字明日菜）掲載
◆8月30日　花丸漫画Vol.32「愛の巣へ落ちろ！」第11話（コミック：南十字明日菜）掲載
◆10月25日　花丸漫画Vol.33「愛の巣へ落ちろ！」第12話（コミック：南十字明日菜）掲載
◆11月21日　花丸文庫「わたしにください」（イラスト：チッチー・チェーンソー）発売
◆12月18日　花丸文庫「わたしにください―十八と二十六の間に―」（イラスト：チッチー・チェーンソー）発売
◆12月18日　特典SS「いつかを夢見ながら」「わたしにください」2冊連続購入特典小冊子（白泉社）発行
◆12月22日　イベント「わたしにください」サイン会（アニメイト秋葉原店別館）開催

2020

◆1月14日～2月2日　イベント「ムシシリーズ」10周年記念コラボカフェ（コミコミスタジオ町田店）開催
◆1月17日～2月11日　イベント「ムシシリーズ」10周年記念コラボカフェ（池袋虜）開催
◆1月17日～2月11日　イベント「ムシシリーズ」10周年記念複製原画展（飯田橋虜）開催
◆1月28日～2月24日　イベント「ムシシリーズ」10周年記念Gratte（アニメイト）開催
◆1月29日　単行本「Love Celebrate! Gold ―ムシシリーズ10th Anniversary―」発売
単行本「Love Celebrate! Silver ―ムシシリーズ10th Anniversary―」発売
◆1月29日　特典SS「翔くんの、好きな人」「Love Celebrate!」2冊同時購入特典小冊子（白泉社）発行
◆1月29日　コミカライズ「愛の巣へ落ちろ！」①（コミック：南十字明日菜）発売
◆2月2日　イベント「ムシシリーズ」10周年記念
樋口美沙緒、南十字明日菜Wサイン会（コミコミスタジオ町田店）開催
◆2月9日　イベント「ムシシリーズ」10周年記念サイン会（飯田橋虜）開催
◆2月11日　イベント「ムシシリーズ」10周年記念トークショー（池袋虜）開催
◆2月11日　イベント「ムシシリーズ」10周年記念サイン会（アニメイト大阪日本橋店）開催

その他【作品一覧】

◆2017年6月24日　書籍（徳間書店）「パブリックスクール―ツバメと殉教者―」（イラスト：yoco）発売
◆2017年7月1日　書籍（徳間書店）「パブリックスクール―ツバメと殉教者―」発売記念サイン会（書泉ブックタワー）開催
◆2017年9月27日　キャラ文庫（徳間書店）「ヴァンパイアは我慢できない dessert」（イラスト：夏乃あゆみ）発売
◆2017年10月6日　Charaコミックス（徳間書店）「ヴァンパイアは我慢できない extra story」【電子限定版】（コミック：夏乃あゆみ）発売
◆2017年11月25日　Charaコミックス（徳間書店）「キャラ文庫コミカライズ・コレクション」「狗神の花嫁」（コミック：高星麻子）掲載
◆2017年12月20日　書籍（徳間書店）「キャラ文庫アンソロジー（Ⅰ）琥珀」「パブリックスクール」番外編「コペンハーゲンから愛をこめて」（イラスト：yoco）掲載
◆2018年5月22日　小説Chara vol.38（徳間書店）「パブリックスクール」番外編「展覧会と小鳥」（イラスト：yoco）掲載
◆2019年6月27日　キャラ文庫（徳間書店）「パブリックスクール―ツバメと殉教者―」（イラスト：yoco）発売
◆2020年1月28日　キャラ文庫（徳間書店）「パブリックスクール―ロンドンの蜜月―」（イラスト：yoco）発売

Love Celebrate! Silver

—ムシシリーズ10th Anniversary—

2020年1月30日　初版発行

著者　樋口美沙緒 ©Misao Higuchi 2020

発行人　高木靖文

発行所　株式会社　白泉社

〒101-0063
東京都千代田区神田淡路町2-2-2

電話　03-3526-8070(編集部)
03-3526-8010 (販売部)
03-3526-8156 (読者係)

印刷・製本　株式会社廣済堂

装丁　円と球

ISBN 978-4-592-86278-9
printed in Japan HAKUSENSHA
定価はカバーに表示してあります。

白泉社ホームページ　https://www.hakusensha.co.jp/
花丸ホームページ　https://hanamaru.jp/